제르
2021. 4
이롬씨

친구들으로 사는 동안
아프면서도 행복했습니다
과를 사랑해주어서 감사합니다.

어 진 수 2021.04

괴물
3

김수진 대본집
괴물 3 - 시크릿 작가 노트

초판 1쇄 인쇄 2021년 5월 3일
초판 1쇄 발행 2021년 5월 10일

지은이 | 김수진
펴낸이 | 金滇珉
펴낸곳 | 북로그컴퍼니
주소 | 서울시 마포구 월드컵북로1길 60(서교동), 5층
전화 | 02-738-0214
팩스 | 02-738-1030
등록 | 제2010-000174호

ISBN 979-11-90224-73-4 03810

· 블로그: blog.naver.com/blc2009
· 인스타그램: @booklogcompany
· 페이스북: facebook.com/blc2009
· 유튜브: 북로그컴퍼니

시크릿 작가 노트

• 김수진 대본집 •

괴물

3

북로그컴퍼니

등장인물 이력서를 만드는 건 일종의 제 취미 생활입니다.

등장인물을 설정할 때 디테일을 고민하고 정리하면서 그들을 알아갑니다. 누구도 끼어들 수 없는, 인물과 저만의 시간입니다. 즐겁지 아니할 수가 없죠. 이전 작품에서도 만들어둔 터라 가끔 열어보며 저 혼자 즐거워하곤 합니다. 변태인가요? 첫 설정은 항상 완벽하지 않습니다. 인물이 변화하면 수정해나가고 부족한 부분은 채워갑니다. 촬영 소품 원고를 만들 때 미리 정해둔 인적사항이 도움 되기도 합니다.

이력서의 인물 전사를 디테일하게 다듬게 된 것은 배우님들께 드리기 위함이었습니다.

캐스팅 작업이 진행될 때 16회까지 전체 대본이 나오지 않은 상황이었고, 대본 구성상 사건의 시제가 마구 뒤섞여 있었기 때문에 대본상으로 보이는 정보를 가지고서만 연기한다는 건 어려운 일이라고 생각했습니다. 배우님께서 그 인물이 되기 위해서는 각 캐릭터가 어떻게 살아왔는지, 품고 있는 비밀이 무엇인지 알고 계시면 좋지 않을까. 자칫하면 스포일러가 될 수 있어서 고심하다가, '....의 삶'이라는 이름으로 각 배우님께만 전달하고 연출팀과 공유했습니다. 대본집에는 초상권 문제로 삭제할 수밖에 없었지만, 배우님께 전달한 파일에는 증명사진 느낌의 사진도 붙어 있었습니다. 제가 찾아서 붙였는데 그 과정도 재미있었습니다. 머릿속의 캐릭터와 맞춰보면서 우리 배우님들이 얼마나 풍부한 표정을 가졌는지 알 수 있었거든요.

이런 식의 작업이 유난한 건가 생각했던 때도 있었습니다. 배우님들의 상상력을 제한하는 것 아닌가 싶기도 했고요. 어느 날 조연출님이 조용히 다가와 제게 속삭였습니다.

'작가님, 삶 시리즈 너무 좋아요. 저희끼리 대하드라마가 나와도 되겠다고 이야기한답니다.'

그의 감사하고 수줍은 고백에 신이 나서 적어 내려갔습니다. 그것을 세상에 공개하게 될 줄은, 그때의 저도 몰랐습니다. 실제 대본에 반영이 되지 않았거나 다른 부분이 존재합니다. 특히 한주원과 유재이의 관계가 달라서 드라마를 보신 시청자분들은 놀라실 듯도 합니다. 그래서 대본만 출간하려고 했는데, 이 또한 작업 과정의 일부이니 일종의 서비스 차원으로 대본집 마지막에 실어주시면 어떨까 싶었습니다. 출판사에 '삶 시리즈' 포함 파일 몇 개를 보냈는데 자료로만 한 권 더 출간하고 싶다는 연락을 받은 겁니다. 그럼 컴퓨터 하드를 좀 더 털어볼까. 제가 항상 그렇습니다. 사전에 계획하고 처리하는 일은 드뭅니다. 얼떨결에 여기까지 와버렸습니다.

'시크릿 작가 노트'라는 엄청난 이름으로 출간하는 것이 옳은 일인지, 아직도 모르겠습니다.

스릴러 장르를 집필하는 작가 여러분께 노하우를 나누고 싶다는 마음에서 시작한 일도 아닙니다. 저도 어떻게 쓰고 만들어야 할지 모르겠는데 노하우라뇨, 말도 안 됩니다. 그저 새털같이 가벼운 기억력의 소유자라서 해왔던 작업일 뿐입니다. 마지막 목차의 엑셀로 정리해둔 파일 대부분은 총 16회의 대본을 적고 수정하는 긴 시간 동안 바뀌는 디테일을 기억할 수 없어서 만들어둔 겁니다. '내 기억을 절대 믿지 마라', '무조건 적고 정리하라', 항상 보조작가들에게 하는 말이었기 때문에 저희끼리 편하게 일할 수 있도록 벽에 붙여놓는 용도였습니다.

각 사건 조서의 경우도 그렇습니다. 드라마상에 직접 등장하는 장면이 많지 않습니다만, 뭉치로 던지거나 놓여 있을 때 그 두께의 질감이 어느 정도인지를 설명하기 어려워서 그냥 만들어볼까 시작한 일입니다. 만들다 보니까 실제 조서처럼 만들고 싶은 욕심이 생겼습니다. 왜 이런 짓을 하고 있나 후회한 적도 있습니다만, 이것도 저것도 마구 만들고 싶어지더라고요. 화면에 담기지 않는 사건 파일이었지만 대본 집필하는 데 도움이 되었다고 생각합니다. 특히 2000년 박정제의 참고인 진술조서는 매우 중요한 씬에 사용될 예정이었기 때문에 그 씬의 대사를 염두에 두며 작업했습니다. 사실 그 씬은 한참 후에 쓰여질 것이었지만 전부 아니오 아니오라고 대답해야만 한다고, 순간 장면이 떠올라서 조서 내용을 치며 흥분했던 제 모습이 떠오릅니다. 2000년 사건 조서의 경우는 형식이 현재와 다를 수밖에 없어서, 자문해주신 계장님을 귀찮게 해드렸습니다. 덕분에 조서의 서체와 형식 등, 해당 시기에 맞춰서 최대한 현실성을 살려 만들 수 있었습니다. 부검 결과서 등 과수계 관련 파일을 자문 형사님께 보여드렸을 때 '오- 꽤나 그럴싸합니다.'라는 답을 받았는데, 정말 기뻤습니다. 시도 때도 없이 연락드려서 민폐 끼쳤음에도 상세하게 답해주신 경찰 여러분, 진심으로 감사드립니다.

사건 시간대별 정리 파일은 저와 작가팀을 위해서 만들어두었다가 제작진에게 공유한 겁니다.

대본상에서는 시간의 순서로 보여지지 않고, 현재의 사건과 과거의 사건이 각각 등장하며, 연루된 인물들마저 사건의 진실을 부분적으로 알고 있으므로, 현장에서 총지휘할 감독님과 제작팀이 실체를 파악하고 있어야 한다고 생각했습니다. 대본을 작업하다가 변경된 사항은 수정하고 다시 공유했습니다. 방송본에서는 조금 틀어진 부분이 있긴 합니다.

여러 사람이 모여서 하는 일이라 그렇습니다. 너그러이 양해 부탁드립니다.

대본집 판매처 설명에 '작가가 직접 만든'이라는 문구가 나갔습니다만, '삶 시리즈'를 제외한 사건 조서 등 소품 원고와 설정 관련 파일은 보조작가들과 함께 만든 겁니다. 필요한 내용을 정리해서 알려주면 보조작가가 초안을 만들어왔고 함께 확인하며 수정해나갔습니다. 어떤 원고는 제가 새로 쓰기도 하고 마무리하기도 했지만, 그 어느 것이라도 보조작가와의 작업이 없었다면 불가능했을 겁니다. 디테일에 쓸데없이 집착해 단어 하나까지 끊임없이 수정 요구하고, 우리끼리만 보는 표의 폰트를 통일하고 행 높이조차 맞추길 원했던 까다로운 작가를 위해 밤새워가며 고생한 김인정·손은비 보조작가에게 감사의 말을 전하고 싶습니다. 3권을 제안해주신 출판사와 책 사주신 여러분 덕분에 보조작가들과의 귀한 인연은 계속 이어질 듯합니다. 인세가 정산되는 분기별로 만나서 함께 소고기 먹기로 했거든요.
'김인정', '손은비'의 이름을 기억해주세요. 언젠가 여러분 앞에 훌륭한 작품을 선보일 겁니다.

드라마는 영상화된 형태로서 완결성을 가지며, 그것으로 평가받아야 한다고 생각합니다.
집필 관련 자료까지 포함된 대본집을 출간하게 된 것이 부끄럽고, 잘한 결정인지 모르겠습니다. 드라마 〈괴물〉을 사랑해주신 여러분께서 〈괴물〉을 좀 더 즐기실 수 있고, 이 길을 함께 가는 작가님들께서 나는 이렇게 하지 말아야지라고 느끼실 수 있다면 조금은 괜찮지 않나, 흔들리는 마음을 다져봅니다.

다음 작품을 세상에 내놓을 행운이 제게 있을지 모르겠습니다만,
기회가 주어지는 한, 나태와 안주를 멀리하고 새로운 방식을 찾아 길을 더듬어 가보겠습니다.
개인의 영달을 위해 타인에게 상처 주지 않는 글,
귀한 시간을 내어 도와주시고 참여해주신 분들이 부끄럽지 않은 글,
참여한 모두의 다음 밥벌이에 도움이 되는 글, 쓰도록 노력하겠습니다.

— 〈괴물〉에서 글 쓴 김수진 올림 —

✦ 차례 ✦

Part 1 · 등장인물의 삶

Part 2 · 이유연 사건 파일

Part 3 · 방주선 사건 파일

Part 4 · 불법체류여성 사건 파일

진화림

위순희

Part 5 · 대본에 나오는 자료들 - 소품

Part 6 · 드라마 설정 파일 – 엑셀 모음

일러두기

1. 이 책에 실린 내용은 드라마 기획, 준비 단계에서 작가가 만든 설정이므로 추후 대본 수정 및 촬영 과정에서 회차나 씬의 순서 등이 달라졌을 수 있습니다.

2. '등장인물의 삶' 역시 초기 설정이므로 드라마 내용과 다를 수 있습니다.

3. 소품 원고는 작가팀에서 제작한 원본으로, 소품팀이 완성하기 전의 형태임을 알려드립니다.

4. 사건 조서, 부검감정서, 등장인물 이력서 등에 나오는 주소와 이메일 등도 실제와 다릅니다.

Part 1

등장인물의 삶

이 력 서

1. 기초자료

성명	이동식
생년월일	1981년 5월 30일
E-mail	justice0530@police.kr

전화번호	034-232-4876	휴대폰	010-0373-4876
우편번호	41383	팩스번호	
주소	경기도 문주시 만양읍 교평1길 12		

2. 병역 및 보훈 사항

군별	육군	병역	만기전역
계급	병장	주특기	자주포 조종수
복무기간	2000.11-2003.1	면제사유	비대상

3. 신상자료

최종학력	고졸	결혼여부	미혼	종교	무교
신장	175 ㎝	체중	67 ㎏	혈액형	O
취미	기타, 노래하기	특기		태권도, 복싱	

4. 가족 사항

관계	성명	연령	최종학력	직업	동거여부
부	이한오	1956년생	전문대 졸	자영업	2003년 사망
모	김영희	63세	고졸	주부	N
제	이유연	1981년생	대학교 중퇴	대학생	2000년 사망

5. 학력 사항

년/월	학교명	비고
1994/02	경기도 문주시 만양초등학교	졸업
1997/02	경기도 문주시 만양중학교	〃
2000/02	경기도 문주시 광효고등학교	〃
2007/11	중앙경찰학교 206기	졸업 및 임용

6. 경력사항

기간	회사명	부서명	소속	계급
2007/11	경기서부지방경찰청	생활안전과	문주경찰서 생활안전계	순경
2009/06	"	"	"	경장
2011/05	"	형사과	문주경찰서 강력계	경사
2014/05	"	"	"	경위
2015/05 ~2017/10	서울지방경찰청		광역수사대	경위
2018/01 ~2018/12	휴직			
2019/01~현재	경기서부지방경찰청		만양 파출소	경사

7. 자격증

취득년월	자격증	발령청
1997/06	2종 원동기장치 자전거 면허	도로교통안전공단
1999/06	자동차 운전면허 1종 보통	도로교통안전공단
1999/07	태권도 4단	대한태권도협회
2017/02	복싱 3단	대한복싱협회

8. 소개

1981년 5월 30일 아침 7시 정각, 문주시 만양읍 만양 산부인과에서 출생.

태어난 순간부터 바로 옆에 누군가 함께 뉘여 있는 기분을 아는가.

사실 동식도 모른다. 태어났을 때의 기억은 사라지고 없으니까.

그렇지만 나고 자라며 홀로인 적이 단 한 번도 없는 사람의 기분은 잘 알고 있다.

동식은 이란성 쌍둥이였다. 고작 1분 차, 먼저 태어난 동식을 동생 유연은 항상 오빠라 불렀다. 그녀는 무엇이든 뛰어난 데다 성격까지 좋았더랬다. 학창 시절 내내 동식과 그녀 사이에 비교가 따라붙었다.

'오빠 자기가 좋은 사람이 아니라고 생각하지? 좋은 사람이 돼야 한다고 계속 다짐하는 거 알아. 좋은 사람으로 태어나는 건 쉬워. 좋은 사람으로 살아가는 게 어렵지. 그래서 내가 오빠 1호 팬이잖아.'

그런 동생이었다, 이유연은. 동식은 유연이 참 좋았다.

동식의 울컥거리는 성정은 엇나간 길 위에서만 발휘되었다. 8살 꼬맹이 시절부터 누굴 괴롭히는 애들을 보면 이단 옆차기를 날리고 싶었더랬다. 사내는 자고로 태권도를 배워야지. 부친 이한오의 이 말을, 모친 김영희는 틈만 나면 원망하면서도 동식의 손을 잡고, 맞은 친구와 부모를 찾아가 함께 고개 숙여주었다. 돌아오는 길엔 항상 시내 모밀집에 들러 냉모밀을 먹었다. 파 잔뜩, 와사비 왕창, 무 갈은 것 턱턱 넣고 쫄깃한 메밀면을 쭈욱- 빨아당기면 머리 저 안쪽부터 코끝까지 찌잉-! 눈물을 글썽이며 마주 보고 웃었다. 기타를 배우고 싶다는 말에 기타를 사 들고 온 건 부친 이한오였고, 노래하고 싶다는 말에 동네 음악학원에 데리고 가준 것은 모친 김영희였다. 다 제 몫이 있는 거라고 그러니 네 몫의 삶을 행복하게 살라고, 그 모습을 보고 싶다고 했던 가족이 사라진 건 동식이 20살 되던 2000년 10월이었다.

여느 때와 같은 날이었다.
동식의 노래를 받아주는 유일한 스테이지, 라이브 카페 '만양'에서 신나게 기타를 팅기며 립싱크를 하다 카페 레지 방주선과 투닥거렸던 것도, 아지트인 정제 아버지의 사슴농장에 올라가 술을 마시고 사슴을 청중으로 또 기타를 팅기며 음정이 나간 노래를 불렀던 것도 20살 그 흔한 날 중 하나였다. 정제는 곧 미국으로 유학을 떠날 예정이었고 잠시 함께 청춘을 탕진하는 건 친구에 대한 의리라고 생각했다. 얼마나 마셨을까. 소주병이 줄을 잇다 못해 나뒹구는 아지트 바닥에서 잠에서 깨었을 때 정제는 없었고 동식은 비틀거리며 산길을 내려와 제 방바닥에 쓰러져버렸다. 그 끔찍한 소리가 들릴 때까지.

평생 다시 들을 수 없을 그 비명. 사람의 그것 같지 않은 그 소리.
모친의 목소리가 마당에서 들려왔다. 유연의 것이라 했다. 마당 돌 위에 놓여 있던 손가락 한 마디씩 열 개를 나는 왜 몰랐을까. 모친이 그것을 발견하기 전에 지나쳐 걸어 들어왔을 것이다. 아니, 난 아무것도 본 기억이 없어요. 동식의 말을 믿어주는 사람은 없었다. 설상가상 방주선의 사체 옆에서 동식의 기타 피크가 발견되었다고 한다. 그날 저녁 방주선과 다툰 사람도 이동식, 유연의 손가락이 놓였을 시각에 집에 들어온 사람도 동식이라 했다. 형사들이 방문을 박차고 들어와 동식을 끌고 나간 것은 사건 발생 후 하루가 채 지나지 않아서였다.

문주 경찰서 강력계 경사 남상배. 도대체 저 주먹은 왜 떨리는 걸까.
조사실 구석에서 그 주먹에 나가떨어질 때마다 동식은 생각했다.
때리는 이가 무엇이 두려운 걸까. 저 사람은 왜 저렇게 슬픈 눈빛일까.
'말해, 너 맞잖아! 술김에 다 없애버리고 싶었던 거지?'
'아니에요. 나 아니에요. 난 정제.. 박정제랑 같이 있었다니까요.'
엄마.. 나 아니야, 믿지? 아부지.. 나 아니에요. 나 믿죠? 입술과 눈두덩이 다 터지면서도 아니라고 고개를 흔들던 동식이 스스로 의심하기 시작한 건, 정제가 동식의 알리바이를 부인했다는 말을 들었을 때였다. 이제 방법이 없나. 그런데 혹시.. 만약에 말야.. 내가 그랬나. 맞고 또 맞았다. 눈물도 나오지 않았다. 눈물을 흘린 건 남상배였다. 넋이 나가 아무 말도 못 하는 동식을 때리고 또 때리던 남상배가 동식을 내려다보며 울었다.

'이제 그만 맞다고 해주라. 제발.'

'.... 맞아.. 맞아요... 그런 거 같아...'

형사들이 시킨 대로 현장 검증을 하던 날, 울부짖는 부모를 마주하던 동식은 이내 정신을 차리고 다시 울부짖었다. 아니야. 아니라고! 나 정말 아니야.

동식의 외침은 어디에도 닿지 않았고 구치소로 이송되었다. 연쇄 살인마라고, 저보다 잘난 동생까지 죽인 패륜아는 맞아야 한다고 하루가 멀다 하고 폭행을 당하면서, 나는 사람이 아니다.. 나는 살인자.. 벌레다. 동생을 죽인 벌레. 그러니 맞아도 아프지 않다고 되뇌고 또 되뇔 무렵 남상배가 찾아와 너는 살인자가 아니라고 했다.

고통은 끝이 아니라 시작이었다. 정제의 뒤늦은 고백은 동식에게 신체의 자유를 주었지만, 동식은 집 밖을 나가지 못했다. 끔찍한 살인과 실종 사건이 발생한 탓에 개발 계획이 중지된 원망과 동식을 여전히 살해 용의자로 보는 마을 사람들의 시선. 전국을 돌며 유연을 찾아다니는 부친과 퇴원과 입원을 반복하는 모친. 정제는 미국으로 가버렸고 동식의 옆에는 아무도 없었다. 가족은 사라졌다. 동식도 사라지고 싶었다. 그래서 훌훌 털고 군대에 가버린 것이다. 가족을 버린 것이 아니라.. 내가 사라져야 모든 것이 돌아올 것 같았기 때문이었는데.

아버지가 얼어 죽었다. 제대가 얼마 남지 않은 겨울날이었다.

매일 새벽 동네 초입에 서서 유연이를 기다렸다고 한다. 눈이 펑펑 오던 그날도 유연이를 기다리다 소복소복 눈이 쌓여 죽었다 한다. 발견한 이는 모친 김영희였다. 어미는 그날부터 정신을 놓았다. 동식은 청원 휴가를 받아 나와 홀로 아비의 장례를 치렀다. 다 나 때문이다. 흥청망청 술이나 마시며 그 찰나의 청춘을 탕진했던 나. 방주선과 투닥거렸던 나. 유연의 손가락을 발견하지 못했던 나. 가족을 버리고 군대로 도망쳐버린 나.

아무도 찾아오지 않은 장례식장에 오도카니 앉은 동식은 눈물도 흘리지 않았다.

눈물을 흘린 것은, 이번에도 남상배였다. 부친 이한오의 영정 앞에 무릎을 꿇은 상배가 울먹이며 중얼거렸다. '죄송합니다.. 죄송합니다.'

'저기요, 남경사님. 내가 경사님 같은 경찰이 되면.. 그땐 좀 잊어줄까요.. 내가 사람을 죽이지 않은 거.. 그땐 믿어줄까요.. 내 동생을 죽인 놈이 저기 저 밖에 돌아다니고 있는 걸 사람들이 그때는 알아줄까요..'

그래서 동식은 경찰이 되었다.

경찰이 된다고 가족이 돌아올까.

유연은 마을 초입에 걸린 현수막 속 사진으로 살아, 시간이 흘러도 나이를 먹지 않았고 모친은 요양 병원 병실에 누워 산송장으로 살았다. 퇴행성 치매.. 뭐 그런 거라던가. 뇌 어디가 망가졌다던가. 아무것도 하지 않고 누워 아주 잠깐 눈을 떴다가 누군가 입에 넣어주는 걸 아주 조금 오물거리다 오랜 시간 잠들었다. 깨어 있고 싶지 않겠지. 그런 삶이 차라리 나을 것이라고 동식은 한편으로 안도했지만, 그런 어미가 보고 싶지 않았다. 어미를 간병인과 만양 슈퍼 진묵 형에게 맡겨둔 채 강력계 형사가 되어 미친 듯 나쁜 놈들을 잡고 또 잡았다. 이제 좀 살 것 같았다.
내 몫의 삶이 이건가. 그런데 감히 나 혼자 내 몫의 삶을 살아도 되나.

똘아이 이동식 경위.
경기서부청에서 명성을 날리다 서울지방청 광수대로 차출된 문주서 강력계의 전설. 오만해졌던 건가. 스스로 물이 올랐다고 생각했었다. 베테랑 마누라(파트너)를 다른 조에 보내고 경찰대를 갓 졸업한 경위 이상엽을 파트너로 맞은 건 광수대까지 끌어준 상배의 명이었기 때문이다. 짐짝 이상엽 선생. 놀리듯 부르던 그 호칭이 평생 가슴을 후벼 파게 될 줄은 몰랐지.
'동식이 혀.. 엉. 나.. 사.. 사실은.. 주.. 죽기 싫어. 얼른.. 체포해.. 형.'
'짐짝.. 너 이 새끼.. 숨 쉬어, 숨.. 상엽아.. 제발 숨 좀 쉬어..'
이 미친 새끼가, 혼자 날뛰지 말라고 그렇게 말했는데 죽어버렸다. 살해당했다.
짐짝을 살해한 놈은 정당방위라 했다. 그리고 웃었다. 정당방위를 돈과 빽으로 살 수 있는 놈이었다. 그래서 그 새끼의 얼굴을 짓이겨버렸다. 지금 누르지 않으면 이 새낀 평생 이렇게 웃으며 살아갈 테니까. 짐짝의 죽음이 헛되어서는 안 되니까. 그래서 지긋지긋했던 파트너, 우리 짐짝 상엽이를 죽인 놈을 내 손으로 죽여버렸다.
'전부 내가 죽였다..'
현장으로 달려온 응급 요원에게 그 말을 중얼거렸다. 상엽이도 내가 죽인 거다. 내가 놓친 거니까. 내가 지키지 못했으니까. 나는 살인자다. 원래 살인자였던 거다.

광수대 대장 승진을 목전에 두었던 상배는 고향 만양 파출소 소장으로 좌천되었다. 정년을 3년 남겨둔 경찰에게 파출소 소장이란, 이제 그만 은퇴하라는 뜻이었다.
'전부 내가 죽였다..' 동식의 중얼거림을 기록에서 지우고 책임을 다 뒤집어썼기 때문이란 걸 동식이 알게 된 건, 상엽이 죽은 지 6개월이 지났을 즈음이었다. 그 무렵에도 여전히 동식은 상엽이 죽었을 때 다친 다리의 통증에 시달리고 있었다. 형사로서 더는 살아갈 수 없다는 생각에 휴직계를 내고 고향으로 돌아와 폐인처럼 살았다. 상배가 제 책임을 모두 뒤집어썼다는 걸 알고 난 뒤, 상엽의 사고에 대한 소문과 다리 통증으로 어느 곳에서도 원치 않던 동식을 만양 파출소에 부득불 불러들이던 상배의 마음을 저버릴 수가 없었다. 사고의 몫으로 동식에게 떨어진 처벌은 한 계급 강등. 경사 이동식이 만양 파출소로 복직한 것은, 2019년 1월이었다.

회식이란 게 이렇게 잦을 일인가.
'막걸리는 생이지. 다른 건 안 돼. 못써.'

남상배. 한때 전국을 호령하며 카리스마를 뿜어내던 강력계 호랑이. 현재는 꽃을 키우고 차를 마시고 막걸리 학교를 다니며 생막걸리에 집착하는 귀여운 동네 소장님.
'야, 이동식. 쓸데없는 생각 말고 내 말 들어.'
5살 무렵 태권도학원에서 만난 오지화. 특출한 실력으로 국가대표로 발탁되었던 이력 덕에 동식보다 3년 먼저 특채로 경찰이 되더니, 동식에게 자꾸 누나 짓 하려는 거만 빼면 심지어 결혼도 한번 갔다 온, 안 해본 것 없는 문주서 강력 1팀 형사님.
'오 마이 갓. 뤼얼리? 아임 파인, 땡큐.'
정제. 내 친구 박정제. 미국 어디 대학을 졸업하고 돌아와서는 사슴이나 그리더니 갑자기 나도 경찰이 되어볼까, 동식보다 1년 늦게 진짜 경찰학교 시험에 붙어버린 영원한 서무반장 도련님.
'아 시끄럽고. 오늘 회식 쫑! 그만 가서 자라고요!'
유재이. 꽃같이 예뻤던 정임 아줌마 치마 뒤에 숨던 꼬맹이. 이제는 제 엄마를 꼭 닮은 얼굴로 날 선 정육도를 휘두르는 만양 정육점 사장님.
'파트너는 빤스 색깔까지 알아야 하는 거라고 우리 누나가 그랬거든요. 그래서 말인데요, 동식이 형 궁뎅이 한 번만 보여주시죠.'
오지훈. 오지화의 늦둥이 동생. 아이돌을 하겠다며 일찌감치 학교를 때려치우더니, 데뷔 싱글 하나에 꺾어진 아이돌에서 의경을 거쳐 현재 만양 파출소 막내 순경.
'인생 별거 읎어. 똥 잘 싸고 잠 잘 자면 되지. 똥 싸고 자는 데는 막걸리가 최곤겨.'
만년 경사 조길구. 막걸리만 있으면 마냥 행복한 인생.
'경위 황광영입니다. 경위. 무슨 말인지 아시죠? 이동식 경사님.'
계급에 약하고 승진에 목마른 경위 황광영.
'도.. 동식아.. 어.. 어머니는 거.. 걱정 마..'
부모님이 무척 아꼈던 만양 슈퍼 강진묵. 동식의 곁을 떠나지 않은 고마운 사람.
'내 싸랑 동식씨. 나랑 언제 결혼할래?'
조카나 다름없는 진묵형의 딸 민정이. 이놈의 기집애, 클럽 좀 그만 다녀야 할 텐데.
만양 파출소 회식을 빙자해 일주일이 멀다 하고 모여 앉은 시끌시끌 정신없는 인간들 속에 동식도 어느새 한 자리 차고앉았지만, 동식에게 인생은 그저 無였다.

시도 때도 없이 밀려오는 허벅지의 통증 때문에 동식은 진통제를 사탕 먹듯 씹어 먹었다. 병원에선 아무런 이상이 없다고 정신적인 문제 같다고 하는데, 정신적 문제가 있을 게 무어람. 그 새끼, 상엽을 죽인 놈을 죽이고서 나는 인간이기를 포기했는데. 부모와 유연이와 함께 살던 낡은 집에서 수리도 하지 않고 홀로 살면서, 거실 벽에 어머니가 붙여둔 유연이 사건 기사를 매해 다시 인쇄해 붙이고, '실종된 이유연을 찾아주세요!' 마을 초입의 현수막이 눈과 비에 더럽혀지면 바꿔 다는 것도 죄책감이나 책임감 따위와는 상관없었다. 無의 인생에 의미가 있는 행동이 있을 리 있나. 내 부모가 살아 움직인다면 했을 일을 하는 것뿐이었다. 마을의 주민 중 누군가는 여전히 동식을 20년 전 살인 용의자로 바라보기도 했고, 그것을 이용하기도 했다. 상관없었다. 나는 왜 살아 있는 걸까. 인생에 남은 것이 아무것도 없는데.
아무것도 없긴. 당신이 저지른 죄가 있는데.
그런 눈으로 동식을 바라보는 남자가 등장하기 전까진 말이다.

한주원. 경찰대 졸업. 짝짝 이상엽도 그랬는데. 게다가 나이도 같지.
27살. 대한민국 경찰 2인자, 차기 경찰청장 유력 후보, 경찰청 차장 한기환의 아들.
수식어 참 길다. 동식은 한기환의 이름에, 딱 하나의 수식어를 붙일 뿐이었다.
방주선, 이유연 사건을 재빨리 종결시킨 20년 전 문주 경찰서장.

주원의 등장은 20년 전의 기억을 불러왔다.
기억뿐만이 아니었다. 백골 사체. 20년 전 방주선과 똑같은 모습을 한 사체가 문주
천 갈대밭에서 튀어나왔다. 그리고 또, 20년 전과 같은 것이 등장했다. 손가락 한
마디씩 열 개. 진묵 형의 딸, 내 조카 같은 민정의 것이 만양 슈퍼 평상 위에 나란
히 놓여 있었다. 아니, 놓았다. 이동식이 제 손으로 놓았다.

강진묵의 지하실에서 그 손가락 열 개를 발견했을 때 동식은 믿을 수가 없었다.
온 집을 다 뒤져 민정을 찾았다. 아직 살아 있을지도 모르니. 아니 시체라도 찾아야
해. 누구 것인지 알 수 없는 휴대폰 하나를 찾아내곤 망연자실한 모습으로 손가락
을 다시 내려다보던 그때, 112에 신고하려는 순간, 손가락 옆에 놓인 민정의 휴대폰
에 문자가 들어왔다. '진짜 자냐. 절대 깨우지 말라고. 진묵 형이. 시체처럼 잔다고.'
그리고 울리는 동식의 휴대폰. '강진묵'.
'미.. 민정이 자는 거 보.. 보구 나왔어. 아.. 아주 곯아떨어졌어.'
'시체처럼?'
'어.. 허허. 맞어. 시체처럼.'
어허허.. 그가 웃었다. 시체처럼, 이라며 강진묵이 웃었다.
이 새끼다. 이 새끼가 범인이다. 이 새끼가.. 내 동생 이유연을 죽이고, 방주선을 죽
이고, 우리 민정이를 죽이고, 또 누굴 죽였을까. 실종된 재이의 어머니 한정임?

동식은 곧 깨닫는다. 이곳에 강진묵을 처벌할 증거가 없음을. 자신이 현장을 훼손했
음을. 동식이 손에 쥔 민정의 열쇠. 동식이 열고 들어온 대문. 지하실. 집. 마당. 그
모든 곳에 동식의 흔적이 남겨졌다는 건, 이동식이 범인이라는 증거가 될 수도 있
는 터였다. 체포, 구금, 누명. 그딴 건 두렵지 않았다. 어차피 놓아버린 인생이었으니
까. 그러나 그 때문에 진실이 묻혀버린다면, 내 동생을 영원히 찾을 수 없고 실종된
피해자들이 영원히 가족에게 돌아갈 수 없다면, 강진묵이 또 누군가를 살해하고 또
누군가는 영원히 실종된 가족을 기다리며 살아야 한다는 게 견딜 수 없었다. 어차
피 버린 인생이었다. 상엽을 죽인 그 새끼의 얼굴을 짓이기던 순간 동식은 이미 괴
물이 되어버린 터였다. 경찰로서, 인간으로서의 인생은 그때 끝났다. 동식은 제가 왜

살아남았는지 그 이유를 이제야 알게 되었다. 강진묵, 이 새끼를 잡으라고 살아남은 인생이었나. 실종된 사람들을 가족에게 돌려보내라고 남겨진 인생이었던 건가.

문주에 다시 개발 바람이 불고 있었다. 많은 사람이 이 사건이 묻히길 바랄 것이다. 동식이 불을 지핀 사건에, 불나방처럼 달려들 누군가가 필요했다.
그래서 스스로 미끼가 되기로 한다.
물어라, 한주원. 나를 물고 사건을 물고 강진묵을 잡아라. 나는 유연이를 찾고, 한정임을 찾고, 실종된 가족을 기다리는 누군가에게 가족을 돌려줄 것이니, 그때까지 넌 날 포기하면 안 돼. 그들이 어디에 있는지 강진묵의 입에서 듣는 그날, 모두를 되찾는 날, 내 손에 네가 직접 수갑을 채워. 나는 민정이의 사체를 건드린 죗값을, 우리 민정이가 살아 있었을지도 모를 그 순간을 방관한 죗값을 받을 것이다.
'자수는 하지 않을 겁니다. 감형받고 싶지 않으니까. 내 손에 수갑, 직접 채워요.'
'당연하죠. 그 약속 잊지 마요, 이동식 경사님.'

체포된 강진묵이 말했다. '난 돌려줬어. 유연인 너랑 같이 있잖아.'
동식은 제 집의 지하실 벽을 바라보았다. 실종자들의 전단, 유연이 사건 파일을 붙여두었던 그 벽에 망치를 꽂았다. 쾅-!
떨어져 나가는 시멘트 사이로 무언가가 보였다. 가느다란 백골 손가락에 끼워져 있는 붉은 루비 반지. 동식이 대학 입학 축하 선물로 유연에게 사주었던 것이다. 유연인 내 옆에 있었다. 나와 매일 마주 보고 있었던 것이다.
강진묵을 체포했고, 자백을 받았고, 모두를 찾았다. 내 동생 유연이도 찾았다. 그런데 끝이 아니었다.

유연의 사체는 다른 피해자와 달랐다. 다발성 골절이 의심된다 했다. 차에 치인 사체의 것과 유사하다 했다.
'유연이는 아니야. 내가 그런 게 아니야.'
되뇌던 진묵의 그 말이 사실이란 말인가. 그렇다면 누가 내 동생을 죽인 것인가.
'말했잖아요. 자수는 하지 않을 거라고. 당신 손으로 수갑 직접 채우라고.'
'무슨 소릴 하는 겁니까.'
'못 알아듣겠습니까, 한주원 경위? 그 수갑, 채울 수 있으면 채워보란 말이야. 응?'

사건은 끝나지 않았다. 그러니 이 모든 게 끝날 때까지 나를 포기하지 말아줘, 한주원 경위. 그리고 네 자신도 포기하지 말아줘.
네 아비가, 대한민국 경찰청장이 끔찍한 범죄자여도, 아들과 죽은 아내까지 팔아넘기는 파렴치한이어도, 너는 괴물이 되지 마라, 한주원 경위.
나처럼 되지 마라,
주원아.

이 력 서

1. 기초자료

성명	한주원
생년월일	1994년 8월 13일
E-mail	won1@police.kr won1@kmail.net

전화번호		휴대폰	010-0421-1001
우편번호	30999	팩스번호	

주소	서울시 마포구 일암로3길 광화궁의아침 오피스텔 2701호

2. 병역 및 보훈 사항

군별		병역	면제
계급		주특기	
복무기간		면제사유	경찰대 졸업

3. 신상자료

최종학력	대졸	결혼여부	미혼	종교	없음
신장	173 ㎝	체중	65 ㎏	혈액형	AB
취미	정리, 청소	특기		사격	

4. 가족 사항

관계	성명	연령	최종학력	직업	동거여부
부	한기환	58세	대졸	경찰	N
모	이수연	52세	대졸		2001년 사망

5. 학력 사항

년/월	학교명	비고
2001/03	대한민국 서울 영웅초등학교	입학
2001/09	영국 런던 Westminster under school	"
2006/09	영국 Eton college	"
2010/03	대한민국 서울 국제고등학교	"
2013/03	대한민국 경찰대학교 33기	"
2017/03	대한민국 경찰대학교	졸업 및 임용

6. 경력사항

기간	회사명	부서명	소속	계급
2017/03	서울지방경찰청	외사과	국제범죄수사대	경위
2020/10~현재	경기서부지방경찰청		만양 파출소	경위

7. 자격증

취득년월	자격증	발령청
2010/02	중국어 HSK 6급	중화인민공화국 교육부 산하 국가한반
2011/08	일본어 JLPT N1급	일본 외무성 산하 국제교류기금
2012/02	유도 3단	대한유도회
2012/06	검도 4단	대한검도회
2013/01	자동차 운전면허 1종 보통	도로교통공단

8. 소개

1994년 8월 13일 아침 7시, 서울시 강남구 도국동에서 출생.

당시 재계 50위권 안에 들던 오일건설 막내딸 이수연은 24세가 되던 해 대학을 졸업하고 한기환과 결혼, 25세에 주원을 낳았다. 부친 한기환은 경찰대 3기, 2대째 경찰에 몸담은 성골 집안의 외동아들이었고, 두 사람의 혼인은 정략결혼이었다. 원체도 몸이 약했던 모친은 주원을 낳자마자 건강이 매우 안 좋아졌는데, 10대 때부터 있었던 정신적인 문제까지 더해져 정신병원 입원과 외국 요양을 반복하게 되었고 주원은 어릴 적부터 보모의 손에서 자랐다.

6살 무렵, 하와이에서 요양하던 모친이 집으로 돌아왔다.

허나 주원을 자식으로 받아들이지 못했다. 함께 있으나 함께 있는 것이 아니었다. 어린 주원은 자신을 바라보는 어머니의 눈 속에 자신의 모습이 비치기는 하지만 담겨 있지 않음에 끊임없이 상처받았고, 어느 순간 어머니를 놓아버렸다. 아니, 어머니에게 버림받았다는 것을 인정할 수 없어서 어머니를 자신이 버리기로 한 것이다. 2000년 겨울, 어머니는 약물과 알코올 중독에 빠져 정신병원에 다시 감금되었고, 2001년 여름, 그곳에서 사망했다. 2001년 가을, 8살의 주원은 영국으로 떠났고 2009년 아버지의 명으로 한국에 돌아왔다. 대한민국 경찰 1인자, 경찰청장을 꿈꾸는 부친 한기환에게 외국에서 오래 유학한 아들이 있는 것이 차후 승진에 불리할 수 있기 때문, 이라는 이유에서였다.

영국으로 떠나기 전, 8살의 주원에게 아버지 한기환은 나라와 경찰이라는 조직에

한 몸 다 바친 것처럼 보였다. '아버지가 우리나라에서 진짜 나쁜 놈을 다 잡으시느라고 집에 못 오시는 거야. 주원이 널 사랑하지 않아서가 아니야.'
그를 키워준 보모가 침대 속 주원을 토닥이며 달래곤 했기 때문이다.

2010년, 17살의 주원은 보모의 말이 달콤한 거짓말이라는 걸 잘 알고 있었다.
아버지는 할아버지, 즉 이미 죽고 없는 본인의 아버지를 상대로 끝없는 싸움을 이어가는 것 같았다. 할아버지보다 더 빨리, 할아버지가 올라서지 못한 계급인 '치안총감', 바로 '경찰청장'이 되고자 하는 욕망. 그것은 사명감보다 공명심에 가까웠다. 왜 저렇게까지 높이 올라가고 싶은 걸까. 경찰의 최고가 된다는 게 무슨 의민데. 그게 뭐 대단한 거라고.

2012년 주원은 경찰대에 지원했고 수석으로 합격했다.
이거 봐. 별거 아니잖아.
2017년 봄, 임용식 연단, 맨 앞에 서서 주원은 수석 졸업장을 받았다.
이까짓 게 뭐 대단하다고.
박수 치는 아버지의 얼굴을 바라보며 주원은 중얼거렸다.

'가족'은 주원에게 큰 의미가 없었다.
경찰대 기숙사에 들어가면서부터 자연스럽게 독립.
어머니 사망 후 한 번도 어머니의 묘소에 찾아간 적 없었고, 아버지는 설과 추석 명절에도 함께 식사하지 않는 관계였다. 아주 가끔, '경찰 부자', '3대째 경찰 집안'이라는 홍보가 필요할 때 얼굴을 보는 사이. 핏줄, 지긋지긋하고 질척거리는 이 관계에서는 딱 그 정도가 좋다고 주원은 생각했다.

차가운 AB형. 누구보다 이성적이고 냉정해 보이지만, 실은 감정적이고 맹목적이다.
스스로가 그것을 깨닫지 못하고, 얼음 장벽에 자신을 가뒀을 뿐.
문주시 만양읍에 내려와 누구보다 감정적인 듯 보이나, 그 누구보다 이성적인 인간 '이동식'을 만나 27년 동안의 얼음 장벽이 깨부숴질 거란 걸, 2020년 가을, 만양 파출소로 내려온 주원은 상상도 하지 못했다.

모태 솔로. 연애할 이유도, 시간도 없다.
잘생긴 외모에 못 하는 것 없는 최강 능력치 덕분에 꽤 많은 여성이 접근했지만, '내가 좋다고? 왜? 얼굴이 잘나서? 집안이 좋아서? 잘나고 집안 좋은 내가 당신을 왜 만나야 하는지 납득할 수 있게 설명해보시죠.'라는 재수 없는 팩폭에 1차 상처, 어쩌다 우연히 손끝이라도 스치면 물티슈 꺼내서 박박 닦아대는 모습에 2차 상처, 어떠한 대화도 단 두 줄을 넘기지 못하고, 결국 모두 줄행랑쳐버렸다.

의외로 차별이나 편견이 없는 편.
실상은 세상에서 자기보다 더 잘난 사람 만난 적이 없어서, 콤플렉스 전혀 없고 콤플렉스라는 걸 이해도 못하는 것이다. 타인에 대해 객관적으로 냉정하게 팩트를 말하는 데 조금도 주저함이 없다. 자신은 그저 사실을 말할 뿐인데, 듣는 사람들이 자격지심이 있어 상처받는 거니까 내 잘못 아님. 그러니 타인의 거친 반응에 노관심.
'아- 유재이씨. 정육점에서 고기 써는 여자.' 그저 팩트를 면전에 뱉는 거고,
'그래 고기 썬다, 너 나 무시하냐?'라고 반응하면 그건 너의 자격지심이지.
남들은 되게 없어 보이고 얕다고 싫어하는(가지지 못한 것을 흔쾌히 인정하고, 제 욕망을 드러내는 데 거리낌 없는) 자와 의외로 잘 지낸다. 대표적인 예가 '권혁'.

사람에 대한 판단이 빠르고 구획을 만들고 선을 긋는다.
선을 넘거나 넘어오는 것에 거부감이 있고, 정해진 계획대로 삶을 영위하려 한다.
만양 파출소로 자원한 것이 주원의 인생에서 가장 크게 선을 넘은 사건.

만양 정육점 사장 유재이를 처음 봤을 때, 지금까지 그래왔던 것처럼 노관심.
이동식에게 맹목적인 신뢰를 보내는 이 여자와 자꾸 말이 엮이고 섞이더니
달걀도 맞았다가, 원망도 들었다가, 무시도 당하면서 대화가 길어진다.
잠깐만. 이 사람한테 이성적 호감을 느끼는 걸까.
No way. Absolutely not.
10년을 가족에 매여 사는 저 미련한 여자를,
어머니를 찾고서 미련 없이 문주를 떠나 부산으로 떠나버린 저 여자를,
일주일도 안 되어서 다시 정육점으로 돌아와 셔터 올린 저 바보 같은 여자를,
나, 한주원이 좋아할 리 없지.

실제 행동도 칼로 잰 듯 정확한 편. 결벽증 환자.
깨끗하게 세탁된 고급 소재의 의류를 착용하고,
태블릿은 전원을 끈 뒤 가방 안에 꼭 넣어야 하고,
집 안은 먼지 한 톨 없어야 하며, 냉장고 안에 있는 것은 온통 물.
그 또한 라벨이 앞으로 보이게 열 맞춰 세워져 있어야 한다.
취미는 정리 정돈과 청소. 청소기 수집가. 청소 가전과 용품의 얼리 어답터.
영국에서 취미로 배운 서양식 요리를 아주 가끔 하는데 실력은 수준급.
식기 다 갖추고 줄 맞춰 세워서 각 잡고 앉아서 우아하게 먹는 타입.
차 보닛을 밟고 지붕으로 올라서는 것은 절대로 있을 수도 없는 일인데
그런 미친 짓을 문주에 내려온 지 한 달이 되기도 전에 하게 될 줄은 몰랐지.

승진과 성공에 대한 목표가 명확하다.
아버지 한기환처럼 경찰의 사명감 따위로 스스로의 공명심을 포장하는 것에 반감이

있는 편. 그냥 성공하고 싶고 최고가 되고 싶다고 왜 말을 못 해? 할아버지가 못 이룬 경찰청장이라는 목표를 위해 아등바등 노력하는 아버지가 좀 부끄럽다. 아니 살짝 안쓰럽다. 당연히 내가 아버지보다 더 빨리 위로 올라갈 거라 생각한다.
타고난 능력치가 다르잖아. 내가 아버지를 좀 도와줘볼까.
아무에게도 말하지 않고, 조선족 안마방 도우미 '이금화'를 이용해 함정 수사할 계획을 세웠던 이유가 그것이었다.

2020년 서울 야산에서 손가락 끝이 절단되고 비닐봉지에 발인 싸인 형태의 안마방 여성 사체가 발견되었다. 다른 관할에서 각각 3년 전, 2년 전 1구씩 총 3구의 사체가 발견된 것을 주원이 찾아냈지만, 외사과에서는 '중국 조선족끼리의 싸움' '악덕 포주에 의한 살인'이라고 치부하면서 수사 방향이 조선족 범죄조직 소탕으로 정리된다.

주원은 팀원들을 불러 모아 한 남자의 사진을 보여준다.
이동식. 현재 경찰이란다. 만양 파출소 경사.
20년 전 손가락 한 마디가 잘린 채 발견된 방주선 살해 사건,
손가락 한 마디만 발견된 이유연 실종 사건의 용의자.
어떻게 경찰이 범인이냐고, 직원들은 야유했다.
경찰은 범인이 될 수 없단 건 누가 정한 건데? 주원은 직원들의 반응을 이해할 수 없었다. 직원들은 연쇄 살인을 저지르는 자가 17년 동안이나 살인을 멈출 수는 없다고도 했다. 그때 누군가 말했다. '근데 저 또라이, 3년 전 근무 중에 파트너 죽고 어떻게 죽은 건지 설명을 못 했지, 아마. 그래서 강등되고 파출소로 쫓겨났잖아.'
모두 갸우뚱했다가 이내 목소리를 모았다.
이동식이 아무리 또라이라도 경찰 생활 몇 년인데, 게다가 강력계 형사잖아.
연쇄 살인마는 아니야.

외려 주원은 골든 벨을 울릴 답을 찾은 것 같았다.
이동식이 범인이다. 아니면 이렇게 딱 들어맞을 수가 없어. 20년 전 살인을 한 후 경찰, 그것도 강력계 형사가 되어 범인을 때려잡으며 욕망을 대체하던 그가, 3년 전 파트너 사망하면서 더 이상 강력계 형사 노릇을 하지 못하게 되자, 그 분노가 트리거가 되어 다시 살인을 시작한 게 분명하다고.

3명의 피해자가 한때 같은 업소에서 일했다는 것을 알게 된 주원은, 그때 함께 일했던 이금화를 찾아가 이동식이 찍힌 사진을 건넨다.
'이 사람이 나타나면 '1' 하나 찍어 문자 보내요.'
'11111111111111111111'
미친 듯 1이 찍힌 문자 한 통이 날아오더니 이금화가 사라져버린 것이다.

모든 것을 알게 된 아버지 한기환이 주원을 파출소로 보내버리겠다고 난리 치는데,
잠자코 물러날 주원이 아니었다. '내 손으로 그 새끼 잡아서 해결하면 되잖아.'

'운이 참 좋으시네, 한경위님.'
'네?'
'원래 있던 곳으로 곧 다시 돌아가실 거 같아서요.'
새벽녘, 이동식의 집 앞에서 나눈 이 대화가, 동식을 어떻게든 낚아서 체포하려던
자신이 낚이는 순간이었다는 걸 그 순간 주원은 알 수 없었다.

주원은 깨닫는 순간 인정하고 계획을 수정하는 사람이다.
모든 걸 세팅하고 그가 만든 판에서 움직이고 있다는 걸 깨달은 순간
주원은 스스로 세운 가설을 버린다.
'이동식은 범인이다'가 아니라 '이동식은 범인을 알고 있다'로.

동식이 주원에게 강진묵에 대한 비밀을 털어놓았을 때,
협조해달라 부탁했을 때, 주원은 단 하나의 조건을 걸었다.
강민정의 손가락을 가져다 놓은 죄를,
현장을 훼손하고 신고하지 않은 죄를,
그래서 혹여 강민정이 살아 있었을지도 모를 가능성을 저버린 죄를, 받아야 한다고.
강진묵의 자백을 받아서 이유연이, 한정임이, 그리고 또 있을지 모를 실종자의 사체
를 찾으면 그때 내가 직접 당신의 손에 수갑을 채울 것이다.
망설임 없이 그러겠노라 다짐했던 이동식이, 입 싹 닦고 모든 걸 부인한 순간,
주원은 그 어느 때보다 분노하며 폭발한다.

'경위 한주원, 만양 파출소로 복귀 신고합니다.'
경감 승진, 경찰청 복귀를 거부하고 휴직계를 제출한 뒤 사라진 주원이
4개월 후 다시 만양 파출소로 돌아온다. 주원은 이를 악물었다.
'이동식, 무슨 일이 있어도 반드시 네 손에 수갑 채운다.'

동식이 채 털어놓지 못했던 비밀은 무엇인가.
그가 또다시 쫓는 사람은 누구인가.

20년 전 연쇄 살인의 비밀이 항상 주원의 가까이에 있었고,
주원의 인생 전체를 휘감아 송두리째 날려버리는데,
선택의 딜레마 앞에서 주원의 곁에 서 있는 사람이 이동식이 될 줄은,
동식의 양손에 수갑을 겨우 채우며 아이처럼 울게 될 줄은,
그 순간의 주원은 상상도 못 했을 것이다.

이 력 서

1. 기초자료

성명	박정제
생년월일	1981년 11월 16일
E-mail	ohmydear@police.kr

전화번호	034-984-7777	휴대폰	010-0930-7777
우편번호	40828	팩스번호	

주소	경기도 문주시 변뜨기길90 판타지아 테라스 7호

2. 병역 및 보훈 사항

군별	육군	병역	만기전역
계급	병장	주특기	아파트 관리병
복무기간	2005.9-2007.9	면제사유	비대상

3. 신상자료

최종학력	대졸	결혼여부	미혼	종교	없음
신장	184 ㎝	체중	78 ㎏	혈액형	A
취미	그림 그리기, 여행	특기		달리기, 승마	

4. 가족 사항

관계	성명	연령	최종학력	직업	동거여부
부	박광효	1950년생	고졸	사업가	1998년 사망
모	도해원	65세	박사	시의원 재단 이사장	Y

5. 학력 사항

년/월	학교명	비고
1994/02	경기도 문주시 만양초등학교	졸업
1997/02	경기도 문주시 만양중학교	"
2000/02	경기도 문주시 광효고등학교	"
2005/05	미국 Pacific western university BFA (Drawing)	졸업
2008/11	중앙경찰학교 224기	졸업 및 임용

6. 경력사항

기간	회사명	부서명	소속	계급
2008/12	경기서부지방경찰청		월롱 파출소	순경
2009/07	"	경무과	문주경찰서 경무계	"
2011/09	"	"	문주경찰서 경리계	경장
2013/03	"	수사과	김산경찰서 수사지원팀	경사
2016/03	"	"	문주경찰서 수사지원팀	"
2020/03~현재	"	"	"	경위

7. 자격증

취득년월	자격증	발령청
2000/03	자동차 운전면허 1종 보통	도로교통안전공단
2015/02	바리스타 2급	한국커피협회
2016/09	와인 소믈리에	한국국제소믈리에협회

8. 소개

1981년 11월 16일 밤 10시 20분, 서울시 삼송병원에서 출생.
부친 박광효와 모친 도해원의 사이에서 대대로 농장을 하던 문주시 땅 부잣집 3대 손으로 태어났다. 한없이 약하고 남들과 눈도 못 맞추는 소심한 부친에 비해 모친 도해원 여사는 배포가 남다른 여장부였다. 그런 부친이 한없이 부족하다 생각했던 조부가 연을 이었다고 하지만, 그렇지 않았더라도 모친은 아버지를 쟁취했을 것이다. 농부의 딸로 태어나 장학금을 받고 학교를 겨우 졸업한 도해원 여사에게 가장 필요한 돈, 그것을 물려받을 사람이었으니까. 만 2세 무렵이었던가, 인생 첫 기억의 순간부터 정제는 모친 도해원이 버거웠던 것 같다. 자신을 내려다보던 그 반짝이던 두 눈이 정제의 심장을 뛰게 했더랬다. 아주 불안한 의미로.

비극적이게도 정제의 인생은 불안의 연속이었다. 한순간도 정제는 모친의 기대에 부응하지 못했으니까. 친구들 사이에서 손을 먼저 들지 못하는 것도 제 아비인 박광효를 닮은 탓, 위에서 세나 밑에서 세나 비슷한 성적 또한 부친 박광효를 닮은 탓이었다. 모친에게 받은 것은 말끔하게 잘생긴 외모, 그것 하나였으나 정제는 그 또한 불편했다. 부친을 앞에 두고 당신 닮아 비리비리한 나귀 상이었으면 어쩔 뻔했냐는 모친의 말이, 일상이 돼버린 악의에 허허거리며 농장으로 올라가던 아비의 뒷모습 때문에 정제의 마음이 아렸기 때문이었다.

누구보다 순하고 누구와도 눈을 못 맞추던 정제가 학급에서 왕따가 아니었던 건 이동식 그 자식 덕분이었다. 8살 꼬맹이 시절부터 누구에게도 지지 않던 다혈질 이똥식이가 어느 날 갑자기 박정제의 앞을 막아서더니 한마디 툭- 던졌다.

'야- 너네 집에 진짜 사슴 있냐?'

동식이와 어색하게 산길을 걸어 두문불출하던 아버지의 사슴농장에 찾아갔을 때 이 녀석은 머리를 꾸벅 숙이고는 말했다. '우리 아버지가요, 공부는 못해도 인사는 잘 해야 된다고 그랬거든요. 안녕하세요, 아저씨. 박정제 친구 이동식입니다.'

아버지는 눈을 맞추고 웃더니 동식의 머리를 쓰다듬었고, 모친이 알면 팔짝 뛰고도 남을 행동을 하셨다. 바로 믹스커피를 타준 것이다. 아버지와 셋이 앉아 사슴을 보며 커피를 마신 그날부터 정제에게 동식은 무엇과도 바꿀 수 없는, 내 친구였다.

이유연. 1분 늦게 태어난 이동식의 이란성 쌍둥이 동생. 처음 유연이를 본 것은 열 살 때였나. 뽀얀 복숭아 같은 그 계집애가 그냥 좋았다. 내 친구 동식이가 알면 까무러치며 이단 옆차기를 날릴 것이다. 그래서 꽁꽁 감추었을 뿐 한 번도 버린 적 없었던 연정이다. 공부도 잘하던 유연이가 서울대 법대를 들어가 버렸을 때, 아- 님은 갔습니다. 사랑하는 나의 님은 갔습니다. 푸른 산빛을 깨치고 단풍나무 숲을 향하여 난 작은 길을 걸어서 차마 떨치고 갔습니다.. 수능시험 때도 외우지 못한 님의 침묵을 읊조리며 이제 하릴없는 이 연정을 어찌해야 하나 절망하던 그때, 아버지가 돌아가시며 정제에게 남기고 간 아지트, 사슴농장 앞에서 유연이 정제를 막아섰다. 쌍둥이 아니랄까 봐, 마치 8살 이동식이 정제 앞을 막아섰던 그때처럼.

'박정제. 너 왜 나한테 고백 안 해?'

'뭐... 뭐?'

'너 나 좋아하잖아. 맨날 흘끔거리고, 우리 집에 밥 먹는단 핑계로 출근하고 10년 내내 그랬잖아. 고백하지?'

'그.. 그런 거 아니고,'

'알았어. 간다.'

'이.. 이유연! 사랑해!'

'야.. 사랑은 아니지. 오버하지 말고.'

'사.. 사랑하는데.. 시.. 싫어? 그.. 그럼.. 많이 진짜진짜 많이 좋아해.'

'알아. 나도 좋아해. 조금.'

웃으며 다가온 유연이 제 손을 잡았을 때 정제는 심장이 멈추는 줄 알았다.

내 여자친구 이유연. 동식이에게도 말 못 한 유일한 비밀이었다.

유연은 항상 손이 차다 했다. 따뜻한 정제의 손이 좋다 했다.

유연의 그 손을 잡고 싶어서, 따뜻하게 해주고 싶어서 정제는 정신을 차리고 잘 살기로 했다. 모친의 과도한 관심이 정제에게 폭탄처럼 쏟아져 내릴 때 정제는 아버지가 농장에 숨겨둔 우울증 약을 찾아 먹었더랬다. 이제 그것도 끊어야지. 미국 유학도 가야지. 가서 제대로 된 화가가 되어 유연이 앞에 서야지, 그렇게 생각했는데.. 그날, 유연이를 왜 데려다주지 않았을까. 그 산에서 왜 혼자 내려 보냈을까.
손가락 한 마디씩 열 개만 남기고 사라진 유연을, 그 아이의 차가운 손을 왜 따뜻하게 데워주지 못했을까.

내 친구 동식이가 동생 유연이를 살해한 용의자로 붙잡혀 들어갔을 때, 정제는 동식의 옆에 없었다. 그날 유연과 다툰 정제는 술과 약물을 동시에 복용했고 정신을 잃었기 때문이다. 아니, 홀로 산길을 내려간 유연을 뒤늦게 쫓아가려고 운전대를 잡았던 것도 같다. 아, 사슴 한 마리를 치었던 것도 같다. 사슴의 눈망울이 잊히지 않아 울부짖다가 유연의 실종에 다시 울부짖다가 정신을 잃었다. 그래서 유일한 친구 동식의 곁에 정제는 없었던 것이다.

모친의 반대를 무시하고, 동식의 알리바이가 되어준 건 친구였기 때문이다.
아니, 어쩌면 나도 알리바이가 필요했기 때문인가. 그날 농장에서 술을 마시던 동식이 만취해 잠들었을 때 유연을 만나러 나간 건 나, 박정제였다. 사라진 이유연을 마지막으로 만난 사람이 바로 나, 박정제였다. 모친은 절대로 입 밖에 내선 안 된다고, 다그치고 또 다그쳤다. 그녀가 평생 꿈꾸던 권력을 향한 욕망 때문이었을까. 일확천금을 가져올 문주시 재개발 때문이었나. 아니, 그 순간의 도해원은 처음으로 진짜 엄마 같았다. 그래서 정제는 고백하지 못했다. 그렇지만 생각했다. 동식이는 아닐 것이다. 아니, 동식이가 맞다 해도 내 유일한 친구까지 잃을 순 없는 것이다. 그럼 내옆에 아무도 없잖아. 그렇게는 살 수가 없잖아, 난.

경찰의 강압 수사로 엉망이 된 동식이 풀려나던 날, 동식은 정제를 알아보지 못하는 것 같았다. 정제와 눈도 마주치지 못하고 자꾸 숨었다. 내 친구 이동식은, 그리고 그의 가족은 완전히 망가져버렸다. 그날부터 정제는 다시 사슴을 보았다. 피를 흘리며 움직이지 못하던 그 사슴. 얼어붙은 그 동공에 정제가 가득 담겼다. 정제는 그저 그 사슴을 그리고 또 그렸다. 온 벽이 꺼멓게 되도록 사슴을 그리고 또 그렸다. 그래서 정신병원에 감금된 것이다. 대외적으로는 미국 유학 4년. 모친이 돈 주고 산대학 졸업장을 쥐고 퇴원한 것이 2005년 초였다.

2005년. 고시원 앞에서 동식을 만났다. 경찰 시험을 준비하고 있다 했다.
'왜 경찰이 되고 싶은 건데?' 정제의 물음에 동식이 말했다.
'더는 내가 살인자가 아닐 수 있잖아. 사람들이 날 경찰로 바라볼 거니까.'
그 말이 정제에게 와닿았다. 경찰이 되면, 나도 사슴을 죽인 사람이 아닐 수 있는 걸까. 정제도 경찰이 되기로 결심했다. 그래서 모친의 반대를 무릅쓰고 입대했다. 남다른 모성애를 탑재한 모친 도해원 여사는 아파트 관리병, 아주 편한 자리로 보직을 옮겨주었고 그 덕에 정제는 시험 준비에 매진, 동식보다 한 해 뒤인 2008년 중앙경찰학교에 입교해 졸업하고 순경이 되었다.

'우리 아들은 험한 일은 못 하니까.'
어머니가 그렇다면 그런 거죠. 거스르면 난리가 날 걸 아니까. 아니, 사실 그 말이 맞아요. 6개월 파출소 의무보직을 마친 정제는 모친의 빽으로 경찰서 관리직으로 돌았다. 은근히 적성에도 맞더라고. 사람을 만나는 것보단 서류와 맞닥뜨리는 게 편하고 범죄를 보기보다 읽는 것이 좋았다. 수사지원팀에 말뚝 박은 정제는 뒤늦게 시험 운이 터졌는지, 아주 가끔 승진 시험을 보고 쭉쭉 올라가 경위가 되어 서무반장이라 불리는 자리에까지 앉았다. 소각될 처지조차 잊혀진 뒷방 늙은이 같은 서류들이 고여 있는 우물 같은 자리에 앉아서 정제는 범죄자와 경찰들 얼굴을 사슴으로 그렸다. 이 그림을 보라고, 결국 모두가 다 같다고, 그렇게 허허실실 웃고 시의원 아드님으로 불리며 경찰서 안에서 낭창낭창 가끔 한들거리며 좋은 원두를 갈아 내려 마셨다. 그렇게 흔들림 없이 고요한 뒷방 늙은이로 살다가 퇴근 후에는 고급 셔츠, 딱 맞는 핏의 고급 코트를 휘날리며 훌륭한 와인을 즐기면서도 소주에 삼겹살도 마다치 않으며 모두에게 다정함이 넘치는, 정신병원의 ㅈ 자도 떠올릴 수 없는 해맑은 도련님의 인생을 살고 있었다. 그런데 그것이 정제의 진짜 모습이었을까.

34줄 3열. 사건번호 2000-031486.
유연의 사건 기록이 그곳에 있는 걸 잊지 못하면서도 정제는 한 번도 열어보지 않았다. 해결할 수 없는 사건이기에 열어볼 수도 없는 것인가. 그건 너무 진짜 경찰 같잖아. 정제는 그저 인생 유일한 사랑을, 열 개의 손가락 한 마디로 기억하고 싶지 않은 것이었다.

그 기록이 없다 했다. 한주원. 부친이 차기 경찰청장 유력 후보인 한기환 경찰청 차장이라 했던가. 고작 시의원 모친을 둔 정제도 왜 이런 경기 외곽 경찰서에 있냐는 소리를 듣는데, 대대로 경찰 집안 출신의 경찰대 엘리트가 만양 파출소, 그 동네 구석의 작은 파출소에 전임 왔다고? 그때부터 뭔가 불길했달까. 그때부터 아주 가끔 사슴의 울음소리가 들렸던 걸까.

백골 사체가 나왔다. 손가락 한 마디씩 없는, 20년 전 방주선의 것과 같은 모습의 사체. 그리고 만양 슈퍼 진묵 형의 딸, 우리 귀여운 민정이가 사라졌다. 유연이처럼 손가락 한 마디씩 열 개만 남겨두고. 그때부터 정제의 꿈에 여자들의 목소리가 들렸다. 아니, 사슴의 울음일 거야. 어릴 적, 아버지를 찾아 올라간 농장에서 나직이 울던 사슴들의 그 울음소리. 제발 모습은 보이지 말아줘. 그 눈망울, 생의 빛이 사라진 눈망울과 다시 마주친다면 돌이킬 수 없을 정도로 미쳐버릴지도 몰라.

민정의 실종과 관련해 동식이 긴급 체포되었을 때 동식의 가짜 알리바이가 되어준 건, 친구이기 때문이었다. 이제 겨우 내 친구 이동식이 되었는데, 그를 잃고 싶지 않았던 것이었으리라. 그럼에도 망설였던 건, 실은 20년 전 그때와 같았기 때문이다. 강민정을 마지막으로 만난 사람이 나, 박정제니까.

동식의 알리바이는 곧 정제의 알리바이.
동식을 이용하는 걸까. 아니.. 아니야. 난 범인이 아니잖아. 그런데 혹시, 동식이가 범인이면 어떡하지? 아니 그럴 리가 없잖아. 겨우 다시 연을 이은 내 친구를 잃고 싶지 않았다. 그런 생각이 자신을 좀먹게 내버려둘 수 없었다.

정제를 좀먹은 건, 정제 자신이 아니었다.
모친 도해원 여사. 그녀가 정제 대신 희생양을 만들고 싶었던 것이다. 그래서 지화의 동생, 지훈이에게 모든 걸 뒤집어씌우려고 했다.
정제는 그때 깨달았다. 진실을 감출수록 누군가 다치게 되어 있다는 걸.
누구도 나 대신 다치게 하면 안 되는 거라고. 그게 나를 지키는 길이라고.
그리고 모친 도해원을 막을 수 있는 사람은 정제 자신뿐이란 것도.

지훈을 대신해 유치장에 들어갔을 때 동식이 말했다.
'적당히 하고 나와.'
'뭐 자신감이야. 내가 범인이면 어쩌려고.'
'아니잖아. 너, 아니야.'
민정이를 마지막으로 만난 사람은 나, 박정제다. 말은 못 했지만 유연이를 마지막으로 만난 사람도 나, 박정제다. 그런데 동식이 아니란다. 아니야, 너는.
'강진묵한테 문자 보낸 사람, 나야.'

그걸 왜 나한테 털어놓는 걸까. 동식이에게 이제 내가 진짜 친구가 된 걸까.
그래서 정제는 동식 옆에 서 있기로 한다. 동식에게 진짜 친구가 되어주기로 한다.
재이에게 달려가 곁에 있어주고, 동식이 원하는 게 뭐든 다 들어주기로 한다.
내가 누군가에게 필요한 사람이라는 게 이토록 행복한 일일까.
그리고 유연이가 돌아왔다. 동식의 집 지하실 벽 속에서 백골이 된 모습으로.
울부짖으며 동식이 깨부순 시멘트벽 사이에서 손가락 한 마디씩 없는 모습으로.
차가웠던 그녀의 손을 다시 잡고 싶어 손을 뻗던 그 순간, 정제는 기억해냈다.
손가락 한 마디씩 열 개가 사라진 그녀의 그 손을 잡아본 적이 있다는 걸.
차로 치였던 사슴의 눈망울. 빛이 사라진 그것이.. 사슴이 아니었단 걸.
유연의 눈이었단 걸.
어떡하지.
내 친구 동식이한테, 이걸.. 어떻게 말하지.

이 력 서

1. 기초자료

성명	남상배
생년월일	1962년 12월 8일
E-mail	goodcop0909@police.kr
전화번호	034-945-7444	휴대폰	010-0454-7444
우편번호	41383	팩스번호	
주소	경기도 문주시 만양읍 교평2길 2 심주주택 103호

2. 병역 및 보훈 사항

군별	육군	병역	만기전역
계급	병장	주특기	조리병
복무기간	1982.01 – 1985.09	면제사유	비대상

3. 신상자료

최종학력	고졸	결혼여부	미혼	종교	무교
신장	173 ㎝	체중	66 ㎏	혈액형	A
취미	다도, 화초 키우기	특기		역도	

4. 가족 사항

관계	성명	연령	최종학력	직업	동거여부
부	남만길	1940년생	국 중퇴	목수	1964년 사망
모	오순이	1942년생	없음	팥죽 장사	1988년 사망

5. 학력 사항

년/월	학교명	비고
1975/02	경기도 문주시 만양초등학교	졸업
1978/02	경기도 문주시 만양중학교	〃
1981/02	경기도 문주시 광효공고	〃

6. 경력사항

기간	회사명	부서명	소속	계급
1990/08	경기서부지방경찰청		만양 파출소	순경
1992/04	"	소년과	문주경찰서	경장
1998/02	"	형사과	문주경찰서 강력계	경사
2003/11	"	보안과	문주경찰서	경위
2005/10	"	형사과	문주경찰서 강력계	"
2011/02	"	"	문주경찰서 강력계	경감
2014/05	서울지방경찰청		광역수사대	"
2018/01~현재	경기서부지방경찰청		만양 파출소 소장	"

7. 자격증

취득년월	자격증	발령청
1978/02	2종 원동기장치자전거 면허	도로교통안전공단
1981/02	자동차 운전면허 1종 대형	도로교통안전공단
2018/07	원예기능사	한국산업인력공단
2019/04	막걸리 소믈리에 '상온' 자격증	한국천연발효연구원

8. 소개

1962년 12월 8일 밤 9시 25분, 문주시 만양읍 만양리에서 출생.

6·25 전쟁을 겪으며 국민학교도 졸업하지 못한 부친 남만길은 휴전 후 형틀 목수 밑에서 일을 배웠고, 모친 오순이는 전쟁 당시 피난 간 부산의 시장에서 팥죽 장사를 도우며 살았다. 고향인 문주시로 돌아와 만길을 만난 오순이는 19세였던 1961년 결혼, 1962년 상배를 낳았다.

상배가 3살 되던 1964년 부친 만길이 공사장에서 낙상해 사망하자 모친 순이는 시장에 좌판을 깔고 팥죽을 팔아 하루 벌어 하루 먹고 살았다. 시장에서 팔다 남은 묽디묽은 팥죽을 먹거나 어미가 시장에서 주워 온 푸성귀 김치에 꺼슬한 보리가 9할인 밥으로 끼니를 때우는 매일이었다. 온전하게 흰 쌀밥을 처음 먹은 것이 공고 졸업 무렵 처음 막노동을 했을 때 받아 먹은 새참이었다니 참으로 곤궁한 삶이었다. 그래서일까. 상배는 지금도 보리밥을 먹지 않는다.

학교를 다니지 못한 한이 남았던 모친은 월사금에 쪼이면서도 상배를 계속 학교에 보냈다. 그러나 슬프게도 상배는 공부에 취미가 없었다. 상배의 체형과 근력, 끈기를 눈여겨본 중학교 은사님의 도움으로 역도를 배우기 시작한 상배는, 훗날 도해원의 남편이자 문주경찰서 박정제 경위 부친의 집안에서 운영하던 사단법인 광효공고 역도팀에 스카우트되어 진학했다. 그러나 어머니의 시장 일을 돕다 허리를 다치고 전국체전 출전을 포기하면서 방황하다가 곧 원동기 면허를 따서 동네 중국집 '만양루'에서 배달 일을 시작했다. 방황조차 사치일 정도로 삶이 너무나 곤궁했고, 어머니의 눈물이 심장에 박혀 얼어붙어버렸기 때문이다.

공고 졸업 후 막노동판에서 일을 해보기도 했지만 이내 허리 부상이 도져버린 상배는 만양루로 돌아와 양파 까기부터 배우기 시작했다. 한여름, 불지옥처럼 끓어오르는 주방에서 주걱으로 죽통을 젓던 모친은 제발 너만은 이 일은 하지 말라 하였지만, 어머니를 그곳에서 빼내고 싶었기에 스스로 지옥불로 걸어 들어갔다.

그날 상배는 무척 기분이 좋았다.
주방장 사장님이 상배에게 처음으로 뭘을 맡겼기 때문이다.
밥알에 계란이 알알이 코팅된 상배의 첫 볶음밥이 손님이 기다리는 홀로 나갔다.
상배는 허리춤에 쑤셔 넣은 낡은 행주로 이마의 땀을 닦으며 주방과 홀을 나누는 발 너머를 흘끔 보았다. 그곳에 상배의 첫 볶음밥을 한 입 입에 넣는 여성이 있었다.
그녀가 상배의 볶음밥을 삼키고 활짝 웃었다. '어머, 진짜 맛있다.'
그녀가 고개를 들어 주방을 바라본 순간, 눈이 마주칠 듯한 그 순간, 상배는 황급히 몸을 숨겼다. 제 얼굴이 발개진 이유는 활활 타오르는 가스불 때문이리라, 그렇게 생각하고 싶었지만 사실이 아님을 이미 알고 있었다.
1988년 그의 나이는 스물일곱이었다.

20살, 한정임. 새마을금고에 막 취직한 그녀가 좋았다.
얼굴이 뽀얗고 어딘가 모르게 처연한 그녀에게 마음을 표현하는 방법을 몰랐다.
점심시간 새마을금고 직원들과 함께 앉은 그녀의 볶음밥을 좀 더 달달 볶아주는 것 말고는. 그저 그녀를 보기 위해 천 원, 이천 원을 쥐고 금고에 들르곤 했다. 그가 쥔 돈이 얼마든 해사한 미소로 반겨주는 그녀의 옆에 당당히 서고 싶었지만, 그가 가진 것은 그저 몸뚱이 하나였다. 그때 순경을 뽑는 시험 전단이 눈에 들어왔다.

새마을금고에 차곡히 모아두었던 돈을 헐어가며 매일 밤 양파에 퉁퉁 부은 눈을 비비며 3년 가까이 죽도록 공부한 상배는 삼수 끝에 중앙경찰학교 합격증을 손에 쥐었고, 그날 새마을금고의 문을 열고 들어섰다. 발그레한 얼굴로 정임이 웃고 있었다. 그의 옆에는 정육점을 물려받은 남자가 서 있었다. 정임이 그에게 시집을 간다고 퇴직을 한다고 했다. 수줍은 그 모습에 마음이 아렸지만, 상배는 웃었다. 그해 모친 오순이가 새벽녘 취침 중 심장마비로 세상을 떠났다.

경찰학교 훈련 기간 24주를 마친 상배는 문주시 만양 파출소로 배명받아 고향으로 돌아왔다. 각종 허드렛일을 도맡아 하며 열심히 일했다. 순찰 돌다가 아주 가끔 정임과 마주치곤 했다. 결혼한 남자가 손에 물도 안 묻히게 한다 했다. 머리에 진주핀을 꽂은 그녀가 행복해 보였다. 1992년 정임은 아이를 가졌다 했고, 서른한 살의 상배는 심주산 암자에 숨어든 지명수배범을 검거해 경장으로 승진했다. 문주경찰서 소년계로 차출되어 새끼형사(소년계 형사)가 되었고, 다음 해 정임은 저 닮은 딸을 낳았다.

이름이 재이라던가. 유재이.

'짜장면 한 그릇 시켜둘 테니 한 번만 현장 와서 봐줘요, 선배.'
할머니가 실수로 화재를 일으킨 거라고 종결될 뻔한 사건을, 강력계 선배에게 부탁 또 부탁해서, 동네 가출 청소년이 저지른 방화임을 밝혀낸 상배는 1998년 경사로 승진, 문주서 강력계에 발탁되어 강력계 형사로서의 첫발을 내디딘다.
그리고 2년 후 동식을 만난다.

이 자식이 범인이 확실하다 생각했다.
22살. 라이브 카페 종업원 방주선. 손가락이 잘린 채 기도하는 자세로 문주천 갈대밭에 놓여 있던 그녀와 견원지간 같은 관계였고 전날 밤에도 다퉜다 하지 않았던가. 게다가 이동식, 그 자식의 이란성 쌍둥이 동생 이유연이 사라지고 손가락 한 마디씩 열 개만으로 발견되었다. 1분 차로 먼저 태어나 오빠가 된 동식은 서울대 법대생인 여동생에 비하면 턱없이 모자라 뭐 하나 제대로 하는 게 없었으니, 20년 동안 쌓인 게 얼마나 많았을까. 동기는 충분한데 증거가 없던 그때, 문주천 갈대밭, 방주선의 사체가 놓여 있던 현장에서 상배는 이동식의 기타 피크를 발견했다.

그 시절 형사라는 것은 그랬다.
증거보다 자백이 우선이었고, 자백을 위해 몸이 먼저 나가는 게 흔한 일이었다.
고문에 익숙한 선배들에게 기술을 배웠지만 어쩐지 상배는 내키지 않았다.
만양에 개발 바람이 불던 날들이었다. 취조실 너머로 문주 경찰서 서장 한기환이 지켜보고 있었다. 연쇄 살인이라는 말이 나오기 전에 어떻게든 해결하라는 암묵적인 지시였다. 상배는 그로테스크하던 방주선의 사체를 떠올렸다. 손가락 열 개가 놓여 있던 동식의 집 마당도 떠올렸다. 무릎 꿇은 동식에게 주먹을 날렸다. 처음 한 대가 어려웠던 거였다. 내가 때리는 것이 사람인지 모래가 든 샌드백인지 상상했던 것보다 큰 차이가 없다고 생각했다. 아니, 생각하지 않으려 했을 것이다.

'네가 한 짓 맞잖아!' 퍽-! '말해 이 새끼야!' '이 짐승 같은 새끼!'
엉망으로 얻어터진 동식은 닭똥 같은 눈물을 떨구면서도 절대로 제가 한 일이 아니라 했다. 아니라고 그저 아니라고 했다. 그게 사실이면 어떡하지. 상배도 가끔 불안에 떨었고 양심의 고통에 괴로웠다. 그러나 취조실 너머로 한기환 서장이 지켜보고 있었다. 몇 날 밤이 지났을까, 며칠 밤을 새웠을까. 동식의 축- 처진 고개가 이제 곧 끄덕이리라, 만양을 휩쓴 이 끔찍한 사건이 곧 끝날 거라고 모두가 생각했던 그때, 동식에게 알리바이가 생겼다. 광효고, 광효공고를 운영하는 마을 유지 사단법인 광효학원 이사장 도해원의 아들 박정제가 사건 당일과 다음 날 새벽까지 이동식과 함께 있었다고 증언한 것이었다.

이동식은 풀려났다. 사건은 미궁에 빠졌다.
그러나 상배는 이동식에 대한 의심을 풀지 않았다. 아니, 풀 수가 없었다.
이 자식이 범인이 아니면, 내가 이 녀석에게 저지른 폭력을 어찌 합리화할 수 있단 말인가. 동식에게 첫 주먹을 날리던 그날 밤부터 상배의 모든 것을 지배하던 죄책감에서 그는 벗어나고 싶었다.

이동식이 범인이 아니라는 걸 알았던 순간은 너무나도 감정적인 한순간이었다.
꽤 큰 만양가든이라는 갈비집을 운영하던 동식의 부친 이한오가 손가락 열 마디를 남긴 채 사라진 딸 유연을 기다리며 동네 초입에서 얼어 죽고, 동식의 모친 김영희가 동사한 남편을 발견하고는 정신을 놔버린 그때, 누구도 찾아오지 않는 부친의 장례식장을 홀로 지키던 까까머리 병장 동식이 경찰 정복을 입고 영정에 절하는 상배를 보며 넋이 나가 중얼거리던 바로 그 순간.
'저기요, 남경사님. 내가 경사님 같은 경찰이 되면.. 그땐 좀 잊어줄까요.. 내가 사람을 죽이지 않은 거.. 그땐 믿어줄까요.. 내 동생을 죽인 놈이 저기 저 밖에 돌아다니고 있는 걸 사람들이 그때는 알아줄까요..'
취조실에서 그토록 얻어터지면서도 놓지 않았던 끈을 놔버린 것 같았다.
물속에 빠져 허우적대던 동식이 숨 쉬기를 포기한 것이다. 그는 '사람'이 아니었다.
장례식장을 황급히 빠져나온 상배는 바닥에 주저앉았다.
남상배. 너 이 새끼, 무슨 짓을 한 거야.
동식이 다시 문주에 나타난 건, 그 후로 4년 후, 2007년이었다.
'순경 이동식, 문주 경찰서 생활안전과로 배명받았습니다!'

인간이 아닌 눈빛, 저놈을 다시 사람으로 만들고 싶었다.
배명 2년 차에 경장으로 특진한 동식을 다음 해인 2010년 강력팀으로 차출했다.
내 밑에서 숨을 쉬어라. 내가 네게 산소가 되어줄 수는 없어도 어깨에 멘 산소통 호흡기를 아주 가끔은 나눠줄 테니. 그 언젠가 내가 네게 산소가 되어야 할 때가 오면 내 한 몸을 다 불살라서라도 너를 살리겠다고 결심했다. 이동식을 용의자로 체포했던 상배는 동식을 누구보다 믿는 사수가 되었다.

2017년, 경감 남상배는 서울청 광수대 대장으로 승진을 목전에 둔 상태였다.

광수대 2년 차 이동식 경위는 강력계 형사로 물이 올랐고 자주 웃었으며 사람 같았다. 경찰대를 갓 졸업한 27살의 이상엽 경위를 동식의 파트너로 붙인 이유도 그 때문이었다. 그 선택이.. 동식과 상배의 인생을, 아니, 이상엽의 삶을 끊어버릴 줄은 상배는 상상도 못 했다. 여대생 실종 사건의 용의자를 홀로 쫓던 상엽과 용의자는 현장에서 사망했고 동식은 허벅지에 치명상을 입은 채 피를 흘리며 발견되었다. 앰뷸런스를 타기 전 동식은 이렇게 말했다고 한다. '전부 내가 죽였다.'고.

'전부 내가 죽였다.'
상배는 그 말을 기록에서 지웠다. 그리고 채워 넣었다. '전부 내 책임이다.'
광수대 대장으로의 승진은 취소되었다. 상배는 강력계 형사로의 생활을 접었다.
강력 범죄를 소탕하며 결혼도 하지 못하고 노총각으로 늙어버린 상배에게 남은 건 고향뿐. 그게 뭐라고.. 그래도 돌아갈 곳이 있으니 다행이다 그랬다. 순경으로 처음 시작한 그곳에서 마지막을 맞는 것도 괜찮지 않은가. 정년이 3년 남은 57세의 상배가 만양 파출소 소장이 된 것은 꽤 낭만적인 이유에서였다.

퇴원 후 경사로 강등된 동식을 만양 파출소로 불러들인 건 산소통 호흡기를 잠시 나눠주기 위해서였다. 그리고 이 녀석이 제 한 몸 불살라 산소가 되어달라면 묻지도 따지지도 말고 해줘야지, 나는 아직 속죄를 하지 못했다 생각했다.
그렇게 동식을 곁에 두고 차를 마시며 화초를 키우며 막걸리 소믈리에 자격증도 취득했다. 뺑소니 사고를 내고 투병하다 사망한 부친의 49재 날에 사라진 모친을 기다리며 만양 정육점을 지키고 있는 한정임의 딸 유재이에게 아버지가 되어주고 싶었다.

'난 말여, 퇴직하면 강원도 어디 바닷가에서 막걸리집이나 하면서 살란다.'
'아 소장님, 바닷가에 막걸리집은 완전 안 어울려요.'
'막걸리가 얼마나 몸에 좋은데. 맛도 좋고 배도 부르고. 밥 먹기 귀찮은데 두어 병 먹구 자면 담날 속도 편하고 변도 잘 나오고. 지훈이 너도 나이가 들면 알겨.'
'그치, 똥 잘 나오지.'
'조경사님, 똥 얘긴 그만하시고요. 강원도 바닷가면 시세가 장난 아닐 건데. 요즘 그 동네 젊은 애들 서핑인가 하러 몰려든대요.'
'역시 우리 황광영 경위님이 경제를 잘 아신다니께. 소장님, 걍 여기서 하셔.'
'왜? 조경사랑 만날 술이나 먹자고? 싫다야. 훌쩍 떠날 겨.'
'떠나는 건 찬성이요. 백세 시대에 서핑 배우세요. 막걸리집 말고 좋은 카페 하시구.'
'아이구, 지훈아, 서핑은 무슨. 됐다야.'
'소장님, 물 싫어하셔.'
'엥? 소장님, 동식 형 말이 진짜예요?'
'물 싫어. 아주 싫어. 무서워. 발꼬락도 안 담글 겨.'

'그럼 걸루 왜 가실라고. 한적한 곳이면 투자 가치도 없는데.'
'보는 게 좋잖어. 막걸리 한 잔 먹구 물결 보구, 그렇게 보구만 살 겨.. 멀리서.'

'CCTV 영상 하나 좀 지워주세요.'
민정의 손가락이 만양 슈퍼 평상 위에 놓인 채 발견된 그날 밤, 동식의 부탁에 망설임 없이 문주 경찰서 상황실로 향했다. 영상은 보지 않았다. 지워달라는 말은 아무도 보지 못하도록 해달라는 것이니까. 그 '아무'에 상배도 포함되는 것이리라.

만양 슈퍼 주인 강진묵.
20년 전 만양 가든에서 일하며 동식의 가족 도움으로 살던 고아였던 그가 범인이라니. 내가 체포하지 못한 바로 그 범인이라니. 그놈을 잡기 위해 동식은 대체 무슨 일을 저지른 것인가. 내 죄는, 내 잘못은 어디까지 얼마나 넘쳐버린 것인가.
정신을 퍼득 차린 상배는, 생각했다. 20년 전 이동식이 왜 범인이 되어야만 했을까. 상배는 주위를 둘러보았다. 그리고 20년 전 진실을 찾기 위해 다시 강력계 형사로서의 촉을 세우기로 했다. '스파이'로 의심을 받으면서도 한 발 한 발 그 진실에 다가갔다. 그래야만 동식에게 산소가 되어줄 수 있을 것 같았다. 그렇게 속죄하고 싶었다.

그가 진실을 알게 된 순간,
동식을 대신해 이창진과 맞닥뜨린 순간,
그리고 피투성이가 된 채 대포차 트렁크에 처박힌 그는
곧 끊어질 숨을 붙잡고 술을 마시면 부르던 노래를 흥얼거렸다.

'묻지 말아요, 내 나이는 묻지 말아요, 올가을엔 사랑할 거야.
나 홀로 가는 길은 너무 쓸쓸해, 너무 쓸쓸해.'

홀로 가는 길이 쓸쓸하지 않았다.
말하지 못한 진실이, 그것을 파헤치며 고통을 감내해야 할 동식이가 너무도 불쌍했다. 그 순간 자신이 곁에 있어주지 못함이 미안했다.

'너무 쓸쓸해, 애타게 떠오르는 떠나간 그리운 사람.
아, 그래도 다시 언젠가는 사랑을 할 거야, 사랑할 거야.'

물이 무섭다고, 그래서 보고만 살겠다던 그가 강물에 풍덩 빠지는 그 순간.
홀로 어두운 물속으로 가라앉던 그때 뛰어들어 다가온 그 얼굴이 동식이었던가.
간절히 뻗은 그 손을 잡고 싶었던가. 그저 잡아주고 싶었던가.
그래서 채 맞닿지 못할 손을 그토록 뻗었던가.

물속에서 오열하는 동식이에게 그리 울지 말라 말하고 싶었다.
쓸쓸하지 않다고 말하고 싶었다.
뻐끔거리는 물방울 사이로 동식이를 다독이고 싶었다.
그것이 상배의 마지막이었다.

이 력 서

1. 기초자료

성명	유재이
생년월일	1993년 06월 17일
E-mail	yooj93@kmail.net
전화번호	034-942-8245	휴대폰	010-0324-8245
우편번호	41344	팩스번호	
주소	경기도 문주시 만양읍 교평2길 14

2. 신상자료

최종학력	고졸	결혼여부	미혼	종교	무교
신장	161 ㎝	체중	45 ㎏	혈액형	B
취미	음악 감상, 노래하기	특기	정육 정형 및 발골		

3. 가족 사항

관계	성명	연령	최종학력	직업	동거여부
부	유상헌	1956년생	고졸	자영업	2010년 사망
모	한정임	1969년생	고졸	주부	2010년 실종

5. 학력 사항

년/월	학교명	비고
2006/02	경기도 문주시 만양초등학교	졸업
2009/02	경기도 문주시 만양중학교	"
2012/02	경기도 문주시 광효고등학교	"

6. 경력사항

기간	회사명	부서명	소속	계급
2011/06~현재	만양 정육점			대표

7. 자격증

취득년월	자격증	발령청
2009/02	한식조리기능사	한국산업인력공단
2009/07	2종 원동기장치자전거 면허	도로교통안전공단
2011/05	식육처리기능사	한국산업인력공단
2011/07	자동차 운전면허 2종 보통	도로교통안전공단

8. 소개

1993년 6월 17일 오후 2시 14분, 경기도 문주시 문주 병원에서 태어났다. 부친 유상헌이 며칠 전부터 만양 정육점 문을 닫고 기다렸고, 타고나길 병약했던 모친 한정임이 36시간 진통 끝에 낳은 귀한 외동딸이었다. 사람의 운명에는 초년 운, 중년 운, 말년 운이 있다고 했던가. 그렇다면 그녀야말로 모든 운이 초년에 몰빵한 것이리라. 만양 정육점을 물려받아 운영하던 부친과 전직 은행원이었던 전업주부인 모친의 품에서 누구도 부럽지 않게 보냈던 행복한 시절은 2007년, 그녀 나이 15세 되던 해에 끝이 났으니까.

2007년, 평소 약주를 즐기던 부친이 음주 운전 사고를 일으켰다. 피해자가 아닌 가해자로. 그리고 식물인간이 되어버린 부친을 대신해 모친 한정임이 그 모든 짐을 끌어안았다. 1990년 모친 한정임의 나이 22세에 맹세했던 약속, 손에 물 한 방울 닿지 않게 하겠다던 그 약속은 어디로 가고, 사망한 피해자 가족을 만나 사고를 수습하고 부친의 병수발을 하면서도 어머니는 합의금과 병원비를 충당하기 위해 정육점 도마 앞에 서야 했다. 한 떨기 꽃 같았던 고운 얼굴엔 주름이 지고 보드랍던 손끝은 가뭄의 논바닥처럼 갈라져갔다. 재이는 가끔 생각했다. 나도 어미에게 짐일까. 그러면... 그러면 어떡하지. 그래서였나. 그날 난생처음 정육도를 잡았던 것은. 부친이 입원한 병원의 갑작스러운 연락을 받고 달려 나간 모친이 채 걸어 잠그지 못한 정육점에 들어선 손님을 내보내지 못했던 것은. 날이 선 정육도를 잡아 쥐고 국거리 소고기 한 근을 잘라내며 재이는 어미의 짐이 되지 않겠다 결심했을 것이다. 그리고 그날 재이는 생각했다. 모친을 불러들인 오늘의 급전이 차라리 제 아비의 사망 소식을 달고 오기를. 불효를, 패륜을 그날 그녀는 난생처음 마음에 담았다.

긴 병에 효자 없으나 지난한 하루가 매일이 되면 익숙해지는 법. 15살의 어린 그녀가 정육도를 잡고 장사했다는 걸 안 모친은 회초리를 들고 밤새 소리 죽여 울었지만, 결국 어느새 한정임과 재이는 삶을 나누는 동지가 되었고 두 사람의 생활에 익숙해졌다. 어미의 짐이 되지 않기 위해, 어미의 짐을 나눠 지기 위해 재이는 학업보다 지금 당장 필요한 자격증 취득에 집중했다. 한식조리기능사와 원동기 면허를 취득해 자투리 고기를 듬뿍 넣은 김치찌개를 끓여 팔고 배달에 나섰다. 스쿠터를 타고 달리는 그 순간, 바람에 몸을 맡기는 그 순간은 조금 살 것 같았다. 그 순간 그녀는 바랐다. 침상에 누워 눈도 껌뻑이지 못하는 제 아비가 하루라도 빨리 죽기를. 재이에게 부친 유상헌은 살아도 산 사람이 아니며 죽은 사람도 아니었다. 식물인간으로 누운 아비를 보며 삶과 죽음의 경계가 희미해졌고 그는 이제 가슴 한 켠에 자리 잡은 무거운 돌덩이였을 뿐이니까. 재이는 점차 말수가 줄었고 공부에도 흥미를 잃었다. 막무가내로 어깃장 놓는 손님에게 고기 안 판다 나가라 외치고, 낮은 급의 고기를 디미는 도매업자의 냉동칸에 돼지 반 마리를 집어 던지는 그런 고등학생이 되었다. 누군가 사춘기라 저렇다 했을 때 재이는 웃었다. 사춘기라는 단어가 너무나 생경해서. 사춘이란 그 단어가 손대면 녹아 사라져 끈적임만 남길 솜사탕 같아서. 언젠가 무거운 돌덩이가 사라지면 이 지긋지긋한 정육점 붉은 불빛 아래에서 벗어날 수 있을까. 소망을 품으며 아침에 눈을 뜨고 늦은 밤에 눈 감는 매일을 살았다.

2010년 가을, 부친 유상헌이 죽었다. 무거운 돌덩이가 사라진 것이다.
이제 이곳에서 벗어날 수 있는 건가. 재이는 제 예상보다 조금 웃고, 많이 울었다.
부친의 49재를 앞두고 화사하게 단장한 어미가 머리에 진주 머리핀을 꽂았다.
부친 유상헌이 청혼하며 선물한 것이라 했다. 좋은 날 좋은 순간엔 항상 어미의 머리에 살포시 자리 잡은 것이라 했다. 엄마도.. 행복한 것인가. 잠시 그런 생각을 해보았지만 재이는 이내 고개를 저었다. 모친은, 한정임은 그녀의 남편, 재이의 아비에게 마지막으로 단장한 모습을 보여주고 싶었을 것이다. 진주 핀을 꽂은 어미의 볼은 화장이 설핏 얼룩지고 눈은 발갛게 충혈되어 있었기 때문이다. 그 모습이 마지막이었다. 그날 저녁, 49재 준비를 위해 심주산 심주사로 향했던 모친이 흔적도 없이 사라져버렸기 때문이다.

경찰에선 가출이라 했다. 남편을 잃은 사람이 종종 그런다던가.
온 산을 훑고 저수지를 뒤졌는데도 흔적조차 없으니 스스로 사라진 거라고 더는 해줄 수 있는 게 없다 했다. 그때부터, 문주시 만양읍 온 마을에 하나둘 소문이 솟았다. 내연의 남자가 있었다던가. 아버지의 사망이 어머니에 의한 것이었다던가.

재이가 전국 방방곡곡을 다니기 시작한 건 고등학교 2학년 18살부터였다.
부산 어느 모텔 골목에서 어머니를 보았다는 풍문에 모텔 골목 앞에서 어쩌지 못했던 고2의 재이는 어느새, 모텔 문을 밀고 들어가 카운터의 직원에게 어미의 사진을 내미는 것에 익숙해지고, 신원 미상의 시체가 나왔다고 하면 달려가 확인하는 것에도 익숙해졌다.

2020년. 그토록 벗어나고프던 정육점 선홍빛 불빛 아래서 스물여덟이 되었다.
사라져버린 어미가 돌아온다면, 반쯤 닳아버린 정육도를 그녀 손에 쥐여주고 뒤도 돌아보지 않고 떠나겠다고. 어미가 돌아오면, 이번엔 내가 가차 없이 버려주겠다고. 어미를 찾기 위해 처음 떠났던 부산으로 가서, 바닷가가 보이는 그 어느 펜션의 창가에서, 그저 하염없이 푸른 바다를 바라보며 앉아 있겠노라고. 어미에게 돌려줄 그날까지 이 지긋지긋한 정육점을 지키는 거라고 마음을 다잡으며 다 버리고 떠나고 싶은 어느 날은 최백호의 '부산에 가면'을 따라 부르고, 또 어느 날 엄마가 날 버린 게 아니라 어딘가 쓸쓸히 버려져 내가 찾아주기를 기다리고만 있으면 어쩌지, 그런 생각이 들어 가슴이 아려오는 어느 하루엔 패티김의 '가을을 남기고 떠난 사랑'을 틀어놓고 조금 울고 그래도 웃었다.

2018년 어느 봄이던가, 한때 만양가든을 운영했던 버려진 양옥에 주인이 돌아왔다 했다. 기억을 더듬어보면, 만양가든집 아저씨 아줌마는 참 좋은 사람이었다. 도매업자가 같았던 이유로 집안끼리 왕래가 있어서 예닐곱 무렵 종종 아버지와 어머니의 손을 잡고 갈비를 먹으러 가곤 했다. 그럴 때마다 그 집 아저씨는 서랍 속 깊은 곳에 넣어두었던 캐러멜 한 갑을 꺼내 재이에게 쥐여주곤 했다. 캐러멜을 내밀며 반짝이던 아저씨의 눈빛이, 그 옆에서 웃던 아줌마의 미소가 사그라진 건 재이가 여덟이던 2000년 가을 어느 날이었다. 재이의 손톱에 봉숭아를 들여주던 귀여운 그 집 언니가 잘린 손가락 한 마디씩을 남긴 채 사라져버렸다 했다. 범인으로 지목된 사람이 그 언니보다 1분 먼저 태어난 오빠라 했다. 이동식, 그런 이름이었다.

2018년 여름, 장맛비가 내리던 그 어느 밤. 그가 다리를 절뚝이며 들어왔다.
떨렁 하나 남겨둔 드럼통 테이블 앞에 앉은 그가 김치찌개 1인분을 달라 했다.
홀로 남겨진 날부터 재이는 더 이상 식당 영업을 하지 않았던 터였다.
그런데 왜 그랬을까. 그녀는 목살을 듬뿍 넣어 끓인 김치찌개를 그의 앞에 놓았다.
따숩게 갓 지은 밥 한 그릇, 반숙으로 익힌 노란 달걀 프라이도 내놓았다.
그리고 또 한 그릇 들고 그의 앞에 앉았다.
'그냥 같이 먹자고. 나도 배고파서. 밥값은 안 받아요. 돌아가신 아저씨한테 받아먹은 캬라멜이 많거든.'
그는 그저 가만히 재이를 바라보다가 수저를 들었다. 그날부터였다. 한때 살인 용의자였던, 그리고 또 한때 잘나가던 강력계 형사였던, 그러나 온통 망가져 고향으로 돌아온 이동식과 재이는 아주 가끔 밥을 먹고 또 가끔 술을 마셨다.
'아저씨, 나 있잖아. 누구한테 한 번도 말한 적 없는데.. 나 엄마 기다리는 거 아니다? 그 사람이 돌아오면 이번엔 정육점 이거 다 던져줘버리고 뒤도 안 돌아보고 떠날라고, 그렇게 복수할라고 여기 있는 거예요.'
'좋네.'
딱 그 한마디.. 그 말이 필요했던 거였다. 재이는 그날 누군가의 앞에서 처음으로 많이 웃고 조금 울었다. 남겨진 재이와 남겨진 이동식은 그렇게 친구가 되었다.

어릴 적 어머니를 좋아했다는 상배 아저씨의 설득으로 동식이 복직을 신청하고 만양 파출소에 남으면서 파출소 회식은 무조건 재이네였다. 그놈의 회식 하나 때문에 구청에서 보건 교육을 받고 식당 영업증을 갱신하면서도 재이는 불평 한마디 없었다. 그저 한 가지 마음에 남는 건 이것뿐이었다. 이 행복은 얼마나 지속되는 걸까.
'이런 거 믿으면 안 되는 거 아는데, 나 말이에요.. 초년 운 말곤 정말 아무런 운도 없다고 했거든. 그래서 조금 불안해요.'
그리고 그 어느 날 문주천 갈대밭에 손가락 한 마디씩 열 개가 잘린 백골 사체가 나오고 또 며칠이 지나 만양슈퍼집 민정이가 손가락 한 마디씩 열 개만 남긴 채 사라져버렸다. 20년 전, 그때와 똑같이.

어떤 비극이 다가와 손을 흔들어도, 아니 비극에 휩싸여버린 그 순간 더더욱,
외로운 둘이 만나 친구가 되었고, 이미 기대어버린 마음은 절대 놓을 수 없는 것.
동식이 민정의 휴대폰으로 진묵 아저씨에게 문자를 보냈단 걸 눈치채버린 날,
재이는 아주 잠깐 생각하고 바로 결정했다. 어떤 순간에도 동식 옆에 있겠다고.
강진묵이 범인인 거잖아. 그렇지 않고선 아저씨, 당신이 이런 일 할 사람 아니잖아.
동식이 감춰둔 휴대폰을 찾아 동식 앞에서 다시 진묵에게 문자를 보낸 건, 어쩌면 우리 엄마 한정임, 진주 핀을 꽂고 웃으며 돌아선 고운 우리 엄마도 그 인간이 죽였을까 봐, 이제 우리 엄마를 찾을 수 있을까, 그런 생각. 그렇다면 홀로 그 무게를 이고 여기까지 왔을 동식의 짐을 나눠 들어야 한다는 생각, 그것뿐이었다.

매일 밟았던 그 땅에 엄마가 있을 거라곤 생각도 못 했다.
땅에 깊게 묻힌 백골 사체가 세상에 드러나는 순간에도 엄마라고 생각지 못했다.
내 기억 속 엄마는 저런 모습이 아니잖아. 그런데 그 백골 사체의 머리칼에 그것이 달려 있었다. 진주 머리핀. 엄마가 곱게 꽂고 간 그것.
그 순간 재이는 바닥에 주저앉았다.
엄마. 엄마...
돌아오면 가차 없이 다 줘버리고 떠날 거라고 했잖아.
그런데 왜 여기 있어. 왜.. 내 옆에 있어.

장례를 치르고, 가차 없이 셔터를 내린 재이는 부산으로 향했다.
바닷가 바로 앞의 펜션을 빌려 창밖을 바라보았다. 별거 아니네, 이거.
하루.. 이틀.. 사흘.. 바다의 푸른빛이 붉은 불빛보다 금방 질린단 걸 알았다.
그럼 이제 돌아가 볼까. 동식 아저씨가 남아 있잖아.
아직.. 사건은 끝나지 않았다.

한주원이라 했던가. 잘생기고 부잣집에서 잘 자란 번듯한 남자애네.
첫인상은 그랬다. 그냥 뭐, 누군가는 그런 삶도 살고 있겠지.

그런데 이 인간이 내려오더니 내 친구를, 우리 아저씨 이동식을 자꾸 건드렸다. 이동식이 체포되고 정육점에 몰려든 경찰들 속에서 재이는 열여덟, 어머니가 사라졌던 그날을 떠올렸다. 달걀 한 판 들고 찾아가 결벽증 환자 한주원에게 던져버렸을 때, 이동식 같은 인간하고 오빠 동생 사이로 지낸 스스로를 탓하라는 말을 들었을 때, 이 자식의 인생은 먼지 한 톨 묻은 적 없었겠구나, 그렇게 생각했더랬다.

많이 놀랐다. 그런 한주원이.. 단 한 번도 어머니의 사랑을 받은 적이 없고, 8살 그 무렵 어미를 잃고 홀로 외국에서 자랐다는 걸 알게 되었을 때, 뭐랄까 그래 얘도 불쌍하네. 아니 잠깐만. 쟤가 왜 불쌍해? 그래도 먹고사는 걱정은 한 적 없잖아. 하지만 재이는 알고 있었다. 결핍은 어떤 것이라 하더라도 허기를 부르고, 허기는 이내 일상처럼 익숙해지지만, 일생에 흔적을 남긴다는 걸. 한 번 채워지지 못한 허기는 평생 어떤 것으로도 채울 수 없다는 걸. 그래서 감히 재이는 그의 허기를 채워주겠노라 생각하지 않았다. 그저 그의 허기를 알아만 주는 것으로도 충분하다는 걸, 동식과의 관계에서 이미 알고 있었으니까. 물론 허기를 알아주고픈 마음이 동식에게 느낀 것과 다르다는 걸 똑똑한 재이는 알고 있었지만 애써 모른 척했다.
'혹시 고졸에 정육점에서 칼 잡는 직업이라고 그딴 쓸데없는 자격지심 편견 때문에 날 피하는 겁니까?'
'고졸에 정육점에서 칼 잡는 거 맞고, 심지어 난 엄마도 없고 아빠도 없는 천애 고아지만 이 건물 내 꺼라서 돈은 조금 있는데, 내가 왜 한주원씨를 피하죠?'
'돈이 전부는 아니니까.'
'그렇죠? 돈이, 학력이, 직업이, 부모가 전부가 아니죠. 그런데 내가 왜 그쪽을 피하죠?'
'그러네요. 쓸데없는 편견은 내가 가지고 있었네요.'
'한주원씨한테 아무런 마음이 없어서 그런 거란 생각은 못 해봤어요?'
'네. 안 했는데. 아닌 거 아니까.'
'아닌데. 맞는데.'
'.. 거짓말.'
피식 웃으며 돌아서는 주원의 미소에 재이의 마음이 조금 흔들렸던 걸까.
그의 옆에서 그 미소를 지켜주고 싶은 마음이 들었을 때 재이와 마찬가지로 주원에게도 부모는 없었다는 걸 주원조차도 너무 늦게 알아버렸다.

선택의 기로에 선 주원이 동식의 손에 수갑을 채울 것인가. 재이는 항상 그랬듯 잠깐 생각하고 바로 결심한다. 그가 어떤 선택을 하든 그럼에도 그의 곁에서 잠시 잠깐 작은 숨이 되어주고 싶다고.
'동식 아저씨, 나 그래도 되지?'
'좋네.'

이 력 서

1. 기초자료

성명	오지화		
생년월일	1981년 4월 5일		
E-mail	jihwa5@police.kr		
전화번호	034-944-4145	휴대폰	010-0832-4145
우편번호	41250	팩스번호	
주소	경기도 문주시 만양읍 교평 36길 5		

2. 신상자료

최종학력	고졸	결혼여부	돌싱	종교	무교
신장	167 ㎝	체중	55 ㎏	혈액형	B
취미	대련	특기		태권도	

3. 가족 사항

관계	성명	연령	최종학력	직업	동거여부
부	오재춘	1956년생	고졸	자영업	2006년 사망
모	박은미	1958년생	고졸	주부	2006년 재혼(N)
배우자	이창진	49세	중졸	자영업	2002년 이혼
제	오지훈	26세	고졸	순경	Y

4. 학력 사항

년/월	학교명	비고
1994/02	경기도 문주시 만양초등학교	졸업
1997/02	경기도 문주시 만양중학교	"
2000/02	경기도 문주시 광효고등학교	"
2004/12	중앙경찰학교 167기	"

5. 경력사항

기간	회사명	부서명	소속	계급
2004/12	경기서부지방경찰청	생활안전과	문주경찰서 생활안전계	순경
2007/10	"	생활안전과	문주경찰서 여성청소년계	경장
2010/07	"	형사과	문주경찰서 강력계	경사
2014/03~현재	"	형사과	문주경찰서 강력계	경위

7. 자격증

취득년월	자격증	발령청
1999/05	태권도 4단	대한 태권도 협회
2000/06	1종 보통 면허	도로안전교통공단
2003/08	유도 3단	대한 유도회
2017/12	심리상담가 2급	한국심리상담협회

8. 소개

1981년 오전 8시 12분, 문주시 만양읍 만양 산부인과에서 출생.
태권도 도장을 운영하던 오재춘과 전업주부 박은미의 첫째로 태어났다.
몸 말고 머리로 먹고살길 바랐던 모친의 기대와 달리 부친의 운동 신경을 모두 물려받아 8세가 되기도 전에 10세 이하 동네 악의 무리들을 발차기로 처단하기 시작했는데 그때 2인조를 결성했던 사람이 이동식이다.

이동식. 그의 부친 이한오의 손에 이끌려 아비의 태권도 도장에 들어선 그 순간부터 나와 비슷한 냄새가 나는구나 싶더니만 아니나 다를까 무슨 일이 터지면 발차기가 먼저 나가는 것부터 똑인데다가 강자에게 강하고 약자에게 약한 것까지 같아서 지화 너, 동식이한테 시집가라는 말을 동네 어르신들께 참 많이도 들었더랬다.
그 말이 첨엔 되게 싫었는데 듣다 보니 익숙해지더라. 조금은 좋아했던 건가.
동식과 의견이 나뉘었던 단 한 가지가 바로 박정제였다.

지화는 이상하게도 어릴 적부터 정제를 잘 모르겠더랬다.
동네의 산은 다 정제네 꺼라 했던가. 동네에서 돈이 제일 많은 할아버지의 손자인데다 모친 도해원 여사는 우리 엄마랑 다르게 완전 초엘리트 멋쟁이였다. 고급스러운 옷을 입고 항상 말끔하고 뽀얀 정제를 다른 계집애들처럼 좋아할 수도 있었을 건데 지화는 항상 정제보단 동식이었고, 정제는 저 먼 어느 곳에 있는 사람 같아서 그 처연함이 싫었달까. 산을 타고 오르다 보면 울렸던 사슴 울음소리가 다 정제네 아버지 농장에서 들리는 거라서 그랬을까. 지화는 그 소리가 싫었다. 그런 처연한 소리가 뭐가 좋다고, 동식이가 정제와 농장에서 살다시피 하는 것도 싫었다. 함께 가자고 할 때마다 지화는 훈련을 핑계 댔다. 그 덕이었을까. 중학교 3학년, 전국대회에서 두각을 보인 지화는 국가대표 타이틀을 달았고, 고등학교 2학년, 일주일 전 급작스러운 허리 부상에도 춘천 코리아 오픈 국제 태권도 대회에서 입상하며 이름을 날리기 시작했다. 하지만 거기까지였다.

고등학교 졸업을 앞둔 어느 날 아침, 더는 두 다리를 움직일 수 없었다. 허리 부상은 고질병이 되어 재발하기 일쑤였지만 각종 진통제로 참아내다 크게 탈이 난 것이었다. 인생의 절반을 걸었던 미래가 눈앞에서 사라지는 순간이었다. 지화는 합격증을 받아쥐었던 대학 입학을 포기하고 병원에 입원해 수술과 재활에 들어갔다.

수술을 마치고 눈을 떴을 때 동식이 말했다.
'사년.. 오년? 아주 많이 길어야 팔 년 후? 앞으로 뭘 해 먹고 살아야 하나 싶은 때가 쫌 일찍 온 거지 뭐. 그니까 너 임마, 내 인생 왜 이따위야, 비운의 여주인공 같은 그딴 거 하기만 해봐. 어차피 니네 아부지 태권도 도장 물려받을 거잖아. 얼른 일어나서 발차기 시작해라, 오지화.'
'죽다 살아난 사람한테 그게 위로냐? 이똥식 너나 제대로 살아. 어차피 니네 아부지 고깃집 물려받을 거면서 뭔 재수를 한다고 니네 아부지 돈을 쓰냐.'
'아 이 기집애가. 나 재수하는 거 아니거든? 나도 꿈이 있어. 서울 홍대 클럽에서 연주 최좌장 해갖고 인디 밴드로 성공할 거야. 언니들이 꺅꺅 환호하는 소리로 배 채우면서 살 거다.'
'듣던 중 이런 개꿈. 개 짖는 소리 그만하고 정신 좀 차리지?'

일주일에 두어 번 툭하면 찾아와 그딴 소리나 지껄이던 동식이었다.
기타를 들고 와서 음정도 안 맞는 노래를 하다 쫓겨나던 동식이었다.
재활실 끝에 서서 약 올리다가 두 발로 걸어오면 신나게 맞아주던 동식이었다.
그런 애가 살인범이라니요. 그것도 동생의 손가락을 잘라 마당 돌 위에 늘어놓았다니요. 이보세요, 형사 아저씨들. 어떻게 잘못 봐도 사람을 그리 잘못 봐요. 범인을 체포해야지, 억울한 사람을 범인으로 몰면 어떡해요.

정제의 증언으로 동식이 풀려났다. 이미 동식과 그의 가족은 망가져버린 후였다.
동식은 도망치듯 군대에 갔고 정제는 소리소문없이 미국으로 유학을 떠났다.
원체도 투덕거리던 부모는 하루가 멀다고 다투기 시작했고, 6살의 남동생 지훈을 보살피는 건 모두 지화의 몫으로 돌아왔다. 지화는 지쳐버렸다. 그래서였나, 문주시 개발을 위해 서울에서 내려온 건축업자 이창진의 구애를 받아들인 것은. 21살이 된 지화는 창진과 결혼해 서울로 떠났다. 그것이 그녀 인생의 최대 실수였다.

이창진. 알고 보니 중졸.
이창진. 알고 보니 조직에 몸담았던 인물.
이창진. 알고 보니 이혼남. 애도 하나 있음.
이창진. 알고 보니 정관수술. 물려줄 재산이 아까워서 애는 더 안 낳는다고 함.
이창진. 알고 보니 진실은 한 톨도 없는 개 쓰레기 같은 새끼랑 내가!!!!
누구도 원망할 수 없었다. 내 선택이었잖아. 내가 내 발등을 찍은 거지.

사기 결혼으로 1년 만에 어렵게 이혼한 지화는 만양으로 돌아왔다.

그러나 창진은 지화에게 미련이 남아 있었다. 창진의 집착에서 벗어날 방법과 생계에 대한 고민에 빠져있던 지화는 국제 대회 입상 경력을 살려보기로 하는데. 경찰이 되면 이창진 같은 새끼들을 합법적으로 패도 되지 않을까, 에서 시작한 마음이 내 친구 동식이를 범인으로 몰았던 그딴 핫바리 경찰과는 다른 형사가 되겠다고 결심하는데 이른다. 그래서 지화는 2년 만에 진짜 경찰이 된다.

2006년 간암 판정받은 지 3개월 만에 부친이 사망하고 몇 달 지나지 않아 모친은 황급히 재혼해버렸다. 12살의 어린 동생 지훈은 다시 지화의 몫이 되었다. 열여섯쯤 되었을까 키도 크고 얼굴도 반반하니 귀엽게 잘 크던 동생놈이 갑자기 가수가 되겠다나. 아이돌이 어쩌고 하더니 눈먼 소속사를 하나 만나 서울로 올라가버렸다.
'니가 이상한 헛바람 들인 거 아니냐, 이똥식?'
'오지화 또 내 탓이라고 하네. 내가 뭔 헛바람을 들여.'
'동식이 너도 옛날에 인디 밴드인가 뭔가 하고 싶댔잖아.'
'맞아. 그랬어. 너 기타 들고 다녔잖아.'
지화와 정제의 말에 동식의 얼굴이 잠깐 굳었다.
그런 꿈이 있었나, 싶은 얼굴이었다.
그 무렵 동식은 지화와 같은 문주서 강력팀 형사가 되어있었다.
아 그리고 정제도 경찰이 되었다. 말이 돼? 박정제가 경찰이라니.
현장은 제 체질이 아니라며 정제는 안으로만 돌았다. 재단 이사장이 된 정제 모친 도해원 여사의 뒷배 덕이겠지.

이렇게 잠잠해지나 했다. 모든 게 이제야 톱니바퀴 돌듯 잘 돌아가는 거라고 지화는 생각했다. 후배로 들어온 동식이 먼저 서울청 광역수사대로 발탁되었을 때도 지화는 진심을 다해 축하했다. 미안해하는 동식에게 너 대신 여기 문주서 강력계 귀신이 되어서 최초의 여자 강력계장까지 올라가 보겠다고 큰소리도 쳤더랬다. 그랬는데 동식이 돌아왔다. 파트너를 잃고 경사로 강등되어 문주로 돌아와 버린 것이다. 그리고 사람이 다시 사라졌다.

강민정. 우리 오빠 같은 진묵형의 딸. 동식에게도 조카 같은 아이었다. 손가락 한 마디 열 개를 남기고, 그녀가 사라져버렸다. 20년 전 동식이를 용의자로 만든 바로 그 사건, 동식의 동생 유연이 사라진 것과 똑같았다.

누군가 동식을 쫓는 것인가.
한주원. 갑자기 서울청에서 내려온 애송이 경위, 이 인간인가.
쫓는 이는 과연 누구인가. 감추고자 하는 이는 또 누구인가.
누가 우리를 괴물로 만들고 있는 것인가.
괴물은 나인가. 너인가. 누구인가.

이 력 서

1. 기초자료

성명	오지훈
생년월일	1995년 7월 14일
E-mail	5_star@police.kr
전화번호	034-944-4145	휴대폰	010-0398-0221
우편번호	41250	팩스번호	
주소	경기도 문주시 만양읍 교평 36길 5

2. 병역 및 보훈 사항

군별	의무경찰	병역	만기전역
계급	수경	주특기	보병 소총수
복무기간	2016.2-2017.11	면제사유	비대상

3. 신상자료

최종학력	고졸	결혼여부	미혼	종교	때에 따라 다름
신장	186 ㎝	체중	64 ㎏	혈액형	O
취미	게임, 팬카페 관리	특기		노래, 댄스	

4. 가족 사항

관계	성명	연령	최종학력	직업	동거여부
부	오재춘	1956년생	고졸	자영업	2006년 사망
모	박은미	1958년생	고졸	주부	2006년 재혼(N)
형	오지화	40세	고졸	경찰	Y

5. 학력 사항

년/월	학교명	비고
2008/02	경기도 문주시 만양초등학교	졸업
2011/02	경기도 문주시 만양중학교	〃
2014/02	서울시 한린예술고등학교	〃
2019/08	중앙경찰학교 297기	〃

6. 경력사항

기간	회사명	부서명	소속	계급
2019/12~현재	경기서부지방경찰청		만양파출소	순경

7. 자격증

취득년월	자격증	발령청
2014/09	1종 보통면허	도로안전교통공단
2017/06	태권도3단	대한태권도협회
2019/10	복싱 2단	대한복싱협회

이 력 서

1. 기초자료

성명	강진묵
생년월일	1976년 2월 20일
E-mail	
전화번호	034-756-5934
우편번호	41388
주소	경기도 문주시 만양읍 교평 210번길 25-28

전화번호 칸 옆: 휴대폰 010-0641-0712
우편번호 칸 옆: 팩스번호

2. 병역 및 보훈 사항

군별		병역	면제
계급		주특기	
복무기간		면제사유	생계 곤란, 언어장애

3. 신상자료

최종학력	중졸	결혼여부	기혼	종교	무교
신장	179 cm	체중	80 kg	혈액형	A
취미	자원봉사	특기		도장, 목공, 운전	

4. 가족 사항

관계	성명	연령	최종학력	직업	동거여부
모	강순정	1953년생	중졸	자영업	1990년 사망
배우자	윤미혜	1979년생	중졸	서비스업	2000년 가출
자	강민정	2000년생	대학교 재학	대학생	2020년 사망

5. 학력 사항

년/월	학교명	비고
1989/02	경기도 문주시 만양초등학교	졸업
1992/02	경기도 문주시 만양중학교	〃

6. 경력사항

기간	회사명	부서명	소속	계급
1990/11	만양가든			아르바이트
1992/04	만양농산		배송팀	"
1995/05	문주물류		물류팀	직원
1999/12	만양농산		배송팀	직원
2001/06	문주물류		물류팀	직원
2003/04	만양슈퍼			사장

7. 자격증

취득년월	자격증	발령청
1992/04	2종 원동기장치자전거 면허	도로안전교통공단
1994/04	자동차 운전면허 1종 보통	"
1995/05	자동차 운전면허 1종 대형	"

8. 소개

1976년 2월 20일 밤 11시 45분, 문주시 만양읍 만양리에서 출생.
천애고아인 모친 강순정의 외동아들로 태어났으나 아비가 누구인지는 모른다.
어미 강순정은 6·25 전쟁 끝난 직후에 태어나 경기도 인근 고아원에 버려졌다고 한다. 전쟁고아가 넘쳐나던 시기에 과포화 상태에 이른 고아원에서 그녀를 입양해줄 가족은 없었다. 중학교까지 어찌저찌 졸업하고 고아원을 뛰쳐나와 술집을 전전하기 시작했다. 스물두셋 무렵 만양으로 흘러들어와 함바집에서 밥을 짓고 간간이 몸도 팔았다. 진묵은 예상치 못한 혹이었다. 낙태 비용이 아까워 양잿물을 한 사발 마셨다던가. 그래도 떨어지지 않았던 질긴 혹. 내 인생의 암 덩어리. 순정은 진묵을 그렇게 불렀다.

'눈깔아! 그런 눈으로 보지 말랬지? 저 눈깔만 없었어도. 아우- 내 인생의 암 덩어리!'
가게 뒷방에서 몸 팔고 나오던 어미와 눈이 마주칠 때면 어미는 진묵에게 모든 한을 다 쏟아부었다. 두들겨 맞아 온몸에 멍이 가실 날이 없었다. 어미에게 쫓겨나 퉁퉁 부은 눈을 하고 거리에 나서면 진묵에게 쏟아지는 건 또 다른 따가운 시선이었다. 몸 파는 년이 애도 패네. 애비가 누군지도 모르는 애를 낳고 저렇게 키우네. 눈을 들고 길을 걸을 수 없었다. 말도 제대로 할 수 없었다. 항상 두 눈을 내리깔고 입을 다물었다. 진묵은 사람과 눈을 못 맞추고 말을 더듬는, 만양에서 제일 더러운 아이가 되었다.

도대체 나는 왜 태어난 걸까. 왜 세상에 나서 이런 고통을 당해야 하는 걸까.
그런 진묵에게 유일한 안식처가 되어준 이는 바로 동식의 부친 이한오였고,
진묵의 상처에 약을 발라주고 따뜻한 밥을 내어준 이는 동식의 모친 김영희였다.

'형 왔어? 밥 먹었어?'
이동식. 5살 어린 그 녀석만이 유일하게 진묵을 형이라 불렀다.
아니 동식의 친구들, 정제.. 지화도 진묵을 형이라 불렀다. 어린 진묵도 한때는 그들
이 친구라 생각했다. 정제의 모친이 진묵을 불러 세워 따귀를 때리기 전까진. 지화
의 모친이 지화에게 말더듬이 진묵과 놀지 말라고 이야기했다는 말을 듣기 전까진
말이다.

1990년 어느 겨울밤, 어미가 죽었다.
며칠을 시름시름 앓던 어미를 진묵은 병원에 데려가지 않았다.
이불 속에 누워서 앓으며 진묵을 욕하지 못하는 어미가 좋았기 때문이었다.
어미가 입을 다물길 원했지만 혼자가 되길 바란 건 아니었다. 외로웠다.
함바집에서 쫓겨나고 갈 곳이 없던 진묵에게 도움의 손길을 내어준 것은 이한오였
다. 그래도 중학교는 졸업해야 한다고 같이 살자며 방을 내어주겠다고 했을 때, 동
식의 모친 김영희가 생각지도 못하게 반대하고 나섰다. 딸 유연이가 있으니 한 집
에 사는 건 안 된다 했다. 가게 종업원들에게 내어준 만양가든의 셋방에 들어간 진
묵은 자연스레 고깃집 일을 돕기 시작했지만, 그마저도 녹록지 않았다. 그의 말더듬
을 흉내 내며 괴롭히는 종업원 몇과 거북해하는 손님들 때문이었다.

중학교를 졸업한 진묵은 한오의 반대에도 진학을 포기하고 만양에서 제일 큰 농산
물 도매상에서 일하기 시작했다. 몸뚱이 하나 가진 자가 사람들과 말을 섞지 않고
할 수 있는 일은 새벽 배달뿐이기 때문이었다. 비가 오나 눈이 오나 하루도 빠짐없
이 성실하게 일해서 면허를 따고 물류회사에 입사한 후 열심히 살았다. 사람과 눈
도 못 맞추고 말도 더듬는 진묵을 채용하길 꺼렸던 사람들도 진묵의 성실성을 인정
하고 다시 부르기 일쑤였다. 이제 좀 사람같이 산다 했다. 열심히 돈 모아서 작은
구멍가게 하나 하면서 살면 좋겠다. 그렇게 사람같이 살고 싶었다. 그게 문제였던
걸까.

윤미혜. 스물한 살. 경기도 변두리 술집에서 몸을 팔던 아이.
부모가 없다고 천애고아라 했다. 어찌저찌 살다가 그런 곳까지 흘러 들어갔다 했다.
말더듬이 배달원 진묵에게 처음으로 말을 걸어준 여자였다.
'오빠, 마셔요.'

한여름엔 얼음을 띄운 물잔을 내밀었고, 한겨울엔 뜨끈한 보리차를 내어주었다.
좋았다. 사람같이 사람이랑 살고 싶었다. 사람과 살을 섞고 싶었다.
하룻밤을 어떻게 보냈나. 함께 술을 마셨고 여관에 갔고, 아마도 잠을 잤다.
한 달 후, 미혜가 생리를 하지 않는다 했다. 오빠 아이라고 했다.
진묵은 조금 울었다. 기뻐서.
구멍가게를 하려고 모아둔 돈을 미혜가 일하던 술집에 몸값을 내주는 데 썼다.
하나도 아깝지 않았다. 이제 나도 가족이 생기는 거야.

2000년 여름. 미혜가 가출했다.
갓 태어난 핏덩이, 우리 민정이를 낳아 남겨두고.
어린 핏덩이를 탑차에 태우고 미혜를 찾아 전국 방방곡곡을 다녔다.
동식의 부친 이한오가 그러면 안 된다고 민정이를 봐주겠다고 했다. 민정이는 나처럼 키우지 않으려고 했는데.. 동냥젖을 먹이며 온 동네 손을 빌려가며 키우지 않으려고 했는데 어디서부터 잘못된 걸까.

2000년 10월.
부산의 안마방에서 '혜미'라는 이름의 미혜를 만났다. 돌아가자고 했다.
빚이 얼마든 갚아준다고 했다. 뭐든 다 고치겠다고도 했다.
'고쳐? 야, 그냥 죽어. 죽는 거 말곤 네 인생을 바꿀 순 없어.'
'그.. 그..게 무.. 무슨 소리야.. 미혜야. 왜... 그래. 미.. 미안해.. 사.. 사랑해.'
'사랑? 미친놈. 넌 나 사랑 안 해. 내 손 하나 제대로 잡지도 못하면서. 넌 그냥 옆에 사람처럼 생긴 목석이 있어도 좋을걸? 그런 널 내가 진짜 좋아한다고 생각했어?'
'가.. 가자.. 미.. 민정이.. 봐서라도..'
'싫어! 죽어도 싫어! 방주선 걔, 내가 옛날에 무슨 일 했는지 알았단 말야. 근데 거길 어떻게 가서 살아? 왜 날 네 시궁창 인생에 처박으려고 해? 너, 사람들이 다 너 불쌍해하고 버러지같이 생각하는 거 몰라? 야- 널 가장 하찮게 보는 사람이 누군 줄 알아? 만양가든 그 식구들이야. 걔들이 전부 너한테 손가락질하는 건 안 보이지? 맨날 우리 진묵이 진묵이, 하면서 고기 좀 던져주면 니가 가서 꼬리 촬촬. 뭐.. 뭐.. 피.. 필요한 거 없어요? 하면서 허드렛일 다 해주지. 그게 뭔 줄 알아? 넌 뼛속까지 그 집 머슴인 거야. 아니 만양가든집 아저씨가 아주 잘 길들여놓은 만양 전체의 머슴이지. 내가 왜 너랑 거기 같이 살면서 종년 취급당해야 해!'

안마방 기도에게 두들겨 맞고 쫓겨난 진묵은 탑차에서 밤을 새웠다.
안마방에 전화를 걸어 '혜미'를 예약했다.
부둣가, 탑차 앞을 지나던 미혜를 잡았다. 그녀의 목에 줄을 감았다.
다른 놈들한테 더는 더럽혀지면 안 돼, 미혜야. 민정이 엄마는 그러면 안 돼.
그러나 죽음을 목전에 둔 사람은 괴력을 발휘하는 법.

미혜는 진묵의 사타구니를 걷어차고 도망쳤다. 그리고 사라져버렸다.

미혜를 찾지 못하고 돌아온 날 밤. 멀찍이 탑차를 세우고 문주천 갈대밭을 지나던 진묵은 하필 방주선을 마주쳤다. 주선은 술에 진탕 취해서 진묵을 건드렸다.
'아저씨, 아직도 미혜 걔 찾으러 다녀요? 걔 안 돌아와. 원래 몸 팔던 애잖아. 어디서 또 그 짓 하고 있을걸?'
저 입을 막고 싶었다. 그래서 막았다. 막고 목을 졸랐다.
'미친년. 입조심해, 이년아.'
축 늘어진 주선에게 툭- 뱉은 말. 진묵은 말을 더듬지 않았다. 그 순간 묘한 기분을 느꼈다. 제발.. 제발.. 단 한 번도 고개 숙여 부탁한 적 없던 인간이 애타게 자비를 구하는 모습. 무시하던 그 눈이 공포에 휩싸이는 순간. 생명이 제 손에서 사그라지는 그 감촉. 바로 전까지도 살아 숨을 쉬던 무언가를 순식간에 무의 존재로 돌려버렸다는 기쁨. 나만이 소유할 온전한 희열의 순간이랄까. 그 희열의 순간도 잠시, 어디선가 외마디 비명소리가 들렸다. 제방의 둑길에 누군가 주저앉아 있었다. 이유연. 동식의 동생. 이한오가 아끼는 딸이었다.

유연의 손가락을 자른 건 그녀가 먼저 진묵에게 손가락질했기 때문이었다.
쓰러진 유연을 일으켜주려 다가간 건데 왜 그녀는 진묵에게 손가락질한 걸까.
미혜의 말이 진짜인 걸까. 그 집 식구들은 다 내게 손가락질을 하는 거였을까.
그래서 그 손가락이 참 보기가 싫었다. 손가락이 없으면 손가락질도 하지 않겠지.
목을 졸라 기절시킨 유연을 지하실로 데려가 손가락을 먼저 잘랐다.
죽은 방주선의 손가락도 잘랐다. 곱게 싸서 갈대밭에 앉혀두었다.
기도해. 너의 죄를 용서해달라고. 그럼 혹시 아니. 천국에 갈지.
그리고 지하실로 돌아왔는데.. 유연이가 사라져버린 것이었다.
이것이 20년 전 사건의 진실이다.

'그래, 나는 이유연을 죽이지 않았어. 오히려 나는 유연이를 너한테 돌려줬다니까.
진짜야 동식아. 니네 아버지가 나한테 잘해줬잖아. 니네 어머니는 좀 꺼려했지만 그 덕에 먹고살았으니까, 유연이도 돌려주고.. 정신 나간 니네 어머니도 돌봐주고 그런 거야. 어쨌든 유연인 내가 한 게 아니라니까? 근데 동식아, 이거 다 소설이야.'

'20년 동안 여자들 죽인 건.. 그건 그냥 미혜를 찾다가.. 미혜랑 부산에서 같이 일한 여자들을 쫓다가 날 기억한 사람들을 하나씩 죽인 것뿐이야. 그 여자들도 자꾸 날 버러지로 보니까 손가락질하니까 그러지 말라고.. 그리고 몸뚱이 팔아먹고 산 죄를 뉘우치고 천국 가라고 그렇게 손 모아서 묻어준 거지. 나 정말 착하지 않니? 근데 동식아, 이거 다 소설이야. 내가 사람을 어떻게 죽여.'

'아 한정임? 그 누나도 참 괜찮은 사람이었는데, 근데 그거 아니? 그 누나 아픈 남편을 병원에 두고 바람 피고 다녔다는 이야기 있었던 거. 좀 이뻤잖아. 동식아. 내가 그 누날 산길에서 마주쳤어. 남편 죽은 여자가 왜 어두운 밤에 산에서 내려올까. 그리고 그날 내가 미혜를 코앞에서 놓쳤거든. 진짜 열받아 미치겠는데 누나가 딱 내 앞에 나타난 거야. 그래서 뭐, 죽였어. 죽이고 나니까 산에서 내려온 게 절에 갔다 온 거라고.. 남편 49재 어쩌고 그러더라. 그래서 내가 그 누나는 돌려줘야겠다 결심했지. 미안해서. 근데 동식아, 이거 다 소설이야. 누나가 어딨는지 내가 어떻게 아니.'

'그런데 왜 미혜는 죽도록 찾았냐고? 물어볼라고. 크면서 보니까 민정이가 날 안 닮은 거 같아서.. 자꾸 그런 나쁜 맘이 들어서.. 민정이가 자꾸 술이나 마시고 남자나 만나는 게.. 미혜 딸은 맞는 거 같은데 내 딸은 아닌 거 같아서. 유전자 검사? 동식아, 그걸 내가 어떻게 하니. 우리 민정이가 알아봐. 얼마나 마음이 아프겠어. 미혜 만나서 물어보고선, 그리고 죽이려고 했지. 미혜, 우리 민정이 엄마 되는 사람이 그렇게 살면 민정이 시집은 어떻게 가겠어. 미혜를 죽이고 나면 말야.. 막 자다가도 여자를 죽이고 싶은 마음이 드는 거.. 그거 없어지지 않을까 했어. 그래서 찾았는데.. 미혜가 죽었어. 언제 알았냐고? 민정이 죽던 날, 그날 알았지. 내가 저 땜에 전국을 다니고 사람을 몇을 죽였는데.. 죽은 줄도 모르고 지 엄말 얼마나 찾아다녔는데.. 민정이 고게 뭐랬는 줄 알어? 집을 나간대. 나는 아빠가 아니래. 이미 진작부터 알고 있었대. 나가서 제 맘대로 살 거래. 남자한테 몸을 팔고 살든 술 마시고 망가지든 상관하지 말래. 지하실에서 뭘 하는 건지 내가 소름 돋는대. 그래서 죽였어. 망가지면 안 되잖아. 몸 팔면 안 되잖아. 내 딸은 그러면 안 되잖아. 근데 동식아 이거 다 소설이야. 응? 동식아 뭐라고? 미.. 미혜가.. 사. 살아 있다고? 주.. 죽지 않았다고?'

동식아. 그년 어딨니.
알려주면 니가 원하는 거 다 말해줄게.

이 력 서

1. 기초자료

성명	도해원
생년월일	1956년 11월 25일
E-mail	dodo1956@kwanghyo.ac.kr

전화번호	034-984-7777	휴대폰	010-0856-7777
우편번호	40828	팩스번호	

주소	경기도 문주시 번뜨기길90 판타지아 테라스 7호

2. 신상자료

최종학력	대졸	결혼여부	사별	종교	없음
신장	162 ㎝	체중	46 kg	혈액형	O
취미	독서		특기	토론	

3. 가족 사항

관계	성명	연령	최종학력	직업	동거여부
부	도상구	1928년생	국졸	농부	1973년 사망
모	한송자	1930년생	국졸	주부	1996년 사망
형	도해식	1948년생	고졸	무직	1995년 사망
배우자	박광효	1950년생	고졸	사업가	1998년 사망
자	박정제	40세	대졸	경찰	Y

4. 학력 사항

년/월	학교명	비고
1969/02	경기도 문주시 만양초등학교	졸업
1972/02	경기도 문주시 만양중학교	"
1975/02	경기도 문주시 광효고등학교	"
1979/02	서울 이하여대 수학교육과	"
1985/02	서울 이하여대 교육대학원 교육학 석사	"
1990/02	서울 이하여대 교육대학원 교육학 박사	"

5. 경력사항

기간	회사명	부서명	소속	계급
1979/03 ~1980/08	경기도 문주시 광효고등학교	수학		평교사
1990/03 ~1998/05	학교법인 광효학원	재단	사업관리실	실장
1998/05~현재	〃	〃	〃	이사장
2018/07~현재	경기도 시의회			시의원

6. 자격증

취득년월일	자격증	발령청
1979/02	2급 정교사 (수학)	교육부

7. 소개

1956년 11월 25일 새벽 5시 25분, 문주시 만양읍 만양리에서 출생.
대대로 농사짓던 부친 도상구와 모친 한송자와의 사이에서 1남 1녀 중 막내딸로 태어났다. 기골이 장대했던 부친은 6·25 전쟁에서도 살아남았고 고향으로 돌아와 모친 한송자와 함께 다시 농사를 짓고 살다가 딸 해원을 낳았다.
낳자마자부터 워낙에 미모가 출중하여, 일곱 딸을 낳은 딸부잣집 이웃이 이런 딸이면 하나 더 낳겠다고 했더란다. 부친은 아기 적부터 예쁘고 눈치 빠른 해원을 아껴서 5살이 될 때까지도 무릎에 앉혀서 밥을 먹였고, 아들에게만 붙여주던 돌림자를 딸 해원에게도 붙여주었다. 그에 반해 모친 한송자는 남아선호사상이 박혀 있는 인물이어서 아들 도해식이 암으로 세상을 떠나자, 시름시름 앓다가 다음 해 세상을 떴다.

부친과 모친 모두 학력이 미천한 것에 콤플렉스가 있었고 내 자식만큼은 흙 만지고 살지 않게 만들겠다는 각오가 대단했는데, 하늘도 참 무심하시지.. 집안의 장남인 해원의 오빠 도해식은 공부에는 취미도 관심도 머리도 없었다.
그에 반해 8살 어린 해원은 한글을 알아서 떼고, 특히 숫자를 가지고 노는 것에는 아주 비상했다.
'딸년이 저 잘났다고 오빠 앞길을 막고 나서니, 우리 집 장남이 기 펴고 살겠나.'
모친이 평생 그놈의 '우리 아들 우리 장남' 타령을 할 때마다 붙이던 말이었다.

1973년 부친이 갑작스럽게 사망한 후, 고등학교를 중퇴하라는 모친의 갖은 구박을 받으면서도 이를 악물고 견딘 해원은 전액 장학금으로 여대 입학, 수석 졸업한다. 임용고시에 합격해 서울의 공립학교 교사로 살겠다고 다짐한 해원의 앞길을 막은 건 또다시 그놈의 '돈'이었다.

고등학교 시절부터 대학 4년 내내 특별 장학금을 지원한 사람이 학교법인 광효학교, 즉 모교인 광효고등학교 재단 이사장이었는데 감사 인사를 하러 찾아간 해원에게 그는 모교로 부임할 것을 권유했다.

말이 권유지 명령에 가까운 것임을 해원은 단박에 알 수 있었고 울며 겨자 먹기로 문주시에 돌아온다.

그러나 도해원이 어떤 사람인가.

'무너진 하늘에서도 솟아날 구멍을 만드는 사람.' 그가 바로 도해원인 것이다.

광효고로 부임한 해원은 레이더를 작동해서 솟아날 구멍이 되어줄 쾌를 찾기 시작했는데, 바로 해원을 불러들인 재단 이사장의 아들 '박광효'였다.

빛날 광 자에 효도 효 자를 쓰는 박광효는, 이름과 달리 효도와는 거리가 먼 사람이었다. 각종 농장 사업으로 돈을 불린 이사장에게서 어찌 저런 덜덜이가 나왔을꼬, 싶은 인물이었다.

'돈 때문에 망한 자, 돈 때문에 흥하리라-'

돈에 대한 관념도 전혀 없고,

사업가 기질은 당연히 없고

그저 동물을, 그것도 사슴을 매우 좋아해서 그림이나 슬슬 그리고

사슴농장을 관리하는 데만 열심인 박광효는 해원의 눈에 그저 '돈'으로 보였고,

작전에 돌입한 해원은 미모와 지성을 뽐내어 광효를 사로잡아 재빨리 혼전 임신을 해버린다. 그것도 아들을.

오 마이 갓.

돈이 있으면 뭐든 할 수 있잖아. 이제부터 위로 올라간다!

명예욕이 불끈거리던 해원의 인생은 앞으로 찬란하게 빛날 일만 남았다 생각했는데, 내 아들의 조부인 재단 이사장 이 깐깐한 할배가 명이 얼마나 긴지, 1990년이 되어서야 해원은 광효학원 재단에 발을 댈 수 있었다.

박정제. 눈에 넣으면 좀 아프겠지만 참아줄 수 있는 내 아들.

핏줄이란 게 참 어쩔 수 없나 봐.

모친 한송자 여사가 그놈의 아들 타령할 때마다 정말 입을 틀어막고 싶었는데 낳아보니까 있잖아, 아들은 달라.

딸을 하나 더 낳았대도 정제만큼 사랑하지 못했을 거라고 해원은 확신했다. 하필 내 아들이 나보다 즈그 아빠를 더 닮아서, 이재에 관심 없고, 그림이나 슬슬 그리고

또 그놈의 사슴은 왜 그렇게 좋아하는지.. 아니, 그런 건 다 괜찮아. 애가 너무 주관이 없고, 자꾸 눈치를 보잖아. 잘난 내 머리는 못 물려줬어도, 미모는 물려줬는데 대체 왜! 미모에 돈까지 붙었는데 이 세상 무서울 게 뭐 있냐 이거지. 근데 왜 자꾸 만양가든집 아들내미하고 찰떡같이 붙어서 걔가 시키는 건 다 하고 다니냐!
아우 속 터져.

만양가든으로 할 것 같으면, 국민학교 동창인 이한오라는 애가 지 아버지 때부터 하던 고깃집인데, 어찌나 고기반찬을 도시락으로 싸 오던지 코흘리개 시절부터 재수 참 없었다, 걔는.
있는 집에서 자란 애들이 왜 꼴뵈기 싫은지 알아요? 애들이 때가 안 묻었어. 막 하얘. 꼿꼿하구. 그러니까 보이는 걸 그냥 다 말한다고.
'해원이는 오늘도 김치랑 멸치 싸 왔네? 나 고기 물려서 그러는데 내 꺼 먹어라.'
재수 없는 새끼.

이한오는 다 커서도 오지랖이 넘쳐서, 온 동네일은 다 챙기고 다녔는데, 특히.. 그 강진묵이라고, 동네 함바집 하던 여자한테 태어난, 아빠가 누군지도 모르는 말더듬이를 제 동생처럼 챙겼다.
야- 그럴 시간에 니 아들 이동식이나 챙겨!
해원은 항상 생각했더랬다. 기타나 뚱기고 내 아들 꼬여서 농장에서 술판이나 벌이는 이동식이 그 자식 좀 잡아다 사람 만들라고 말해도 귓등으로도 안 듣더라고. 공부 잘하는 딸내미 인생까지 걔가 망칠 거라고 그랬는데.. 해원은 정말 조금도 생각 못 했다.
그 집 딸내미 유연의 인생을 이동식이 아니라 내 아들 정제가 망칠 줄이야.

다 이동식 때문이었다.
동식이 그 자식이 술을 같이 먹고 다니지만 않았어도, 우리 정제가 알코올 중독이될 일은 없었을 거야. 지 아빠가 죽기 전에 농장에 몰래 숨겨둔 신경 안정제를 쏟아 먹을 일도 없었을 거라고. 그 자식 구하겠다고, 내 아들이 경찰서에 기어 들어가서 알리바이를 댈 일도 없었을 거고. 해원이 열의를 다해 추진하던 문주시 개발이 무산될 일도 없었을 것이다.
다 이동식 때문이다. 그 자식이 원흉이다.

20년 전, 미국 유학을 가장하고 정신병원에 정제를 가둬버렸던 건 내 아들, 우리 정제를 위해서였던 거다.
어떻게든 이동식 그 자식하고 떼어놓아야 해.
아니 그냥 여기 문주시 만양에서 멀리 보내버려야 해.
20년 전, 그때 그날의 순간, 해원은 각성했다.

제 인생에서 본인 말고 유일하게 사랑하는 존재가 내 아들이란 걸.
절대로 잃을 수 없는 내 보물이란 걸.

2년 전부터 해원은 하루도 마음 편할 날이 없었다.
그놈의 이동식이 사고 치고 만양으로 돌아오더니 우리 정제가 그 자식하고 또 붙어 다니기 시작한 것이다. 내가 우리 아들, 어떻게 경찰까지 만들어놨는데. 남상배 그 인간은 그 찝찝한 정육점에 내 아들까지 불러 앉혀서 술을 멕이냐고!
장비서한테 사람 좀 붙이라 했더니 경찰한테 어떻게 사람을 붙이냐.
장비서 얘도 참 마음에 안 들어. 너무 꼿꼿해. 얘도 있는 집 아들인가?
정제가 경찰 된 걸 해원은 이토록 후회한 적이 없었다.

불길하다. 무슨 일이 또 터질 것 같아.
아니나 다를까, 마을 갈대밭에서 또다시 시체가 튀어나오고 사람이 실종된다.
그 말더듬이 강진묵의 딸 강민정이.
이한오 아들 아니랄까 봐, 이동식이 쓸데없이 아끼던 그 바보 같은 여자애가.
하필 문주시 개발을 다시 추진하는 이 상황에서 말이지.
이건 반드시 끊어내야 할 악연인 것이다.

20년 전의 해원과 지금의 해원은 다르다. 지금은 시의회의 의원이고 권력자다.
해원에게 20년 만에 다시 추진하는 문주시 개발은 8년 전 미끄러졌던 문주 시장 선거에서 승리할 기반이기도 하지만, 권력을 더욱 공고히 할 수단인 것이다.
20년 전에 같이 추진하던 멤버, 진리건업 이창진 대표도 이제 어엿한 JL건설을 운영하고 있고 문주 경찰서 서장이었던 한기환 경찰청 차장은 대한민국 경찰 1인자, 차기 경찰청장에 이름이 오르내리고 있단 말이지. 이 멤버가 제대로 손만 잡는다면 대한민국에서 못 할 게 뭐 있겠는가.

힘이 있어야 내 아들을, 내 재산을, 나 자신을 지킬 수 있다.
그건 곧, 20년 전보다 쬐끔 더 힘을 가진 지금의 도해원이 가진 것을 지키기 위해 20년 전보다 더 과한 일도 할 수 있다는 말이다. 참 다행이다. 그래서 해원은 자신이 실패할 거라는 생각을 조금도 하지 않는다.
말이 안 되잖아. 나, 도해원이야.

겉으로 봤을 땐 누구보다 우아하다.
가진 것 모두, 고급으로 맞추려 노력한다. 돈으로 취향을 살 수 있더라고.
타운하우스 한 채 분양받아서 취향껏 꾸미고 사는데 우리 정제는 참 싫어한다.
뭐가 너무 많다나. 아들. 엄마가 어떻게 알아낸 건데 다 부려놔야지. 그걸 왜 감춰.
위로 올라가기 위해, 위에서 머물기 위해 공부도 참으로 열심히 하는 타입.

그녀가 거저먹은 것은 하나도 없다. 학벌도, 남편도, 아들도, 돈도, 권력도.
노력, 그놈의 노오력이 제 아들을 갉아먹는 것도 모르고,
그녀는 평생 해왔던 대로 아들을 지키기 위해 노력한다.
알잖아. 나 도해원이야.

이 력 서

1. 기초자료

성명	이창진
생년월일	1972년 4월 1일
E-mail	genielee@jlbuilding.co.kr genielee@kmail.net
전화번호	056-774-0401	휴대폰	010-0298-4245
우편번호	06668	팩스번호	
주소	서울특별시 강남구 대지동 대지타워힐스 2101호		

2. 병역 및 보훈 사항

군별		병역	면제
계급		주특기	
복무기간		면제사유	수형

3. 신상자료

최종학력	중졸	결혼여부	미혼	종교	무교
신장	180㎝	체중	80 ㎏	혈액형	O
취미	식도락		특기	러시아어, 유도	

4. 가족 사항

관계	성명	연령	최종학력	직업	동거여부
부	이봉출	1943년생	국졸	노점상	1988년 사망
모	강순이	1947년생	국졸	노점상	1990년 사망
형	이창주	55세	대학 재적	무직	N
배우자	고유림	54세	중졸	자영업	1992년 이혼(N)
자	이진혁	30세	대학원 재학	학생	N
배우자	오지화	40세	고졸	경찰	2002년 이혼(N)

5. 학력 사항

년/월	학교명	비고
1985/02	부산시 삼미초등학교	졸업
1988/02	부산시 삼미중학교	〃

6. 경력사항

기간	회사명	부서명	소속	계급
1988/03	부산 백와관	총무부	경비팀	아르바이트
1988/05	〃	〃	〃	직원
1990/04~09	〃	〃	운영팀	과장
1990/09 ~1992/03	부산 교도소	특수폭행 1년 6개월형 만기출소		
1992/05	큰손개발	회장실		비서
1994/02	HBI 빅핸드인더스트리	기획실		이사
1995/06 ~1998/06	안양 교도소	상해치사 3년형 만기출소		
1999/07	진리건업			대표
2006/02~현재	JL건설			대표
2020/09~현재	문주시 드림타운 개발 대책위원회			위원장

7. 자격증

취득년월	자격증	발령청
1985/12	유도 초단	대한유도회
1989/06	유도 2단	〃
1990/05	1종 보통 면허	도로안전교통공단

8. 소개

1972년 4월 1일 밤 10시 20분, 부산 동구 초양동에서 출생.
부친 이봉출과 모친 강순이 사이에서 2남 중 막내로 태어났다. 양친 모두 평안도 출생으로 6·25 전쟁 당시 혈혈단신 피난민으로 부산에 내려와서 건물 청소일을 하며 생계를 유지했다. 양친의 꿈은 자그마한 것이라도 내 가게 하나 가지는 것이었는데, 부친 이봉출은 비록 학력은 보잘것없지만, 꽤 비상한 인물이어서 나이트, 주점을 청소하며 오며 가며 배운 러시아어로 선박에서 흘러나오는 물건을 받아 팔더니, 차이나타운 러시아거리의 구석 자리 노점으로 꿈을 이루었다. 그때가 부친의 나이 서른이 되던 1972년, 바로 창진이 태어난 해였다.

재물의 운을 가지고 태어난 복덩이라 환영받을 탄생이었지만 그러지 못했던 이유는 창진의 형이자 집안의 장남 이창주가 워낙에 뛰어난 인물이었기 때문이다. 35주 차 이른둥이로 태어난 창진의 형 이창주는 평생을 약골로 살았으나 두뇌만큼은 명석하여 부산 지역 명문 중고 수석 입학 수석 졸업, 서울대 법대에 전체 장학금을 받고 입학한 수재였다. 그에 비해 창진은 4.5킬로의 우량아로 태어나서, 산파가 날 때부터 말할 수 있을 줄 알았다 했을 정도로 기골이 장대했는데, 명석하기보다 잔머리가 발달한 쪽이랄까.. 학업 성적은 터무니없을 정도로 바닥을 기어서 일찌감치 집안의 기대와 관심에서 벗어났다. 국민학교 5학년 때 키가 거의 170센티에 달했던 창진은 당시 또래에서는 겨룰 자 없는 주먹과 체력에 깡다구까지 겸비했고, 중학교에 입학하자마자 각종 운동부 선생님들의 러브콜을 받았는데 유도부 선생님이 간짜장 곱빼기에 탕수육 대짜 사준 것에 홀랑 넘어가 유도를 시작했다. 당시 창진의 키는 174센티, 몸무게 72킬로, 웬만한 성인 남성 못지않았다.

서울대 법대생 장남에, 공부는 못해도 어깨 너머 배운 러시아어로 가게 일도 곧잘 돕고 건강 하나만큼은 수재 버금가는 막내아들에, 러시아 선박에서 흘러나온 물건을 노점에서 판매하며 생계에 걱정 없던, 행복에 가까운 날들이 끝나버린 건 1987년 6월이었다. 집안의 자랑, 창진의 형 창주가 사라져버린 것이었다.

서울에서 대학생들이 데모한다는 뉴스를 얼핏 본 것도 같았다. 학생들이 하라는 공부는 안 하고 뭔 짓이냐며 식사하던 부친은 혀를 찼고 모친은 TV를 껐고, 여느 날처럼 창진은 밥 세 그릇을 깨끗이 비웠다. 며칠 후 형사들이 구둣발로 집 안에 들이닥쳤다. 장남이 어디 있는지 알아내기 위해 부친은 노점을 조폭에게 넘기고 받은 돈을 모두 경찰들에게 찔러주었고 안기부에 달려가 매달리다 죽기 직전까지 매를 맞았다. 그리고 실종된 지 한 달이 넘은 어느 날, 형은 숨만 붙어 있는 시체의 모습으로 돌아왔다.

거리 한구석 노점에서 불법으로 떼어온 물건을 팔아 벌어먹는다는 것이 얼마나 고된 일이었겠는가. 구역의 조폭과 구청 공무원, 타락한 경찰, 얼마나 많은 벌레가 붙어 등골을 빨아먹었겠는가. 부친 이봉출이, 모친 강순이가 그 모든 것을 감당하면서 벌어먹었던 이유는 바로 장남이었을 것이다. 서울대 법대 졸업 후 판검사로 승승장구할 집안의 기둥이 무너져버렸다. 내 아들이 판검사가 되면, 저들도 내게 이렇게는 못 하리라는 희망. 더는 이리 허리를 굽히며 살지 않아도 된다는 꿈. 그 모든 게 사그라져버린 것이었다. 맞은 상처를 제때 치료하지 못한 채 알코올 중독에 빠져버린 부친은 다음 해 봄 사망했고 시체 같은 형은 고스란히 모친 강순이와 창진의 몫이 되었다. 어미는 다시 건물 청소일을 시작했고, 창진은 고등학교 진학을 포기하고 나이트클럽에서 아르바이트를 시작했다. 몇 번이고 찾아와 유도선수로 성공할 수 있다고 더러운 길로 가지 말라 설득하던 유도부 선생님에게 창진은 외쳤다.
'드럽거나 말거나, 성공 그 씨발 것! 다 똑같지 머. 조폭이고 경찰이고 썩어 문드러진 것들 싹 다 밟아가 올라갈 끼다 이겁니더!'

나이트클럽 앞에서 기도를 서던 창진이 클럽 사장의 눈에 든 것은 일을 시작한 지

채 두 달이 지나지 않아서였다. 술 취한 러시아 선원과 손님, 웨이터가 모두 얽혀 패싸움이 벌어질 상황에 뛰어 들어간 창진이 탁자 위에 올라서 이마에 술병을 깨더니 러시아어로 욕을 퍼붓기 시작했는데 피가 줄줄 흐르는 사이로 번득이던 눈빛이 너무 기괴해서 그 후로 '스파씨발'로 불리었다나 뭐라나. 백와관 나이트 역사상 전설 같은 이 스토리는 당연히 창진 입에서 나온 창진피셜일 뿐, 확인된 바 없다.

전설 같은 이야기가 진실이든 아니든 간에, 사장의 눈에 든 것은 분명한 것이 약관 19세의 나이에 운영팀 과장 타이틀을 달고 부산 최대 나이트클럽 백와관을 관리하게 되었다. 그해 8월 모친 강순이가 과로로 쓰러져 사망하면서 요양병원에 장기 입원 중인 형은 온전히 창진의 몫이 되었고 그가 조직에 입문하는 것을 말릴 사람은 세상에 하나도 없었다. 한 달 후, 창진은 조직 싸움의 선두에 서서 체포, 특수폭행 1년 6개월형을 받고 부산 교도소에 수감, 출소 후 나이트클럽을 정리하고 사업가의 길에 들어선 부산 우대파 두목 유성균의 부동산 개발 시행사 큰손개발에 입사, 유성균의 수행비서가 된다.

창진은 큰손개발에서 많은 것을 배운다.
땅주인을 협박해 땅값을 후려치고, 땅주인을 폭행해 계약서에 도장을 받는 법에서, 구청, 시청 도시계획과 공무원과 경찰서 생활안전과에서부터 윗선까지, 그리고 의회와 국회, 검찰의 누군가와도 돈독한 관계를 맺는 법을 배웠다. 창진이 앞장서서 뛴 덕에 큰손개발은 부산권에서 알아주는 시행사가 되었고 채 2년이 되기도 전에 서울로 진출, 사명을 HBI 빅핸드인더스트리로 바꿨고 창진은 기획실 이사가 되었다.

23세. HBI 기획실 이사. 번듯한 명함을 내밀어보아도, 유성균이 원한다면 시청 부동산과 9급 공무원에게도 허리를 숙여야 하는 따까리 조폭일 뿐이었다. 노점상에서 평생을 공무원 나부랭이들과 조폭에게 허리 숙이며 돈 찔러주던 내 아비와 다를 것이 무언가. 창진은 독립을 결심한다. 큰형님 유성균이 창진을 놔줄 리 만무했다. 하극상. 그를 찌르고 그 자리를 차지하는 클리셰. 하지만 창진은 좀 더 깔끔한 스토리를 짜낼 머리가 있었다. 상대파 조직원이 유성균을 노린다는 첩보를 입수한 창진은 조직의 보스 대신 치명상을 입고도 상대 조직원들을 모두 처리한다. 먼저 칼을 뽑지 않았다는 이유로 상해치사 최저형인 3년형을 받고 안양 교도소에 수감된 창진은 만기출소한다. 평생 한쪽 다리를 절어야 하는 창진은 더는 조폭 생활을 할 수 없었다. 유성균은 생명의 은인인 창진에게 일암동 개발 수익의 절반과 경기도 사업권을 내어준다. 그렇게 창진은 진리건업의 대표가 된다.

1999년. 일암동 건너, 문주시 개발에 관심을 두게 된 스물여덟의 창진은 큰손개발에서 배웠던 대로 구청에서부터 경찰서, 시의회 등에 인맥을 만들기 시작하는데 당시 가장 공들였던 상대가 문주시 최대 사학재단 광효의 이사장 도해원과 문주 경찰서

서장 한기환이었다. 그 무렵 도해원은 시장의 꿈을 안고 시의원 출마를 위해 노력하고 있었고, 문주시 개발이라는 캐치프레이즈가 필요한 상황이었기에 창진의 손을 덥석 잡았다. 한기환은 조금 달랐는데, 그는 청렴하기로 유명한 사람이라 창진과 차한 잔, 밥 한 번도 하려 하지 않았다. 창진은 그의 약점을 찾았다. 바로 처가인 오일건설이었다.

장인인 오일건설 회장이 횡령으로 5년형을 받고 수감된 상황이었다. 장인이 항소심을 치르는 사이 경영권을 넘겨받은 큰 사위가 꽤 건실했던 건설사를 제대로 말아먹고 있었다. 부실시공으로 인한 각종 법적 다툼에, 자금 흐름이 원활하지 않아 작업이 멈춰진 대형 빌딩이며 아파트 공사 현장이 다수였다. 이러다가 대형 부도를 맞게 될 거라는 소문이 돌았다. 은행권은 대출 자금 회수를 준비하고 있었다. 창진이 과감하게 오일건설을 시공사로 선정하고 일암동 개발 수익을 은행권에 담보로 내어주면 오일건설은 대출을 연장할 수 있을 것이다. 그저 선의라고 했다. 차나 한잔 어떠시냐고.. 기환은 그것을 거절할 수 없었을 것이다. 그렇게 둘은 만났다. 차를 마셨고, 그러다 밥을 한번, 그러다 술도 한잔, 그리 된 것이다. 참으로 별것 아닌 그런 관계라고 기환은 생각했겠지만, 결국 먼저 손 내민 건 한기환이었다.

2000년 10월 xx일 새벽. 창진은 두 사람에게 전화를 받았다. 도해원. 한기환.
두 사람 모두 당황한 상태에서 똑같은 부탁을 했다. '현장을 처리해달라.'고
창진은 길게 고민하지 않았다. 굴러들어온 복이다. 누군가의 약점은 무조건 내게 이득이 아닌가. 그래서 그곳에 간 것이었다.
스무 살이나 되었을까. 어린 여학생이 쓰러져 있던 갈대밭 둑길의 길가.
손끝을 모두 피에 젖은 천으로 감싼 채 기괴하게 구겨진 여학생의 모습.
아주 잠시 자리를 비웠을 뿐인데, 아이가 사라져버렸다.
그리고 잘린 손가락 한 마디씩 열 개를 자신의 집 마당에 남겨둔 채 사라져버린 것이다. 이게 대체 뭔 지랄 같은 상황이냐.

손가락이 잘린 채 죽은 다방 레지 하나. 손가락만 남긴 여대생의 실종.
연쇄 살인이니 뭐니 모두가 떠들어댔다. 용의자가 금세 체포되었으나 석방되었다.
다른 용의자는 없었다. 문주 경찰서장 한기환 은 재빨리 사건을 종결했지만, 사람들의 뇌리에 문주는 '연쇄 살인'이 발생한, 연쇄살인범이 살고 있는 도시가 되었다.
문주에 아무리 끝내주는 아파트를 짓는대도 분양은 되지 않을 것이다.
창진은 재빨리 오일건설에 담보로 제공한 일암개발의 수익을 회수했다.
해원은 시장 선거에서 패배했고, 한기환은 지방 임기를 마치고 서울로 돌아갔다.

그의 첫 패배였다. 그렇지만 문주에서 빈손으로 나온 것은 아니었다.
오지화. 땅 안 팔겠다고 버티던 동네 쪼끄만 태권도장집 딸. 긴 다리로 창진의 경호

원들을 돌려차기와 날아차기로 날려버리던 그녀에게 그만 홀딱 반해버렸다. 열다섯 번을 찔러도 안 넘어오던 지화의 동공이 흔들린 것은, 그 누구더라 이.. 동식인가.. 문주시 연쇄, 아니지, 암튼 살인 사건 용의자로 잡혀 들어갔다 나온 놈이 군대를 가버린 후였다. 그래 그놈 뭐 얼굴 좀 반반하고 귀엽긴 하드라. 근데 둘이 걍 친구라며. 갸가 사라지니까 니가 왜 그렇게 앙꼬 빠진 붕어빵이 되어버리냐. 지화야. 걘 앞으로 평생 살인자 딱지 붙이고 살아야 돼. 세상이란 게 원래 그렇거든. 한번 용의자는 평생 용의자고 한번 조폭은 평생 조.. 쿨럭, 그건 아니고, 암튼. 내가 행복하게 해줄게. 지화야. 나랑 한번 살아보자 지화야. 니가 원한다면.. 그 뭐냐.. 내가 제일루 싫어하는 법적인 관계, 그것도 해줄게. 그래서 결혼식도 하고 혼인 신고도 했다. 근데 얘가 사냥개 기질이 있는지 감춰둔 걸 쏙쏙 잘도 찾더라. 내가 중졸인 거, 내가 빵에 두 번 갔다 온 거, 나한테 한때 술집 마담이던 연상의 전 와이프도 있고, 미국에서 공부하는 아들도 있는 거, 그리고 나 정관 수술한 거. 사기 결혼이라고 이혼해달라는 걸 안 된다고 좋게 말하고, 집 밖에 못 나가게 문도 걸어 잠가봤는데 안 되더라. 그래서 이혼했다. 일단 이혼은 하고 계속 옆에서 지분대며 어찌저찌 달래보려고 했는데, 어이구야- 얘가 경찰이 되어버렸네? 그래, 뭐. 일단 여기까지 하자, 지화야.

2020년. 20년간 이모저모한 개발 사업에 손을 대서 돈도 좀 벌고 이름도 멋지게 JL건설로 바꿨는데 하필 마지막 몰빵 한다는 심정으로 부산 해운대에 한시티 개발에 잘못 발을 디뎠다가 부실 시공 논란에 휩싸였다. 민원 폭주에 고소, 고발에 과징금에 난리가 났는데 젠장할, 돈.. 이놈의 돈!!! 돈이 필요했다. 아니, 자금이 원활하게 돌아갈 껀수가 필요했다. 그래서였다. 문주를 다시 떠올린 건. 도해원이 지금 시의원이라지? 8년 전 시장 선거에서 미끄러진 그녀는 분명 다시 선거에 도전할 것이다. 그렇다면 그녀에게 필요한 건 뭐? '제2차 문주시 개발 계획!!!!'

문주. 내 사랑 지화가 문주경찰서 강력1팀 팀장이라고 했던가.
돈도 벌고 사랑도 찾고, 이 얼마나 좋은가.
그랬다. 20년 전 포기했던 내 것을 나는 되찾으러 간 것뿐이다.
그런데 왜 다시 손가락이 잘린 시체가 나오는가. 그런데 왜 다시 손가락 한 마디씩 열 개를 남겨놓은 채 여대생이 사라져버리는 건가. 그런데 왜 20년 전 용의자 이동식이 다시 용의자로 체포되었다가 풀려나는 것인가.

괜찮다. 이번엔 잘될 것이다. 실수하지 않을 거니까.
이번에도 내 옆엔 누구보다 문주 개발이 필요한 도해원과,
날뛰는 아들 한주원이 약점이 되어버린 차기 경찰청장 한기환이 있으니까.
누구도 알지 못하는 20년 전 그들의 치부를 나는 알고 있으니까.
그들은 다시 내가 필요할 것이다.
나는 그들을 내 아래에 두고, 밟고 올라설 것이다.

이 력 서

1. 기초자료

성명	한기환
생년월일	1963년 5월 26일
E-mail	hkh0526@police.kr hkh0526@kmail.net
전화번호	01-648-0526	휴대폰	010-0342-0526
우편번호	03292	팩스번호	
주소	서울시 강남구 성창 2로길 100

2. 병역 및 보훈 사항

군별		병역	면제
계급		주특기	
복무기간		면제사유	경찰대 졸업

3. 신상자료

최종학력	대졸	결혼여부	기혼	종교	무교
신장	176cm	체중	64 kg	혈액형	B
취미	체스		특기		검도, 유도

4. 가족 사항

관계	성명	연령	최종학력	직업	동거여부
부	한보연	1933년생	대졸	경찰	1999년 사망
모	정희자	1936년생	대졸	주부	1993년 사망
배우자	이수연	1969년생	대졸		2001년 사망
자	한주원	27세	대졸	경찰	N

5. 학력 사항

년/월	학교명	비고
1976/02	서울시 영웅초등학교	졸업
1979/02	서울시 국제중학교	〃
1982/02	서울시 국제고등학교	〃
1986/02	경찰대학교 3기	〃

6. 경력사항

기간	회사명	부서명	소속	계급
1987/04	서울지방경찰청	보안과	강산경찰서 보안계	경위
1989/06	서울지방경찰청	형사과	강산경찰서 강력계	경감
1992/11	서울지방경찰청	형사과	강산경찰서 강력계	경정
1995/03	서울지방경찰청	경비국	101경비단 부단장	경정
1998/05	경기서부지방경찰청	청문감사 담당관	감찰계장	경정
2000/02	경기서부지방경찰청		문주경찰서 경찰서장	총경
2001/03	경찰청	정보국	정보4과 과장	총경
2003/01	경찰청	보안국	보안1과 과장	총경
2005/04	경찰청	기획 조정관	기획조정담당관	총경
2008/03	경찰청	경비국	위기관리센터 센터장	총경
2011/08	서울지방경찰청	경비국	101경비단 단장	총경
2013/06	서울지방경찰청	경비국	경비부장	경무관
2015/10	경찰청	정보국	정보국장	치안감
2020/~현재	경찰청		경찰청 차장	치안정감

7. 자격증

취득년월	자격증	발령청
1979/05	유도 3단	대한유도회
1981/12	1종 보통 면허	도로안전교통공단
1982/04	검도 4단	대한검도회

8. 소개

1963년 5월 26일 오전 9시 23분 서울시 종로구 북촌에서 태어났다.
경기중학(6년제, 현 경기고), 서울 법대 졸업 후 고등고시 행정과에 합격해 경찰에 투신한 엘리트인 한보연과 이대 약대 출신의 정희자가 어렵게 본 외아들이었다.

기환에게 경찰이란 태어날 때부터 정해진 길이었다.
조부인 한태수는 함경도 출신으로 잠시 순사 생활을 하다 문제가 생기자 도미, 8·15 광복을 맞이하자 귀국했고 오랜 미국 체류와 이승만을 지지하는 성향 덕분에 미군에 의해 경찰공무원으로 채용되었다. 6·25 전쟁 이후 당시 내무부(현 행정자치부)

치안국장 (현 경찰청장)으로 내정되었다가 순사 생활 당시의 친일 의혹이 있어 대한민국 경찰의 1인자 자리를 눈앞에 두고 미끄러졌다. 아들인 한보연이 2대째 경찰이 되자 저 대신 아들이 경찰의 1인자가 되는 영광을 누리고자 했으나 정계에 뜻이 있던 한보연이 재력을 쌓기 위해 자잘한 돈부터 큰돈까지 많이도 받아먹어 금품수수에 연루되면서 꿈을 이룰 수 없게 되었고 그 후 손자인 기환의 교육에 집착한다.

'경찰은 무릇 이러해야 한다. 돈을 좇지 마라, 사람을 좇아라.'
한태수의 유언이었다. 일견 '청렴'을 강조한 말 같지만, 아들인 한보연에 대한 원망을 집대성한 한 마디였다. 돈을 좇을 바엔, 차라리 사람의 치부를 좇아라. 그것을 미끼로 위로 올라서라. 조부의 유언을 따르기 위해, 한기환은 경찰대 졸업 후 경찰에 투신한 이래 절대로 뒷돈을 받지 않는 청렴한 생활을 1원칙으로 사람의 치부를 좇아 승진을 거듭했다. 부친 한보연처럼 차후 정계에 뜻이 있었으나 같은 실수를 하지 않기 위해 당시 재계 50위권 안에 들던 오일건설 막내딸 이소연과 사랑 없는 정략결혼을 했을 정도였다.

태생이 정 없고 차갑고 서늘하다.
천상천하 유아독존, 이기적 유전자 한주원이 하늘에서 떨어졌을 리 만무하지.
그런 점은 어쩜 이리 쏙쏙 한기환을 빼닮았는지. 아직 아무것도 모르는 핏덩이 주제에 아비를 무시하는 것조차 빼닮았으니 주원을 볼 때마다 기환은 코웃음이 날 수밖에 없는 것이다.

아내 이수연과는 애정 없는 결혼 생활이었다.
결혼해보니 수연은 사랑하는 남자와 도피했다 끌려와 술로 매일을 보내는 상태였고, 기환은 처가의 '돈'이 필요했을 뿐 '여자'가 필요한 건 아니었기 때문에 다행히도 아들을 하나 낳아 대를 잇게 된 후부터는 그녀를 정신병원에 입, 퇴원시키며 관리했다. 여자관계도 매우 깨끗한 편으로 젊었을 적엔 적당히 위험하지 않은 여자들과 원나잇도 가끔 하고 살았던 것 같은데, 마흔이 넘어서는 골프에 취미를 붙여 그쪽에 관한 관심을 끊었다. 경찰청장의 자리로 올라서기 위해 의혹이 될 만한 잡다한 유혹을 슬슬 정리할 시기이기도 했기 때문이다.

차갑고 냉정한 성정에도 따르는 후배들이 꽤 있고 충성을 다하는 편.
사람을 좇으라는 조부의 유언에 충실하게, 든든한 발판이 되어줄 조직의 후배 몇을 찍어서 채찍과 당근을 주었는데 그것이 꽤 잘 먹혔다. 20년 전 문주 경찰서 서장으로 근무할 무렵 함께 일했던 문주서 근무자들이 그에 대해 후하게 기억하는 이유이기도 하다.

그를 박하게 대하는 유일한 인물이 바로 아들 한주원일 것이다.

결혼 생활 대부분을 정신병원에 감금되다시피 하다 2001년 사망한 아내 이수연을 방치한 것에 대한 분노일까. 아니, 주원도 제 어미에게 한 톨의 관심조차 없었다는 걸 기환은 잘 알고 있다. 아내의 죽음 후 어린 나이에 유학을 보내버린 탓일까. 그것도 아니지. 방학마다 돌아오지 않으려고 했던 건 놈의 선택이었다. 그런데 왜, 저녀석은 마주칠 때마다 찬바람 쌩쌩에 혼자 잘났다고 콧대를 세운단 말인가. 아니다. 질척거리는 것보단 차라리 그게 낫다. 주원이 그리해도 진실은 변하지 않으니. 네가 가진 건 다 내가 준 것이다. 그러니 내 자랑스러운 아들로 살아라. 이것이 뭐가 어렵단 말이냐.

녀석이 제멋대로 혼자 함정 수사를 벌이다 사건에 휘말린 걸 알았을 때 기환은 눈앞이 깜깜해졌다. 대한민국 경찰 2인자, 차기 경찰청장 유력 후보인 경찰청 차장의 자리에 어떻게 올라왔는데.. 경찰청장을 목전에 두고 있는 이 중요한 시기에, 창창한 내 앞길에 지뢰를 심는단 말인가.

그렇지만 기환은 떨지 않는다.
평소처럼 냉정하게 가장 말끔한 해결책을 찾아 처리하면 그뿐.
한주원이 하필 문주 만양 파출소로 내려가 버렸을 때도 이내 냉정을 되찾았다.
그래, 거기서 6개월만 조용히 있으면 아비가 다 해결해주마.
기자들 앞에서 '연쇄 살인' 어쩌고 외치며 20년 전 문주 경찰서장으로 있었을 때의 사건을 전국에 소환했을 때, 아주 잠깐 삐끗거렸지만, 다시금 냉정을 되찾았고
녀석을 헛소리하는 치기 어린 경찰로 만들었다. 사실이잖냐, 아들아.
결국 이 녀석 주원이가 20년 전 살인 사건의 진범을 잡았고, 이제 되었다 생각했다.
동네 슈퍼 주인이 연쇄 살인마였다니. 참으로 다행이지.

그런데 한주원 이 자식이.. 서울청으로 복귀하라는 명을 무시하고 휴직계를 내더니 그 누구더라, 20년 전 그 사건의 용의자였던 이동식인가 하는 경사 나부랭이 곁으로 돌아갔다. 기환은 슬슬 냉정을 잃기 시작한다.

너 이놈의 새끼.. 지금 뭐 하는 짓이야.
너 이놈의 새끼.. 내 발목을 잡을 셈이야.
너 이놈의 새끼.. 내가 널 어떻게까지 할 수 있을 것 같아.
너 이놈의 새끼.. 니 인생은 나 없으면 끝이야.
너 이 개놈의 새끼.. 내 원망하지 마라, 절대로.

Part 2

이유연 사건 파일

경기문주경찰서

수신 : 국립과학수사연구원장

(경유)

제목 : 감정의뢰 (현장수거품)

다음 사항을 감정의뢰 하오니 조속히 감정하여 주시기 바랍니다.

1.사건명	실종, 절단된 손가락 발견	
2.사건접수번호	2000-C-23100	Bar-Code (국과수에서 부착)
3.발생일시	2000-10-15 06:43	
4.발생장소	경기도 문주시 만양읍 교평리 14-4	

5.사건관련자 인적사항

관련자구분	성명	생년월일	성별	특이사항
불상	불상	불상	불상	

6.감정물 내역

종류	채취일시	채취장소	채취방법	채취자(소속)	보존여부
절단된 원위지골 10개	2000-10-15	사건 현장	수거	곽오섭(강력 1반)	보존

7.감정의뢰사항

수거한 감정물의 절단 도구의 형태, 약독물 분석 및 기타 물질 검출 의뢰

8.사건개요

2000년 10월 15일 오전 6시 43분경 경기도 문주시 만양읍 교평리 14-4 단독주택 마당에서 절단된 손가락을 발견하고 신고. 순찰차가 출동하여 절단된 손가락 열 개를 확인, 조사 후 수거한 것임.

9.참고사항

10.담당자

소속	강력 1반		성명	곽오섭	계급	경장
전화	사무실	034-988-2231	휴대폰		011-0547-3013	

11.첨부파일

없음

경기문주경찰서장
인
도장첨부
부탁드립니다.

경기문주경찰서장

경감   임철규   경장   곽오섭

협조자

시행   SCAS강력반-24371 (2000-10-15)   접수   2000-C-23100

우   012-345   경기도 문주시 아동 184-4 문주경찰서 1층 강력반 당직실   / http://www.MJCOP@police.kr

전화번호   034-988-2231   팩스번호   034-925-1245   /   /

경기문주경찰서

수신 : 국립과학수사연구원장

(경유)

제목 : 감정의뢰 (현장수거품)

다음 사항을 감정의뢰 하오니 조속히 감정하여 주시기 바랍니다.

1.사건명	실종, 절단된 손가락 발견	Bar-Code (국과수에서 부착)
2.사건접수번호	2000-C-23101	
3.발생일시	2000-10-15 06:43	
4.발생장소	경기도 문주시 만양읍 교평리 14-4	

5.사건관련자 인적사항

관련자구분	성명	생년월일	성별	특이사항
불상	불상	불상	불상	

6.감정물 내역

종류	채취일시	채취장소	채취방법	채취자(소속)	보존여부
절단된 원위지골 10개	2000-10-15	사건 현장	수거	곽오섭(강력 1반)	보존
이유연 칫솔	2000-10-15	자택	제출	곽오섭(강력 1반)	반납

7.감정의뢰사항

현장에서 수거한 신체 일부의 신원 규명

8.사건개요

2000년 10월 15일 오전 6시 43분경 경기도 문주시 만양읍 교평리 14-4 단독주택 마당에서 절단된 손가락을 발견하고 신고. 순찰차가 출동하여 절단된 손가락 열 개를 확인, 조사 후 수거한 것임

9.참고사항

10. 담당자

소속	강력 1반		성명	곽오섭	계급	경장
전화	사무실	034-988-2231	휴대폰	011-0547-3013		

11. 첨부파일

없음

경기문주경찰서장

┌─────────────┐
│ 경기문주경찰서장 │
│   인   │
│   도장첨부   │
│ 부탁드립니다. │
└─────────────┘

경감   임철규   경장   곽오섭

협조자

시행   SCAS강력반-24371 (2000-10-15)   접수   2000-C-23101

우   012-345   경기도 문주시 아동 184-4 문주경찰서 1층 강력반 당직실   /   http://www.MJCOP@police.kr

전화번호   034-988-2231   팩스번호   034-925-1245   /   /

경기문주경찰서

수신 : 국립과학수사연구원장
(경유)
제목 : 감정의뢰 (현장수거품)

다음 사항을 감정의뢰 하오니 조속히 감정하여 주시기 바랍니다.

1.사건명	실종, 절단된 손가락 발견	
2.사건접수번호	2000-C-23102	Bar-Code (국과수에서 부착)
3.발생일시	2000-10-15 06:43	
4.발생장소	경기도 문주시 만양읍 교평리 14-4	

5.사건관련자 인적사항

관련자구분	성명	생년월일	성별	특이사항
불상	불상	불상	불상	

6.감정물 내역

종류	채취일시	채취장소	채취방법	채취자(소속)	보존여부
절단된 원위지골 10개	2000-10-15	사건 현장	수거	곽오섭(강력 1반)	보존
이유연 모친 김영희 머리카락	2000-10-15	자택	제출	곽오섭(강력 1반)	반납

7.감정의뢰사항

현장에서 수거한 신체 일부의 신원 규명

8.사건개요

2000년 10월 15일 오전 6시 43분경 경기도 문주시 만양읍 교평리 14-4 단독주택 마당에서 절단된 손가락을 발견하고 신고. 순찰차가 출동하여 절단된 손가락 열 개를 확인, 조사 후 수거한 것임.

9.참고사항

10. 담당자

소속	강력 1반		성명	곽오섭	계급	경장
전화	사무실	034-988-2231	휴대폰	011-0547-3013		

11. 첨부파일

없음

경기문주경찰서장
인
도장첨부
부탁드립니다.

경기문주경찰서장

경감   임철규   경장   곽오섭

협조자

시행   SCAS강력반-24371 (2000-10-15)   접수   2000-C-23102

우   012-345   경기도 문주시 아동 184-4 문주경찰서 1층 강력반 당직실   /   http://www.MJCOP@police.kr

전화번호   034-988-2231   팩스번호   034-925-1245   /   /

현 장 조 사 감 정 서

접수 2000-C-23100호 (2000년 10월 15일)

의 뢰 관 서   경기문주경찰서   형사과-24371   (2000년 10월 15일)

1. **사건개요**   2000년 10월 15일 오전 6시 43분경 경기도 문주시 만양읍 교평리 14-4 단독주택 마당에서 절단된 손가락을 발견하고 신고. 순찰차가 출동하여 절단된 손가락 열 개를 확인, 조사 후 수거한 것임.

2. **조사장소**   경기도 문주시 만양읍 교평리 14-4

3. **조사일시**   2000. 10. 15

4. **감정사항**   상기 감정물의 절단 도구의 형태, 약독물 분석 및 기타 물질 검출 의뢰 별지첨부 (법의학 2000-C-23100호)

5. **감정장비**   STR 유전자형 분석법(NFS-QI-DAM-012011) 가변광원기 약독물 검사

6. **결   과**   별지첨부 (법의학 2000-C-23100호)

7. **참고사항**   별지첨부 (법의학 2000-C-23100호)

2020년 10월 16일

국 립 과 학 수 사 연 구 원

중앙법의학센터

감정관 김 정 식

| 도장 |
| 첨부해 |
| 주세요. |

NFS 국립과학수사연구원
National Forensic Service

수신   경기문주경찰서장(형사과장)

(경유)

제목   감정의뢰 회보(2000-C-23100) 경기문주경찰서 경장 곽오섭

___

1. 형사과-24371(2000. 10. 15.)호와 관련임.
2. 위 건에 대한 감정결과를 붙임과 같이 회보합니다.

붙임 : 1. 감정서 1부. 끝.

국립과학수사연구소장

국립과학수사
연구소장인
도장
첨부해주세요.

___

주무관   김현숙   연구소장

협조자

시행 법의학과 - 113012 (2000. 10. 15.)   접수   형사과-24371 (2000. 10. 15.)

우   524-0743 서울시 정오구 정오동 173-1 국립과학수사연구소 / http://www.tnscil.go.kr

전화번호   01-534-6891   팩스번호   01-534-6891

감　정　서

접수 2000-C-23100호 (2000년 10월 15일)

의뢰관서　경기문주경찰서　　　　형사과-24371　　　　　(2000년 10월 15일)

1. 감 정 물　증1호: 2000년 10월 15일 경기도 문주시 만양읍 교평리 14-4에서 발견된
　　　　　　　　　엄지부터 소지까지 총 10개의 원위지골.
　　　　　　　(별첨 2) 감정물 사진 참조

2. 감정사항　수거한 감정물의 절단 도구의 형태, 약독물 분석 및 기타 물질 검출 의뢰

3. 시험방법　STR 유전자형 분석법(NFS-QI-DAM-012011)
　　　　　　　가변광원기
　　　　　　　약독물 검사

4. 감정결과　위 감정물에 대한 디엔에이형 분석결과는 [별첨 1]과 같음.
　　　　　　　• 형사과-24371(국립과학수사연구원 접수번호 2000-C-23100호)
　　　　　　 2000년 10월 15일 오전 6시 43분 경기도 문주시 만양읍 교평리 14-4에서
　　　　　발견된 10개의 원위지골의 지문을 채취해 경기서부경찰청 과학수사계에 감정
　　　　　의뢰한 결과, 해당 지문은 이유연(여, 20세)인 것으로 신원 확인.
　　　　　　　• 10개의 원위지골을 육안 감식 결과, 손톱 끝부터 0.35cm~0.5cm가량 봉숭아
　　　　　물이 들어있음을 확인.
　　　　　　　• 원위지골은 2.2cm~2.5cm의 불규칙한 크기로 절단.
　　　　　　　• 수거된 원위지골부의 절단면에 수차례 자상의 흔적이 확대경을 통하여 육안
　　　　　으로도 확인된바, 일 회가 아닌 다 회에 걸쳐 절단을 시도한 것으로 추정 가
　　　　　능.
　　　　　　　• 일회성이 아닌 다회성 충격이 가해진 것으로 볼 때 스스로 절단했을 가능성
　　　　　이 낮고 타인에 의하여 절단되었을 것으로 우선 추정하는 것이 합리적일 것이
　　　　　나 차후 수사를 통하여 이를 반드시 확인하여야 함.
　　　　　　　• 절단 시 사용된 도구는 예기인 것으로 사료되며, 절단된 부위의 상태로 볼
　　　　　때, 예기의 끝부분이 매우 날카롭지는 않았을 것으로 추정하는 것이 합리적일
　　　　　것이나, 차후 수사를 통해 확인하여야 할 것.

• 식별된 피하출혈 상태를 볼 때 혈액이 피하에 스며드는 증상을 확인한바, 손가락 손상은 사전에 이루어졌다고 추정할 가능성이 있으므로 우선 사망이 아닌 실종으로 수사해야 할 것임.

• 절단된 타 부위의 신체가 발견되지 않아 현 감정물을 통해서 사건 발생 시각을 특정할 수 없음.

• 가변광원기를 이용하여 정액 반응을 확인했으나 검출되지 않음.

• 피해자 이외의 타인의 DNA 검출되지 않음.

• 잘린 부위와 손톱 등에서 검출된 소량의 토양 성분을 감식한 결과, 카드뮴 0.09, 구리 6.825, 비소 0.129 등의 성분이 검출되었고 벤젠, 톨루엔, 크실렌 등은 검출되지 않음. 해당 토양의 성분이 피해자 자택 인근의 토양의 성분과 일치한 것으로 봤을 때, 자택 인근에서 범행이 이루어졌을 가능성을 간과할 수 없으나, 범행이 이루어졌다고 판단할 만한 토양의 특이점을 발견할 수 없음

• 혈액 속 에틸알코올 성분은 검출되지 않음.

• 기타 특기할 약물 및 독물 성분이 검출되지 않음.

5. 비 고 증1호 감정의뢰에 관한 결과는 해당 부서에서 회보하였음.

2000 년 10 월 16 일

국 립 과 학 수 사 연 구 원

국립과학수사연구소   법의학과

감정인: 김정식 [도장 첨부해 주세요.] 강미진 [도장 첨부해 주세요.] , 이영배 [도장 첨부해 주세요.]

[별첨1]

경기문주경찰서 형사과-24371 (2000년 10월 15일)의 디엔에이 분석 결과.

유전자좌위 감정됨	증1호 원위지골에서 채취한 DNA 감식 키트
Amelogenin	XX (여성)
D3S1358	15
TH01	7
D21S11	30
D18S51	15
D5S818	11
D13S317	10
D7S820	10
D16S539	9
CSF1PO	12
vWA	16
D8S1179	15
TPOX	8
FGA	18

[별첨2]
경기문주경찰서 형사과-24371 (2000년 10월 15일)의 감정물 사진.

절단된 손가락 10개의 사진을 첨부해주세요.

증1호 : 경기도 문주시 만양읍 교평리 14-4에서 발견된 원위지골 10개

NFS 국립과학수사연구원
National Forensic Service

수신   경기문주경찰서장(형사과장)

(경유)

제목   감정의뢰 회보(2000-C-23101) 경기문주경찰서 경장 곽오섭

---

　　　1. 형사과-24371(2000. 10. 15.)호와 관련임.

　　　2. 위 건에 대한 감정결과를 붙임과 같이 회보합니다.

붙임 : 1. 감정서 1부. 끝.

국립과학수사연구소장

국립과학수사
연구소장인
도장
첨부해주세요.

주무관　　　김현숙　　　　연구소장

협조자

시행　법의학과 - 113012 (2000. 10. 15.)　　접수　형사과-24371 (2000. 10. 15.)

우　　524-0743 서울시 정오구 정오동 173-1 국립과학수사연구소　/ http://www.tnscil.go.kr

전화번호　　01-534-6891　　　팩스번호　　01-534-6891

감 정 서

접수 2000-C-23101호 (2000년 10월 15일)

의뢰관서 경기문주경찰서   형사과-24371   (2000년 10월 15일)

1. 감 정 물 증1호: 2000년 10월 15일 경기도 문주시 만양읍 교평리 14-4에서 현장 수거
          한 좌우 손가락의 엄지부터 소지까지 절단된 원위지골 총 10개.
        증2호: 이유연(여, 20세)의 칫솔
        (별첨 2) 감정물 사진 참조
        (별첨 3) 감정물 사진 참조

2. 감정사항 상기 감정물의 디엔에이(DNA)형 분석.

3. 시험방법 STR 유전자형 분석법(NFS-QI-DAM-012011)에 의함.

4. 감정결과 위 감정물에 대한 디엔에이형 분석결과는 [별첨 1]과 같음.
        • 형사과-24371(국립과학수사연구원 접수번호 2000-C-23101호)
        2000년 10월 15일 오전 6시 43분 경기도 문주시 만양읍 교평리 14-4에서
        수거한 총 10개의 원위지골 DNA와 이유연의 칫솔 DNA 분석결과,
        유전자가 일치함

5. 비   고 증1호 감정의뢰에 대한 결과는 해당부서에서 회보하였음.

2000 년 10 월 16 일

국 립 과 학 수 사 연 구 원

국립과학수사연구소   법의학과

감정인: 김정식 [도장 첨부해 주세요.] , 강미진 [도장 첨부해 주세요.] , 이영배 [도장 첨부해 주세요.]

[별첨1]
  경기문주경찰서 형사과-24371 (2000년 10월 15일)의 디엔에이 분석 결과.

유전자좌위 \ 감정됨	증1호 원위지골에서 채취한 DNA 감식 키트	증2호 칫솔에서 채취한 DNA 감식 키트
Amelogenin	XX (여성)	XX (여성)
D3S1358	15	17
TH01	7	9
D21S11	30	31
D18S51	15	15
D5S818	11	11
D13S317	10	10
D7S820	10	10
D16S539	9	12
CSF1PO	12	12
vWA	16	17
D8S1179	15	15
TPOX	8	8
FGA	18	23

[별첨2]

경기문주경찰서 형사과-24371 (2000년 10월 15일)의 감정물 사진.

절단된 손가락 10개의 사진을 첨부해주세요.

증1호 : 경기도 문주시 만양읍 교평리 14-4에서 발견된 원위지골 10개

[별첨3]

경기문주경찰서 형사과-24371 (2000년 10월 15일)의 감정물 사진.

이유연의 칫솔을 첨부해주세요.

증2호 : 이유연의 칫솔

NFS 국립과학수사연구원
National Forensic Service

수신   경기문주경찰서장(형사과장)

(경유)

제목   감정의뢰 회보(2000-C-23102) 경기문주경찰서 경장 곽오섭

---

    1. 형사과-24371(2000. 10. 15.)호와 관련임.
    2. 위 건에 대한 감정결과를 붙임과 같이 회보합니다.

붙임 : 1. 감정서 1부. 끝.

국립과학수사연구소장

```
┌─────────────┐
│ 국립과학수사   │
│ 연구소장인    │
│ 도장         │
│ 첨부해주세요.  │
└─────────────┘
```

주무관   김현숙   연구소장

협조자

시행 법의학과 - 113012 (2000. 10. 15.)   접수   형사과-24371 (2000. 10. 15.)

우   524-0743 서울시 정오구 정오동 173-1 국립과학수사연구소 / http://www.tnscil.go.kr

전화번호   01-534-6891   팩스번호   01-534-6891

감 정 서

접수 2000-C-23102 (2000년 10월 15일)

의뢰관서 경기문주경찰서   형사과-24371   (2000년 10월 15일)

1. 감 정 물   증1호: 2000년 10월 15일 경기도 문주시 만양읍 교평리 14-4에서 현장 수거
             한 좌우 손가락의 엄지부터 소지까지 절단된 원위지골 총 10개.
             증2호: 이유연(여, 20세)의 모친인 김영희의 머리카락
             (별첨 2) 감정물 사진 참조
             (별첨 3) 감정물 사진 참조

2. 감정사항   상기 감정물의 디엔에이(DNA)형 분석.

3. 시험방법   STR 유전자형 분석법(NFS-QI-DAM-012011)에 의함.

4. 감정결과   위 감정물에 대한 디엔에이형 분석결과는 [별첨 1]과 같음.
             • 형사과-24371(국립과학수사연구원 접수번호 2000-C-23102호)
             2000년 10월 15일 오전 6시 43분 경기도 문주시 만양읍 교평리 14-4에서
             수거한 총 10개의 원위지골 DNA와 김영희의 머리카락 DNA 분석결과,
             모자 관계가 성립.

5. 비   고   증1호 감정의뢰에 대한 결과는 해당부서에서 회보하였음.

2000 년   10 월   16 일

국 립 과 학 수 사 연 구 원

국립과학수사연구소   법의학과

감정인: 김정식 [도장 첨부해 주세요.] , 강미진 [도장 첨부해 주세요.] , 이영배 [도장 첨부해 주세요.]

[별첨1]

경기문주경찰서 형사과-24371 (2000년 10월 15일)의 디엔에이 분석 결과.

유전자좌위＼감정됨	증1호 원위지골에서 채취한 DNA 감식 키트	증2호 머리카락에서 채취한 DNA 감식 키트
Amelogenin	XX (여성)	XX (여성)
D3S1358	15	17
TH01	7	9
D21S11	30	31
D18S51	15	15
D5S818	11	11
D13S317	10	11
D7S820	10	10
D16S539	9	12
CSF1PO	12	12
vWA	16	17
D8S1179	15	15
TPOX	8	8
FGA	18	23

[별첨2]

경기문주경찰서 형사과-24371 (2000년 10월 15일)의 감정물 사진.

절단된 손가락 10개의 사진을 첨부해주세요.

증1호 : 경기도 문주시 만양읍 교평리 14-4에서 발견된 원위지골 10개

[별첨3]

경기문주경찰서 형사과-24371 (2000년 10월 15일)의 감정물 사진.

김영희의 머리카락 사진을 첨부해주세요.

증2호 : 김영희의 머리카락

통 화 내 역 서

사 용 자 I D : lee46214
조 회 기 간 : 2000.10.14. - 2000.10.15.

전화번호 : 011-0351-4027
사용자명 : 이유연

구분	통화일자	발신시간	통화시간	상대전화번호	총사용요금	할인요금	할인부요금	할인내용	비고
수신	2000.10.14	06:21:21		011-0780-1234	0	0	0		
발신	2000.10.14	06:23:02		011-0780-1234	20	0	0		
수신	2000.10.14	07:40:13		016-0497-3390	0	0	0		
발신	2000.10.14	07:41:33		016-0497-3390	20	0	0		
수신	2000.10.14	07:51:12		017-0341-2231	0	0	0		
발신	2000.10.14	07:52:09		017-0341-2231	20	0	0		
수신	2000.10.14	09:49:31		017-0341-2231	0	0	0		
발신	2000.10.14	09:50:39		017-0341-2231	20	0	0		
수신	2000.10.14	11:23:21		017-0341-2231	0	0	0		
발신	2000.10.14	11:24:02		017-0341-2231	20	0	0		
수신	2000.10.14	12:21:10		016-0497-3390	0	0	0		
발신	2000.10.14	12:24:00		016-0497-3390	20	0	0		
수신	2000.10.14	12:25:02		016-0497-3390	0	0	0		
발신	2000.10.14	12:26:12		016-0497-3390	20	0	0		
수신	2000.10.14	13:59:49		017-0341-2231	0	0	0		
발신	2000.10.14	14:00:21		017-0341-2231	20	0	0		
수신	2000.10.14	15:24:11		011-0973-4027	0	0	0		
발신	2000.10.14	15:25:02		011-0973-4027	20	0	0		
수신	2000.10.14	15:28:12		011-0973-4027	0	0	0		
발신	2000.10.14	15:28:59		011-0973-4027	20	0	0		
발신	2000.10.14	16:00:02 - 16:00:02	00:00:00	011-0973-4027	0	0	0		
수신	2000.10.14	16:01:04-16:01:28	00:00:24	011-0973-4027	0	0	0		
수신	2000.10.14	17:27:07		011-0872-4027	0	0	0		
발신	2000.10.14	17:27:55		011-0872-4027	20	0	0		
수신	2000.10.14	17:29:45		011-0872-4027	0	0	0		
발신	2000.10.14	17:30:38		011-0872-4027	20	0	0		
수신	2000.10.14	17:32:56		011-0872-4027	0	0	0		

구분	일자	시간	통화시간	상대번호			
발신	2000.10.14	17:33:12		011-0872-4027	20	0	0
발신	2000.10.14	17:33:02-17:33:02	00:00:00	011-0373-4876	0	0	0
발신	2000.10.14	17:39:19-17:39:19	00:00:00	011-0373-4876	0	0	0
발신	2000.10.14	17:41:14-17:41:14	00:00:00	011-0373-4876	0	0	0
발신	2000.10.14	17:43:22-17:43:22	00:00:00	011-0373-4876	0	0	0
발신	2000.10.14	17:45:59-17:45:59	00:00:00	011-0373-4876	0	0	0
발신	2000.10.14	17:51:08		011-0373-4876	20	0	0
발신	2000.10.14	17:51:21-17:51:12	00:00:00	011-0373-4876	0	0	0
발신	2000.10.14	19:04:12-19:04:12	00:00:00	011-0373-4876	0	0	0
발신	2000.10.14	19:05:19		011-0373-4876	20	0	0
발신	2000.10.14	23:33:04		011-0373-4876	20	0	0
수신	2000.10.14	23:34:12		011-0780-1234	0	0	0

진 술 조 서 (참고인) - 1회

성   명 : 이동식

      : 810530-17849750

직   업 : 무직

주   거 : 경기도 문주시 만양읍 교평리 14-4

등록기준지 : 경기도 문주시 만양읍 교평리 14-4

직 장 주 소 : 없음

연 락 처 : **(자택전화)** 034-232-4876   **(휴대전화)** 011-0373-4876

         (직장전화) 없음   **(전자우편)** 없음

위의 사람은 '문주시 만양읍 여대생 실종사건'에 관하여 2000년 10월 15일 문주경찰서 조사실에 출석하여 다음과 같이 진술하다.

---

1. 피해자와의 관계

   저는 피해자의 가족 쌍둥이 오빠입니다.

1. 피해사건 사실과의 관계

   저는 피해사건 사실과 관련하여 참고인의 자격으로서 출석하였습니다.

이 때 사법경찰관 곽오섭은 진술인 이동식을 상대로 다음과 같이 문답을 하다.

문: 안녕하세요, 이번 사건을 담당한 경장 곽오섭입니다. 주민등록번호, 주소, 연락
   처를 불러주세요.

답: 주민등록번호는 810530-17849750. 휴대폰 번호는 011-0373-4876이고, 집 주
   소는 경기도 문주시 만양읍 교평리 14-4입니다.

문: 이유연과 관계가 어떻게 되나요.

답: 1분 먼저 태어난 쌍둥이 오빠입니다.

문: 현재 시각은 2000년 10월 15일 12시 14분입니다. 이제부터 참고인 진술 조사
   를 시작하겠습니다.

답: 네. 우리 유연이는 어떻게 됐나요.

문: 진술을 토대로 수사를 시작할 겁니다. 솔직하게 전부 말씀해주셔야 빠르게 수사
   가 진행될 수 있습니다.

답: 네.

문: 이유연은 어떤 사람이었나요.

답: 진짜 착했습니다. 1분 먼저 태어났을 뿐인데 항상 오빠라고 불렀습니다. 공부도
   잘해서 서울대 법대에 진학했습니다. 유연이를 싫어하는 사람을 본 적이 없습니
   다.

문: 평소 이유연과 관계는 어떤 편이었나요.

답: 보통의 남매들과 똑같이 평소에는 데면데면하고. 그렇지만 유연이가 절 잘 챙겨
   줬습니다.

문: 최근 이유연이 누군가에게 원한을 샀다거나 위협을 받는 것처럼 보이진 않았습
   니까.

답: 전혀요.

문: 이유연을 마지막으로 본 게 언제인가요.

답: 14일엔 못 봤고 13일에 유연이 방에서 밤늦게까지 공부하는 모습을 봤습니다.

문: 14일에는 왜 못 봤나요.

답: 유연이는 아침형 인간이고, 저는 올빼미형이라서요. 14일 낮에 일어났을 때 이미 유연이는 집에 없었습니다.

문: 집에 없어서 연락해봤습니까.

답: 아니요.

문: 왜 하지 않았습니까.

답: 학교 수업에 갔거나 했을 것이라고 생각했습니다. 유연이는 대학생이니까요.

문: 14일 몇 시에 일어났습니까.

답: 낮 2시쯤입니다.

문: 일어나서 무엇을 했습니까.

답: 일어나지 않고 침대에 계속 누워있었습니다.

문: 왜 일어나지 않았습니까.

답: 그 날이 외할머니 연미사 날인데 제가 성당 가는 것을 싫어합니다. 엄마가 저 데리고 가려고 계속 깨웠는데 가기 싫어서 침대에서 자는 척 했습니다.

문: 그 후에는요.

답: 엄마가 성당에 먼저 갈 테니까 차려놓은 밥 먹고 꼭 오라고 해서 엄마 나가는 소리를 듣고 일어났습니다. 일어나서 밥 먹었고요. 기타 챙겨서 만양카페로 갔습니다.

문: 만양카페로 도착한 게 몇 시 경인가요.

답: 집에서 나온 게 4시 넘어서니까 오후 4시 반쯤 도착했습니다.

문: 만양카페는 왜 갔나요.
답: 기타치고 노래하러 갔습니다.

문: 자주 갑니까.
답: 네. 일주일에 서너 번 정도 갑니다.

문: 카페에서 만난 사람 있나요.
답: 딱히 만난 사람은 없습니다. 손님으로 여자분들 몇 봤는데 아는 사람들은 아니
    었고요.

문: 카페에 있는 사이에 연락한 사람은 있습니까.
답: 엄마와 유연이한테 전화가 몇 번 오긴 했었는데 노래하느라 못 봤습니다

문: 얼굴이 안 좋아 보이는데 괜찮습니까.
답: 속이 좀 좋지 않습니다.

문: 속이 왜 안 좋나요.
답: 어제 과음을 좀 했습니다.

문: 어제 몇 시까지 과음을 했나요.
답: 어제 밤 11시정도인 것 같습니다.

문: 술 냄새가 아직도 나는데 얼마나 술을 마셨나요.
답: 아주 많이 마셨던 것만 기억이 납니다. 술을 그렇게 마시면 안 되는 거였는데.
    이런 일이 일어날 줄 몰랐습니다.

문: 만양카페에 있을 때 술을 마셨나요.

답: 아니요. 거기서 마신 건 아닙니다.

문: 어디에서 마셨나요.
답: 오두막입니다.

문: 오두막은 어디를 말하는 것인가요.
답: 정제네 사슴농장에 있는 오두막입니다.

문: 정제는 누구인가요.
답: 박정제라고 국민학교부터 쭉 동창인 친구 있는데요. 광효고등학교 아시죠. 그 집 아들입니다.

문: 만양카페에서 오두막으로 바로 이동한 것인가요.
답: 그렇습니다.

문: 만양카페에서 오두막으로 갈 때까지 행적을 간략하게 진술해주세요.
답: 만양카페에서 기타치고 노래하다가 5시 반인가에 나와서 사슴농장으로 갔습니다. 농장에 있는 오두막에 도착한 게 7시정도였던 것 같고요. 그때부터 정제랑 마시기 시작했습니다. 양주랑 소주랑 이것저것 짬뽕해서 먹다가 둘 다 죽어서 잔 것 같습니다.

문: 사슴농장은 어디에 있나요.
답: 아 그게 심주산 중턱쯤이라고 설명해야하나 거기 있는 건데요. 정제 아버지가 살아계셨을 때 하시던 건데 지금은 사슴 같은 건 없고, 거기 위쪽에 있는 오두막을 저랑 정제가 아지트로 쓰고 있습니다.

문: 19시경 오두막에 도착했고 몇 시에 귀가했나요.
답: 새벽 5시 반이었습니다.

문: 14일 19시부터 15일 05시 30분까지 술을 마신 건가요.

답: 아니요. 취해서 잤습니다.

문: 몇 시경에 잤나요.

답: 밤 11시쯤 잤습니다.

문: 15일 05시 30분에 깼을 때 혼자였나요.

답: 아닙니다. 정제가 구석에서 이불 쓰고 자고 있었습니다.

문: 만취 상태 아니었나요.

답: 맞습니다.

문: 그런데 어떻게 기억하나요.

답: 너무 추워서 잠에서 깬 것이 기억나니까요.

문: 깨서 무엇을 했나요.

답: 자고 있는 정제 이불을 뺏을 수도 없고 더 늦게 들어가면 엄마가 깨서 마주칠
   것 같아서 집에 갔습니다.

문: 오두막에서 나온 게 05시 30분인 건 어떻게 정확한 시간을 기억하나요.

답: 제가 성당에 안 가니까 엄마랑 유연이가 미사 오라고 계속 전화가 왔거든요.
   귀찮아서 전화를 껐고 나오면서 주변이 너무 어두워서 다시 켰습니다. 그때 시
   간이 5시 반이었고요.

문: 휴대폰은 언제 꺼둔 건가요.

답: 만양카페에서 나와 오두막에 가는 길이니까 5시 반 넘어서.. 6시 되기는 전이었
   던 것 같습니다. 유연이가 지금이라도 빨리 오라고.. 문자가 왔던 것 같거든요.

문: 휴대폰은 새벽까지 계속 꺼둔 건가요.

답: 네, 그렇습니다.

문: 중간에 휴대폰을 켠 적은 없나요.
답: 네. 없습니다.

문: 오두막에서 나와서 본인의 행적에 대해 진술하세요.
답: 집에 간 게 다입니다. 휴대폰을 켜고 그때 시간도 보고 유연이가 보낸 문자도 확인하고서 다급히 내려왔습니다.

문: 이유연이 보낸 문자의 내용이 뭐였나요.
답: 빨리 들어오라고, (울먹인다) 집에 들어오라는 거였습니다.

문: 중간에 누굴 만나진 않았나요.
답: 아니요. 그 시간에 누굴 만납니까. 말했잖아요. 엄마 깨기 전에 집에 들어가야 했다니까요.

문: 집에 도착한 시간은요.
답: (잠시 생각) 한 40분 정도 걸렸던 것 같습니다.

문: 도착 시각이 06시 10분경이라는 건데 마당의 돌 옆을 지나쳤나요.
답: 네.

문: 돌 위에 손가락이 올려져있던 건 못 봤나요.
답: 못 봤습니다.

문: 정말 못 본 게 맞나요. 취해서 기억 안 나는 거 아닌가요.
답: 취해 있었고. 아래를 내려다볼 생각도 못 했습니다. 엄마가 깰까 봐 숨죽이고 들어오느라 경황이 없었습니다.

문: 집으로 오는 길에 수상한 사람을 목격했다거나 이상한 소리를 들었던 것이 있
  나요.

답: 없습니다.

문: 14일 이후 이유연과 지금까지 연락한 적이 있나요.

답: 없습니다.

문: 평소 이유연이 말없이 외박이나 외출을 한 적은 있습니까.

답: 없습니다.

문: 이유연이 밤에 집 밖을 왜 나갔다고 생각하나요.

답: 모르겠습니다. 유연이가 이유 없이 밖에 나갈 애는 아니라고 생각합니다.

문: 그렇다면 이유연이 밖에 나간 이유가 뭐라고 생각하나요.

답: 글쎄요. 누군가 불러냈을까요. 그렇지 않고선 이유 없이 나가진 않았을 텐데.

문: 왜 그렇게 생각하나요. 본인이 귀가하지 않아서 마중을 나갔던 건 아닌가요.

답: 이렇게 말씀드리긴 뭐하지만 저는 유연이와 달리 평소 외박도 자주 했고요. 또
  남자라서 마중을 나올 정도로 집에서 걱정하지는 않습니다.

문: 누군가 불러서 나갔을 것이라는 생각은 확고한가요.

답: 그것 말고는 이유를 모르겠습니다.

문: 혹시 누가 불러냈을지 생각나는 사람이 있나요.

답: 전혀 모르겠습니다. 유연이 동창들 연락은 해보셨나요. 그 중에 있지 않을까요.

문: 지금까지 진술한 내용 모두 사실입니까.

답: 네. (20대 동식의 손글씨(남자가 쓸법한 글씨체)로 적어주세요)

문: 더 할 말이 있나요.

답: 아니요. 기억나는 건 다 말한 것 같습니다. (20대 동식의 손글씨(남자가 쓸법한 글씨체)로 적어주세요)

문: 조사를 마치겠습니다. 지금 시간은 2000년 10월 15일 13시 53분입니다. 저는 경장 곽오섭입니다.

위의 조서를 진술자에게 열람하게 하였던바(읽어준바) 진술한 대로 오기나
증감·변경할 것이 없다고 말하므로 간인한 후 서명, 날인하게 하다.

진술자   이 동 식 (인)   지장첨부
                               부탁드립니다.

2000. 10. 15

사법경찰관   경장 곽오섭 (인)   도장첨부
                                   부탁드립니다.

왼쪽은 사법경찰 담당 도장 / 오른쪽은 진술자 지장
매 장마다 찍어주세요. (사진 참고)

진 술 조 서 (참고인) - 2회

성   명 : 이동식

        : 810530-17849750

직   업 : 무직

주   거 : 경기도 문주시 만양읍 교평리 14-4

등록기준지 : 경기도 문주시 만양읍 교평리 14-4

직 장 주 소 : 없음

연 락 처 : (자택전화) 034-232-4876   (휴대전화) 011-0373-4876

        (직장전화) 없음   (전자우편) 없음

위의 사람은 '문주시 만양읍 여대생 실종사건'에 관하여 2000년 10월 16일
문주경찰서 조사실에 출석하여 다음과 같이 진술하다.

---

1. 피해자와의 관계

  저는 피해자의 가족 쌍둥이 오빠입니다.

1. 피해사건 사실과의 관계

  저는 피해사건 사실과 관련하여 참고인의 자격으로서 출석하였습니다.

이 때 사법경찰관 남상배는 진술인 이동식을 상대로 다음과 같이 문답을 하다.

문: 안녕하세요, 이번 사건을 담당한 경사 남상배입니다. 주민등록번호, 주소, 연락처를 불러주세요.

답: 810530-17849750. 핸드폰 번호는 011-0373-4876이고, 집 주소는 경기도 문주시 만양읍 교평리 14-4입니다.

문: 이유연과 관계는 어떻게 되나요.

답: 전 왜 체포된 건가요.

문: 이유연과 쌍둥이 남매 맞습니까.

답: 네. 제가 1분 먼저 태어났습니다.

문: 현재 시각은 2000년 10월 16일 14시 30분입니다. 참고인 진술 조사를 시작하겠습니다.

답: 네.

문: 10월 15일 12시 14분에 첫 번째 참고인 진술을 받은 것 기억하나요.

답: 네.

문: 조사받을 때 진술한 내용은 모두 사실인가요.

답: 네.

문: 사실이 아닌 내용을 진술한 적 있나요.

답: 아니요. 없습니다.

문: 참고인 진술이 끝난 후부터 16일 체포 시각인 13시 30분까지 본인 행적에 대해 진술하세요.

답: (침묵)

문: 조사에 협조하지 않으면 본인에게 불리하게 적용될 수 있습니다. 첫 번째 참고

인 진술 후부터 체포되기 전까지 무엇을 했나요.

답: 유연이 찾아서 동네를 돌아다녔습니다.

문: 동네 어디를 다녔나요.

답: 그냥 여기 저기.. 집 주변이랑 학교 주변을 찾아다녔습니다.

문: 그곳을 다닌 이유는요.

답: 부모님은 서울에 있는 유연이 학교 쪽으로 가셔서 저는 동네를 다녔습니다.

문: 온종일 다녔나요.

답: 아니요. 엄마가 유연이가 집에 돌아올지도 모른다고 해서 집에 돌아왔습니다.

문: 그때가 몇 시인가요.

답: 오후 6시쯤이었던 것 같습니다.

문: 집에선 뭘 했나요.

답: 유연이 국민학교 때부터 고등학교 친구들한테 전화했습니다. 유연이한테 따로 연락 왔는지 물었는데 아무도 연락 없었다고 했습니다.

문: 몇 시경까지 전화했나요.

답: 저녁쯤이요. 지화네 부모님이 오실 때까지. 아, 오지화라고 제 국민학교 때부터 친구인데요. 제가 굶을까 봐 엄마가 부탁했다고 (울먹임) 저녁 안 먹겠다고 했는데 밥 차려주고 가셨습니다.

문: 그때가 몇 시인가요.

답: 저녁 8시 정도였던 것 같습니다.

문: 그다음은요.

답: 집에서 계속 유연이를 기다렸습니다.

문: 지난 조사에서 14일에 박정제와 술 마셨다고 진술했나요.

답: 네.

문: 그날의 행적에 대해 진술하세요.

답: 14일에 저녁 7시에 사슴 농장 오두막에 도착해서 술을 마셨습니다. 정제는 그 때 혼자 술 마시고 있었고, 제가 도착해서 같이 마시기 시작했습니다. 밤 11시 정도까지 마시다가 졸려서 잤습니다. 일어나 보니까 새벽이었고요.

문: 새벽 몇 시였습니까.

답: 5시 반 정도였습니다.

문: 박정제와 계속 오두막에 함께 있었습니까.

답: 네.

문: 14일 22시경에도 함께 있었다고 했지요.

답: 네.

문: 14일 밤 필름이 끊길 정도로 많은 양의 술을 마셨다고 진술했지요.

답: 네.

문: 만취 상태였고 기억이 나지 않는다고 진술한 것 맞나요.

답: 네.

문: 언제부터 언제까지 기억이 없나요.

답: 잠들 때 그러니까 밤 11시 정도부터 다음날 눈 떴을 때까지는 잘 기억이 없습니다. 그냥 푹 잔 것 같습니다.

문: 15일 05시 30분경 깨어날 때까지 아무 기억이 없는 것 확실합니까.

답: 네.

문: 그런데 박정제와 계속 함께 있었던 건 어떻게 기억하나요.
답: 일어났을 때 정제가 이불을 쓰고 자는 걸 본 기억이 있습니다.

문: 확실한가요.
답: 네. 정제와 함께 있던 건 확실합니다.

문: 이유연과 14일부터 16일 사이 연락한 적 있나요.
답: 유연이가 14일 밤에 마지막으로 문자를 보냈는데 제가 휴대폰을 꺼놔서 바로
   보진 못했습니다.

문: 핸드폰을 왜 꺼두었나요.
답: 14일이 돌아가신 외할머니 미사였는데 제가 성당에 안 가서 엄마랑 유연이한테
   계속 전화가 왔습니다. 전화 받기 싫어서 꺼놨다가 오두막에서 나올 때 핸드폰
   을 다시 켰습니다.

문: 다시 켠 시간은요.
답: 오두막에서 나오자마자 켰으니까 그때가 새벽 5시 반이었습니다.

문: 이유연이 보낸 문자는 언제 확인한 건가요.
답: 휴대폰을 켰을 때 문자 알림 소리가 나서 바로 확인했습니다.

문: 문자는 몇 시에 보냈던 건가요.
답: 11시 33분에 보낸 문자였습니다.

문: 어떻게 분 단위까지 다 기억하나요.
답: 유연이 없어지고서 계속 그 문자 봤습니다. 유연이가 보낸 마지막 문자니까요.

문: 이유연에게 답장은 보냈습니까.

답: 확인했을 때가 새벽이었는데 그 시간에 답장은 못 보내죠.

문: 보냈습니까.

답: 아니요. 보내지 않았습니다.

문: 이유연과 마지막으로 연락한 것은 언젭니까.

답: 글쎄요. 12일인가. 그때 문자한 것 같고요.

문: 14일에는 없었나요.

답: 네. 유연이는 계속 저한테 전화와 문자를 했지만, 제가 받지도 않고 답하지 않았습니다. 왜 그랬을까요. 저는 정말 나쁜 놈입니다.

문: 나쁜 놈이라는 건 무슨 의미인가요.

답: 전화 받았어야 했습니다. 문자.. 답했어야 했습니다.

문: 평소에도 전화를 잘 받지 않나요.

답: 그런 건 아닌데, 그날은 성당 가기 싫어서. 할머니한테 제가 그렇게 해서, 이런 일이 생긴 것 같습니다. 우리 유연이.. 괜찮겠죠? 나쁜 건 제가 다 받겠습니다.

문: 그 이후 이유연에게 따로 연락한 적 있습니까.

답: 없습니다.

문: 술에 취해서 기억이 나지 않는 건 아닙니까.

답: 아닙니다. 제 휴대폰 압수했잖아요. 확인해보세요.

문: 14일 밤 이유연에게 받은 문자 내용은 무엇인가요.

답: 오빠 어디냐고, 오늘도 안 들어오면 정말 큰일 난다는 내용이었습니다.

문: 큰일 난다는 건 무슨 의미인가요.

답: 아까 말씀드렸듯 돌아가신 외할머니 연미사 날이었는데 제가 미사 보러 성당도 안 갔고, 계속 집에 안 들어가서 엄마가 많이 화나셨다는 얘깁니다. 오늘도 안 들어오면 엄마한테 진짜 혼날 거라고요.

문: 사용하는 휴대폰 몇 대입니까.

답: 한 대입니다.

문: 여러 대 아닙니까.

답: 아까 형사님들이 가져간 그거 하나뿐입니다.

문: 011-0780-1234 번호에 대해 압니까.

답: 처음 듣는데요.

문: 이영철이라는 사람을 아나요.

답: (잠시 생각) 동창 중에 있나. 아닌데…. 모릅니다. 그 사람은 누굽니까.

문: 모르는 사람인 게 확실한가요.

답: 네. 확실합니다.

문: 타인의 신분증 구매한 적 있나요.

답: 신분증을요.

문: 주민등록증이나 운전면허증 구매한 적 있나요.

답: 내가 남의 주민증을 왜 사요. 없습니다.

문: 이영철 명의의 주민등록증 구매한 적 없습니까.

답: 절대로 없습니다.

문: 사실인가요.

답: 네. 사실입니다.

문: 지난 1차 참고인 조사에서 만양 카페에 간 이유가 기타를 치고 노래를 부르기 위해서라고 진술했던 것 기억하나요.

답: 네.

문: 평소에 기타 칠 때 기타 피크를 사용하나요.

답: 네. 기타 칠 때 맨날 사용합니다.

문: (10월 15일 문주천 변사체 현장에서 발견한 기타 피크 사진을 꺼내 보여줌) 이 기타피크 본 적 있나요.

답: 네. 이거 제 거 같은데요.

문: 본인의 것이 맞나요.

답: 제 거랑 똑같은 건 맞는데.. 맞는 것 같습니다.

문: 확실한가요.

답: 닳은 흔적이 제 것이 맞는 것 같습니다. 저거 하나뿐이기도 하고요.

문: 이 기타 피크는 언제 어디서 구매했나요.

답: 읍내에 있는 라라라악기사에서 기타 살 때 같이 샀으니까, 작년 가을 정도였습니다.

문: 기타피크를 마지막으로 사용한 게 언제인가요.

답: 14일입니다.

문: 어디서 사용했죠.

답: 만양 카페에서 사용했습니다.

문: 평소 기타피크를 어디에 보관하나요.

답: 기타 케이스에 기타와 함께 보관합니다.

문: 14일 만양카페에서 기타 피크를 사용했을 때에 대해 진술하세요.

답: 오후 4시 반 넘어서 카페로 갔고, 그때 기타 케이스에서 기타랑 꺼내서 그걸로 기타 치면서 노래 불렀고요. 5시쯤 방주선이 출근해서 눈치가 좀 보여서 잠깐 앉아 있다가, 눈치 볼 게 뭐 있나 싶어서 다시 노래 불렀습니다. 그때 사용하고, 5시 반쯤 카페에서 나오기 전에 기타 케이스에 다시 넣었습니다.

문: 그 후에 사용한 적 있나요.

답: 잘 모르겠습니다.

문: 다시 한 번 묻겠습니다. 이동식씨의 기타 피크 확실한가요.

답: 네.

문: 이상 진술이 사실인가요.

답: 네 (20대 동식의 손글씨(남자가 쓸법한 글씨체)로 적어주세요)

문: 더 할 말이 있나요.

답: 저는 제가 왜 체포가 되었는지 모르겠습니다. 술 먹었고 필름 끊겼지만 새벽에 집에 왔고 유연이가 집에 없는 것도 몰랐습니다. 우리 유연이 좀 빨리 찾아주세요. 유연이를 찾을 수 있다면 뭐든 다 하겠습니다. (20대 동식의 손글씨(남자가 쓸법한 글씨체)로 적어주세요)

문: 조사를 마칩니다. 지금 시간은 2000년 10월 16일 16시 30분입니다. 저는 경사 남상배입니다.

위의 조서를 진술자에게 열람하게 하였던바(읽어준바) 진술한 대로 오기나
증감·변경할 것이 없다고 말하므로 간인한 후 서명, 날인하게 하다.

진술자   이 동 식 (인) 지장첨부
부탁드립니다.

2000. 10. 16

사법경찰관   경사 남상배 (인) 도장첨부
부탁드립니다.

왼쪽은 사법경찰 담당 도장 / 오른쪽은 진술자 지장
매 장마다 찍어주세요. (사진 참고)

진 술 조 서 (참고인)

성   명 : 정숙자

　　　　: 610610-27358426

직   업 : 미용사

주   거 : 경기도 문주시 만양읍 만양리 411-1

등록기준지 : 경기도 문주시 만양읍 만양리 411-1

직 장 주 소 : 경기도 문주시 만양읍 만양리 411-1 정숙 미용실

연 락 처 : **(자택전화)** 034-232-7081 **(휴대전화)** 011-0856-7081

　　　　(직장전화) 034-232-7081 **(전자우편)** 없음

위의 사람은 '문주시 만양읍 여대생 실종사건'에 관하여 2000년 10월 15일 문주경찰서 조사실에 출석하여 다음과 같이 진술하다.

1. 피해자와의 관계

저는 피해자의 동네 이웃입니다.

1. 피해사건 사실과의 관계

저는 피해사건 사실과 관련하여 참고인의 자격으로서 출석하였습니다.

이 때 사법경찰관 곽오섭은 진술인 정숙자를 상대로 다음과 같이 문답을 하다.

문: 안녕하세요, 이번 사건을 담당한 경장 곽오섭입니다. 주민등록번호, 주소, 연락처를 불러주세요.

답: 주민등록번호는 610610-27358426. 휴대폰 번호는 011-0856-7081이고. 집주소는 경기도 문주시 만양읍 만양리 411-1입니다.

문: 현재 시각은 2000년 10월 15일 14시 30분입니다. 이제부터 참고인 진술 조사를 시작하겠습니다.

답: 네.

문: 평소 이유연과 어떤 관계였나요.

답: 동네 이웃입니다.

문: 어느 정도 친분이 있는 이웃인가요.

답: 유연이 엄마인 영희언니가 미용실 단골이고 성당 교우이기도 합니다.

문: 이유연은 자주 보았나요.

답: 일주일에 한 번 성당 미사 때 유연이가 성가대 반주를 해서 그때마다 보았습니다.

문: 평소 이유연의 평판은 어땠나요.

답: 만양의 자랑이죠. 만양에서 서울대 법대생은 유연이가 최초일 겁니다. 유연이 아버지가 유연이 서울대 합격했을 때 마을 잔치도 하고 그 집이 만양가든이라고 고기 집을 하는데 그 날 소 한 마리는 잡았을 겁니다.

문: 이유연의 평판은 어땠나요.

답: 아 유연이는 착하고 성실했습니다. 우리 아들 국어도 봐주고 했는데 우리 애가 못 따라가서 포기했지만요. 아무튼 과외비 한 푼 받지 않고 공부도 가르쳐주고 성당 봉사도 열심히 하고 정말 내 딸이었으면 좋겠다 싶은 아이입니다.

문: 이유연의 쌍둥이 남매인 이동식의 평판은 어땠나요.

답: 이렇게 말하면 뭐하지만, 세상은 공평하다고 생각했습니다.

문: 무슨 의미인가요.

답: 한 배에서 손잡고 나왔는데 동식이는 반 토막이랄까. 유연이의 발뒤꿈치도 못 따라가죠. 가수를 한다나. 기타 들고 맨날 돌아다니는데 한심하기 이를 데가 없고. 술도 맨날 많이 마시고. 고등학교 졸업하기도 전에 오토바이 끌고 다니고. 만양가든이 장사가 잘 돼서 다행이지. 정신 차리고 나중에 그거 이어 받아서 먹고 살아야 할 텐데.

문: 이유연을 마지막으로 목격한 것은 언제인가요.

답: 성당에서 보았습니다. 어제 오후에요.

문: 어제 오후는 14일이죠. 몇 시 정도였나요.

답: 네 시 반은 넘었던 것 같습니다.

문: 성당에서 이유연은 무엇을 했나요.

답: 성가대 리허설을 하면서 반주를 하고 있었습니다.

문: 본인은 무엇을 했나요.

답: 저는 유연이 엄마를 도와서 성당 장식을 하고 있었고요.

문: 이유연이 누군가와 대화하거나 통화하는 것을 목격한 것 있나요.

답: 성가대 사람들과 대화하고 미사 준비하던 사람들과 이야기하고 수녀님하고 대화하는 것도 봤고. 아 가끔 휴대폰 쥐고 나가긴 했습니다.

문: 누구와 통화하는지 들은 것 있나요.

답: 아니요. 지 오빠한테 전화했겠죠.

문: 왜 그렇게 생각하나요.

답: 형님(이유연 모친 김영희)이 유연이에게 동식이한테 전화해보라고 하는 것을 들었습니다.

문: 왜 전화하라고 했나요.

답: 그게 제가 형님(이유연 모친 김영희)한테 동식이를 봤다고 말해서요.

문: 이동식을 어디에서 언제 봤습니까.

답: 성당 가는 길에 골목에서 이동식이 기타를 매고 가는 것을 봤습니다.

문: 몇 시경이었나요.

답: 4시 좀 넘어서니까. 20분 정도로 생각됩니다.

문: 어디로 가는 것 같았나요.

답: 만양카페로 올라가는 것 같았습니다.

문: 확실한가요.

답: 네.

문: 14일 성당에 도착한 후부터 15일 06시 43분까지 본인의 행적에 대해 진술하세요.

답: 미사가 6시여서 미사 준비를 다 마치고 앉아있는데 남편에게 전화가 왔습니다. 우리 아들이 화장실에서 나오다가 발을 삐끗했다고 해서 미사를 드리지 못하고 집으로 갔고요. 아들 데리고 나와서 정형외과 간 게 7시 직전이었고. 돌아와서 저녁 먹고 TV보다가 밤 11시쯤 잤습니다.

문: 가족들은 다 함께 있었나요.

답: 네.

문: 이유연이나 이유연의 가족들에게 연락을 받은 적은 없습니까.

답: 형님(이유연 모친 김영희)한테 전화가 왔었습니다.

문: 전화한 이유는요.

답: 제가 아들이 다쳤다고 해서 걱정이 되어서 전화한 것이었습니다.

문: 그때 김영희는 어땠나요.

답: 평소와 비슷했습니다. 결국 미사에 동식이가 안와서 짜증이 좀 나있었던 것 같고. 그렇지만 유연이가 따뜻한 모과차를 끓여줘서 기분이 나아지지 않았을까 생각합니다.

문: 이유연이 모과차를 끓여준 것을 어떻게 아나요.

답: 전화기 너머로 유연이가 모과차 끓였다고 어서 와서 드시라고 하는 걸 들었습니다.

문: 그때가 몇 시쯤이었나요.

답: 밤 10시쯤이요.

문: 확실히 이유연의 목소리가 맞았습니까.

답: 맞습니다. 제가 유연이를 어렸을 때부터 본 걸요. 확실합니다.

문: 밤 11시 이후에 잠들었다가 몇 시에 깼습니까.

답: 경찰차 소리가 나서 새벽에 깼습니다.

문: 그때가 몇 시쯤이었나요.

답: 7시 거의 다 되어서요.

문: 그 이외에 별다른 소리를 들은 것은 없나요.

답: 없습니다.

문: 그 후에 이유연이나 이유연 가족을 본 적 있나요.

답: 없습니다.

문: 이상 진술이 모두 사실입니까.

답: 네. (자필로 적어주세요)

문: 이상으로 조사를 마치겠습니다. 지금 시간은 2000년 10월 15일 15시 45분입니다. 저는 경장 곽오섭입니다.

위의 조서를 진술자에게 열람하게 하였던바(읽어준바) 진술한 대로 오기나
증감·변경할 것이 없다고 말하므로 간인한 후 서명, 날인하게 하다.

진술자 　정 숙 자　(인) 　| 지장첨부
부탁드립니다. |

2000. 10. 15

사법경찰관 　경장 곽오섭　(인) 　| 도장첨부
부탁드립니다. |

왼쪽은 사법경찰 담당 도장 / 오른쪽은 진술자 지장
매 장마다 찍어주세요. (사진 참고)

경 기 문 주 경 찰 서

2000. 12. 20.

수 신 : 경찰서장
참 조 : 형사과장
제 목 : 수사보고

2000. 10. 15. 06:43 경기도 문주시 만양읍 교평리 14-4에서 신고 접수된 '문주시 만양읍 여대생 실종 사건'과 관련하여 아래와 같이 수사하였기에 보고합니다.

1. 수사 사항

가. 절단된 손가락 신원 확인
　　　- 현장에서 채취한 지문을 경기서부경찰청 과학수사계에 감정 의뢰한 결과, 해당 지문은 이유연(여, 20세)인 것으로 신원 확인.

나. 절단된 손가락과의 DNA 대조(법의학 2000-C-23101호 / 2000-C-23102호)
　　　- 경기도 문주시 만양읍 교평리 14-4 단독주택 마당에서 발견된 절단된 원위지골 10개가 실종된 이유연(여, 20세)의 손가락인 것으로 추정, 평소 이유연이 사용하던 칫솔을 수거하여 절단된 손가락과 DNA 감정의뢰, 두 DNA가 일치한다는 회신,
　　　- 모친 김영희의 머리카락과 절단된 손가락의 DNA 감정 의뢰, 김영희의 머리카락에서 검출한 DNA와 절단된 손가락 내의 DNA에서 모자 관계 성립 확인, 이에 절단된 열 개의 손가락이 이유연 것임을 최종 확인.

다. 절단된 손가락에 대한 감정의뢰 (법의학 2000-C-23100호)
　　　- 육안 감식 결과, 손톱 끝부터 0.35cm~0.5cm가량 봉숭아 물이 들어있음을 확인.
　　　- 원위지골은 2.2cm~2.5cm의 불규칙한 크기로 절단,
　　　- 수거된 원위지골부의 절단면에 수차례 자상의 흔적이 확대경을 통하여 육안으로도 확인된바, 일 회가 아닌 다 회에 걸쳐 절단을 시도한 것으로 추정 가능.
　　　- 일회성이 아닌 다회성 충격이 가해진 것으로 볼 때 스스로 절단했을 가능성이 낮고 타인에 의하여 절단되었을 것으로 우선 추정하는 것이 합리적일 것이나 차후 수사를 통해 이를 반드시 확인하여야 할 것.
　　　- 절단 시 사용된 도구는 예기인 것으로 사료되며, 절단된 부위의 상태로 볼 때, 예기의 끝부분이 매우 날카롭지는 않았을 것으로 추정하는 것이 합리적일 것이나 차후 수사를 통해 확인하여야 할 것임.
　　　- 식별된 피하출혈 상태를 볼 때 혈액이 피하에 스며드는 증상을 확인한바, 손가

락의 손상은 사전에 이루어졌다고 추정할 가능성이 있으므로 우선 사망이 아닌 실종으로 수사해야 할 것임.

    - 절단된 타 부위 신체가 발견되지 않아 현 감정물을 통해서 사건 발생 시각을 특정할 수 없으며,

    - 가변광원기를 이용하여 정액 반응을 확인했으나 검출되지 않았으며,

    - 피해자 이외의 타인의 DNA 검출되지 않았으며,

    - 잘린 부위와 손톱 등에서 검출된 소량의 토양 성분을 감식한 결과, 카드뮴 0.09, 구리 6.825, 비소 0.129 등의 성분이 검출되었고 벤젠, 톨루엔, 크실렌 등은 검출되지 않음. 해당 토양의 성분이 피해자 자택 인근의 토양의 성분과 일치한 것으로 봤을 때, 자택 인근에서 범행이 이루어졌을 가능성을 간과할 수 없으나 범행이 이루어졌다고 판단할 만한 토양의 특이점을 발견할 수 없었으며,

    - 혈액 속 에틸알코올 성분은 검출되지 않았으며,

    - 기타 특기할 약물 및 독물 성분이 검출되지 않음.

라. 주변 CCTV영상 분석 (디지털분석과 2000-D-24371호)

    - 2000년 10월 16일 1차 CCTV 영상분석 시, 실종자의 집 인근의 CCTV 3대 중 1대는 고장. 1대는 렌즈에 나뭇잎이 가려서 보이지 않고 1대는 실종자의 집에서 벗어난 장소를 비추고 있어 판단 불가,

마. 절단된 손가락 발견 지점(이유연 자택) 인근 수색

    - 절단된 원위지골 10개가 발견된 이유연의 자택을 압수 수색하였으나 별다른 것은 발견하지 못했으며,

    - 이유연의 자택 반경 5km에 있는 도로, 폐가, 심주산 등 집중수색하였지만, 이유연의 것으로 추정되는 혈흔, 범행에 사용했을 만한 도구 등의 추가 단서는 발견하지 못함.

바. 이유연의 휴대전화 수신 발신 내역 조회 (제 2000-H-2953 별지 참고)

    - 이유연의 휴대폰 사용 내역서 확인을 위해 압수 수색 검증 영장 청구, 집행하여 해당 통신사로부터 회신을 받아 내역서를 확인한 결과, 2000년 10월 14일 23시 33분경 쌍둥이 남매 이동식에게 문자 발송한 내역이 확인됐으며,

    - 1분 후인 2000년 10월 14일 23시 34분경 '011-0780-1234'로부터 마지막 문자가 수신된 내역을 확인,

    - '011-0780-1234'의 명의자를 조사한 결과, 해당 번호의 명의자는 '서울시 서북구 강반동 331-7호'에 사는 이영철(남, 41세)인 것으로 밝혀짐.

    - 이영철은 1998년 가을경, 돈이 필요해 5만 원을 받고 신분증을 판매한 적이 있으며, 2000년 10월 14일 22시부터 15일 06시까지 야간 건설현장에서 일용직 노동자로 일했다고 진술, 함께 일한 일용직 노동자들의 진술을 통해 알리바이가 입증, 용의선상에서 배제됨. 이에 '011-0780-1234'는 이영철의 명의를 도용한 대포폰인 것으로 최종 확인.

    - '011-0780-1234'는 2000년 10월 14일 23시 34분 이유연 명의의 번호로 문자를 발신 후 전원이 꺼졌으나, 2000년 10월 15일 03시 40분경 켜진 후 '011-0640-3324'로 발신, 34초간 통화한 기록을 확인하고 추가 조사 진행,

- 조사 결과, '011-0640-3324' 번호 또한 이영철의 명의로 개설된 대포폰임을 확인했으며, 이후 두 핸드폰 모두 전원이 꺼진 상태이므로 현재 위치 파악 불가.

사. 주요인물 참고인 진술 조사 진행
　　- 이유연의 쌍둥이 남매인 이동식 참고인 진술 결과, 조사 당시 이동식은 취기가 있는 상태였으며, 2000년 10월 14일에서 15일 사이의 기억 역시 온전하지 않았으나, '14일 19시경부터 15일 05시 30분경까지 박정제와 함께 있었다'는 이동식의 진술 확보,
　　- 이동식의 2차 참고인 진술 당시 이유연의 휴대전화에 마지막으로 수신된 번호인 '011-0780-1234'라는 번호 자체를 알지 못한다고 진술함.

아. 중요 참고인 박정제의 행적 관련 알리바이 확인
　　- 이동식 참고인 진술에 따라, 2000년 10월 14일 19시부터 익일 15일 05시 30분경까지 이동식과 함께 있었다고 추정되는 박정제의 알리바이 확인을 위해 주거지 방문,
　　- 2000년 10월 16일 박정제 주거지 방문 당시, 박정제 대신 모친 도해원을 통해, 박정제는 14일과 15일 양일간 자택에 머물렀다는 진술 확보, 주거지 방문 당시, 박정제는 연락 두절 상태로 소재파악 불가. 이에 당사자의 증언은 확인하지 못했으나,
　　- 2000년 10월 22일 오전 10시, 자진 출석한 박정제 참고인 진술 조사 결과, 박정제는 15일 오후부터 22일 오전까지 경기도 부경시 소재 개인 별장에서 유학준비를 위한 작업을 진행하느라, 해당사건을 인지하지 못했으며,
　　- 2000년 10월 14일 19시경부터 이동식과 술을 마셨으며, 다음 날 15일 05시 30분경, '집에 간다.'는 이동식의 말을 들었다고 증언, 이동식의 진술과 일치함을 확인함.
　　- 박정제의 모친 도해원의 진술을 재확인한 결과, 2000년 10월 14일과 15일에 박정제가 집에 있는 것을 확실히 보지 못한 것은 사실이나, 실제로 박정제가 집에 있다고 생각했을 뿐, 고의로 거짓 진술을 한 것은 아니라는 진술 확보.

자. '2000년 10월 15일, 방주선 변사체 발견 사건' 관련 교차 수사 진행.
　　- 2000년 10월 15일 07시 34분, 경기 문주시 만양읍 문주천 갈대밭 인근에서 원위지골 10개가 절단된 변사체 1구를 발견했다는 신고 접수,
　　- 변사체가 발견된 현장에서 이유연의 쌍둥이 남매인 이동식의 것으로 추정되는 기타피크 발견,
　　- 변사체의 신원을 확인한 결과 '경기도 문주시 만양읍 교평리 389-1'에 거주하며, '경기도 문주시 만양읍 만양리 25-9 만양카페'에서 종업원으로 종사하던 방주선(여, 22세)로 확인,
　　- 10월 16일 14시 30분 실시된 이동식 2차 참고인 진술에서 기타피크가 본인의 것임을 인정, 이에 두 사건의 연관성을 확인하고자 수사 개시,
　　- 두 사건을 병합하여 이동식을 긴급 체포, 진술 조사와 현장 검증단계를 거쳤으나, 2000년 10월 22일 오전 10시, 자진 출석한 박정제의 참고인 진술에서 범행 추정 시간 당시, 이동식과 박정제가 함께 있었다는 진술 확보. 이동식 용의선상에서 배제됨.
　　- 이후 추가 수사를 진행하였으나, '원위지골 10개가 절단됐다'는 사실 이외에 두 사건을 동일범의 소행으로 판단할 만한 추가증거를 발견하지 못함.

차. 폴리그래프 검사 회신 (2000-E-4353호)

      - 2000. 10. 22. 국립과학수사연구원 법심리과 심리생리검사실에서 용의자 이동식에 대한 폴리그래프 검사를 실시한바, 1) 이유연에 대하여 '진실' 반응 2) 사건 발생 당일 행적에 대하여 '판단불가' 반응으로 회신.

      - 2000. 10. 22. 국립과학수사연구원 법심리과 심리생리검사실에서 참고인 박정제에 대한 폴리그래프 검사를 실시한바, 1) 이동식에 대하여 '진실' 반응 2) 사건 발생 당일 행적에 대하여 '진실' 반응 판단된다는 회신.

      - 폴리그래프(거짓말탐지기) 검사 담당관 강송미는 '폴리그래프는 생리적 반응을 수치화해서 검사를 하는 것이므로, 변사자와 밀접한 사람일수록 변사자와 관련한 질문에 대하여 심리적 반응을 배제하지 못한다.'라는 진술을 하며, 폴리그래프의 결과의 '판단불가' 사유에 대하여 진술함.

카. 이유연 주거지 수색 및 주변 인물 탐문 수사

      - 이유연이 주거하던 '경기도 문주시 만양읍 교평리 14-4'를 수색하였으나 별다른 단서를 확보하지 못하였음.

      - 이유연의 거주지 인근 주민을 중심으로 진행한 탐문 수사와 정숙자의 참고인 조사에서 이유연이 원한을 살 주변 인물은 없었고, 평소 정숙한 모범생이라는 진술 확보.

      - 이유연의 대학 동기 이정미(여, 20세), 오선혜(여, 20세)를 상대로 탐문 수사를 진행한 결과, 이유연은 원만한 성격으로 무난한 대인관계를 유지하였던 것으로 확인.

      - 이정미, 오선혜을 통해 '011-0780-1234'를 확인한바, 해당 번호에 대한 정보를 갖고 있지 않았으며, 이 번호를 사용할 만한 인물 또한 알 수 없다는 진술, 덧붙여 이유연이 과거 교제했던 이성이나, 교제 중일 가능성이 있는 이성에 대해서도 들은 바가 없다는 진술 확보.

타. 만양읍 일대에 거주하는 강력범죄자의 알리바이 파악

      - 이유연의 생활반경 인근에 거주하는 강력범죄자의 신상 조회하여 범행 당일 행적을 조사했지만, 알리바이가 모두 확인. 용의선상에서 배제됨.

반장	계장	과장	서장
반장 도장 첨부 부탁합니다.	전 결		

형사과 강력1반

경사 남 상 배 (인)

남 상 배 도장첨부 부탁드립니다.

경기문주경찰서

2000. 10. 15.

수 신 : 경찰서장

참 조 : 형사과장

제 목 : 수사보고 (탐문수사)

　　2000. 10. 15. 06:43 경기도 문주시 만양읍 교평리 14-4에서 신고 접수된 '문주시 만양읍 여대생 실종 사건'과 관련하여 아래와 같이 수사하였기에 보고합니다.

1. 수사 사항

가. 이유연 관련 새로운 주요인물 확보

　　－ 이유연의 휴대폰 사용 내역을 조회한 결과, 14일경 연락을 주고받은 것으로 확인된 오선혜, 이정미에게 14일 이유연의 행적에 관해 탐문 수사를 진행.

나. 14일 이유연의 행적에 관한 탐문 수사.

　　－ 10월 14일 08시 오선혜, 이정미는 이유연과 서울대학교 도서관에서 함께 공부를 하기로 약속이 되어 있었다고 진술.

　　－ 07시 40분경 오선혜와 이정미가 먼저 만나 도서관으로 이동, 08시 넘어서 도서관에 도착한 이유연을 확인.

　　－ 오선혜와 이정미는 20시까지 도서관에서 함께 있다가 귀가했으며,

　　－ 오선혜와 이정미는 14시에 이유연이 도서관을 떠났으며, 그것이 이유연을 마지막으로 목격한 것이라고 진술.

다. 이유연 휴대폰 수신 발신 내역 조회 후 탐문 수사

　　－ 이유연의 휴대폰 사용 내역서 확인을 위해 압수 수색 영장 청구, 집행하여 해당 통신사로부터 회신을 받아 내역서를 확인한 결과 10월 14일 23시 33분경 쌍둥이 남매 이동식에게 문자 발송.

　　－ 1분 후인 10월 14일 23시 34분경 '011-0780-1234' 번호로 마지막 문자 수신.

　　－ 평소 이유연과 친한 것으로 확인된 두 사람을 통해 '011-0780-1234'에 대하여 조사한 바, 평소 이유연과 이성 교제에 대한 이야기를 나눌 당시, 이유연으로부터 교제 중인 이성이 없다는 얘기를 들은 적이 있다는 진술 확보.

　　－ '011-0780-1234'에 대해 탐문한 결과, 이정미와 오선혜는 이유연이 해당 번호와 연락하는 모습을 목격한 적이 없었음을 확인.

라. 2000년 9월 30일 16시 40분 경 서울대학교 정문의 CCTV 영상 확인.

    – 이유연의 친구인 이정미의 진술에 의하면 9월 30일 16시 40분경, 전공수업을 마치고 정문을 나서던 이유연이 발목을 접질려서 움직이지 못하자 학교까지 이유연을 데리러 온 남자가 있었던 것으로 추정

    – 2000년 9월 30일 16시 40분경 서울대학교 정문에서 한 남성과 함께 있는 모습을 목격했다는 이정미의 진술을 확보, 해당 남자에 대한 신원파악 진행.

    – 촬영된 서울대학교 정문의 CCTV를 확인한 결과 이유연의 쌍둥이 남매인 이동식으로 확인됨.

반장	계장	과장	서장
반장 도장 첨부 부탁합니다.	전 결		

형사과 강력1반

경사 남 상 배 (인)

남 상 배 도장첨부 부탁드립 니다.

경 기 문 주 경 찰 서

2001. 01. 18.

수 신 : 경찰서장

참 조 : 형사과장

제 목 : 수사보고 (CCTV 분석)

    2000. 10. 15. 06:43 경기도 문주시 만양읍 교평리 14-4에서 신고 접수된 '문주시 만양읍 여대생 실종 사건'과 관련하여 아래와 같이 수사하였기에 보고합니다.

1. 수사 사항

가. 이유연 추정 인물에 대한 수사

    -2001년 1월 12일 14시 43분경, 이유연이 실종된 '경기도 문주시 만양읍 교평리 14-4'로부터 5km 떨어진 '문주시 만양읍 만양리 896-4'에 위치한 '정다운 약국'에 '이유연으로 추정되는 인물이 방문한 것 같다'는 약국 직원의 제보를 받고 수사.

    -2001년 1월 12일 14시 43분경, '정다운 약국' 내부 CCTV를 확인한 결과, 이유연과 유사한 외형을 가진 여성이 파스와 감기약을 구입하는 모습을 발견.

    -'정다운 약국' 인근 CCTV를 통해 해당 여성의 이동 경로를 확인한 결과 해당 여성은 '문주시 만양읍 만양리 896-8'에 거주하며, 인근 식당 '왕부자갈비'에서 종사하는 한송이(여, 24세)로 확인,

    -한송이의 진술을 확인한바, 1월 12일 14시 43분경 '정다운 약국에 간 것이 맞다.'는 진술을 확보. 따라서 이유연이 아닌 것으로 확인함.

반장	계장	과장	서장
반장 도장 첨부 부탁합니다.	전 결		

형사과 강력1반

경사 남 상 배 (인)

남 상 배 도장첨부 부탁드립니다.

제 2000-24371호

경 기 문 주 경 찰 서

2001. 3. 2.

1. 피해자 인적사항

성 명   이 유 연
나 이   20세
주민등록번호   810530-27405618
주 거   경기도 문주시 만양읍 교평리 14-4
연 락 처   034-232-4876 / 011-0351-4027
가족관계   이한오(父), 김영희(母), 이동식(娚)

2. 사건 개요

　2000년 10월 15일 06:43 경기도 문주시 만양읍 교평리 14-4 단독주택 마당에서 손가락 끝 마디 열 개가 발견되었다는 신고를 접수, 신고자인 이한오(남, 45세)의 딸 이유연의 실종을 인지하고 수사한 사건.

3. 수사 사항

　미제편철보고 참조

4. 수사결과

　수사 장기화로 우선 미제편철하고, 차후 단서 발견 시에 수사를 재개할 것임.

반장	계장	과장	서장
반장 도장첨부 부탁합니다	임철규 도장첨부 부탁합니다	전 결	

사 건 담 당 형 사　경사 남 상 배 (인)

※상배 도장의 위치는 '남상배'이름 위로 인주가 번지도록 찍어주세요.
남상배 이름이 흐릿하게 보이면 좋을 것 같습니다.

경기문주경찰서

2000-24371호

2001. 3. 2.

수 신 : 경찰서장

참 조 : 형사과장

제 목 : 미제편철보고

2000. 10. 15. 06:43 경기도 문주시 만양읍 교평리 14-4에서 신고 접수된 '문주시 만양읍 여대생 실종 사건'과 관련하여 다음과 같이 미제편철하고자 합니다.

1. 피의자 인적사항

성 명   이동식
나 이   20세
주민등록번호 810530-17849750
주 거   경기도 문주시 만양읍 교평리 14-4
연 락 처   034-232-4876 / 011-0373-4876
가족관계   이한오(父), 김영희(母), 이유연(妹)

2. 범죄 사실

2000년 10월 15일 06시 43분경 경기도 문주시 만양읍 교평리 14-4 단독주택 마당에서 열 개의 절단된 손가락이 발견되었다는 신고가 접수됨. 해당 주택에 거주 중이던 이유연(여, 20세)의 행방을 알 수 없어 지문 감식을 의뢰. 절단된 손가락이 이유연인 것으로 확인. 실종사건으로 수사 개시.

3. 적용 법조

형법 제 257조 상해죄 등

형법 제 290조 약취, 유인, 매매, 이송 등 상해 · 치상 등

4. 증거 관계

가. 현장감식 사진

<사진 첨부 부탁드립니다>

손가락이 유기된 현장 사진

<사진 첨부 부탁드립니다>

돌 위에 올려진 10개의 손가락 모습

<사진 첨부 부탁드립니다>

손톱 끝에 봉숭아 물이 들어있는 모습

<사진 첨부 부탁드립니다>

발견 당시 절단된 손가락의 상태

<사진 첨부 부탁드립니다>

절단된 손가락의 크기가 불규칙한 상태

<사진 첨부 부탁드립니다>

불상의 도구에 의해 수차례 손상된 손가락

<사진 첨부 부탁드립니다>

손가락의 절단면이 거친 상태

<사진 첨부 부탁드립니다>

손가락의 절단면에서 피하출혈이 식별되는 상태

나. 감식 결과

감식소견

1. 절단된 손가락에 대한 감정의뢰 (법의학 2000-C-23100호)
 - 현장에서 채취한 지문을 경기서부경찰청 과학수사계에 감정의뢰한 결과, 해당 지문은 이유연(여, 20세)인 것으로 신원 확인.
 - 식별된 피하출혈 상태를 볼 때 혈액이 피하에 스며드는 증상을 확인한바, 손가락 손상은 사전에 이루어졌다고 추정할 가능성이 있으므로 우선 사망이 아닌 실종으로 수사해야 할 것임.
 - 절단된 타 부위의 신체가 발견되지 않아 현 감정물을 통해서 사건 발생 시각을 특정할 수 없음.
 - 가변광원기를 이용하여 정액 반응을 확인했으나 검출되지 않음.
 - 피해자 이외의 타인의 DNA 검출되지 않음.
 - 기타 특기할 약물 및 독물 성분 검출되지 않음

2. 손가락 관련 DNA 감정의뢰 (법의학 2000-C-23101호 / 2000-C-23102호)
 - 평소 이유연이 사용하던 칫솔을 수거하여 절단된 손가락과 DNA 감정의뢰, 두 DNA가 일치한다는 회신.
 - 모친 김영희의 머리카락과 절단된 손가락의 DNA 감정의뢰. 김영희의 머리카락에서 검출한 DNA와 절단된 손가락 내의 DNA에서 모자 관계 성립 확인. 이에 절단된 열 개의 손가락이 이유연의 것임을 최종 확인.

설명

1. 원위지골은 2.2cm~2.5cm의 불규칙한 크기로 절단.
2. 수거된 원위지골부의 절단면에 수차례 자상의 흔적이 확대경을 통하여 육안으로도 확인된바, 일회가 아닌 다 회에 걸쳐 절단을 시도한 것으로 추정 가능.
3. 절단 시 사용된 도구는 예기인 것으로 사료되며, 절단된 부위의 상태로 볼 때, 예기의 끝부분이 매우 날카롭지는 않았을 것으로 추정하는 것이 합리적일 것이나, 차후 수사를 통해 확인하여야 할 것임.

참고사항

1. 법의해부학적 측면에서 검사소견과 더불어 볼 때, 불상의 도구로 손가락 마디를 수차례 내려쳤을 가능성, 피해자가 스스로 고통을 견디며 잘랐을 가능성보다 타인이 손상했을 가능성이 높으나 추가 수사를 통하여 이를 반드시 확인하여야 할 것임.

5. 수사사항 및 미제편철 사유

가. 주변 CCTV 영상분석 (디지털분석과, 2000-D-24371호)
 - 2000년 10월 16일 1차 CCTV 영상분석 시, 실종자의 집 인근의 CCTV 3대 중 1대는 고장. 1대는 렌즈에 나뭇잎이 가려서 보이지 않고 1대는 실종자의 집에서 벗어난 장소를 비추고 있어

판단 불가,
　－ 2001년 1월 12일 2차 CCTV 영상분석 시, 이유연과 닮은 여성을 보았다는 제보를 받고 출동
　　　하여 인근 CCTV를 확인한 결과, 여성의 신원은 한송이(여, 22세)로 이유연이 아님을 확인함.

나. 절단된 손가락 발견 지점(이유연 자택) 인근 수색
　－ 절단된 원위지골 10개가 발견된 이유연의 자택과 자택 반경 5km에 있는 도로, 폐가, 심주산
　　　등을 집중 수색했으나, 실종자의 것으로 추정되는 혈흔이나 범행에 사용했을 만한 도구 등의
　　　추가 단서는 발견하지 못함.

다. 이유연 휴대폰 수신 발신 내역 조회 (제2000-H-2953호 별지 참고)
　－ 2000년 10월 15일 압수수색 검증 영장 집행을 통해 이유연이 사용하던 휴대폰 통화내역서를
　　　회신받은 후, 10월 14일 06시 21분 21초와 23시 43분 12초에 '011-0780-1234' 번호로 문자
　　　메시지가 수신된 것을 확인하고 조사한 결과, 해당 번호의 명의자는 '서울 서북구 강반동'에 사
　　　는 이영철(남, 41세)이였으나 해당 번호는 명의가 도용된 대포폰으로 확인됨.
　－ '011-0780-1234'는 2000년 10월 14일 23시 34분 이유연 명의의 번호로 문자를 발신 후 전
　　　원이 꺼졌으나, 2000년 10월 15일 03시 40분경 켜진 후 '011-0640-3324'로 발신, 34초간 통
　　　화한 기록을 확인하고 추가 조사 진행,
　－ 조사 결과, '011-0640-3324' 번호 또한 이영철의 명의로 개설된 대포폰임을 확인했으며, 이후
　　　두 핸드폰 모두 전원이 꺼진 상태이므로 현재 위치 파악 불가.

라. '2000년 10월 15일 방주선 변사체 발견 사건' 관련 교차 수사 진행.
　－ 2000년 10월 15일 07시 34분, 경기 문주시 만양읍 문주천 갈대밭 인근에서 원위지골 10개가
　　　절단된 변사체 1구를 발견했다는 신고 접수,
　－ 변사체가 발견된 현장에서 이유연의 쌍둥이 남매인 이동식의 것으로 추정되는 기타피크 발견,
　－ 변사체의 신원을 확인한 결과 '경기도 문주시 만양읍 교평리 389-1'에 거주하며, '경기도 문주
　　　시 만양읍 만양리 25-9 만양카페'에서 종업원으로 종사하던 방주선(여, 22세)로 확인,
　－ 10월 16일 14시 30분 실시된 이동식 2차 참고인 진술에서 기타피크가 본인의 것임을 인정,
　　　이에 두 사건의 연관성을 확인하고자 수사 개시,
　－ 두 사건을 병합하여 이동식을 긴급 체포, 진술 조사와 현장 검증단계를 거쳤으나, 2000년 10
　　　월 22일 오전 10시, 자진 출석한 박정제의 참고인 진술에서 범행 추정 시간 당시, 이동식과 박
　　　정제가 함께 있었다는 진술 확보. 이동식 용의선상에서 배제됨.
　－ 이후 추가 수사를 진행하였으나, '원위지골 10개가 절단됐다'는 사실 이외에 두 사건을 동일범
　　　의 소행으로 판단할 만한 추가증거를 발견하지 못함.

마. 폴리그래프 검사 회신 (2000-E-4353호)
－ 2000. 10. 22. 국립과학수사연구원 법심리과 심리생리검사실에서 용의자 이동식에 대한 폴리그
　　래프 검사를 실시한바, 1) 이유연에 대하여 '진실' 반응 2) 사건 발생 당일 행적에 대하여 '판
　　단불가' 반응으로 회신.
－ 2000. 10. 22. 국립과학수사연구원 법심리과 심리생리검사실에서 참고인 박정제에 대한 폴리그
　　래프 검사를 실시한바, 1) 이동식에 대하여 '진실' 반응 2) 사건 발생 당일 행적에 대하여 '진
　　실' 반응 판단된다는 회신.
－ 폴리그래프(거짓말탐지기) 검사 담당관 강송미는 '폴리그래프는 생리적 반응을 수치화해서 검
　　사를 하는 것이므로, 변사자와 밀접한 사람일수록 변사자와 관련한 질문에 대하여 심리적 반응

을 배제하지 못한다.'라는 진술을 하며, 폴리그래프의 결과의 '판단불가' 사유에 대하여 진술함.

바. 이유연 주거지 수색 및 주변 인물 탐문 수사
- 이유연이 주거하던 '경기도 문주시 만양읍 교평리 14-4'를 수색하였으나 별다른 단서를 확보하지 못하였음.
- 이유연의 거주지 인근 주민을 중심으로 진행한 탐문 수사와 정숙자의 참고인 조사에서 이유연이 원한을 살 주변 인물은 없었고, 평소 정숙한 모범생이라는 진술 확보,
- 이유연의 대학 동기 이정미(여, 20세), 오선혜(여, 20세)를 상대로 탐문 수사를 진행한 결과, 이유연은 원만한 성격으로 무난한 대인관계를 유지하였던 것으로 확인.
- 이정미, 오선혜를 통해 '011-0780-1234'를 확인한바, 해당 번호에 대한 정보를 갖고 있지 않았으며, 번호를 사용할 만한 인물 또한 알 수 없다는 진술, 덧붙여 이유연이 과거 교제했던 이성이나 교제 중일 가능성이 있는 이성에 대해서도 들은 바가 없다는 진술 확보.

사. 만양읍 일대에 거주하는 강력범죄자의 알리바이 파악
- 이유연의 생활반경 인근에 거주하는 강력범죄자의 신상 조회하여 범행 당일 행적을 조사했지만, 알리바이가 모두 확인. 용의선상에서 배제됨.

라. 미제편철 사유
- 이와 같이 여러 방면으로 수사를 진행하였으나 피의자를 특정하는 데 실패하였음. 수사 장기화로 우선 미제편철을 하고, 차후에 새로운 단서를 발견할 시에 수사를 재개하도록 할 것임.

6. 수사참여 경찰관

반장 신영철

경위 정철문

경위 이경복

경사 남상배

경장 곽오섭

반장	계장	과장	서장
반장 도장 첨부 부탁합니다.	계장(임철규) 도장 첨부 부탁합니다.	전 결	

형사과 강력1반

경사 남 상 배 (인)

남상배 도장첨부 부탁드립니다.

부 검 감 정 서

의 뢰 관 서 : 경기 문주 경찰서

변　사　자 : 이 유 연

접수 : 2021-M-10124호

국 립 과 학 수 사 연 구 원

변사체 발견 당시 사진 (경찰 제공)

사진 첨부 부탁드립니다

전신이 백골화된 상태

사진 첨부 부탁드립니다

골절되지 않은 상태의 설골

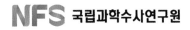

사진 첨부 부탁드립니다

열 손가락 끝 마디가 모두 절단된 상태

사진 첨부 부탁드립니다

남은 손 마디의 절단면이 거친 상태

NFS 국립과학수사연구원

사진 첨부 부탁드립니다

경추가 골절된 상태

사진 첨부 부탁드립니다

늑골이 골절된 상태

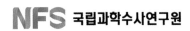

사진 첨부 부탁드립니다

비골과 경골이 골절된 상태

사진 첨부 부탁드립니다

요추가 골절된 상태

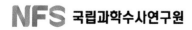

부 검 감 정 서

접수 2021-M-10124 호   (2021년 02월 04일)

형사과-2498   (2021년 02월 03일)

의 뢰 관 서   경기 문주 경찰서

입 회 자   경사 강도수

부 검 장 소   국립과학수사연구원

성 명 : 이 유 연 (여, 20세)

감정의뢰사항: 사인(死因)

사건개요

2000. 10. 15. 06:43. 이유연은 경기도 문주시 만양읍 교평리 14-4(현 경기도 문주시 만양읍 교평1길 12) 자택 마당에 절단된 원위지골 10개를 남긴 채 실종된 상태였으며, 2020. 02. 03. 22:00. 동일 자택의 지하실 벽에서 발견된 백골사체의 DNA와 실종상태인 이유연의 DNA를 대조한 결과, 동일인인 것으로 밝혀진 사건임.

주요부검소견

1. 외표검사 (外表檢査)

       가. 신장은 167cm이며, 변사자가 착용한 의류와 신발은 대부분 소실된 상태며 변사자의 소유물품인 장신구가 발견된 상태.

       나. 전신(全身)은 고도의 부패(腐敗) 상태로서, 백골화된 상태에서 경추부터 정강이까지 다발성 골절의 소견을 봄.

       다. 안면(顔面) 및 경부(頸部) : 고도의 부패(腐敗) 상태로서, 두개골과 안면에서는 특기할 골절을 관찰하지 못했으며 설골 골절의 소견 또한 보지 못함.

       라. 흉복부(胸腹部) 및 배부(背部) : 고도의 부패(腐敗) 상태로서, 흉골과 요추에서 골절의 소견을 봄.

       마. 사지(四肢) : 백골 상태에서 열 손가락 끝 한 마디가 각각 절단된 상태며 남은 손마디의 절단면이 거친 상태.

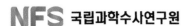

2. 내부검사(內部檢査)

    가. 상완골, 쇄골, 견갑골 등에서 골절의 소견을 봄.

    나. 양측 앞쪽 늑골 (肋骨,우측: 5-10번, 좌측:3-10번) 및 좌측 바깥쪽 늑골(12번)에 다발성 골절소견을 봄.

    다. 요추(腰椎) 1,2번 골절을 보며, 골반부의 장골, 좌골의 골절소견을 봄.

    라. 좌측 팔에서 상완골골절의 소견을 보며, 우측 팔꿈치에서 골절의 소견을 봄.

    마. 대퇴골과 비골, 경골 등에서 골절의 소견을 보았으나 설골의 골절은 확인되지 않음.

검사소견

1. 변사자는 백골화된 상태로 본시(本屍)의 약물검사 상 항우울제인 플루옥세틴(fluoxetlne), 신경안정제인 디아제팜(diazepam)과 디아제팜의 생체 내 대사체인 노르다제팜(nordazepam) 등의 약물 측정불가.

2. 청산염, 유기인제류, 유기염소제류, 카바메이트제류 및 기타 알칼로이드류 등 또한 검출되지 않았음.

3. 에틸알코올과 노르말-프로필알코올 역시 측정불가.

4. 변사자의 혈액형은 'O'형으로 확인됨.

설 명

본 변사자의 사인(死因)을 논함에 있어,

1. 수사기록에 따르면 변사자는 알려진 지병이 없는 자로, 특기할 독극물은 검출되지 않았으며,

2. 변사자의 원위지골 열 마디가 절단된 것을 확인했으나 절단 당시, 변사자를 사망에 이르게 할 만한 과다출혈이 이루어졌다고 확정할 수 없으며,

3. 변사자의 설골이 골절되지 않은 것으로 보아 사전에 질식사에 이르게 할 만한 경부압박이 이루어졌을 가능성이 낮으며,

NFS 국립과학수사연구원

4. 내부검사상 근골격계의 손상에서 2개 이상의 근위부 장골 골절이 동반, 요추골절 및 골반골 골절의 소견을 보며, 상완골골절 및 경추골절 등 신체의 곳곳에서 심각한 외상의 중증도를 확인했으며,

5. 이에 변사자의 전신에서 경골 및 비골, 장골, 늑골, 요추 등 다발성 골절이 확인된바,

본 변사자의 사인(死因)은 사망 당시 전신에 가해진 외력에 의한 다발성외상으로 판단됨.

사인

외력(外力)에 의한 다발성외상

참고사항

이상은 주어진 사건 개요의 한도 내에서 부검 소견을 해석한 것으로 추가확인 사실이 제시될 경우 재고의 여지가 있음.

2 0 2 1년   0 2월 0 5일

국 립 과 학 수 사 연 구 원

중앙법의학센터

법의관: 이승원 서명/인   도장첨부
부탁합니다

경기문주경찰서

2021 . 2. 6.

수 신 : 경찰서장

참 조 : 형사과장

제 목 : 수사보고

    2021. 02. 03. 22:00 문주시 만양읍 교평1길 12에서 신고 접수된 '백골사체 발견 사건'과 관련하여 아래와 같이 수사하였기에 보고합니다.

1. 수사 사항

가. 변사체에 대한 신원확인

    - 시신 감식 후, 원위지골 10개가 각각 절단되어 지문을 확인 할 수 없었음.

    - 사체에서 채취한 DNA 감식 결과, 실종자 DB를 통해 2000년 10월 15일 실종된 이유연(여, 당시 20세)인 것을 확인.

나. 변사체에 대한 감정의뢰 (법의학 2021-M-10124호)

    - 국과수에 변사체 사인에 대한 부검을 의뢰한 결과, 전신은 고도의 부패상태로서, 백골화된 상태에서 경추부터 정강이까지 다발성 골절의 소견을 보며,

    - 백골 상태에서 열 손가락 끝 한 마디가 각각 절단된 상태며 남은 손마디의 절단면이 거친 상태이며,

    - 두개골과 안면에서는 특기할 골절을 관찰하지 못했으며 설골 골절의 소견 또한 보지 못했으며,

    -법의해부학적 측면에서 부검소견과 더불어 주어진 사건 개요, 현장 사진 등을 근거하여 사망의 종류를 논하여 볼 때, 변사자의 사인은 '외력(外力)에 의한 다발성외상'일 것으로 판단되나 주어진 사건 개요의 한도 내에서 부검 소견을 해석한 것으로 추가 확인 사실이 제시될 경우 재고의 여지가 있다는 회신.

경 로	수사지휘 및 의견	구분	결 재	일시
경사 강도수		기안	강도수	2021.02..06 10.:15
경감 곽오섭		결재	곽오섭	2021.02.06 10:27

Part 3

방주선 사건 파일

경기문주경찰서

수신 : 국립과학수사연구원장

(경유)

제목 : 감정의뢰 (부검)

다음 사항을 감정의뢰 하오니 조속히 감정하여 주시기 바랍니다.

1.사건명	변사	
2.사건접수번호	2000-M-23478	Bar-Code (국과수에서 부착)
3.발생일시	2000-10-15 07:34	
4.발생장소	경기도 문주시 만양읍 문주천 갈대밭	

5.사건관련자 인적사항

관련자구분	성명	생년월일	성별	특이사항
변사자	방주선	1979.4.2	여	없음

6.감정물 내역

종류	채취일시	채취장소	채취방법	채취자(소속)	보존여부
변사체	2000-10-15	사건 현장	현장 채취	남상배(강력1반)	반납

7.감정의뢰사항

변사자(방주선)의 사인규명 및 약독물 분석을 포함한 기타 물질 검출 의뢰

8.사건개요

변사자는 2000.10.15.07:34 경기도 문주시 만양읍 문주천 갈대밭 사이에서 변사체로 발견됨.

9.참고사항

없음

10. 담당자

소속	강력1반		성명	남상배	계급	경사
전화	사무실	034-988-2231	휴대폰		011-0454-7444	

11. 첨부파일

없음

경기문주경찰서장

경기문주경찰서장
인
도장첨부
부탁드립니다.

경감   임철규   경사   남상배

협조자

시행 SCAS강력반-23478 (2000-10-15)   접수   2000-M-23478

우   012-345 경기도 문주시 아동 184-4 문주경찰서 1층 강력반 당직실   / http://www.MJCOP@police.kr

전화번호 034-988-2231   팩스번호 034-925-1245   /   /

경기문주경찰서

수신 : 국립과학수사연구원장
(경유)
제목 : 감정의뢰 (현장 수거품)

다음 사항을 감정의뢰 하오니 조속히 감정하여 주시기 바랍니다.

1.사건명	변사	
2.사건접수번호	2000-C-23479	Bar-Code (국과수에서 부착)
3.발생일시	2000-10-15 07:34	
4.발생장소	경기도 문주시 만양읍 문주천 갈대밭	

5.사건관련자 인적사항

관련자구분	성명	생년월일	성별	특이사항
변사자	방주선	1979.4.2	여	없음

6.감정물 내역

종류	채취일시	채취장소	채취방법	채취자(소속)	보존여부
기타피크	2000-10-15	사건 현장	수거	남상배(강력1반)	반납

7.감정의뢰사항

 사건 현장 수거품에서 지문 및 DNA 등 기타 물질 검출 유무.

8.사건개요

 변사자는 2000.10.15.07:34 경기도 문주시 만양읍 문주천 갈대밭 사이에서 변사체로 발견됨.

9.참고사항

 없음

10. 담당자

소속	강력1반		성명	남상배	계급	경사
전화	사무실	034-988-2231	휴대폰	011-0454-7444		

11. 첨부파일

없음

경기문주경찰서장

경기문주경찰서장
인
도장첨부
부탁드립니다.

경감   임철규   경사   남상배

협조자

시행   SCAS강력반-23478(2000-10-15)   접수   2000-C-23479

우   012-345   경기도 문주시 아동 184-4 문주경찰서 1층 강력반 당직실   /   http://www.MJCOP@police.kr

전화번호   034-988-2231   팩스번호   034-925-1245   /   /

부 검 감 정 서

의 뢰 관 서 : 경기 문주 경찰서
변 사 자 : 방 주 선
접수 2000-M-23478호

국 립 과 학 수 사 연 구 원

국립과학수사연구원

변사체 발견 당시 사진 (경찰 제공)

<사진 첨부 부탁드립니다>

발견 당시 변사체의 상·하의 착용 상태

<사진 첨부 부탁드립니다>

변사체에 암적색의 시반이 형성된 상태

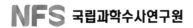

<사진 첨부 부탁드립니다>

경부 압박의 흔적이 남아있는 상태

<사진 첨부 부탁드립니다>

열 손가락 끝 마디가 모두 절단된 상태

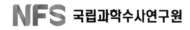
NFS 국립과학수사연구원

<사진 첨부 부탁드립니다>

남은 손 마디의 절단면이 거친 상태

<사진 첨부 부탁드립니다>

절단면에서 피하출혈이 식별되는 상태

<사진 첨부 부탁드립니다>

두 발목이 매듭진 끈으로 함께 묶여있는 상태

<사진 첨부 부탁드립니다>

변사체의 팔에서 방어흔으로 보이는 피하출혈이 식별되는 상태

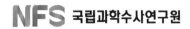

부 검 감 정 서

접수 2000-M-23478 호   (2000년 10월 15일)

의 뢰 관 서   경기 문주경찰서   형사과-23478   (2000년 10월 15일)

입 회 자   경사 남상배

부 검 장 소   국립과학수사연구원

성 명 : 방 주 선 (여자, 22세)

감정의뢰사항: 사인 (死因)

사건개요: 2000년 10월 15일 경기 문주시 만양읍 문주천 갈대밭 인근에서 여성으로 추정되는 사체 1구가 있다는 변사 발생신고를 접수. 112 순찰차 및 문주소방서 119가 출동하여 현장을 확인한 바, 변사자의 가족으로부터 변사체의 안면 등을 확인한 결과, 방주선(여자,22세)로 신원 확인된 사건임. (2000. 10. 15. 문주경찰서장 발행 부검의뢰서 참조).

주요부검소견

1. 외표검사(外表檢査)

   가. 신장은 168cm, 몸무게 약 55kg, 모발의 길이는 85cm정도(역할을 맡은 배우에 맞게 수정하시면 됩니다.)인 여자의 사체이며, 변사자는 의류 대부분을 착용한 상태.

   나. 전신(全身)은 부패(腐敗)가 진행 중이고, 변사체에 형성된 시반은 암적색을 띠며, 전신에서 하행성시강이 진행 중이고, 직장온도는 34.1도로 확인됨. 사체발견 당시 현장온도가 12.3도인 것을 봤을 때, 사체는 사후 5시간~10시간 경과됐음이 유추 가능함. (표1 참조)

   다. 안면(顔面) 및 경부(頸部) : 표면적으로 넓은 면적에 의한 경부압박의 흔적이 식별, 부검 과정에서 설골 양쪽 부러짐이 확인.

   라. 흉복부(胸腹部) 및 배부(背部) : 특기할 소견을 보지 못함.

NFS 국립과학수사연구원

마. 사지(四肢) : 원위지골 10개가 모두 절단, 사라진 원위지골 10개는 확인 불가한 상태
이며, 남은 손 마디의 절단면이 거친 것을 확인. 두 발목이 매듭진 끈으로 함께 묶여
있으며 팔에서 방어흔으로 보이는 피하출혈 식별 가능.

2. 내부검사(內部檢査)

　　가. 머리의 내부검사에서,
　　　　머리뼈와 머리 근육에서 특기할 점을 보지 못하며, 뇌의 무게는 1230g임. 또한 뇌혈
　　　　관과 뇌실질에서 특기할 손상이나 병변을 보지 못함.

　　나. 목의 내부검사에서,
　　　　기도 안에서 소량의 거품이 확인됐으며 설골의 골절을 확인함.

　　다. 몸통의 내부검사에서,
　　　　1) 심장은 340g으로 정상 무게(성인 여성의 경우 300g)보다 다소 무겁게 측정되고, 심
　　　　　장혈맥은 암적색의 유동혈 양상임. 심장 동맥, 심근 및 판막 등에서 특기할 병변을
　　　　　보지 못함.

　　　　2) 폐는 왼쪽 폐가 740g, 오른쪽 폐가 738g으로 특기할 병변이나 익사의 소견을 보지
　　　　　못함.

　　　　3) 배 안 실질장기는 간 1750g 왼쪽 콩팥(신장)은 151g 오른쪽 콩팥은 129g, 비장
　　　　　113g 췌장 65g으로 특기할 병변을 보지 못함. 위에서 소량의 내용물이 들어있는
　　　　　소견을 보고, 소장에서는 특기할 병변을 보지 못함.

검사소견

1. 뼈와 머리카락, 혈액 등에서 특기할 약물 및 독물성분이 검출되지 않음.

2. 변사자의 혈액 내 에틸알코올 농도는 0.175%로 확인됨.

3. 변사자의 혈액형은 'AB'형이며, 질 내용물 검사상 정액 반응은 음성임.

NFS 국립과학수사연구원

설명

본 변사자의 사인(死因)을 논함에 있어,

1. 검사 소견상, 남은 손 마디의 절단면에서 식별된 피하출혈 상태를 볼 때, 혈액이 피하에 스며 드는 증상을 확인한바, 손가락의 손상은 사전에 이루어졌다고 추정할 가능성이 있는 점.

2. 사전 손상으로 인한 출혈 가능성이 있으나 사건 당시 손가락 끝 마디가 잘린 채 유기가 됐더 라도 사체 내의 혈액량을 봤을 때, 사망에 결정적인 영향을 미칠 정도의 과다출혈이 이루어지 지 않을 가능성이 있는 점.

3. 변사체가 발견된 환경의 특성상 익사의 가능성을 유추할 수 있으나 변사체의 폐에서 익사의 소견을 보지 못한 점.

4. 하악골과 흉골 사이에 있는 설골 양 끝이 부러진 것으로 보아 목졸림의 가능성이 있는 점.

5. 변사체의 자뼈와 노뼈, 정강뼈와 종아리 뼈 등에서 골절은 확인되지 않았으나, 피부에서 방어 흔으로 보이는 피하출혈이 식별되는 점.

6. 내부검사(內部檢査)상 특기할 질병(疾病)의 소견을 확인하지 못한 점.

7. 기타 특기할 약물 및 독물성분이 검출되지 않는 점.

8. 상기 사건 개요(2000년 10월 15일자 문주경찰서장 발행 부검의뢰서 참조) 등을 종합할 때, 본 변사자는 경부압박에 의한 질식(窒息)으로 사망하였을 것으로 판단됨.

사인

경부압박에 의한 질식(窒息)으로 판단함.

참고사항

1. 법의해부학적 측면에서 부검소견과 더불어 주어진 사건 개요, 현장 사진 등을 근거하여 사망의 종류를 논하여 볼 때, 변사자는 타살(他殺)되었을 것으로 우선 추정하는 것이 합리적일 것이나 추가 수사를 통하여 이를 반드시 확인하여야 할 것임.

NFS 국립과학수사연구원

<표 1> 기온과 사후경과시간에 따른 체온하강의 정도

사후경과시간 기온(°C)	0~5	5~10	10~15	15~20	20~30	30~40	40~
3~5	2.00	–	0.95	0.85	0.79	–	0.60
6~8	1.81	1.10	0.82	0.77	0.74	0.61	0.48
9~11	1.78	1.05	0.78	0.72	0.69	0.58	0.46
12~14	1.30	0.92	0.66	0.62	0.58	0.52	0.40
15~17	1.17	0.86	0.63	0.57	0.53	0.45	0.39
18~20	1.06	0.63	0.55	0.52	0.48	0.39	0.31
21~23	0.67	0.52	0.48	0.46	0.42	0.34	0.28
24~26	0.57	0.47	0.40	0.37	0.33	0.27	0.16
27~	0.51	0.35	0.33	0.31	0.26	0.20	–

2000년   10월 16일

국 립 과 학 수 사 연 구 원

중앙법의학센터

법의관: 박수현 서명/인

도장첨부
부탁드립
니다

NFS 국립과학수사연구원

감 정 서

경기 서부 경찰청	감정서번호 : 23479	

o 제 목 : '방주선 변사체 발견 사건' 관련 지문 감정.

o 의뢰관서(부서) : 경기문주경찰서 (형사과) 의뢰 문서번호 또는 사건번호 (형사과-23478)

   1. 감 정 물 : 사건 현장에서 발견된 기타피크에서 현출한 지문.

   2. 대조 대상자 : AFIS 프로그램에 등록된 지문 일체

   3. 감정대상지문 : AFIS 프로그램에 등록된 지문 일체

   4. 감정방법 : 현장에서 지문 현출 후, AFIS 프로그램을 통해 동일 지문 검색.

   5. 감정결과

구분	문형	채취장소(위치)	감정결과	이름	주민번호	손가락
지문	제상문	경기도 문주시 만양읍 문주천 갈대밭	일치	박정제	811116-17097843	엄지

발 급 일 자 (감정기간) : 2000.10.16

감 정 인 : 지문검색반 이태호 경위

경 기 서 부 경 찰 청 장

NFS 국립과학수사연구원
National Forensic Service

수신   경기문주경찰서장(형사과장)

(경유)

제목   감정의뢰 회보(2000-C-23479호) 경기문주경찰서 경사 남상배

---

1. 형사과-23478(2000.10.15.)호와 관련임.
2. 위 건에 대한 감정결과를 붙임과 같이 회보합니다.

붙임 : 1. 감정서 1부. 끝.

국립과학수사연구소장

국립과학수사연
구소장인
도장
첨부부탁합니다.

주무관   김현숙   연구소장

협조자

시행 법의학과-26421 (2000. 10. 15.)   접수   형사과-23478   (2000. 10. 15.)

우   524-0743 서울시 정오구 정오동 173-1 국립과학수사연구소 / http://www.tnscil.go.kr

전화번호   01-534-6891   팩스번호   01-534-6891

감 정 서

의뢰관서   경기문주경찰서

접수 2000-C-23479　　 (2000년 10월 15일)
형사과-23478　　　　 (2000년 10월 15일)

1. 감 정 물　　증1호: 2000년 10월 15일 문주시 만양읍 문주천에서 발견된 기타피크.
　　　　　　　(별첨 4) 감정물 사진 참조

2. 감정사항　　상기 감정물의 지문 및 디엔에이(DNA)형, 기타물질 분석.

3. 시험방법　　STR 유전자형 분석법(NFS-QI-DAM-012011)에 의함.
　　　　　　　박층크로마토그라프법 및 기타이화학적 시험법에 의함.

4. 감정결과　　위 감정물에 대한 디엔에이형 분석결과는 [별첨 1]과 같음.
　　　　　　　● 형사과-23478(국립과학수사연구원 접수번호 2000-C-23479호) 2000년 10월
　　　　　　　　 15일 오전 7시 34분 문주시 만양읍 문주천 갈대밭에서 발견된 변사체 곁
　　　　　　　　 에서 수거한 기타피크에서 검출된 지문 1점 이외에 DNA, 기타 물질 등
　　　　　　　　 없음.

5. 비　　　고　　증1호 감정의뢰에 대한 결과는 해당부서에서 회보하였음.

2000 년　　10 월　　16 일

국 립 과 학 수 사 연 구 원

국립과학수사연구소　　　　　　　　　법의학과

감정인: 김동영 [도장 첨부해 주세요.] , 조민형 [도장 첨부해 주세요.] , 한승철 [도장 첨부해 주세요.]

- 1 / 2 -

[별첨1]
   경기문주경찰서 형사과-23478 (2000년 10월 15일)의 디엔에이 분석 결과.

유전자좌위 감정됨	증1호 기타피크에서 채취한 DNA 감식 키트	
Amelogenin	XY (남성)	XX (여성)
D3S1358	0	0
TH01	0	0
D21S11	0	0
D18S51	0	0
D5S818	0	0
D13S317	0	0
D7S820	0	0
D16S539	0	0
CSF1PO	0	0
vWA	0	0
D8S1179	0	0
TPOX	0	0
FGA	0	0
혈흔검출여부	음성	
정액검출여부	음성	

[별첨2]
   경기문주경찰서 형사과-23478 (2000년 10월 15일)의 지문 감정 결과.

가루 시약 채취법(당시에는 흑색가루시약을 사용)으로 현출된 지문이
있는 상태의 사진을 첨부 부탁드립니다.

[별첨3]

경기문주경찰서 형사과-23478 (2000년 10월 15일)의 기타물질 분석 결과

(1) 쉔바인 반응(청산염) ----------------------------------- 음 성
(2) 유기인제류의 일반정색반응 --------------------------- 음 성
(3) 유기염소제품의 일반정색반응 ------------------------- 음 성
(4) 카바메이트제류의 일반정색반응 ----------------------- 음 성
(5) 살리실산 유도체류의 일반정색반응 -------------------- 음 성
(6) 페노치아진 유도체류의 일반정색반응 ------------------ 음 성
(7) 바르미탈산 유도체류의 일반정색반응 ------------------ 음 성
(8) 벤조디아제핀 유도체류의 일반정색반응 ---------------- 음 성
(9) 기타 알칼로이드류의 일반정색 반응 ------------------- 음 성

[별첨4]

경기문주경찰서 형사과-23478 (2000년 10월 15일)의 감정물 사진.

이동식이 만양카페에서 사용했던 기타피크와 같은, 상배가 갈대밭에서
습득한 기타 피크 사진 첨부 부탁드립니다.

증1호 : 문주시 만양읍 문주천 변사체 곁에서 발견된 기타피크.

NFS 국 립 과 학 수 사 연 구 원
National Forensic Service

수신   경기문주경찰서장(형사과장)

(경유)

제목   감정의뢰 회보(2000-C-23479호) 경기문주경찰서 경사 남상배

---

　　　1. 형사과-23478(2000.10.15.)호와 관련임.

　　　2. 위 건에 대한 감정결과를 붙임과 같이 회보합니다.

붙임 : 1. 감정서 1부. 끝.

　　　　　　　　　　　　　　　국립과학수사연구소장

┌─────────────────┐
│ 국립과학수사연 │
│ 구소장인 │
│ 도장 │
│ 첨부부탁합니다. │
└─────────────────┘

주무관　　　김현숙　　　연구소장

협조자

시행 법의학과-26421 (2000. 10. 15.)　　　　　접수   형사과-23478   (2000. 10. 15.)

우   524-0743 서울시 정오구 정오동 173-1 국립과학수사연구소 / http://www.tnscil.go.kr

전화번호   01-534-6891　　　팩스번호   01-534-6891

감 정 서

접수 2000-C-23479　　(2000년 10월 15일)

의뢰관서　경기문주경찰서　　　형사과-23478　　　(2000년 10월 15일)

1. 감 정 물　증1호: 2000년 10월 15일 문주시 만양읍 문주천에서 발견된 기타피크.
　　　　　　　(별첨 4) 감정물 사진 참조

2. 감정사항　상기 감정물의 지문 및 디엔에이(DNA)형, 기타물질 분석.

3. 시험방법　STR 유전자형 분석법(NFS-QI-DAM-012011)에 의함.
　　　　　　　박충크로마토그라프법 및 기타이화학적 시험법에 의함.

4. 감정결과　위 감정물에 대한 디엔에이형 분석결과는 [별첨 1]과 같음.
　　　　　　● 형사과-23478(국립과학수사연구원 접수번호 2000-C-23479호) 2000년 10월
　　　　　　　15일 오전 7시 34분 문주시 만양읍 문주천 갈대밭에서 발견된 변사체 곁
　　　　　　　에서 수거한 기타피크에서 검출된 지문 및 DNA, 기타 물질 등 없음.

5. 비　　　고　증1호 감정의뢰에 대한 결과는 해당부서에서 회보하였음.

2000 년　　10 월　　16 일

국 립 과 학 수 사 연 구 원

국립과학수사연구소　　　　　　법의학과

감정인: 김동영 [도장 첨부해 주세요.] , 조민형 [도장 첨부해 주세요.] , 한승철 [도장 첨부해 주세요.]

경기문주경찰서 형사과-23478 (2000년 10월 15일)의 디엔에이 분석 결과.

감정됨 유전자좌위	증1호 기타피크에서 채취한 DNA 감식 키트	
Amelogenin	XY (남성)	XX (여성)
D3S1358	O	O
TH01	O	O
D21S11	O	O
D18S51	O	O
D5S818	O	O
D13S317	O	O
D7S820	O	O
D16S539	O	O
CSF1PO	O	O
vWA	O	O
D8S1179	O	O
TPOX	O	O
FGA	O	O
혈흔검출여부	음성	
정액검출여부	음성	

[별첨2]

경기문주경찰서 형사과-23478 (2000년 10월 15일)의 지문 감정 결과.

가루 시약 채취법으로 현출된 지문이 없는 상태의 사진을 첨부
부탁드립니다.

[별첨3]

경기문주경찰서 형사과-23478 (2000년 10월 15일)의 기타물질 분석 결과

(1) 쉔바인 반응(청산염) ————————————————————————— 음 성
(2) 유기인제류의 일반정색반응 —————————————————— 음 성
(3) 유기염소제품의 일반정색반응 —————————————— 음 성
(4) 카바메이트제류의 일반정색반응 —————————————— 음 성
(5) 살리실산 유도체류의 일반정색반응 ———————————— 음 성
(6) 페노치아진 유도체류의 일반정색반응 ———————————— 음 성
(7) 바르미말산 유도체류의 일반정색반응 ———————————— 음 성
(8) 벤조디아제핀 유도체류의 일반정색반응 —————————— 음 성
(9) 기타 알칼로이드류의 일반정색 반응 —————————— 음 성

[별첨4]

경기문주경찰서 형사과-23478 (2000년 10월 15일)의 감정물 사진.

이동식이 만양카페에서 사용했던 기타피크와 같은, 상배가 갈대밭에서
습득한 기타 피크 사진 첨부 부탁드립니다.

증1호 : 문주시 만양읍 문주천 변사체 곁에서 발견된 기타피크.

진 술 조 서 (참고인)

성   명 : 김 상 필

주민등록번호 : 500314-14298314

직   업 : 건설현장 노동자

주   거 : 경기도 문주시 만양읍 교평리 12-1 문주맨션 201호

등록기준지 : 경기도 문주시 만양읍 교평리 12-1 문주맨션 201호

직 장 주 소 : 경기도 문주시 아동 10-4

연 락 처 : **(자택전화)** 034-424-2342 **(휴대전화)** 011-0394-2345

(직장전화) 034-432-7654 **(전자우편)** 없음

위의 사람은 '방주선 변사체 발견 사건'에 관하여 2000년 10월 15일
문주경찰서에 출석하여 다음과 같이 진술하다.

1. 변사자와의 관계

저는 변사자와 아무런 사이가 아닙니다.

1. 변사사건 사실과의 관계

저는 변사사건 사실과 관련하여 참고인(목격자)의 자격으로서 출석하였습니다.

이 때 사법경찰관 남상배는 진술인 김상필을 상대로 다음과 같이 문답을 하다.

문: 안녕하세요, 이번 사건을 담당한 경사 남상배입니다. 주민등록번호, 주소, 연락처를 불러주세요.

답: 500314-14298314. 휴대폰 번호는 011-0394-2345이고, 집 주소는 경기도 문주시 만양읍 교평리 12-1 문주맨션 201호입니다.

문: 방주선과 관계는요.

답: 몇 번 마주친 적은 있지만 개인적으로 아는 사이는 아닙니다.

문: 현재 시각은 2000년 10월 15일 오후 14시30분입니다. 지금부터 참고인 진술조사를 시작하겠습니다.

답: 네.

문: 2000년 10월 15일 새벽에 있었던 일을 진술해주세요.

답: 문주천 갈대밭에서 죽은 여자의 시체를 발견했습니다.

문: 문주천 갈대밭에 간 이유는 무엇인가요.

답: 문주천에 던져둔 통발을 확인하러 갔습니다.

문: 평소에 자주 가나요.

답: 주말 빼고 매일 가는 편입니다.

문: 이유는요.

답: 통발에 물고기가 걸려있을까봐서죠.

문: 매번 같은 지점에 통발을 던지나요.

답: 네.

문: 그 지점에 통발을 던지는 이유는요.

답: 거기가 목이 좋습니다. 두 번에 한 번 꼴은 참붕어가 나옵니다.

문: 장소를 추천해준 사람이 있습니까.

답: 아니요. 없습니다.

문: 사체를 발견한 곳과 통발을 던진 지점이 얼마나 떨어져있나요.

답: 좀 떨어져 있습니다.

문: 매번 던졌던 곳과 떨어져 있는데 사체는 어떻게 발견한 건가요.

답: 통발이 원래 던지던 장소에서 보이질 않아서 줄을 따라가 보니 물살에 휩쓸려 줄이 끊겨 있었고, 저 아래로 밀려나 갈대밭 끝 쪽에 매달려 있었습니다. 그래서 하류를 따라 쭉 걸어내려 갔습니다.

문: 사체를 발견했을 때의 상황을 좀 더 자세하게 진술해주세요.

답: 통발을 가지러 하류를 걸어내려 갔습니다. 한 30m는 내려간 것 같습니다. 통발을 주워 들고, 다시 올라왔던 길을 따라서 가려다가 지름길로 가고 싶어서 갈대밭을 통과해 위로 올라가려고 했습니다. 갈대밭 사이로 바람이 불면서 빨간 게 보였습니다. 그냥 지나치려다가 호기심에 그쪽으로 갔는데 차라리 가지 말걸 그랬습니다. 아주 깜짝 놀랐습니다.

문: 사체를 발견한 후에 어떻게 했나요.

답: 솔직히 처음엔 마네킹인 줄 알았습니다. 다가가서 들여다봤는데 꿈에 나타날까 무섭습니다. 하얗고 창백하고 손가락 끝이 잘려있었습니다. 얼굴을 보니 어디선가 본 듯해 보였습니다. 휴대폰을 꺼내서 112에 전화를 했습니다.

문: 어디선가 본 듯했다는 것은 무슨 뜻인가요.

답: 만양은 굉장히 좁은 곳입니다. 건넛집들 사정을 대부분 알고 있다는 뜻이죠.

문: 어디서 봤다는 겁니까.

답: 동네에서 마주친 적이 있고, 만양카페에서 본 적이 있는 방주선이었습니다.

문: 만양카페에 자주 갔습니까.

답: 아니요. 두 달에 한 번 정도 방문한 것 같습니다.

문: 방주선과 평소 아는 사이였습니까.

답: 아니요. 알 수도 없죠.

문: 왜 알 수 없나요.

답: 방주선은 평소 저 같은 막노동꾼은 거들떠도 보지 않았습니다.

문: 그게 무슨 뜻입니까.

답: 방주선은 돈 있는 사람을 좋아하는 것 같아 보였습니다.

문: 왜 그렇게 보였나요.

답: 저 같은 사람이 카페에 방문하면 테이블에 앉지 않았지만, 읍내에 개발 때문에
   돈 좀 번 남자들 테이블엔 곧잘 앉고 하는 걸 본 적이 있습니다.

문: 볼 때마다 기분은 어땠나요.

답: 뭐 그런가 보다 했습니다.

문: 기분이 나쁘지는 않았나요.

답: 그다지 기분이 나쁘지는 않았습니다.

문: 왜 기분이 나쁘지 않았나요.

답: 저도 방주선이 별로였으니까요. 방주선은 문제아였습니다.

문: 문제아라니, 무슨 뜻인가요.

답: 중학교도 제대로 졸업 못하고 가출해서 그 집 가족들이 꽤나 힘들어했고, 돌아
   와서도 착실한 직업을 갖지 않고 한참을 속을 썩이다가 만양카페에 취직을 해
   서 손님들과 술을 많이 마셨습니다.

문: 어떻게 그렇게 잘 압니까.

답: 한 집 건너 다 아는 사이라고 하지 않았습니까. 그리고 제 딸이 방주선과 같은 중·고등학교를 같이 다녀서 동창이었습니다. 같은 반이었던 적도 있고, 우리 딸이 방주선과 한 때 조금 친해질 뻔 했는데, 우리 딸은 마음을 잡아서 다행이었지 뭡니까.

문: 14일부터 15일까지의 행적을 간략하게 진술해주세요.

답: 14일 새벽 6시에 서울에 있는 건설현장에 가서 일을 하고 6시에 퇴근했습니다. 그리고 저녁에 치킨을 사서 집에 온 게 8시쯤 된 것 같습니다. 치킨에 소주 한 잔 하고 잠이 들었습니다. 일어난 것은 15일 새벽 7시 가까이 됐고, 경찰차 소리를 들었던 것 같습니다. 잠이 깬 김에 통발을 해야겠다 싶어 나온 것이 7시 조금 넘어서였습니다.

문: 집에서는 누구와 함께 있었습니까.

답: 네. 딸과 아내가 함께 있었습니다.

문: 15일 새벽에 일어나는 것을 목격한 사람이 있습니까.

답: 네. 아내도 아침식사를 준비하고 있었고, 딸은 이미 일어나서 출근을 준비하고 있었습니다. 우리 딸은 학교 선생님입니다. 만양중학교 아시죠? 거기 체육선생님입니다. 아침에 8시까지는 출근을 해야 해서 항상 7시 전에 일어납니다.

문: 문주천 갈대밭까지는 어떻게 이동했나요.

답: 걸어서 갔습니다. 집에서 한 15분 정도 걸립니다.

문: 이동하는 동안 특별한 것을 목격한 기억이 있습니까.

답: 없습니다.

문: 문주천 근처에서 수상한 사람을 목격한 적이 있습니까.

답: 아니요. 없습니다.

문: 사체를 발견한 현장에서 건드린 것이 있나요.

답: 아니요. 없습니다.

문: 통발을 찾아 내려가는 길에 특기할 만한 것을 본 적이 있나요.

답: 어떤 것을 말씀하시는 건가요.

문: 날카로운 날붙이라든지, 공구 같은 것을 건드려서 버렸다든지, 그런 행동을 한 적이 있나요.

답: 아니요. 본 적도 없습니다. 통발이 있는 위치를 계속 확인하면서 걸어가느라고 보지도 못했고, 갈대밭이 워낙 걷기 힘들어서 갈대를 헤치고 발을 내딛는데 집중하느라 주위를 돌아볼 여유도 없었고요.

문: 15일 07시 43분에 신고 후 무엇을 했나요.

답: 괜히 현장을 벗어났다가 의심을 받을까봐 멀찍이 서서 경찰이 오기를 기다리고 있었습니다.

문: 사체를 보고 깜짝 놀랐다고 했는데, 무섭지 않았나요.

답: 처음에는 무서웠지만 제 딸과 동창인 아이입니다. 그렇게 생각하니까 안쓰럽고 속상하고 딸 생각도 나고, 그래서 그곳에 계속 있었습니다.

문: 그 이외에 특이한 행동을 한 적은 없나요.

답: 특이한 것은 없고, 솔직히 말씀드리면 아내와 딸에게 전화했습니다.

문: 전화해서 무엇을 이야기 했나요.

답: 죄송합니다. 방주선이 죽었다고 제가 말해버렸습니다.

문: 그 후에는요.

답: 그 후에는 경찰이 왔고, 참고인 진술을 하러 경찰서로 가자고 해서 오늘 일하기로 한 곳에는 못 갈 것 같다고 전화 하고 여기 와서 계속 기다린 게 답니

다.

문: 전화통화 할 때, 아내와 딸은 뭐라고 하던가요.
답: 모두 충격에 빠졌습니다.

문: 평소 방주선과 친하게 지내거나 혹은 다투는 사람을 목격한 적이 있나요.
답: 만양카페에서 돈 좀 있는 30-40대 남자들은 다 방주선과 말을 잘 섞는 편이었
   고, 다투는 사람은 본 적 없는 것 같습니다.

문: 아내와 딸이 방주선에 대해서 특별히 이야기한 것은 없나요.
답: 없습니다. 저희가족 모두 방주선과 친하게 지내던 사이가 아닙니다.

문: 알겠습니다. 이상 진술한 내용 모두 사실입니까.
답: 네. 사실입니다. (자필작성 부탁드립니다)

문: 더 할 말이 있나요.
답: 딱히 없습니다. (자필작성 부탁드립니다)

문: 네 알겠습니다. 조사를 마치겠습니다. 지금 시간은 2000년 10월 15일 오후 15
   시 30분입니다. 저는 남상배 형사입니다.

위의 조서를 진술자에게 열람하게 하였던바(읽어준바) 진술한 대로 오기나

증감·변경할 것이 없다고 말하므로 간인한 후 서명, 날인하게 하다.

진술자   김 상 필 (인) | 지장첨부
부탁드립니다.

2000. 10. 15

사법경찰관   경사 남상배 (인) | 도장첨부
부탁드립니다.

왼쪽은 사법경찰 담당 도장 / 오른쪽은 진술자 지장

매 장마다 찍어주세요. (사진 참고)

진 술 조 서 (참고인)

성   명 : 오 영 아

주민등록번호 : 730902-21942144

직   업 : 서비스업/만양카페 직원

주   거 : 경기도 문주시 만양읍 만양리 18-1 만양빌라 201호

등록기준지 : 경기도 문주시 만양읍 만양리 18-1 만양빌라 201호

직 장 주 소 : 경기도 문주시 만양읍 만양리 25-9 만양카페

연 락 처 : **(자택전화)** 034-987-2456 **(휴대전화)** 011-0874-3145

  (직장전화) 034-458-7908 **(전자우편)** pretty5@javer.com

위의 사람은 '방주선 변사체 발견사건'에 관하여 2000년 10월 15일
문주경찰서 조사실에 출석하여 다음과 같이 진술하다.

---

1. 변사자와의 관계

   직장동료입니다.

1. 변사사건 사실과의 관계

   저는 변사사건 사실과 관련하여 참고인의 자격으로서 출석하였습니다.

이 때 사법경찰관 남상배는 진술인 오영아를 상대로 다음과 같이 문답을 하다.

문: 안녕하세요, 이번 사건을 담당한 경사 남상배입니다. 주민등록번호, 주소, 연락
   처를 불러주세요.
답: 730902-21942144. 휴대폰 번호는 011-0874-3145이고, 집 주소는 경기도 문
   주시 만양읍 만양리 18-1 만양빌라 201호입니다.

문: 방주선과 관계는요.
답: 만양카페에서 함께 일했습니다.

문: 현재 시각 2000년 10월 15일 오후 16시 03분경이고, 오영아씨의 참고인 진술
   조사를 시작하겠습니다.
답: 네.

문: 평소 만양카페에서 어떻게 일하는지 진술해주세요.
답: 만양카페는 아침9시에 문을 엽니다. 오후까지는 커피가 주로 나가고 밤에는 양
   주랑 맥주가 나가는데, 술을 팔다보니까 문 닫는 시간은 그때그때 다른 편이고
   요. 저는 술 파는 일을 하기 싫어서 저녁 5시까지 일을 하고, 5시부터는 다른
   사람이 일을 하는데 최근 몇 달은 방주선이 출근을 해서 일을 했습니다.

문: 방주선이 출근한 것은 언제부터인가요.
답: 석 달쯤 된 것 같습니다.

문: 사장님은 누구인가요.
답: 저희는 이모라고 부르는데 옥자언니(장옥자)는 만양에 사는 사람은 아니고요.
   원래 가평쪽에서 라이브카페를 운영하다가 장사가 잘 안돼서 말아먹고 재작년
   에 카페 인수해서 관리도 잘 안합니다. 제가 거의 주인정신을 가지고 열심히
   운영하고 있다고 할 수 있죠.

문: 방주선도 본인이 고용하신 건가요.
답: 아니요. 제가 했으면 걔 고용 안했죠. 사실 밤에 술 팔면서 늦게까지 있어줄 사

람을 구하는 게 어려운 일이라 사장님도 어쩔 수 없이 채용했을 겁니다.

문: 무슨 의미인가요.

답: 여기는 명백히 카페라서 손님 테이블에 앉아서 술 마시면 안 되는데 주선이는 술 마시기 위해서 일을 하는 것 같아 보였습니다. 그렇다면 모든 테이블에 앉아서 마시고 매상을 올릴 것이지, 그 와중에 남자도 고르더라고요.

문: 남자를 고른다는 게 무슨 의미입니까.

답: 돈 좀 있는 사람 테이블에만 앉는 거죠. 주선이는 항상 입버릇처럼 말했습니다. 만양에 돌아온 이유는 만양이 개발된다고 해서고, 평생 농사 짓던 농꾼들이 땅 좀 팔아서 졸부 될 테니 그 중에 하나 잡아서 잘 먹고 잘 살고 싶어서라고요.

문: 14일에 본인은 몇 시에 출근했나요.

답: 9시에 딱 맞춰 출근했습니다.

문: 방주선은 몇 시에 출근했나요.

답: 오후 5시 조금 넘어서 왔습니다. 걔는 항상 5분씩 늦어요.

문: 출근해서 무엇을 했나요.

답: 동식이와 다퉜습니다.

문: 동식이는 누구인가요.

답: 이동식이라고 만양가든 집 아들입니다. 동네에서 가장 큰 고깃집이요. 오늘 새벽에 그 집도 무슨 일이 난 것 같은데, 그 집 아들입니다.

문: 이동식과 방주선은 왜 다퉜나요.

답: 걔네는 맨날 마주치기만 하면 다툽니다. 동식이가 노래를 잘 못하는데 가수하겠다고 기타를 들고 카페에 자주 옵니다. 사장님도 안 계시고, 사실 저희는 오후에 손님이 별로 없어서 노래를 하거나 말거나, 저야 뭐 차 한 잔 파는 거니까

그대로 두는데 방주선은 술 마시는데 시끄럽다고 동식이를 쫓아내는 편이었습니다. 그날도 그랬고요.

문: 크게 싸웠나요.
답: 글쎄요.

문: 기억나는 건 없습니까.
답: 아, 그건 기억납니다. '나중에 보자'고 했던 거.

문: '나중에 보자'는 말이 무슨 말입니까.
답: 글쎄요. 그건 저도 잘. 그냥 주선이 한테 '나중에 보자'고 말하고 나갔던 것이 기억납니다.

문: 만양카페에서 몇 시까지 술을 먹었습니까.
답: 밤 11시는 안됐던 것 같습니다.

문: 방주선은 언제 출근합니까.
답: 저녁 5시에 출근해서 마감까지 일합니다.

문: 이동식이 만양카페에 온 시간은요.
답: 오후 4시 30분 정도였습니다. 동식이가 카페 온 지 삼십분 좀 넘어서 주선이가 출근했으니까요.

문: 이동식이 만양카페를 떠난 시간은요.
답: 주선이 출근하고 한 30분 정도 지난 다음이니까, 5시 반 정도요.

문: 소란을 피운 다른 손님은 없습니까.
답: 없습니다. 소란은 사실 주선이가 피웠죠.

문: 무슨 의미 입니까.

답: 배경수라고, 주선이를 좋아하는 남자가 있습니다. 그 아저씨가 주선이를 만나러 밤늦게 왔고요. 주선이와 함께 술을 마셨는데, 둘이 다투는지 시끌시끌했습니다. 주선이가 배경수에게 소리를 지르는 것을 목격했습니다.

문: 밤늦게 몇 시 쯤 왔나요.

답: 9시정도였던 걸로 기억합니다.

문: 오후 5시에 퇴근한다고 하지 않았나요.

답: 그날은 친구들이 놀러 와서 카페에서 술을 계속 먹었습니다.

문: 당시 상황에 대해서 구체적으로 설명해주세요.

답: 주선이가 다른 손님 테이블에서 술을 먹고 있었는데 배경수가 나타났습니다. 좋아하는 여자가 다른 남자랑 술을 먹고 있으니 표정이 당연히 안 좋았습니다. 배경수는 꼴랑 맥주 두 병 시켰고요. 주선이를 불렀는데 주선이가 양주 먹는 테이블을 떠나지 않으니 짜증이 난 것 같아 보였습니다. 그리고서 둘이 말다툼이 시작됐고, 주선이가 배경수에게 무슨 반지 이야기를 하는 것 같은데, 잘 못 들었습니다.

문: 그 이후에는 어떻게 됐나요.

답: 주선이가 가방을 챙겨들고 밖으로 나갔습니다. 저는 놀라서 뒤집어질 뻔 했습니다. 그렇게 가버리면 제가 마감을 해야 하는 것 아닙니까. 아무튼 배경수도 주선이 뒤를 따라갔고요. 배경수는 술값을 내지도 않았어요. 그것 꼭 받아야합니다.

문: 그 후에는요.

답: 15분 쯤 지났을까 주선이가 다시 돌아왔습니다. 배경수를 피해 집에 가는 척을 하고 숨어 있다가 돌아왔다고 했습니다. 제가 집에 가지 그러냐고 하니, 오늘 약속이 있다고 했습니다.

문: 무슨 약속이죠.

답: 글쎄요. 잘 모르겠습니다.

문: 혹시 이동식을 만나기로 한 것 아닙니까. 나중에 보자고 했다고 하지 않았습니까.

답: 절대 아닐 겁니다.

문: 왜죠.

답: 둘이 밖에서 만나는 걸 본 적도 없고, 방주선이 동식이에 대해서 따로 이야기한 것을 들은 적도 없는데 그러진 않았을 것 같습니다. 그리고 방주선 취향이 연하보다는 아주 많이 연상 쪽이었습니다. 주선이는 가진 건 미모와 젊음뿐이어서 항상 잘 활용해야 한다고 얘기하던 애였습니다. 주로 나이 많은 남자를 공략하는 것 같았습니다.

문: 아까 이동식이 기타를 들고 카페에 온다고 했는데, 보통 기타는 뭘로 치나요.

답: 손으로 치죠.

문: 혹시 이런 걸 사용하지 않나요. (기타피크 사진을 보여준다)

답: 아, 맞습니다. 저거 기타피크 사용합니다. 딱 저건데.

문: 딱 이거라니, 무슨 뜻입니까.

답: 동식이 것 같다는 말입니다. 이거 동식이 것 맞죠?

문: 왜 이동식의 것이라고 생각하나요.

답: 기타와 기타피크를 함께 카페 건너편 '라라라악기사'에서 샀다는 이야기를 들었습니다. 그래서 기억합니다.

문: 기타피크는 여러 개를 사용할 수도 있는데, 어떻게 알아보나요.

답: 동식이 기타피크 하나 밖에 없습니다.

문: 확실한가요.

답: 네. 아버지가 사주신 거라고 항상 그것만 가지고 쳤는걸요.

문: 카페에서는 몇 시에 나왔나요.

답: 밤 11시 좀 안돼서 나왔습니다.

문: 그때까지 방주선은 카페에 있었나요.

답: 네. 주선이가 마감을 해야 하니까요. 제가 나올 때 마감하고 같이 나왔습니다.

문: 혹시 방주선을 기다리는 사람이나 차량을 목격한 것 있습니까.

답: 아니요. 없습니다.

문: 방주선과 언제 헤어졌나요.

답: 카페에서 나와서 바로 헤어졌습니다.

문: 본인은 어디로 갔나요.

답: 저는 친구들과 카페 건너편 포차에 2차를 마시러 갔습니다.

문: 방주선은 어느 쪽으로 가던가요.

답: 글쎄요. 삼거리였나. 솔직히 관심이 없어서요. 약속이 있다고 했으니 어딘가로
   가는 것 같았는데 일단 저는 바로 건너편 포차로 쑥 들어갔기 때문에 잘 모르
   겠습니다.

문: 그 후에 방주선과 연락한 적 있나요.

답: 없습니다.

문: 이상 진술이 사실인가요.

답: 네. 사실입니다. (자필작성 부탁드립니다)

문: 더 할 말이 있나요.

답: 제가 주선이에 대해서 나쁘게 말한 것은 없습니다. 저는 주선이한테 아무런 감정이 없고요. 이렇게 죽을 줄 알았으면 술이라도 한 번 같이 먹을 걸 그랬습니다. 주선이 죽인 사람 꼭 잡아서 처벌해주세요. (자필작성 부탁드립니다)

문: 조사를 마칩니다. 지금 시간은 2000년 10월 15일 오후 17시입니다. 저는 경사 남상배입니다.

위의 조서를 진술자에게 열람하게 하였던바(읽어준바) 진술한 대로 오기나 증감·변경할 것이 없다고 말하므로 간인한 후 서명, 날인하게 하다.

진술자   오 영 아 (인) | 지장첨부
부탁드립니다. |

2000. 10. 15

사법경찰관   경사 남상배 (인) | 도장첨부
부탁드립니다. |

왼쪽은 사법경찰 담당 도장 / 오른쪽은 진술자 지장
매 장마다 찍어주세요. (사진 참고)

진 술 조 서 (참고인)

성   명 : 배 경 수

주민등록번호 : 640504-16984752

직   업 : 축산업

주   거 : 경기도 시왕시 배오동 20-1

등록기준지 : 경기도 시왕시 배오동 20-1

직 장 주 소 : 경기도 시왕시 배오동 20-1

연 락 처 : **(자택전화)** 034-542-3654   **(휴대전화)** 011-0654-2457

　　　　　　(직장전화) 034-542-3654   **(전자우편)** 없음

위의 사람은 '방주선 변사체 발견사건'에 관하여 2000년 10월 16일
문주경찰서 조사실에 출석하여 다음과 같이 진술하다.

1. 변사자와의 관계

　지인입니다.

1. 변사사건 사실과의 관계

　저는 변사사건 사실과 관련하여 참고인의 자격으로서 출석하였습니다.

이 때 사법경찰관 남상배는 진술인 배경수를 상대로 다음과 같이 문답을 하다.

문: 안녕하세요, 이번 사건을 담당한 경사 남상배입니다. 주민등록번호, 주소, 연락처를 불러주세요.

답: 640504-16984752. 휴대폰 번호는 011-0654-2457이고, 집 주소는 경기도 시왕시 배오동 20-1입니다.

문: 방주선과 관계는요.

답: 제가 좋아하는 사람입니다.

문: 현재 시간은 2000년 10월 16일 오전 9시입니다. 참고인 진술 조사를 시작하겠습니다.

답: 네.

문: 방주선과는 어떻게 알게 되었나요.

답: 만양카페에 제가 좀 자주 갑니다. 석 달 전쯤인가, 새로운 종업원이 왔다고 하길래 가보니까 방주선이 있었습니다.

문: 그때 처음 알게 된 것인가요.

답: 네. 그때 처음 봤고, 제가 조금 반했던 것 같습니다.

문: 방주선의 어느 부분에 반했나요.

답: 주선이 예쁩니다.

문: 그리고요.

답: 예쁘면 되는 거 아닙니까. 아 뭐, 몸매도 좋고, 술도 잘 마시고, 화통합니다. 욕을 좀 잘하는데, 전 그것도 매력적이라고 생각했습니다.

문: 그래서 어떻게 했나요.

답: 두 달은 거의 매일 가서 주선이에게 말을 걸었고요. 술을 같이 마시게 되었고, 친하게 되었습니다.

문: 두 사람은 사귀는 사이인가요.

답: 저는 그렇게 생각하고 싶었지만 주선이가 쉽게 마음을 열지 않았습니다. 그렇지만 거의 사귀는 사이랄까. 결혼을 전제 한달까.

문: 결혼하기로 한 사이였나요.

답: 그게 반지를 사달라고 한 것은 결혼할 사이이기 때문이 아니었을까요.

문: 누가 반지를 사달라고 했나요.

답: 주선이가 제게 다이아 반지를 사달라고 했습니다.

문: 사줬나요.

답: 사주긴 했는데 돌려받았습니다.

문: 왜 그랬나요.

답: 알이 작아서요.

문: 다이아 알이 작다고 방주선이 반지를 돌려줬다는 말입니까.

답: 네. 주선이가 원한 건 소 한 마리도 더 팔아야 하는 커다란 것이었는데, 소는 제 가족입니다. 저는 소를 팔 수 없어요. 그렇게 말했더니 주선이가 화를 내면서 반지를 던졌습니다.

문: 그게 언제 일인가요.

답: 2주 전쯤 된 것 같습니다.

문: 그 후에는 어땠나요.

답: 주선이가 저를 본 척 만 척 했습니다. 그렇지만 저는 주선이를 설득하려고 했습니다. 우리가 결혼해서 함께 소를 키우면 소가 가족이라는 말이 무슨 뜻인지 너도 알 수 있을 거라고 했습니다.

문: 방주선의 반응은 어땠나요.

답: 매우 좋지 않았습니다. 소를 전부 팔고, 땅도 팔고, 문주에 논을 사자고 했습니다.

문: 논은 왜 사자고 한 것인가요.

답: 문주가 지금 개발바람이 불고 있습니다. 땅값이 많이 올랐어요. 주선이 생각에 앞으로 더 오를 거라고 했습니다. 그렇지만 저는 생각이 다릅니다. 만약에 땅을 샀다가 오르지 않으면 평생 소나 키우던 제가 농사를 어떻게 짓겠습니까. 그렇게 말했더니 주선이가 화를 냈습니다. 제 전화도 받지 않았고요.

문: 언제부터 전화를 받지 않았나요.

답: 일주일 정도 된 것 같습니다.

문: 그래서 어떻게 했나요.

답: 매일 만양 카페로 찾아갔습니다.

문: 방주선의 반응은 어땠나요.

답: 다른 테이블에 앉아서 다른 남자들하고 술을 마시며 저를 못 본 척 했습니다.

문: 기분이 어땠나요.

답: 매우 좋지 않았습니다.

문: 그래서 어떻게 했나요.

답: 그냥 매일 찾아갔습니다. 맥주를 시키고 주선이가 저를 봐줄 때까지 기다렸습니다.

문: 14일도 그랬나요.

답: 네. 그렇습니다. 그 날은 조금 달랐습니다. 주선이가 저한테 말을 걸어줬습니다.

문: 뭐라고 하던가요.

답: 이제 반지도 필요 없고, 아무것도 필요 없다고 했습니다.

문: 왜 그렇게 말하던가요.

답: 결혼할 남자가 생겼다고 했습니다.

문: 누구라고 말하던가요.

답: 네. 사실은 저도 알고 있는 남자입니다.

문: 누구입니까.

답: 강현태라고, 문주시에서 땅놀이 하는 놈입니다.

문: 어떻게 알고 있나요.

답: 주선이가 문주에 땅 사자고 할 때, 그 사람 이름을 이야기 했습니다.

문: 만난 적이 있나요.

답: 아니요. 만난 적은 없습니다.

문: 방주선이 강현태와 결혼한다고 할 때 어땠나요.

답: 매우 좋지 않았습니다.

문: 어느 정도로 좋지 않았나요.

답: 비참하고 상처를 받았습니다.

문: 방주선을 죽이고 싶지는 않았나요.

답: 무슨 소리를 하시는 겁니까. 어떻게 좋아하는 여자를 죽입니까.

문: 좋아하는 여자가 배신을 한 것 아닙니까.

답: 배신이라고 할 수는 없습니다. 저는 주선이 솔직히 이해합니다.

문: 어떻게 이해합니까.

답: 저 이혼남입니다. 주선이랑 나이도 15살이나 차이나고요. 저 그리고 아들도 있습니다. 재취자리인데 언감생심 제가 욕심이 많았던 거 압니다. 그런데 소 잘 키우면 평생 잘 먹고 살 수 있습니다. 같이 오순도순 살고 싶었을 뿐인데 주선이가 죽다니. (눈물을 흘린다)

문: 10월 14일 행적에 대해 설명해주세요.

답: 소 키우면서 먹고 사는 사람이 할 일이 뭐 있겠습니까. 그 날도 새벽 5시쯤 일어나서 소한테 별 일 없었는지 확인부터 했습니다. 아들놈 학교를 보내고, 농장 일을 시작해서 오후 5시까지 일했습니다. 아이가 학교에서 돌아와서 학원 보냈고요. 저녁 챙겨서 먹고, 애는 친구 집에 놀러간다고 하길래 같이 나와서 동네 이장집에 함께 갔습니다. 이장형이랑 막걸리 한 잔 먹다가 주선이 생각이 났습니다. 아들놈은 그 집에서 잔다고 하고, 그래서 만양카페로 갔습니다.

문: 만양카페에 간 시간은요.

답: 밤 9시쯤 도착한 것 같습니다.

문: 무엇을 타고 갔나요.

답: (머뭇거린다)

문: 솔직하게 진술하세요.

답: 차를 가지고 갔습니다. 죄송합니다. 음주운전입니다. 정말 죄송합니다.

문: 차후에 조사하겠습니다.

답: 네.

문: 만양카페에서는 몇 시에 나왔습니까.

답: 밤 10시쯤 나온 것 같습니다.

문: 방주선도 함께 나왔습니까.

답: 주선이가 먼저 가방을 챙겨 들고 나가버렸습니다. 저는 따라 나갔고요.

문: 그 후에는 어떻게 됐습니까.

답: 바로 따라 나갔는데 주선이가 사라져버렸습니다. 주변을 뱅뱅 돌면서 찾았는데 없었습니다. 그 때, 동네 이장형한테 전화가 왔습니다. 막걸리나 한 잔 더 먹자고 해서 고민하다가 주선이한테 문자를 남기고, 죄송합니다, 다시 음주운전을 해서 이장형네로 돌아갔습니다. 처벌받겠습니다.

문: 동네 이장형은 이름이 어떻게 되나요.

답: 그 형 이름이 '장만식'이고, 전화번호도 드릴까요.

문: 네.

답: '011-0823-2984'입니다.

문: 휴대폰 확인하고 싶은데 임의제출 허락하나요.

답: 임의제출이 뭔가요.

문: 본인이 허락 하에 스스로 휴대폰을 조사하기 위해 제출한다는 겁니다.

답: 영원히요?

문: 아니요. 데이터만 추출한 후 돌려드립니다.

답: 네. 알겠습니다.

문: 이상 진술이 사실인가요.

답: 네. 사실입니다. (자필작성 부탁드립니다)

문: 더 할 말이 있나요.

문: 제가 그날 주선이를 찾아야 했습니다. 술 마시러 다시 돌아가는 게 아니었습니

다. 저랑 같이 있었으면 주선이가 죽지 않았을텐데, 주선이 죽인 놈을 꼭 잡아
주십시오. 누군지 저한테도 꼭 좀 알려주세요. (자필작성 부탁드립니다)

문: 조사를 마치겠습니다. 지금 시간은 2000년 10월 16일 오전 10시입니다. 저는
경사 남상배입니다.

위의 조서를 진술자에게 열람하게 하였던바(읽어준바) 진술한 대로 오기나

증감·변경할 것이 없다고 말하므로 간인한 후 서명, 날인하게 하다.

진술자　　배 경 수 (인) 　지장첨부
　　　　　　　　　　　　　　　　부탁드립니다.

2000. 10. 16

사법경찰관　경사 남 상 배 (인)　도장첨부
　　　　　　　　　　　　　　　　　　부탁드립니다.

왼쪽은 사법경찰 담당 도장 / 오른쪽은 진술자 지장

매 장마다 찍어주세요. (사진 참고)

진 술 조 서 (참고인)

성   명 : 강 현 태

주민등록번호 : 701004-16978456

직   업 : 킹부동산

주   거 : 경기도 문주시 만양읍 중부리 18-35

등록기준지 : 경기도 문주시 만양읍 중부리 18-35

직 장 주 소 : 경기도 문주시 만양읍 중부리 98-4

연 락 처 :**(자택전화)** 034-0411-9845 **(휴대전화)** 011-0845-1451

(직장전화) 034-0411-1345 **(전자우편)** 없음

위의 사람은 '방주선 변사체 발견 사건'에 관하여 2000년 10월 16일 문주경찰서에 출석하여 다음과 같이 진술하다.

1. 변사자와의 관계
   저는 변사자의 지인입니다.

1. 변사사건 사실과의 관계
   저는 변사사건 사실과 관련하여 참고인의 자격으로서 출석하였습니다.

이 때 사법경찰관 남상배는 진술인 강현태를 상대로 다음과 같이 문답을 하다.

문: 안녕하세요, 이번 사건을 담당한 경사 남상배입니다. 주민등록번호, 주소, 연락처를 불러주세요.

답: 701004-16978456. 휴대폰 번호는 011-0845-1451이고, 경기도 문주시 만양읍 중부리 18-35입니다.

문: 방주선과 어떤 관계인가요.

답: 그냥 아는 사이입니다.

문: 현재 시각은 2000년 10월 16일 오전 11시입니다. 지금부터 참고인 진술 조사를 시작하겠습니다.

답: 네.

문: 10월 14일의 하루 행적에 대해 진술해주세요.

답: 개인 사생활을 일일이 보고하라는 겁니까.

문: 묵비권을 행사하시는 겁니까.

답: 그건 아닙니다.

문: 14일에 무엇을 했나요.

답: 아침 10시에 출근해서 오후 7시까지 일 하는데, 그날은 저녁에 늦게 찾아온 고객이 있어서 8시 정도까지 있었던 것 같습니다.

문: 늦게 찾아온 고객은 누구인가요.

답: 이야기하기 좀 그런데. 이회장님이라고 있습니다.

문: 누구인가요.

답: 사실 진짜 회장은 아니고 문주에 한 오천 평 정도 논을 가지고 있는 농부인데요. 이번 개발에 땅값이 많이 올라서 제가 회장님이라고 불러드리는 겁니다. 그 집 땅을 저희가 전매로 중개하고 싶어서요.

문: 이회장과 여덟시까지 함께한 후 헤어진 겁니까.

답: 아, 아니요. 사무실에서 여덟시에 나와서 저녁 먹었습니다. 술도 한 잔 했고요.

문: 몇 시까지 마셨습니까.

답: 밤 11시 정도였습니다.

문: 그 후 행적은 어떻게 되나요.

답: 회장님을 내려드리고 집으로 돌아온 시간이 11시 30분 쯤 된 것 같습니다.

문: 어떻게 시간을 확실하게 기억하나요.

답: 주선이가 퇴근하고 들른다고 전화를 했었습니다.

문: 언제 전화 했나요.

답: 걔가 출근 할 때쯤이니까 오후 5시 쯤? 제가 바쁘다고 오지 말라고 했는데, 밤
    에 바쁠 게 뭐가 있냐며 짜증을 내고 전화를 끊었던 기억이 있습니다.

문: 방주선이 집을 어떻게 알고 있나요.

답: 가끔 같이 잡니다.

문: 그냥 아는 사이라고 하지 않았나요.

답: 아는 사이인데 가끔 잠도 잡니다.

문: 방주선이 집 앞에 찾아왔을 때, 상태는 어땠나요.

답: 걔야 그 시간이면 항상 취해있죠. 일 하는 카페에서 술을 마시고 퇴근하거든요.

문: 방주선은 처음에 어떻게 알게됐나요.

답: 문주에 땅 보러 갔다가 만양카페에 갔는데 이쁘장한 애가 있더라고요. 딱 보
    니까 좀 놀았던 것도 같아 보이고, 먼저 저한테 말도 걸고. 그래서 술 한 잔 먹
    고, 자고, 그러다보니 가끔 심심할 때 연락하고 그랬습니다.

문: 그때가 언제인가요.

답: 한 두어 달 전 쯤 된 것 같습니다.

문: 방주선과 몇 번이나 잤나요.

답: 이건 정말 프라이버시 아닙니까?

문: 묵비권을 행사하는 것인가요.

답: 아닙니다. 서너 번쯤 잔 것 같습니다.

문: 14일 23시 30분경, 방주선이 방문해서 무엇을 했나요.

답: 그날 사실 저는 또 자러 온 줄 알았는데, 애가 갑자기 이상한 소리를 하더라고
    요. 결혼을 하자나 뭐라나.

문: 그래서 어떻게 했나요.

답: 화를 냈죠.

문: 왜 화를 냈나요.

답: 생각해보십시오. 제가 번듯하게 부동산도 하고 있는데 왜 다방레지랑 결혼을 합
    니까. 그랬는데 애가 적반하장으로 제 이혼을 들먹이면서 고마운 줄 알라고 하
    는 겁니다.

문: 그래서 어떻게 했나요.

답: 내쫓았습니다.

문: 내쫓았다는 것은 무슨 뜻인가요.

답: 그게 되게 나쁘게 들릴 것 같은데, 그건 전혀 아닙니다. 저희 집에서 소주를 많
    이 마셨고, 게다가 주선이는 전작도 있었기 때문에 저는 사실 그날 결혼얘기는
    주사라고 생각했습니다. 그래서 말을 더 섞기 싫었던 거고요. 그럴 때는 피해
    있어야 하는데 제 집이니, 얘가 나가야죠. 술 먹은 사람이 곱게 나가겠습니까.

그런 의미에 내쫓았다고 표현한 겁니다.

문: 평소 방주선은 주사가 심한 편인가요.

답: 없다고는 할 수 없습니다. 평소에도 말투가 거친 편이기도 하고요. 굳이 안 해
도 되는 말을 해서 마음 상한 적이 있긴 합니다.

문: 마음이 많이 상했습니까.

답: 뭐 그다지 상하지는 않았습니다.

문: 왜죠.

답: 직업 상 술을 많이 먹게 되고 주사가 있는 사람을 자주 만나는 편이기도 하고.
저한테 중요한 사람이 그랬다면 마음도 상하고 걱정도 하고 했을텐데 말씀 드
렸다시피 그냥 아는 정도의 사이라.

문: 그냥 아는 정도의 사이에 왜 결혼 하자는 말이 나오죠.

답: 주선이는요. 아마 저 말고도 다른 남자에게 결혼 하자고 했을 겁니다. 돈 좀 있
는 남자와 만나서 팔자 고치는 게 소원인 여자랄까. 그런 게 너무 보였어요.

문: 그럼에도 왜 계속 만났습니까.

답: 제 생각이 중요한 것 아닙니까. 전 결혼할 생각이 없지만 건장한 대한민국의
남자입니다. 가끔 여자가 그립고 뭐 그런 거 아니겠습니까.

문: 방주선이 자택을 나선 시간이 기억나십니까.

답: 새벽 1시쯤 된 것 같습니다.

문: 어떻게 기억하나요.

답: 사실 내쫓은 이유가 있었습니다. 저한테 가끔 자는 다른 여자가 또 있는데요.
그 여자가 심심하다고 문자가 와서 확인하고 내쫓은 거거든요. 그 때가 1시였
던 걸 기억합니다.

문: 방주선이 떠난 다음 행적은 어떻게 되나요.

답: 지수(김지수)가 금산아파트에 삽니다. 저희 집에서 걸어서 20분 정도 걸립니다. 평소에는 차로 가는데 술 먹어서 그 날 걸어갔습니다. 아파트에 도착했을 때 경비원이 저를 봤습니다. 시간은 대략 1시 반 정도였던 것 같습니다.

문: 새벽 1시 이후 방주선의 연락을 받은 적이 있습니까.

답: 아니요. 없습니다.

문: 강현태씨가 방주선을 뒤따라 나간 것은 아닙니까.

답: 아닙니다. 저는 바로 금산아파트로 갔습니다.

문: 그 후의 행적은요.

답: 밤새 그곳에 있었습니다.

문: '지수'라는 사람이외에 다른 사람이 있었습니까.

답: 아니요. 단 둘이 있었습니다.

문: 몇 시에 그곳을 떠났나요.

답: 출근하기 전까지 있었으니까 아침 8시 반까지 있었습니다.

문: 확인해 줄 사람은 있나요.

답: 지수가 옷가게 하는 친구라 출근이 늦습니다. 그때까지 같이 있었는데 그 친구는 자고 있어서. 아, 아파트에 CCTV 있지 않을까요? 확인해 보십시오.

문: 방주선씨가 평소 원한을 가질 만한 사람이 있습니까.

답: 애가 말을 워낙 독하게 해서, 어디 가서 술을 먹고 시비 붙은 거 아니겠습니까. 그런데 저 아직 이야기를 못 들었는데, 주선이는 얼마나 다친겁니까.

문: 방주선씨는 사망했습니다.

답: 네? 저한테는 분명 주선이가 다쳤다고.. 정말 죽었습니까? 혹시 제가 마지막으로 만난 겁니까?

문: 그게 중요한가요.

답: 중요하죠. 제가 의심받는 거 아닙니까.

문: 왜 그렇게 생각하나요.

답: 영화에서도 다 그러지 않습니까. 저 진짜 아닙니다. 지수 전화번호 알려드릴게요.

문: 김지수씨와 15일 오전에 헤어진 이후, 따로 연락한 적이 있나요.

답: 없습니다. 전혀 없습니다.

문: 휴대폰 임의제출 하시겠습니까.

답: 네. 하겠습니다.

문: 알겠습니다. 이상 진술이 사실인가요.

답: 네. 사실입니다. (자필로 적어주세요)

문: 더 할 말이 있나요.

답: 저는 정말 충격입니다. 제가 마지막으로 만난 사람이라니. 저는 주선이를 죽이지 않았습니다. (자필로 적어주세요)

문: 조사를 마치도록 하겠습니다. 지금 시간은 2000년 10월 16일 오후 12시 30분입니다. 저는 남상배 형사입니다.

위의 조서를 진술자에게 열람하게 하였던바(읽어준바) 진술한 대로 오기나

증감·변경할 것이 없다고 말하므로 간인한 후 서명, 날인하게 하다.

진술자　　강 현 태 (인) ┌─────────┐
　　　　　　　　　　　　　　　│ 지장첨부 │
　　　　　　　　　　　　　　　│부탁드립니다.│
　　　　　　　　　　　　　　　└─────────┘

2000. 10. 16

사법경찰관　　경사 남상배 (인) ┌─────────┐
　　　　　　　　　　　　　　　│ 도장첨부 │
　　　　　　　　　　　　　　　│부탁드립니다.│
　　　　　　　　　　　　　　　└─────────┘

왼쪽은 사법경찰 담당 도장 / 오른쪽은 진술자 지장

매 장마다 찍어주세요. (사진 참고)

진 술 조 서 (참고인)

성   명 : 이 동 식

주민등록번호 : 810530-17849750

직   업 : 무직

주   거 : 경기도 문주시 만양읍 교평리 14-4

등록기준지 : 경기도 문주시 만양읍 교평리 14-4

직 장 주 소 : 없음

연 락 처 :(자택전화) 034-232-4876   (휴대전화) 011-0373-4876

　　　　　(직장전화) 없음　　　　　　(전자우편) 없음

위의 사람은 '방주선 변사체 발견사건'에 관하여 2000년 10월 16일 문주경찰서 조사실에 출석하여 다음과 같이 진술하다.

1. 변사자와의 관계

　저는 변사자와 지인입니다.

1. 변사사건과의 관계

　저는 변사사건과 관련하여 참고인의 자격으로서 출석하였습니다.

이 때 사법경찰관 남상배는 진술인 이동식을 상대로 다음과 같이 문답을 하다.

문: 안녕하세요, 이번 사건을 담당한 경사 남상배입니다. 주민등록번호, 주소, 연락
　　처를 불러주세요

답: (침묵)

문: 대답하세요.

답: 810530-17849750. 휴대폰 번호는 011-0373-4876이고, 집 주소는 경기도 문
　　주시 만양읍 교평리 14-4입니다.

문: 방주선씨와 관계는요.

답: 지인입니다.

문: 2000년 10월 16일 19시, 이동식씨의 참고인 조사를 시작하도록 하겠습니다. 괜
　　찮습니까.

답: 네.

문: 2000월 15일과 16일에 걸쳐 2회의 참고인 진술을 받은 것 기억하나요.

답: 네.

문: 조사받을 때 진술한 내용은 모두 사실인가요.

답: 네.

문: 거짓 진술한 적은 전혀 없나요.

답: 네.

문: 본인이 왜 이곳에 있는지 아시나요.

답: 잘 모르겠습니다.

문: 10월 14일 행적에 대해 다시 한 번 처음부터 진술하세요.

답: 같은 것을 또 물으시는 이유가 있나요.

문: 조사과정에서 필요한 사항입니다. 14일 행적에 대해 진술하세요.

답: (잠시 말을 멈춤)

문: 어려운 질문이 아닙니다.

답: 그 날은 외할머니 연미사날이었어요. 미사시간은 저녁 6시였습니다. 유연이는 성가대반주를 하러 가는데, 저는 무신론자이기도 하고 그 자리가 너무 지루해서 가지 않았습니다. 그날 낮 2시쯤 일어났는데, 자는 척 하다가 엄마가 나가는 소릴 듣고 방에서 나왔고, 엄마가 차려놓은 밥을 먹고 TV를 좀 보다가 오후 4시 넘어서 만양카페에 갔습니다. (잠시 멈춤)

문: 진술 계속 진행하세요.

답: 만양 카페에 가서 노래를 부르고 놀다가 5시 반쯤 카페에서 나왔습니다. 정제네 도착했을 때는 저녁 7시쯤 됐고요.

문: '정제네'라고 칭한 장소의 위치는요.

답: 정제네 아버지가 심주산 중간쯤에서 사슴농장을 하셨습니다. 아버님이 돌아가신 후에 사슴농장은 닫았지만, 오두막은 그대로 있어서 정제랑 제가 아지트처럼 쓰는 곳입니다.

문: 17시 30분에 만양카페에서 나와 19시에 정제네(사슴농장 오두막)에 도착했다면, 1시간 30분이 소요됐다는 건데 거리가 얼마나 되나요.

답: 그렇게까지 오래 걸리는 거리는 아닙니다. 평소 빠른 걸음으로 가면 40분입니다.

문: 14일에는 왜 오래 걸렸나요.

답: 엄마잔소리 때문에 잠을 못자서 걸어가는 길에 벤치에 누워서 졸았습니다.

문: 벤치는 어디에 있나요.

답: 정제네 오두막이 산에 있는데 중간에 지금은 사람들이 거의 없는 약수터 같은

것이 있습니다. 그곳에 벤치가 있습니다.

문: 평소에도 걸어다니나요.
답: 평소에는 스쿠터를 탑니다. 그런데 산은 스쿠터를 타고 올라가기가 힘들어서 아지트(사슴농장 오두막)를 갈 때는 가능하면 걸어가는 편입니다.

문: 평소 만양카페에서 오두막까지 얼마나 걸리나요.
답: 한 50분 정도 걸리는 것 같습니다.

문: 도착해서 무엇을 했나요.
답: 술을 마셨습니다. 밤 11시까지요. 그리고 잤습니다.

문: 몇 시에 일어났나요.
답: 새벽 5시 반 정도였습니다.

문: 어떻게 기억하나요.
답: 오두막을 나갈 때 발아래를 비추려고 휴대폰을 켰고, 그때 시간을 확인했습니다.

문: 휴대폰은 계속 꺼둔 건가요.
답: 네. 만양카페에서 나오면서 유연이에게 전화가 많이 오길래 꺼버렸습니다.

문: 이후는요.
답: 정제한테 간다는 인사만 하고 나왔습니다. 집에 들어가다가 엄마가 깨면 난리 나니까, 최대한 조심히 들어갔습니다. 방에 들어가서 다시 자다가, (멈춤) 엄마 비명소리를 듣고 깼습니다.

문: 박정제와 술을 마시면서 장소를 옮긴 적이 있나요.
답: 없습니다.

문: 술은 얼마나 먹었습니까.

답: 소주랑 맥주도 여러 병 먹었고, 정제가 집에서 가져온 양주도 두어 병 마신 것
   같습니다. 정확한 양은 기억이 안 나요.

문: 술은 몇 살 때부터 마셨습니까.

답: 고등학생 때 집에 있는 술을 가져다가 친구들과 마신 적이 있습니다.

문: 타인의 신분증을 이용해 술을 구매한 적이 있습니까.

답: 아니요. 없습니다.

문: 박정제와 있을 당시 마지막으로 기억나는 시간은 언젭니까.

답: 밤 11시쯤에 정제가 술을 못 마시겠다고 해서 한 시간만 더 먹자고 한 게 잠깐
   기억납니다. 그 이후로는 정확하지 않습니다.

문: 술을 마시면 기억이 잘 끊기는 편입니까.

답: 항상 그런 것은 아니고, 많이 마시면 그런 편입니다.

문: 기억이 끊길 정도면, 음주 당시의 상황을 전혀 기억 못 하는 것입니까.

답: 전혀 기억을 못 할 때도 있고, 드문드문 기억이 날 때도 있습니다.

문: 오두막에서 눈을 떴을 때의 상황을 설명해주세요.

답: 뚜렷하게 보이는 것은 없었습니다. 어슴푸레하게 빛이 비추는 걸 보고 시간이
   많이 흘렀다는 걸 느꼈습니다. 그래서 집에 가야겠다고 생각을 했고요. 조금
   전에 말했다시피 발밑이 너무 어두워서 불빛을 비추려고 휴대폰을 켰다가 시
   간을 봤습니다.

문: 그 시각, 그 장소에서 박정제를 봤습니까.

답: 네. 이불을 덮고 자고 있는 것이 보여서, '집에 간다'는 말만 하고 오두막을 나
   섰습니다.

문: 확실히 박정제를 봤습니까.

답: 네. 제 기억으로는 확실합니다.

문: 박정제와 함께 있었다는 것을 증언할 만한 다른 사람이 있습니까.

답: 없습니다.

문: 박정제와 마지막으로 연락한 것이 언제입니까.

답: 술을 마신 후로 연락한 적 없습니다. 휴대폰을 확인해보시면 알겁니다.

문: 박정제와 연락을 하거나 만난 적이 정말 없습니까.

답: 네. 정말 없습니다.

문: 오두막에서 집까지 걸리는 시간은요.

답: 40분~50분 정도 걸리는 것 같습니다.

문: 집에 도착했을 때는 몇 시였나요.

답: 6시 조금 넘었던 것 같습니다. 해가 뜨지는 않았어요.

문: 마당에 있는 돌을 지나쳐 왔나요.

답: 네. 그랬습니다.

문: 마당의 돌 위에서 뭔가를 보지는 않았나요.

답: 못 봤습니다. 해도 뜨기 전이었고, 조심해서 들어오느라고 신경을 쓰지 못했습니다.

문: 14일 오후에 만양카페에 갔다고 진술했습니다. 만양카페에는 자주 가는 편이었습니까.

답: 네. 기타도 치고 노래도 크게 부를 수 있어서 자주 갔습니다.

문: 10월 14일, 만양카페에서 방주선과 다툰 것을 기억합니까.

답: 다툰 것은 아닙니다.

문: 당시 상황에 대해 구체적으로 설명해주세요.

답: 그 날은 주선이 누나가 출근하기 전에 만양카페에 갔습니다. 노래를 한창 부르고 있을 때 주선이 누나가 출근하는 것을 봤습니다. 처음에는 별 말을 안 하더니, 한 삼십분 정도 지나니까 주선이 누나가 시끄럽다고 말하기 시작했고요. 주선이 누나가 잔소리하는 것을 견디다 못해 그냥 카페를 나온 겁니다. 평소와 똑같이 대화를 나눈 것뿐이지, 악감정이 있어서 싸우려고 한 것은 아닙니다.

문: 평소 방주선씨와 사적으로 만난 적이 있습니까.

답: 아니요. 없습니다.

문: 한 번도 없습니까.

답: 네. 단 한 번도 없습니다.

문: 만양카페 이외의 다른 공간에서 만난 적이 없다는 말이죠.

답: 우연히 마주친 적은 있겠지만 약속해서 만난 적은 없습니다.

문: 14일 만양카페에서 나온 후, 방주선을 만난 사실이 있습니까.

답: 없습니다.

문: 14일 만양카페에서 나온 후, 방주선씨를 목격한 적이 있습니까.

답: 아니요. 전혀 없습니다.

문: 이전에 기타피크에 대해 진술 한 것 기억나나요.

답: 네. 보여주신 기타피크가 제 것이라고 진술했습니다.

문: 본인 것 확실한가요.

답: 네. 확실합니다.

문: 그럼 방주선에게 기타피크를 건네준 적이 있나요.

답: 아니요. 전혀 없습니다.

문: 기타피크를 마지막으로 사용한 곳이 어딥니까.

답: 만양카페에서 사용한 기억이 전부입니다.

문: 만양카페에서 기타피크를 흘린 기억이 있습니까.

답: 없습니다.

문: 그런데 왜 방주선의 사체가 발견된 현장에서 본인의 기타피크가 발견됐을까요.

답: 무슨 소리를 하시는 거죠? 제 기타피크가 왜 거기서 나옵니까. 저는 전혀 모르
   겠습니다.

문: 확실합니까.

답: 네. 확실합니다.

문: 만양카페에서 기타피크를 흘린 적이 없다고 했습니다. 확실합니까.

답: 그게...

문: 방금 전에 기타피크를 흘린 적이 없다고 답했습니다. 말을 바꾸는 겁니까.

답: 아닙니다. 다시 생각해 보는 겁니다. 흘린 적 없습니다. 기타피크를 케이스에
   넣고 메고 나왔던 기억이 분명히 있습니다.

문: 확실합니까.

답: 확실한 것 같습니다.

문: 확실하게 대답하세요.

답: 네. 기억이 있습니다.

문: 14일 만양카페에서 나올 때 분명히 기타피크를 케이스에 넣은 기억이 있고, 그
이후, 방주선을 만양카페 이외의 장소에서 만난 적도, 방주선을 본 적도 없는
데 본인의 기타피크가 현장에서 발견된 거네요.

답: (대답이 없음)

문: 이해가 되는 상황입니까.

답: 잘 모르겠습니다. 저는 정말 기타피크를 만양카페에 흘린 기억이 없고, 주선이
누나를 따로 만난 적이 없습니다.

문: 모두 확실한가요.

답: 네. 제 기억으로는 확실합니다.

문: 혹시 만양카페에서 술을 마셨습니까.

답: 아닙니다. 그때는 전혀 마시지 않았습니다.

문: 평소 만취상태일 때의 기억을 모두 하는 편입니까.

답: 아닙니다. 필름이 끊기는 편입니다.

문: 그렇다면 만취한 후 본인이 오두막을 나선 다음 방주선과 마주친 사실이 있는
것 아닙니까.

답: 아닙니다.

문: 만취상태에서 필름이 끊긴다면서 어떻게 장담합니까.

답: 정제네 오두막은 산 중턱에 있습니다. 제가 나온 것은 새벽 5시 반이 확실하고
요. 휴대폰을 켰을 때 봤다니까요. 유연이 문자를 확인한 기억이 명확하고, 산
길을 내려오면서 찬바람을 맞아서 술이 깼고요.

문: 그렇다면 밤 11시 이후, 새벽 5시 반 이전 사이에 만취상태일 때 오두막을 내려온 것 아닙니까.

답: 아닙니다. 저는 절대로 오두막을 나선 적이 없습니다.

문: 어떻게 확신합니까.

답: 정제네 오두막은 산 중턱에 있습니다. 만취상태에서 산을 내려왔다가 다시 올라갔다는 말입니까? 한 번 가보세요. 만취상태를 유지하며 산을 내려갔다가 올라올 수 있는지. 그리고 정제한테 물어보세요. 정제는 예민한 편이라 잠을 쉽게 잘 못잡니다. 제가 깨서 내려갔다면 분명히 정제는 제가 나가는 소리를 들었을 겁니다.

문: 10월 15일 5시 반에 오두막을 나선 뒤 마주친 사람은 없었습니까.

답: 정확한 기억이 나지 않습니다. 그때는 집에 가느라 정신이 없었습니다.

문: 새벽 5시 반에 오두막을 나섰다는 것을 증언해줄 사람이 있습니까.

답: 박정제요. 저랑 유일하게 같이 있던 사람은 박정제 뿐입니다.

문: 박정제와 함께 있었던 시간을 정확히 말씀해주세요.

답: 14일 저녁 7시부터 15일 새벽 5시 반까지입니다.

문: 15일 새벽 05시 30분 경, 이유연으로부터 온 문자를 확인했다고 했습니다. 문자를 받은 즉시 확인하지 않은 이유는 무엇인가요.

답: 당시에는 만취한 상태라 휴대폰에 어떤 연락이 왔는지 몰랐습니다.

문: 이유연이 보낸 문자는 어떻게 확인했나요.

답: 오두막을 나설 때 불빛이 필요해서 휴대폰을 켰다가 알게 됐습니다. 그래서 더욱더 정신없이 오두막을 나섰습니다.

문: 답장을 했나요.

답: 문자를 너무 뒤늦게 확인했고, 시간을 확인하자마자 집에 가느라 정신이 없었습니다.

문: 집에 도착한 시간이 6시가 조금 넘었다고 했죠.

답: 네. 맞습니다.

문: 귀가해서 이유연의 방을 들어간 적이 있습니까.

답: 아니요. 잘 시간이기도 하고, 평소에 서로의 방을 드나들지 않는 편입니다.

문: 14일 이후, 이유연으로부터 다른 문자를 받은 적은 없습니까.

답: 없습니다. 휴대폰을 보시면 알 겁니다.

문: 제출한 휴대폰 하나를 사용하나요.

답: 네.

문: 사용하는 휴대폰이 한 대라는 말 맞죠.

답: 네.

문: 확실합니까.

답: 네. 확실합니다.

문: '011-0780-1234' 번호에 대해 아나요.

답: 모릅니다.

문: '이영철'이라는 사람을 아나요.

답: 아까도 답했지만, 정말 모르겠습니다.

문: 이유연으로부터 해당 번호나 '이영철'에 대한 얘기를 들은 적은요.

답: 없습니다.

문: 방주선으로부터 들은 적은 있습니까.

답: 없습니다.

문: 후에 이동식씨 조사 과정에서 해당 번호나 이영철과 관련된 흔적이 나오면 불
   리할 수 있습니다. 정말로 없나요.

답: 네. 단 한 번도 들은 적이 없고, 본 적도 없습니다.

문: 이상 진술이 사실인가요.

답: 네 사실입니다. ('20대 동식'이 쓸법한 손글씨로 적어주세요)

문: 더 할 말이 있나요.

답: 저는 정말 사실대로 말했습니다. 기억이 나지 않는 것을 억지로 지어낼 수도
   없잖아요. 저를 왜 체포한 건가요. 저는 범인이 아닌데 지금 우리 유연이는 어
   디에 있는 건가요. 저 억울합니다. 기타피크는 정말 모릅니다. 전화번호도 모르
   겠고 이영철도 모르겠습니다. 제발 좀 믿어주세요. ('20대 동식'이 쓸법한 손글
   씨로 적어주세요)

문: 조사를 마칩니다. 지금 시간은 2000년 10월 16일 오후 20시 40분입니다. 저는
   경사 남상배입니다.

위의 조서를 진술자에게 열람하게 하였던바(읽어준바) 진술한 대로 오기나
증감·변경할 것이 없다고 말하므로 간인한 후 서명, 날인하게 하다.

진술자　　이 동 식 (인)　[지장첨부 부탁드립니다.]

2000. 10. 16

사법경찰관　　경사 남상배 (인)　[도장첨부 부탁드립니다.]

왼쪽은 사법경찰 담당 도장 / 오른쪽은 진술자 지장
매 장마다 찍어주세요. (사진 참고)

진 술 조 서(참고인)

성   명 : 박 정 제

주민등록번호 : 811116-17097843

직   업 : 무직

주   거 : 경기도 문주시 삼은동 49-2

등록기준지 : 경기도 문주시 삼은동 49-2

직 장 주 소 : 없음

연 락 처 : **(자택전화)** 034-984-7777   **(휴대전화)** 011-0930-7777

            (직장전화) 없음   **(전자우편)** 없음

위의 사람은 '방주선 변사체 발견사건'에 관하여 2000년 10월 22일 문주경찰서 조사실에 출석하여 다음과 같이 진술하다.

1. 피의자와의 관계

저는 피의자와 친구입니다.

1. 피의사실과의 관계

저는 피의사실과 관련하여 참고인의 자격으로서 출석하였습니다.

이 때 사법경찰관 남상배는 진술인 박정제를 상대로 다음과 같이 문답을 하다.

문: 안녕하세요, 이번 사건을 담당한 경사 남상배입니다. 주민등록번호, 주소, 연락
 처를 불러주세요.

답: 811116-17097843. 휴대폰 번호는 011-0930-7777이고, 집 주소는 경기도 문
 주시 삼은동 49-2입니다.

문: 이동식과 관계는요.

답: 국민학교 이후부터 계속 제일 친한 친구입니다.

문: 현재 시각은 2000년 10월 22일 오전 10시입니다. 참고인 진술 조사를 시작하
 겠습니다.

답: 네.

문: 오늘 이곳에 자진출석 했습니다. 맞나요.

답: 네. 맞습니다.

문: 자진출석한 이유는 뭔가요.

답: 제 휴대폰이 계속 꺼져있는 동안 형사님께서 전화하신 것을 알게 돼서 출석했
 습니다. 하고 싶은 이야기도 있고요.

문: 무슨 이야기를 하고 싶나요.

답: 이동식이 무죄라는 이야기를 하고 싶습니다.

문: 왜 그렇게 생각하나요.

답: 14일 저녁부터 15일 새벽까지 동식이와 제가 함께 있었기 때문입니다.

문: 10월 14일 행적에 대해 진술해주세요.

답: 집에서 그림을 그리다가 유학가는 문제로 엄마(도해원)랑 다퉜습니다. 그러다
 화가 나서 집에 있는 양주 두 병을 가지고 농장에 있는 오두막에 갔습니다.

문: 농장에 있는 오두막은 어디를 말하는 건가요.

답: 심주산 중간쯤에 저희 농장이 있습니다. 오래된 사슴농장인데 지금은 운영하지 않습니다. 그 농장의 구석에 오두막이 있고, 그곳을 동식이와 제가 아지트처럼 사용합니다.

문: 계속 진술하세요.

답: 집에서 나왔을 때 엄마는 제가 나가는 것을 알지 못했습니다.

문: 왜 그렇게 생각하나요.

답: 엄마는 오두막에 가는 걸 싫어해서 몰래 나왔거든요. 침대 속에 베개를 숨겨서 마치 자고 있는 것처럼 만들어 놓고 양주 두 병을 챙겨들고 나왔습니다.

문: 그때가 몇 시쯤이었나요.

답: 오후 4시경이었습니다. 농장에 도착한 것은 4시 40분쯤이었고요.

문: 평소 집에서 농장까지 얼마나 걸리나요.

답: 차로 30분쯤 걸립니다.

문: 그날도 운전을 했나요.

답: 네. 걸어서 갈 수는 없는 거리입니다.

문: 그 후에는요.

답: 혼자 술을 마시면서 그림을 그렸습니다. 동식이가 저녁 7시쯤 도착했고요. 배가 고파서 라면을 끓여서 술과 함께 먹었습니다.

문: 16시경, 집을 나설 때 이동식에게 따로 연락을 한 건가요.

답: 아닙니다. 평소에도 저희는 자연스럽게 아지트에 모이는 편이라 따로 연락하지는 않았고요. 사실 그날 꼭 동식이를 만나서 술을 마실 생각도 아니었기 때문에 연락하지 않았습니다.

문: 언제까지 술을 마셨나요.

답: 밤 11시-12시 정도 였던 걸로 기억합니다.

문: 어떻게 기억하나요.

답: 동식이가 계속 술을 마시자고 했을 때가 11시 정도였던 것 같습니다.

문: 어떻게 기억하나요.

답: 그때 제 휴대폰이 배터리가 닳아 꺼져서 기억합니다.

문: 그 이후에는요.

답: 아마 한 시간정도 더 마신 것 같고요, 그 다음은 잘 모르겠습니다.

문: 왜 모르는 건가요.

답: 아마 잠이 든게 아닐까 싶습니다.

문: 왜 기억을 하지 못하나요.

답: 못하는 게 아닙니다. 그냥 제가 먼저 잠이 들었는지 동식이가 먼저 잠이 들었는지를 모르겠는데, 아닙니다. 제가 먼저 잠든 것도 같습니다.

문: 그 후에는요.

답: 일어나보니 동식이가 없었습니다.

문: 그때가 몇 시인가요.

답: 아침 6시 조금 넘어서였습니다.

문: 그렇다면 이동식이 언제 오두막을 떠났는지 알지 못하는 건가요.

답: 아닙니다. 동식이가 5시 반쯤 '집에 간다'고 했던 것이 기억이 납니다.

문: 좀 더 자세하게 진술해주세요.

답: 제가 평소 불면증이 심해서 잠을 깊게 못 잡니다. 그날도 자정 쯤 잠들었던 것 같고, 바람 소리에 좀 깼던 것 같습니다. 동식이가 옆에서 자고 있었습니다. 그리고 추워서 담요를 뒤집어쓰고 다시 깜빡 잠이 들었는데 동식이가 집에 간다고 얘기하는 것을 제가 들었습니다.

문: 그 때가 몇 시라고 했죠.

답: 5시 반 정도였습니다.

문: 14일 저녁 19시경부터 15일 5시 30분경까지 이동식과 함께 있었다는 것이 확실한가요.

답: 네. 확실합니다.

문: 다른 사람이 혹시 같이 있었나요.

답: 다른 사람은 없었습니다. 동식이랑 저 뿐이었습니다.

문: 14일에 음주량을 기억하나요.

답: 많이 마셨습니다. 제가 가져갔던 양주 두병과 소주, 맥주도 여러 병 먹었습니다. 만취했기 때문에 정확한 양은 기억나지 않습니다.

문: 만취상태였는데도 이동식과 함께 있던 것을 기억하나요.

답: 네. 잠을 깊게 못 자는 편이라 중간에 자주 깼습니다. 그 때마다 동식이가 옆에 있는 것을 봤고, 동식이가 '집에 간다'고 말하는 것도 분명히 들었습니다.

문: 05시 30분경이라는 것은 어떻게 확신하나요.

답: 오두막에 시계가 있습니다. 동식이가 문 닫는 소리를 들었고, 담요를 내려보니 5시 반 정도였던 것이 기억납니다.

문: 그 후에는요.

답: 조금 더 뭉개고 누워 다가 다시 잠이 들었습니다. 눈을 떴을 때는 11시 반 정도였고요. 집에 없었던 것을 엄마가 알면 화낼 게 뻔했기 때문에 집으로 가지는 못했습니다. 술이 좀 더 깰 때까지 기다렸다가 차를 운전해서 별장으로 갔습니다. 몸이 너무 피곤한데 잠은 못 자겠고, 수면제를 먹고 잠이 들었습니다.

문: 몇 시에 일어났나요.

답: 17일 오전이었던 것 같습니다.

문: 이틀이나 잤다는 이야기입니까.

답: 네. 보통 수면제를 먹으면 길게 자는 편입니다.

문: 그 사이에 누구에게도 연락이 온 적이 없었나요.

답: 휴대폰 배터리가 나간 상태여서 알지 못했습니다.

문: 충전은 왜 하지 않았나요.

답: 해봤자 엄마가 전화해서 잔소리할 게 뻔하니까요.

문: 일어나서 바로 휴대폰을 충전한 건가요.

답: 아닙니다.

문: 그런데 '17일'에 일어났다는 것은 어떻게 압니까.

답: 별장에 TV가 없어서 라디오를 듣습니다. 주로 클래식 방송을 듣는데 그때 라디오 DJ가 날짜와 시간을 알려줬습니다.

문: 일어나자마자 라디오를 켰나요.

답: 아니요. 그렇지는 않습니다. 별장 시계로 오전 11시쯤 일어났고, 라디오를 켠 것은 오후 세시쯤이었던 것 같습니다.

문: 무슨 방송이었는지 기억하나요.

답: 하문영아나운서가 진행하는 '오후 세시의 교향곡'이라는 프로그램이었습니다.

문: 단번에 듣고 아는겁니까.

답: 제가 원래 그림 그릴 때 클래식라디오를 즐겨 듣습니다. 그래서 잘 알고 있습니다.

문: 이틀을 내리 자는 것이 흔한 일입니까.

답: 네. 잠을 잘 못자는 편이라 센 수면제를 처방받습니다. 수면제를 먹으면 못 잤던 잠까지 한꺼번에 몰아서 자는 편입니다.

문: 과다복용입니까.

답: 그럴 수도 있겠네요. 그렇지만 한 번도 못 깬 적 없고, 위험한 적도 없었습니다.

문: 수면제 처방받은 기록을 확인하고 싶은데 동의합니까.

답: 네. 동의합니다.

문: 17일에 눈을 뜬 다음은요.

답: 대부분 그림을 그렸습니다. 약을 먹고 또 자고요.

문: 언제까지 그런 겁니까.

답: 오늘 아침까지 그랬습니다.

문: 그 사이에 휴대폰은 계속 꺼둔 상태였나요.

답: 네. 맞습니다.

문: 누구도 별장에 찾아 온 사람이 없습니까.

답: 네. 없습니다.

문: 어머니도요.

답: 네.

문: 저희가 조사 때문에 집을 몇 번이나 방문했는데, 어머니도 어디에 있는지 모른
다고 진술했습니다. 왜 별장이라고 말을 안 한 겁니까. 어머니는 별장의 존재
를 모르는 건가요.

답: 당연히 알고 있습니다.

문: 그런데 왜 별장에 있을 거라는 말을 저희에게 하지 않은 거죠.

답: 사실은 저와 어머니 사이에 이 별장은 없는 거나 마찬가지인 곳이긴 합니다.
아버지가 돌아가시기 전까지 혼자 여기서 사셨고, 여기서 외롭게 돌아가셨습니
다. 엄마는 여기에 절대 발을 딛지 않아요. 제가 여기 와 있을 거라고도 꿈에
도 생각하지 않으셨을 겁니다.

문: 별장에 자주 오나요.

답: 자주는 아니고, 1년에 몇 번 정도 옵니다. 청소도 좀 하고, 그림도 몇 날 며칠
그릴 수 있으니까요. 보통 때는 오두막에 있고, 답답할 땐 여행도 자주 떠나는
편입니다.

문: 이동식이 절친한 친구라고 했습니다. 맞나요.

답: 네. 맞습니다.

문: 이동식과 자주 연락을 하는 사이인가요.

답: 그렇다면 그럴 수도 있고요.

문: 무슨 뜻이죠.

답: 형사님도 남자니까 아마 아실 겁니다. 평소에 별 것 아닌 일로도 연락할 때도
있지만 일주일이고 열흘이고 감감무소식일 때도 있습니다. 남자들 다 그렇지
않습니까.

문: 별장은 언제 떠났습니까.
답: 오늘 아침입니다.

문: 그때가 몇 시 정도인가요.
답: 아침 9시정도였습니다.

문: 떠난 이유는요.
답: 가지고 있던 현금이 떨어져서요. 별장은 보일러가 되지 않아서 기름 난로를 때워야 하는데 현금이 떨어져서 기름을 살 수가 없었습니다. 새벽에 너무 추웠거든요.

문: 그리고 어떻게 했습니까.
답: 이곳으로 바로 왔습니다.

문: 왜 그랬습니까.
답: 휴대폰을 켰는데 형사님의 문자를 봤고, 지화의 연락도 받았습니다.

문: 지화는 누구입니까.
답: 국민학교 동창입니다.

문: 어떤 연락을 받았나요.
답: 동식이가 체포됐다는 것과 제가 어디 있냐고 묻는 문자였습니다.

문: 문자를 확인하고 어땠나요.
답: 많이 놀랐습니다.

문: 왜 많이 놀랐나요.
답: 동식이가 체포됐다는 것도 그렇고, 체포된 이유가...

문: 이동식은 어떤 사람입니까.

답: 정의롭고 싸움도 잘하고요.

문: 싸움을 잘합니까.

답: 제가 말하는 것은 그런 싸움이 아니고요. 누군가 괴롭힘을 당하는 것을 보지
    못하는 성격입니다. 잘 웃고 따뜻하고 좋은 친구입니다.

문: 현재 이동식이 방주선 살해혐의와 이유연 납치, 상해혐의 용의자라는 것을 알고
    있습니까.

답: 네. 알고 있습니다.

문: 그럼에도 이동식이 좋은 사람이라고 생각합니까.

답: 네. 동식이는 누군가를 헤치거나 죽일 사람이 아닙니다.

문: 이동식이 평소에 사용하는 기타피크에 대해 알고 있습니까.

답: 네. 기타랑 기타피크를 산 날 자랑을 해서 기억납니다.

문: 그때가 언제입니까.

답: 작년 가을정도였던 걸로 기억합니다.

문: (기타피크 사진을 꺼내 보여주며) 이것 맞습니까.

답: 네. 맞습니다.

문: 14일, 이동식이 오두막에서 기타를 친 적이 있습니까.

답: 잘 모르겠습니다.

문: 이동식이 기타피크를 꺼낸 적이 있습니까.

답: 잘 모르겠습니다.

문: 오두막에서 만나기 전 이동식의 행적을 알고 있습니까.

답: 만양카페에서 기타를 치고 노래를 부르다가 왔다고 했습니다.

문: 만양카페에 대해 알고 있습니까.

답: 네. 알고 있습니다. 한두 번 가본 적이 있습니다.

문: 방주선을 압니까.

답: 개인적으로는 모릅니다.

문: 이동식이 평소 방주선에 대해 이야기 한 적이 있습니까.

답: 아니요.

문: 이동식과 방주선이 따로 만나는 모습을 목격한 적이 있습니까.

답: 아니요. 본 적 없습니다.

문: 이동식의 동생, 이유연과 아는 사이입니까.

답: 네.

문: 어떻게 아는 사이입니까.

답: 동식이의 여동생이니까 어릴 때부터 알았습니다.

문: 잘 알았나요.

답: 저요? 아니요.

문: 평소 이동식과 이유연의 관계는 어때보였나요.

답: 좋아보였습니다.

문: 어떻게 좋아보였나요.

답: 부러웠습니다.

문: 왜 부러웠습니까.

답: 저는 외동이고 두 사람은 1분 차이밖에 안 나서 그런지, 원래 남매라는 건 그런 것인지 표현하지는 않아도 서로 많이 아낀달까. 그런 생각이 많이 들었습니다. 그게 부러웠습니다.

문: 이유연과 함께 세 사람이 평소 어울리는 편이었습니까.

답: 아니요. 동식이 집에서는 가끔 밥도 먹고, TV도 보기는 했지만, 셋이서 밖에서 만난 적은 없는 것 같습니다.

문: 이유연에게 만나는 사람이 있었나요.

답: 어.. 모르겠습니다.

문: 모른다는 것은 무슨 의미인가요.

답: 제가 알 수 없다는 겁니다. 잘 알던 사이가 아니어서.

문: 이유연이 휴대폰으로 누군가와 연락을 하는 것을 본 적이 있습니까.

답: 잘 모르겠습니다. 본 것도 같은데.

문: 누구였나요.

답: 저는 그냥 친구들한테 연락하는 게 아닐까 생각했는데 솔직히 모르겠습니다.

문: 평소 이유연과 따로 연락했나요.

답: 아니오.

문: 이동식과 함께 있을 때 이유연에게 연락받은 적 있습니까.

답: 아니오.

문: 왜 이유연은 이동식의 소재를 묻는 문자나 전화를 본인에게 하지 않은 건가요.
답: 제 휴대폰번호를 모르니까요.

문: 친구 동생인데 휴대폰 번호를 모르나요.
답: 네, 모릅니다.

문: 이유연에게 문자하거나 문자 받은 사실 없나요.
문: 정말로 없습니다.

문: 이유연을 밖에서 따로 만난 적은 있나요.
답: 아니오. 없습니다.

문: '011-0780-1234' 라는 번호에 대해 아는바가 있습니까.
답: 모릅니다. 모르는 번호입니다.

문: '이영철'이라는 사람을 아나요.
답: 아니요. 제가 아는 사람 중엔 없습니다.

문: 들어본 적은 있나요.
답: 아니요. 없습니다.

문: 평소 이유연에 대해 원한을 가질만한 사람을 알거나, 들은 적이 있습니까.
답: 아니요. 유연이는 누구의 원한을 살 애가 아닙니다. 좋은 애입니다.

문: 14일 이후, 이동식과 연락 한 적 있습니까
답: 없습니다. 휴대폰을 켰을 때는 동식이는 경찰서에 있었으니까요.

문: 면회를 온 적은 없나요.
답: 없습니다. 바로 형사님께 달려왔습니다.

문: 알겠습니다. 이상 진술한 내용 모두 사실임이 확실한가요.

답 : 네. ('20대 정제'가 쓸법한 손글씨로 적어주세요)

문: 더 할 말이 있나요.

답: 그날 동식이는 저랑 분명히 같이 있었습니다. 동식이는 억울합니다. 제가 보증
   합니다. 유연이.. 찾아주세요. 꼭 부탁드립니다. ('20대 정제'가 쓸법한 손글씨
   로 적어주세요)

문: 조사를 마치도록 하겠습니다. 지금 시간은 2000년 10월 22일 오전 11시입니다
   저는 경사 남상배입니다.

위의 조서를 진술자에게 열람하게 하였던바(읽어준바) 진술한 대로 오기나 증감·변경할 것이 없다고 말하므로 간인한 후 서명, 날인하게 하다.

진술자 　박 정 제 (인) ┌─────────┐
　　　　　　　　　　　　　　　│지장첨부 │
　　　　　　　　　　　　　　　│부탁드립니다.│
　　　　　　　　　　　　　　　└─────────┘

2000. 10. 22

사법경찰관　경사 남상배 (인) ┌─────────┐
　　　　　　　　　　　　　　　│도장첨부 │
　　　　　　　　　　　　　　　│부탁드립니다.│
　　　　　　　　　　　　　　　└─────────┘

왼쪽은 사법경찰 담당 도장 / 오른쪽은 진술자 지장

매 장마다 찍어주세요. (사진 참고)

경 기 문 주 경 찰 서

2000 .12. 20.

수 신 : 경찰서장

참 조 : 형사과장

제 목 : 수사보고

　　2000. 10. 15. 07:34 문주시 만양읍 문주천에서 신고 접수된 '방주선 변사체 발견 사건'과 관련하여 아래와 같이 수사하였기에 보고합니다.

1. 수사 사항

가. 변사체에 대한 신원확인

　　- 시신 감식 후, 원위지골 10개가 각각 절단되어 지문과 일치하는 신원은 찾을 수 없었음. 대신 변사자 가족으로부터 변사체의 안면 등을 확인한 결과, '경기도 문주시 만양읍 교평리 389-1'에 거주하며, '경기도 문주시 만양읍 만양리 25-9 만양카페'에서 종업원으로 종사하던 방주선(여, 22세)로 확인.

나. 변사체에 대한 감정의뢰 (법의학 2000-M-23478호)

　　- 국과수에 변사체 사인에 대한 부검을 의뢰한 결과, 시반은 암적색을 띠었으며, 직장 온도는 34.1도로 확인됨. 사체 발견 당시 주변 온도가 12.3도인 것을 봤을 때, 사후 경과 시간은 5시간~10시간으로 판단,

　　- 2000년 10월 15일 01시 15분경 문주사거리 횡단보도 CCTV화면을 통해 문주천 방향으로 도보 중인 방주선의 모습을 확인, 이를 방주선의 마지막 행적으로 고려한바, 범행추정시간은 15일 01시 15분부터 02시 34분이며,

　　-법의해부학적 측면에서 부검소견과 더불어 주어진 사건 개요, 현장 사진 등을 근거하여 사망의 종류를 논하여 볼 때, 변사자는 '경부압박에 의한 질식' 즉 '타살(他殺)'되었을 것으로 우선 추정하는 것이 합리적일 것이나 추가 수사를 통하여 이를 반드시 확인하여야 한다는 회신.

다. 문주천 주변 CCTV영상 분석 (디지털분석과 2000-D-6452호)

　　- 변사체 발견 장소는 CCTV가 비추지 않는 사각지대로, 문주천 부근에 설치된 CCTV는 발견하지 못했으며,

　　- 문주천 중·하류 갈대밭 인근에서 불법으로 설치된 야생동물감지 카메라를 발견, 소유주를 확인하고 해당 카메라에 녹화된 영상을 확인하였으나, 오랜 방치로 인한 고장으로 영상 녹화가 이루어지지 않았음을 확인.

　　- 문주천 인근 도로에 설치된 CCTV가 문주천 방향을 비추고 있을 가능성을 확인

하고자 하였으나, 해당 CCTV에서는 변사체와 관련된 영상을 확보하지 못했다는 회신 결과.

라. 변사체 발견 지점(문주천 갈대밭) 인근 수색
     - 변사체 주변에서 눈에 띄는 기타피크를 발견하여 감정 의뢰,
     - 문주천 갈대밭 반경 4km에 있는 도로, 폐가, 심주산 등을 집중 수색을 했으나, 변사체의 것으로 추정되는 혈흔이나 범행에 사용했을 만한 도구 등의 추가 단서는 발견하지 못함.

마. 현장에서 발견된 기타피크 감정 의뢰 (법의학 2000-C-23479호)
     - 방주선 변사체 주변에서 발견한 기타피크를 감정 의뢰한 결과, 기타피크에서 지문 및 DNA, 기타 물질 등이 검출된 것이 없었으나, 2000. 10. 15일에 발생한 '문주시 만양읍 여대생 실종 사건' 피해자의 쌍둥이 오빠인 이동식(남, 20세)이 기타피크의 주인임을 확인하고, 유력 용의자로 체포하여 참고인 조사를 진행하기로 함.

바. 이동식을 포함한 주요인물 참고인 진술 조사 진행
     - 이동식의 참고인 진술을 진행한 결과, 2000년 10월 14일 오후 16시 30분경, 만양카페에 방문하여 방주선과 대화를 나눴던 것을 확인, 이후 방주선이 범행을 당했을 것으로 추정되는 시간이 포함된, '14일 저녁 19시부터 다음날 15일 05시 30분경까지 박정제(남, 20세)와 함께 있었다'는 진술을 확보,
     - 현장에서 발견된 기타피크가 왜 방주선 사체발견 현장에 있었는지에 대해서는 불분명한 상태이나, 이동식 본인 진술을 통해 기타피크가 이동식의 것임이 확인됐으며,
     - 이동식이 해당 기타피크를 사용하는 것을 목격한 적이 있다는 오영아(여, 28세)씨의 참고인 진술에 따라, 기타피크의 구입처로 추정되는 '라라라악기사'를 방문, 이동식이 해당 기타피크를 구입한 내역을 확인함.
     - 2000년 10월 14일 방주선과 함께 만양카페에서 일했던 종업원 오영아씨의 진술에 따르면, 이동식과 방주선이 평소 다투는 적이 많았으며, 진술 시간 이후는 물론 평소에도 이동식과 방주선이 개인적으로 만나는 것을 목격하지 못했다고 함.
     - 2000년 10월 14일 밤 9시경, 방주선을 만나기 위해 만양카페를 찾았던 배경수(남, 41세)의 진술에 따르면, 당시 방주선은 취기가 있었고 심기가 안 좋은 상태였으며, 방주선과 결혼 관련 문제로 다퉜음은 사실이나, 이후 방주선과 연락을 취하거나 만나지는 않았다고 함. 해당 진술에 대한 알리바이는 문주시 인근 시왕 톨게이트 기록 내역에서 확인된 상태임.
     - 배경수의 참고인 진술을 통해 방주선이 강현태(남, 31세)와 친밀했다는 사실을 확인하여 강현태 참고인 진술을 실시,
     - 강현태 참고인 진술을 통해, 2000년 10월 14일 23시 30분경부터 다음날 새벽 1시까지 방주선이 강현태의 자택에서 함께 술을 마신 뒤, 홀로 자리를 떴다는 진술을 확보, 15일 01시 15분경에 문주사거리 횡단보도 CCTV화면을 통해 문주천 방향으로 도보 중인 방주선의 모습을 확인,
     - 방주선이 마지막으로 만난 인물로 추정되는 강현태의 행적을 수사한 결과, 기지

국 조사에 의하면, 2000년 10월 15일 01시 15분경 강현태의 위치는 지인의 아파트인 '금산아파트' 인근이었으며, 강현태가 '금산아파트'를 방문했다는 사실이 해당 아파트 경비원의 증언으로 확인됨.

사. 중요 참고인 박정제의 행적 관련 알리바이 확인
    - 이동식 참고인 진술에 따라, 2000년 10월 14일 저녁 19시부터 다음날 15일 새벽 5시 30분경까지 이동식과 함께 있었다고 추정되는 박정제의 알리바이 확인을 위해 주거지 방문,
    - 2000년 10월 16일 박정제 주거지 방문 당시, 박정제의 모친 도해원을 통해, 박정제는 14일과 15일 양일간 자택에 머물렀다는 진술 확보, 주거지 방문 당시, 박정제는 연락 두절 상태로 소재파악 불가. 이에 당사자의 증언은 확인하지 못함.

아. '2000년 10월 15일, 문주시 만양읍 여대생 실종 사건' 관련 교차 수사 진행.
    - 문주천에서 방주선 사체가 발견되기 약 1시간 전, 문주천 만양읍 교평리 14-4 단독 주택에서 여대생 이유연(여, 20세)이 자택에 절단된 원위지골 10개만 남기고 사라진 사건 발생,
    - 방주선 변사체 주변에서 이동식의 기타피크가 발견되면서, 두 사건을 병합하여 이동식을 두 사건의 유력 용의자로 긴급 체포하고 진술 조사와 현장검증단계를 거침.
    - 2000년 10월 22일 오전10시, 자진 출석으로 인해 진행된 박정제 참고인 진술 조사 결과, 박정제는 15일부터 22일 오전까지 경기도 부경시 소재 개인 별장에서 유학준비를 위한 작업을 진행하느라 해당사건을 인지하지 못했으며,
    - 박정제 참고인 진술을 통해, 2000년 10월 14일 저녁 19시경부터 이동식과 술을 마셨으며, 다음 날 15일 05시 30분경, '집에 간다.'는 이동식의 말을 들었다는 박정제의 증언을 확보, 박정제의 증언이 이동식의 진술과 일치함을 확인. 이에 이동식 용의선상에서 배제.
    - 모친 도해원의 진술을 재확인한 결과, 2000년 10월 14일과 15일에 박정제가 집에 있는 것을 확실히 보지 못한 것은 사실이나, 실제로 박정제가 집에 있다고 생각했을 뿐 고의로 거짓 진술을 한 것은 아니라는 진술 확보.
    - 이후, 자택마당에 절단된 원위지골 10개를 남기고 실종된 이유연과 원위지골 10개가 절단된 채 문주천 갈대밭에 유기된 방주선의 사건이 동일인의 범행일 가능성을 두고 추가 수사를 진행하였으나, '원위지골 10개가 절단됐다'는 사실 이외에 두 사건을 동일범의 소행으로 판단할 만한 추가 증거를 발견하지 못함.

자. 폴리그래프 검사 회신 (2000-E-2348호)
    - 2000. 10. 22. 국립과학수사연구원 법심리과 심리생리검사실에서 변사체 최초 발견자인 참고인 김상필에 대한 폴리그래프 검사를 실시한바, 1) 변사체 발견 장소에 대하여 판단 불가, 2) 변사자 방주선에 대하여 진실 반응이며,
    - 2000. 10. 22. 국립과학수사연구원 법심리과 심리생리검사실에서 '방주선 변사체 발견 사건'의 유력용의자 이동식에 대한 폴리그래프 검사를 실시한바, 1) 변사자 방주선에 대하여 판단 불가 2) 참고인 박정제에 대하여 판단 불가 반응이며,

- 2000. 10. 22. 국립과학수사연구원 법심리과 심리생리검사실에서 '방주선 변사체 발견 사건'의 참고인 박정제에 대한 폴리그래프 검사를 실시한바, 1) 변사자 방주선에 대하여 진실 반응 2) 유력용의자 이동식에 대하여 진실 반응 판단된다는 회신.
- 폴리그래프(거짓말탐지기) 검사 담당관 강송미는 '폴리그래프는 생리적 반응을 수치화해서 검사를 하는 것이므로, 변사자와 밀접한 사람일수록 변사자와 관련한 질문에 대하여 심리적 반응을 배제하지 못한다.'라는 진술을 하며, 폴리그래프의 결과의 '판단불가' 사유에 대하여 진술함.

차. 방주선 주거지 수색 및 주변 인물 탐문 수사
- 방주선이 주거하던 '문주시 만양읍 교평리 389-1'을 수색하였으나 별다른 단서를 확보하지 못하였으며,
- 방주선 거주지 인근의 주민들을 중심으로 탐문 수사를 벌인 결과, 생전 방주선과의 교류가 활발하지 않았던 것을 확인,
- 방주선이 중학교 중퇴 후 가출청소년 생활을 했으며 평판이 좋지 않았던 점을 확인, 이에 방주선이 강력범죄에 노출되었을 가능성을 두고 조사 시작.

카. 만양읍 일대에 거주하는 강력범죄자의 알리바이 파악
- 방주선의 생활권인 '문주시 만양읍 교평리 389-1'와, '문주시 만양읍 만양리 25-9 만양카페' 인근 일대에 거주하는 강력범죄자의 신상을 확인하였으나, 14일의 행적과 방주선이 관련된 지점을 확보하지 못함.

반장	계장	과장	서장
반장 도장 첨부 부탁합니다.	전 결		

형사과 강력1반
경사 남 상 배 (인)

남상배 도장 첨부 부탁드립니다.

경기문주경찰서

2001. 1. 6.

수 신 : 경찰서장

참 조 : 형사과장

제 목 : 수사보고 (탐문수사)

　　2000. 10. 15. 07:34 문주시 만양읍 문주천에서 신고 접수된 '방주선 변사체 발견 사건'과 관련하여 아래와 같이 수사하였기에 보고합니다.

1. 수사 사항

가. 방주선 관련 새로운 주요인물 확보
　　　　- 방주선 사건 발생 후 약 두 달이 지난 12월 말, 한 남성이 만양카페를 방문하여 방주선의 사망보험금에 대해 물었다는 오영아의 진술 확보,
　　　　- 자신을 방주선의 가족이라고 소개했다는 남성이 남긴 명함을 통해, 남성과 접근하는 데 성공하였으나, 만남을 약속한 장소에서 경찰신분을 눈치채고 도주, 현장 검거 실패,

나. 유력한 용의자 '이용수'에 대한 수사 진행
　　　　- 이용수가 남긴 명함 속 직장을 방문하여 직장 동료에 대한 탐문 수사를 진행한 결과, 이용수가 한 달 전 월급을 압류당하고 직장을 그만뒀음을 확인,
　　　　- 직장 동료의 진술에 따라, 이용수의 주거지를 방문, 이용수의 모친 박행자를 만남. 박행자의 진술을 통해, 박행자가 과거 방주선이 중학생일 당시 방주선의 친부와 잠시 사실혼 관계를 유지했던 사실을 확인하였으며, 이용수는 박행자의 친자임이 확인.
　　　　- 평소 이용수가 지방에 위치한 불법 경마장에 잦은 출입을 한다는 박행자의 진술에 따라, 해당 경마장을 기습. 이용수를 검거하는데 성공.

다. '고고경마장'의 CCTV 영상 확인.
　　　　- 영상 최대 보관일이 경과함에 따라, 방주선의 범행추정 시각에 대한 CCTV 확보 하는데 실패,
　　　　- '고고경마장'측이 특별하게 관리하는 출입기록과 부정한 방식의 게임 참여 방지를 위해 경마장 내부 상황을 특별히 촬영 보관한 영상을 통해, '2000.10.13.- 2000.10.15.'일까지 이용수의 알리바이를 확인,
　　　　- 이용수가 과도한 도박참여로 인해 거액의 빚을 진 상태이며, 오래전 부모의 사실혼 관계로 인연을 맺었던 방주선에게 돈을 빌릴 목적으로 만양읍을 찾았던 것을 확인, 방주선의 사망 소식을 듣고 가족임을 내세워 사망보험금을 타고자 했던 것을 확인. 이에

이용수를 유력용의자로 특정할 만한 단서를 확보하는데 실패함.

반장	계장	과장	서장
반장 도장 첨부 부탁합니다.	전 결		

형사과 강력1반
경사 남 상 배 (인)

남상배 도장 첨부 부탁드립니다.

경기문주경찰서

2001 .1. 20.

수 신 : 경찰서장

참 조 : 형사과장

제 목 : 수사보고 (CCTV 분석)

2000. 10. 15. 07:34 문주시 만양읍 문주천에서 신고 접수된 '방주선 변사체 발견 사건'과 관련하여 아래와 같이 수사하였기에 보고합니다.

1. 수사 사항

가. 방주선에게 양도된 분실 카드 사용 확인 조회.

    - 2001년 1월 17일, 오영아 명의의 카드가 서운시 관서구 도공동 '한마음 마트'에서 사용되었다는 정보를 확인,

    - 해당 카드는 생전 방주선에게 잠시 양도한 오영아 명의의 카드로, 오영아는 해당카드의 존재를 잊고 분실신고를 하지 않았다가 카드 사용을 인지하고 경찰에 신고,

    - 이후 '한마음 마트' 인근 '빨라PC방'과 '맛조은분식'에서 추가 결제 시도하였지만 잔액 부족의 이유로 결제가 거부된 사실을 추가 확인,

    - 해당 점포를 방문하여 카드가 결제된 시간대의 CCTV 영상을 확인.

나. CCTV 영상분석을 통한 '최진이'의 알리바이 확인.

    - CCTV 영상 확인을 통해, 결제를 시도하는 한 여성의 모습을 확인, 여성의 이동 경로를 비추는 CCTV 영상을 확보,

    - 영상 속 여자가 인근 공사장으로 들어가는 것을 확인, 공사가 중단된 폐건물에서 영상 속 여자인 '최진이(여, 17세)' 체포,

    - 최진이는 가출청소년으로 고정된 주거지가 없는 상태로 단기 알바를 전전하는 생활 중인 것을 확인, 서운시 관서구 일대 길거리에서 오영아 명의의 카드를 습득한 것으로 확인했으나, 이전의 카드 이동 경로는 확인 불가,

    - 2000년 10월 14일과 15일, 최진이는 폭행 등의 혐의로 지난 2000년 6월 1일, 9호 보호처분을 받고 '안재소년원'에 4개월째 수용 중이었음을 확인. 이에 최진이는 방주선을 살해한 용의선상에서 배제.

반장	계장	과장	서장
반장 도장 첨부 부탁합니다.	전 결		

형사과 강력1반

경사 남 상 배 (인)

남상배 도장
첨부 부탁드
립니다.

제 2000-24375호

경 기 문 주 경 찰 서

2001. 3. 2.

1. 피해자 인적사항

성 명	방 주 선
나 이	22세
주민등록번호	790402 - 29102842
주 거	경기도 문주시 만양읍 교평리 389-1
연 락 처	034-942-0402 / 016-0124-0402
가족관계	방호철(父), 방미선(姊)

2. 사건 개요
 2000년 10월 15일 07:34 경기 문주시 만양읍 문주천 갈대밭 인근에서 여성으로 추정되는 사체 1구가 있다는 변사 발생신고를 접수, 피해자는 인근 카페 종업원 '방주선(여, 22세)로 밝혀져 수사한 사건.

3. 수사 사항
 미제편철보고 참조

4. 수사결과
 수사 장기화로 우선 미제편철하고, 차후 단서 발견 시에 수사를 재개할 것임.

반장	계장	과장	서장
반장 도장첨부 부탁합니다	임철규 도장첨부 부탁합니다	전 결	

사건 담당 형사　　　경사 남 상 배 (인)

※상배 도장의 위치는 '남상배'이름 위로 인주가 번지도록 찍어주세요.
  남상배의 이름이 약간 흐리게 보이면 좋을 것 같습니다.

경 기 문 주 경 찰 서

2000-24375호   2001. 3. 2.

수 신 : 경찰서장

참 조 : 형사과장

제 목 : 미제편철보고

　　　　2000. 10. 15. 07:34 경기도 문주시 만양읍 문주천에서 신고 접수된 '방주선 변사체 발견 사건'과 관련하여 다음과 같이 미제편철하고자 합니다.

1. 피의자 인적사항

성 명　　　　이동식
나 이　　　　20세
주민등록번호　810530-17849750
주 거　　　　경기도 문주시 만양읍 교평리 14-4
연 락 처　　　034-232-4876 / 011-0373-4876
가족관계　　　이한오(父), 김영희(母), 이유연(妹)

(특이사항: 쌍둥이 여동생 이유연은 10월 15일 새벽, 주거지 마당에 원위지골 10개만 남긴 채 실종된 상태)

2. 범죄 사실

　2000. 10. 15일 오전 7시 34분, 경기 문주시 만양읍 문주천 갈대밭 인근에서 여성으로 추정되는 사체 1구를 목격했다는 신고가 접수됨.

　현장감식을 통해 변사자의 원위지골 10개가 불상의 도구에 의해 모두 절단됐음을 확인하고 인근을 수색했지만, 절단된 원위지골 10개와 범행에 사용됐을 만한 도구를 찾는 데 실패함.

　부검결과, 변사자는 '경부압박에 의한 질식에 의해 사망'했을 것으로 판단됨.

3. 적용 법조

　살인의 죄 형법 제 250조 등

4. 증거관계

가. 부검감정서

검사소견

1. 뼈와 머리카락, 혈액 등에서 특기할 약물 및 독물성분이 검출되지 않음.

2. 변사자의 혈액 내 에틸알코올농도는 0.175%로 확인됨.

3. 변사자의 혈액형은 'AB'형이며, 질 내용물 검사상 정액 반응은 음성임.

설명

본 변사자의 사인(死因)을 논함에 있어,

1. 검사 소견상, 남은 손 마디의 절단면에서 식별된 피하출혈 상태를 볼 때, 혈액이 피하에 스며 드는 증상을 확인한바, 손가락의 손상은 사전에 이루어졌다고 추정할 가능성이 있는 점.

2. 사전 손상으로 인한 출혈 가능성이 있으나 사건 당시 손가락 끝 마디가 잘린 채 유기가 됐더 라도 사체 내의 혈액량을 봤을 때, 사망에 결정적인 영향을 미칠 정도의 과다출혈이 이루어지 지 않을 가능성이 있는 점.

3. 변사체가 발견된 환경의 특성상 익사의 가능성을 유추할 수 있으나 변사체의 폐에서 익사의 소견을 보지 못한 점.

4. 하악골과 흉골 사이에 있는 설골 양 끝이 부러진 것으로 보아 목졸림의 가능성이 있는 점.

5. 변사체의 자뼈와 노뼈, 정강뼈와 종아리뼈 등에서 골절은 확인되지 않았으나, 피부에서 방어흔 으로 보이는 피하출혈이 식별되는 점.

6. 내부검사(內部檢査)상 특기할 질병(疾病)의 소견을 확인하지 못한 점.

7. 기타 특기할 약물 및 독물성분이 검출되지 않는 점.

8. 상기 사건 개요(2000년 10월 15일 자 문주경찰서장 발행 부검의뢰서 참조) 등을 종합할 때, 본 변사자는 경부압박에 의한 질식(窒息)으로 사망하였을 것으로 판단됨.

사인

경부압박에 의한 질식(窒息)으로 판단함.

참고사항

1. 법의해부학적 측면에서 부검소견과 더불어 주어진 사건 개요, 현장 사진 등을 근거하여 사망의
   종류를 논하여 볼 때, 변사자는 타살(他殺)되었을 것으로 우선 추정하는 것이 합리적일 것이나
   추가수사를 통하여 이를 반드시 확인하여야 할 것임.

나. 현장감식 사진 (부검감정서에 첨부된 사진과 같은 사진을 부탁드립니다)

<사진 첨부 부탁드립니다>

발견 당시 변사체의 상·하의 착용 상태

<사진 첨부 부탁드립니다>

변사체에 암적색의 시반이 형성된 상태

<사진 첨부 부탁드립니다>

경부 압박의 흔적이 남아있는 상태

<사진 첨부 부탁드립니다>

열 손가락 끝 마디가 모두 절단된 상태

<사진 첨부 부탁드립니다>

남은 손 마디의 절단면이 거친 상태

<사진 첨부 부탁드립니다>

절단면에서 피하출혈이 식별되는 상태

<사진 첨부 부탁드립니다>

두 발목이 매듭진 끈으로 함께 묶여있는 상태

<사진 첨부 부탁드립니다>

변사체의 팔에서 방어흔으로 보이는 피하출혈이 식별되는 상태

다. 현장에서 압수한 압수품

이동식이 만양카페에서 사용했던 기타피크 사진 첨부해 주세요.

증1호 : 문주시 만양읍 문주천 변사체 곁에서 발견된 기타피크.

5. 수사사항 및 미제편철 사유

가. 변사체에 대한 신원확인.
- 변사자 가족이 변사체의 안면 등을 확인한 결과, 방주선(여, 22세)로 확인.

나. 변사체에 대한 감정의뢰 (법의학 2000-M-23478호)
- 변사자의 사체에서 식별된 시반의 형태가 암적색인 점, 사체의 직장온도가 34.1도로 측정된 점, 2000년 10월 15일 01시 15분경 문주사거리 횡단보도 CCTV화면을 통해 변사자가 문주천 방향으로 도보 중인 것이 마지막 행적으로 확인된 것을 고려한바, 범행추정시간은 15일 01시 15분부터 02시 34분으로 유추가능 하며,
- 변사자는 '경부압박에 의한 질식' 즉 '타살(他殺)'되었을 것으로 우선 추정하는 것이 합리적일 것이나 추가수사를 통하여 이를 반드시 확인하여야 한다는 회신.

다. 변사체 주변에서 발견된 기타피크 감정 의뢰 후 유력용의자 확보. (법의학 2000-C-23479호)
- 변사체 주변에서 기타피크를 발견. 기타피크에서 지문 및 DNA, 기타 물질 등이 검출된 것이 없었으나, 기타피크의 주인 '이동식(남, 20세)' 신원 확보.

라. 참고인진술 조사 진행
- 변사체 최초 목격자(김상필)를 포함한 방주선 주변인물(오영아, 배경수, 강현태)의 참고인 조사를 진행하였으나, 특이점을 발견하지 못하여 용의선상에서 배제.
- 참고인 조사 과정에서 오영아(여, 28세)의 진술을 통해, 이동식이 기타피크를 구입했을 가능성이 있는 '라라라악기사'를 방문, 이동식이 해당 기타피크를 구입한 내역을 확인.
- 유력 용의자 이동식 역시 해당 기타피크가 본인 것임을 인정, 14일 '저녁 19시부터 다음날 2000년 10월 15일 05시 30분경까지 박정제(남, 20세)와 함께 있었다'는 이동식의 진술을 확인하기 위해 박정제의 주거지를 방문하였으나, 당시 박정제가 자택에 부재하였기에 이동식의 진술을 확인하지 못함.

마. '2000년 10월 15일, 문주시 만양읍 여대생 실종사건' 관련 교차 수사 진행.
- 문주천에서 방주선 사체가 발견되기 약 1시간 전, 문주천 만양읍 교평리 14-4 단독주택에서 여대생 이유연(여, 20세)이 원위지골 10개만 남기고 사라진 사건이 발생, 이유연은 이동식의 쌍둥이 여동생이며,
- 방주선 변사체 주변에서 이동식의 기타피크가 발견되면서, 두 사건을 병합하여 이동식을 두 사건의 유력 용의자로 긴급체포하고 진술 조사와 현장검증단계를 거침. 이후, 10월 22일 오전 10시, 자진 출석하여 참고인 진술을 받은 박정제를 통하여 '방주선 범행추정 날짜와 시간 당시, 이동식과 함께 있었다'는 진술 확보. 이동식 용의선상에서 배제.
- 이후, 자택마당에 절단된 원위지골 10개를 남기고 실종된 이유연과 원위지골 10개가 절단된 채 문주천 갈대밭에 유기된 방주선의 사건이 동일인의 범행일 가능성을 두고 추가수사를 진행하였으나, '원위지골 10개가 절단됐다'는 사실 이외에 두 사건을 동일범의 소행으로 판단할 만한 추가 증거를 발견하지 못함.

바. 폴리그래프 검사 회신 (2000-E-2348호)
- 2000. 10. 22. 국립과학수사연구원 법심리과 심리생리검사실에서 김상필, 이동식, 박정제를 상대로 '방주선 변사체 발견 사건'에 대한 폴리그래프 검사를 실시한바, 수사에 결정적인 영향을 미칠만한 특이점을 발견하지 못함.

사. 유력한 용의자 '이용수'에 대한 수사 진행
- 2000. 12. 30일경, 만양카페를 찾아와 방주선의 사망보험금에 관심을 보인 이용수에 대한 수사를 진행하였으나, 범행추정 날짜에 알리바이가 확인됐으며, 금전 요구 목적으로 방주선을 찾아 만양카페에 방문했음을 확인. 용의선상에서 배제.

아. 카드사용 내용과 관련 '최진이'에 대한 수사 진행.
- 오영아가 생전 방주선에게 빌려줬다는 카드가 사용되어 수사가 진행됨. 해당 카드를 사용한 '최진이'는 범행 추정 날짜에 소년원에 수용되었던 사실이 확인. 용의선상에서 배제.

자. 만양읍 일대에 거주하는 강력범죄자의 알리바이 파악
- 방주선의 생활환경 인근에 거주하는 강력범죄자의 신상을 조회하여 범행당일 행적을 조사했지만 알리바이가 모두 확인. 용의선상에서 배제.

차. 미제편철 사유
- 이와 같이 여러 방면으로 수사를 진행하였으나 피의자를 특정하는 데 실패하였음. 수사 장기화로 우선 미제편철을 하고, 차후에 새로운 단서를 발견할 시에 수사를 재개하도록 할 것임.

6. 수사참여 경찰관

반장 신영철
경위 정철문
경위 이경복
경사 남상배
경장 곽오섭

반장	계장	과장	서장
반장 도장 첨부 부탁합니다.	계장(임철규) 도장 첨부 부탁합니다.	전 결	

형사과 강력1반

경사 남 상 배 (인)

남 상 배
도장첨부
부탁드립
니다.

Part 4

불법체류여성 사건 파일

진화림

위순희

여춘옥

이금화

부산인주경찰서

수신 : 국립과학수사연구원장

(경유)

제목 : 감정의뢰

다음 사항을 감정의뢰 하오니 조속히 감정하여 주시기 바랍니다.

1.사건명	변사	
2.사건접수번호	2018-M-63165	Bar-Code (국과수에서 부착)
3.발생일시	2018-07-29 18:14	
4.발생장소	부산시 인주구 연부동 청록항	

5.사건관련자 인적사항

관련자구분	성명	생년월일	성별	특이사항
내국인	진화림	760422	여	2015년 귀화(중국)

6.감정물 내역

종류	채취일시	채취장소	채취방법	채취자(소속)	보존여부
칫솔	2018-07-29	변사자 주거지	압수	백상현(강력2팀)	유

7.감정의뢰사항

사체부검(변사자 진화림 / 760422-2126285)

8.사건개요

변사자는 2018. 07. 29. 18:14경 부산 인주구 연부동 청록항에 정박해 있던 낡은 어선 부근에서 시신이 엎드린 채로 발견, 변사자의 사망 시간은 발견 당시로부터 약 4개월 전으로 추정한다.
사망 원인은 경부압베에 의한 질식(액사)으로 판단.

9.참고사항

10. 담당자

소속	강력2팀		성명	백상현	계급	경장
전화	사무실	056-533-4719	휴대폰	010-0420-8692		

11. 첨부파일

없음

부산인주경찰서장
인
도장첨부부부탁드립
니다

부산인주경찰서장

경감   이대준   경장   백상현

협조자

시행   SCAS강력팀-180729 (208-07-29)   접수   2018-M-63165

우   56798   부산 인주구 경희로 74-3 인주경찰서 1층 통합수사당직실   /   http://www.ssij@police.kr

전화번호   056-548-5167   팩스번호   056-548-5167   /   /

부 검 감 정 서

의 뢰 관 서 : 부산인주경찰서

변 사 자 : 진화림

접수 2018-M-63165호

국 립 과 학 수 사 연 구 원

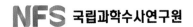 국립과학수사연구원

변사체 발견 당시 사진 (경찰 제공)

<제 1호 참조 사진 첨부 부탁드립니다>

변사체가 착용하고 있던 의류 이외에 신발 및 소유물품은 소실된 상태

<제 2호 참조 사진 첨부 부탁드립니다>

물속에서 조류에 의해 실려온 이물질에 의한 상처가 이루어진 상태

<제 3호 참조 사진 첨부 부탁드립니다>

부패 상태에서 경부에 끈자국이 선명하게 확인된 상태

<제 4호 참조 사진 첨부 부탁드립니다>

안면에 고도의 울혈과 눈꺼풀 결막에서 다수의 점출혈이 확인된 상태

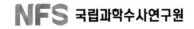 국립과학수사연구원

<제 5호 참조 사진 첨부 부탁드립니다>

부패 상태에서 설골 양쪽이 부러진 상태

<제 6호 참조 사진 첨부 부탁드립니다>

부패 상태로 특기할 소견을 보지 못한 상태

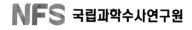

<제 7호 참조 사진 첨부 부탁드립니다>

열 손가락 끝 한 마디가 각각 절단된 상태

<제 8호 참조 사진 첨부 부탁드립니다>

두 발목이 매듭진 끈으로 함께 묶여있는 상태

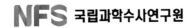

부 검 감 정 서

접수 2018-C-63165 호   2018년 7월 29일)

형사과-61844   (2018년 7월 24일)

의 뢰 관 서   부산인주경찰서

입 회 자   경장 백상현

부 검 장 소   국립과학수사연구원

변사자 성명 : 진 화 림 (여자, 43세)

감정의뢰사항: 사 인 (死因)

사건개요 변사자는 4~5년 전부터 우울증 및 공황장애를 앓아 치료를 받는 중이라고 하며, 2018년 7월 29일 18:14경 부산 인주구 연부동 청록항에 정박해 있던 낡은 어선 부근에서 시신이 엎드린 상태로 사망한 채 발견되어 발생 신고를 접수한 해경이 출동하여 확인한 바, 중국 국적에서 귀화한 진화림(여자, 43세)으로 실종 신고로 신원 확인된 사건임(2018. 7. 29. 인주경찰서장 발행 부검의뢰서 참조).

주요부검소견

1. 외표검사 (外表檢査)

    가. 신장은 166cm이며, 몸무게는 55kg 가량이며, 변사자가 착용한 의류 이외에 신발 및 소유물품은 모두 소실된 상태. (사진 제1호 참조)

    나. 전신(全身)은 고도의 부패(腐敗) 상태로서, 물속에서 조류에 의해 실려온 이물질에 의한 상처가 이루어진 상태. 시체경직은 모든 관절에서 확인됨. (사진 제2호 참조)

    다. 안면(顔面) 및 경부(頸部) : 부패 상태에서 경부의 끈 자국과 안면에 고도의 울혈이 나타나고 눈꺼풀 결막에서 다수의 점출혈이 확인 및 설골 양쪽 부러짐이 확인. (사진 제3~5호 참조)

    라. 흉복부(胸腹部) 및 배부(背部) : 부패 상태에서 특기할 소견을 보지 못함. (사진 제6호 참조)

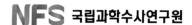

마. 사지(四肢) : 부패 상태에서 열 손가락 끝 한 마디가 각각 절단, 사라진 손 끝 열 마디는 확인 불가한 상태이며, 두 발목이 매듭진 끈으로 함께 묶여있는 것을 확인. (사진 제7~8호 참조)

2. 내부검사(內部檢査)

    가. 심혈((心血)은 암적색 유동혈이고, 각 실질장기(實質臟器)에서 울혈(鬱血) 소견을 봄.

    나. 아래턱부위 왼쪽에서 조흔 및 지두흔으로 생각되는 표피박탈과 좌상이 확인됨.

검사소견

1. 변사의 위 내용물, 간과 신장 조직에서는 항우울제인 플루옥세틴(fluoxetlne), 신경안정제인 디아제팜(diazepam)과 디아제팜의 생체 내 대사체인 노르다제팜(nordazepam)이 검출되었으며, 검출 된 약물의 간 조직에서의 농도는 치료 농도 범위 이내로 검출됨(부산과학수사연구소 법독성화학과 이정민의 감정결과의 의함).

2. 변사의 위 내용물, 말초혈액과 심장혈액에서는 청산염, 유기인제류, 유기염소제류, 카바메이트제류 및 기타 알칼로이드류 등은 검출되지 않았음

3. 변사자의 근육 조직에서의 에틸알코올 농도는 0.157%로 검출되었고, 노르말-프로필알코올은 0.032%로 측정되었음(부산과학수사연구소 법독성화학과 이정민의 감정결과에 의함).

4. 변사자의 혈액형은 'O'형이며, 질내용물검사상 정액반응은 음성임.

설 명

본 변사자의 사인(死因)을 논함에 있어,

1. 사건개요에 의하면, 변사자는 청록항 인근 해상에서 엎드린 상태로 사망한 채 발견되었지만,

2. 검사소견상, 다른 사람의 손에 의해 지속적 눌림으로 인한 목조름이 보이는 점,

3. 하악골과 흉골사이에 있는 U자형의 설골 양 끝이 골절이 되어 있는 점,

4. 흉강에서 양측 폐가 패대된 익사폐 소견이 보이지 않고, 양측 폐 단면에서 포말액이 유출되는 소견을 보이지 않는 등 생전(生前)에전 익수(溺水)를 흡입하여 나타는 익사의 소견이 인정되지 않는 점,

5. 변사자의 근육 조직에서의 에틸알코올 농도는 0.157%로 검출되었고, 노르말-프로필알코 올은 0.032%로 측정되었지만 사망에 이를 만한 농도가 아닌 점,

등을 종합할 때, 본 변사자의 사인(死因)은 경부압박에 의한 질식으로 생각되며, 사망 이후 부산 인주구 연부동 청록항에 유기되었을 것으로 판단됨.

사 인

　　　경부압박에 의한 질식(교사)으로 판단됨.

참고사항

1. 법의해부학적 측면에서 볼 때, 부검소견과 더불어 주어진 사건개요 등을 근거하여 사망의 종류를 논하여 볼 때, 변사자는 경부 압박 질식사하였을 것으로 우선 추정하는 것이 합리적일 것이나 추가수사를 통하여 이를 반드시 확인하여야 할 것임.

2. 약물감정 부분은 첨부된 감정서를 참조하기 바람.

2 0 1 8 년　　7 월　2 9 일

국 립 과 학 수 사 연 구 원

중앙법의학센터

법의관 : 유재현　서명/인　도장첨부 부탁드립니다

NFS 국립과학수사연구원

영 상 녹 화 동 의 서

진술자	성 명	고대춘	주민등록번호	580128-11658134
	주 거	부산시 인주구 연부동 87-1번지 청록빌라 204호		

상기인은 '청록항 진화림 변사체 발견 사건' 피의사건에 관하여 참고인

로서 진술함에 있어 진술내용이 영상녹화됨을 고지받고 강제적인 압력이

나 권유를 받음이 없이 영상녹화하는 것에 동의합니다.

2018. 7. 30.

성 명 : 고대춘 ㉠

지장첨부
부탁드립니다.

부산인주경찰서장 귀하

진 술 조 서

성   명 : 고대춘

         : 580128-11658134

직   업 : 자영업 (상호명 : 부산참낚시)

주   거 : 부산시 인주구 연부동 87-1번지 청록빌라 204호

등록기준지 : 부산시 인주구 연부동 87-1번지 청록빌라 204호

직 장 주 소 : 부산시 인주구 연부로 432번길 8

연 락 처 : (자택전화) 056-739-1160   (휴대전화) 010-0140-7560

             (직장전화) 056-739-8197   (전자우편) gogo58@jexon.co

위의 사람은 '청록항 진화림 변사체 발견 사건'에 관하여 2018년   7월

30일 부산인주경찰서 3층 진술녹화실에 출석하여 다음과 같이 진술하다.

1. 변사자와의 관계

  저는 변사자와 아무런 관계가 없습니다.

1. 변사사건 사실과의 관계

  저는 변사사건 사실과 관련하여 참고인(목격자)의 자격으로서 출석하였습니다.

이 때 사법경찰관 백상현은 진술인 고대춘을 상대로 다음과 같이 문답을 하다.

문 : 안녕하세요. 이번 사건을 담당한 경장 백상현입니다. 인주구 연부로 청록항에서 발견된 변사자 진화림을 최초 목격하신 고대춘씨가 맞습니까.

답 : 네. 고대춘입니다.

문 : 그럼 호칭은 고대춘씨 혹은 필요에 따라 최초 목격자라 부르도록 하겠습니다. 괜찮으십니까?

답 : (고개 끄덕)

문 : 말씀으로 답변해 주시겠습니까.

답 : 네.

문 : 알겠습니다. 바쁘신데 여기까지 오시느라 고생 많으셨습니다. 오늘 여기까지는 어떻게 오셨습니까.

답 : 차 타고 왔습니다. 길이 너무 막혀가지고 한참 걸렸네.

문 : 근처에 공사를 하고 있어서 저도 출근하는 데 애를 먹었습니다.

답 : 거기 뭐가 들어오는 거요?

문 : 대형 마트가 들어온다고 알고 있습니다. 경찰서까지는 얼마나 걸리셨나요?

답 : 보통 여기까지 40분 정도 걸리는데 공사 때문에 1시간 넘게 걸렸습니다. 그런데 얼마나 걸립니까? 가게 문을 닫고 와서.

문 : 사전에 말씀드렸다시피 1시간 30분 정도 소요됩니다. 그럼 바로 조사를 시작해도 괜찮으신가요?

답 : 네. 시작하세요.

문 : 현재 시각은 11시입니다. 이제부터 고대춘씨가 변사체를 발견하고 신고한 내용에 대하여 조사를 시작하겠습니다. 오늘 조사는 영상녹화방식으로 진행을 하려고 합니다. 이유는 가급적 고대춘씨가 말씀하시는 내용 그대로 기록하고

나중에 필요하면 법원에 증거로 사용하고자 하기 때문입니다. 그렇게 조사하
더라도 괜찮으신가요?

답 : 네. 상관없습니다.

문 : 천장을 보시면 카메라 보이십니까. 조서를 작성하는 대신 고대춘씨가 진술하
는 내용을 그대로 천장에 있는 카메라로 녹화하는 것입니다. 조사시간도 짧
아지고 진술한 내용을 가감 없이 기록할 수 있습니다. 오늘 고대춘씨를 출석
하라고 한 이유는 청록항에서 변사체를 발견하고 실고할 당시에 관해 고대춘
씨의 진술을 구체적으로 들어보겠습니다.

답 : 그 근처에서 낚시 용품 가게를 합니다. 밤낚시 나가기 전에 미리 배를 확인
하러 갔습니다. 뭐 배라고 해봤자 작고 오래된 고깃배인데. 아무튼 올라타기
전에 담배를 하나 피웠습니다. 무심히 아래를 내려봤는데 무슨 물체가 둥둥
떠 있더라고, 가까이에서 보려고 자세히 들여다보니 사람이 엎드려 있대. 배
타면서 별 꼴을 다 겪어봤지만 그래도 사람 죽은 건 처음이니깐. 기겁을 했
지.

문 : 구체적으로 변사체를 처음 발견하시던 청록항 주변 상황에 대하여 자세하게
설명해 주시길 바랍니다.

답 : 반대편 끝에 필재 형님이랑 정만이가 있었어요. 둘이 술 마시러 간다고 저짝
으로 걸어가더라고. 그리고 다른 사람들도 꽤 있었는데. (잠시 침묵) 내 나이
되면 어제, 아니 방금 전에 사고 간 손님도 기억이 잘 안 나요 형사님.

문 : 혹시나 고대춘씨의 기억이 흐릿할 수 있는 부분이 있기 때문에, 최대한 구체
적이고 뚜렷하게 정확히 진술을 할 수 있도록 할 겁니다. 저희들이 할 일입
니다. 만약 기억이 나지 않는 사항이 있으면 제가 고대춘씨를 위해 기억에
도움을 주기 위한 방법을 사용할 수도 있습니다. 사건을 직접 겪고 경험한
분은 제가 아니라 고대춘씨 본인이시기 때문에 지금부터 고대춘씨는 최대한
기억에 집중해서 진술을 해주는 것이 중요합니다.

답 : 그래도 여름이라 해가 늦게 떨어져서 다행이지. 밝았어. 청록항이 밤에는 깜

깜해서 어둡습니다.

문 : 가능한 한 기억나는 모든 것을 이야기해 주세요. 제가 질문을 하기를 기다리지 않으셔도 괜찮습니다. 무엇이든 기억이 나면 아무리 사소한 것이라 할지라도, 설사 고대춘씨가 이전에 말한 내용과 다르더라도 제게 진술해 주시면 됩니다. 만약 세부적 사항이 기억나지 않더라도 관계가 없습니다. 그럴 경우에는 모른다고 진술하시면 됩니다. 제가 드린 설명은 이해하셨습니까?

답 : 네. 오늘 진술하러 와야 해서 낚시도 안 가고 술도 걸렀어요.

문 : 알겠습니다. 먼저, 고대춘씨의 배는 언제부터 그 자리에 정박해 있었습니까? 7월 29일, 어제는 밤낚시는 몇 시에 나갈 예정이셨습니까?

답 : 보름 전에 나갔었으니깐, 보름 동안 있었습니다. 내 배는 작아서 두세 사람 정도만 타고 나가요. 보통은 다른 사람들 배 타고 나갑니다. 어제는 10시 정도에 나가려고 했습니다. 명선이 걔가 일 끝내고 온다고 해서. 그래서 미리 가봤지.

문 : 조금 전 진술하실 때, 보름 동안 그 자리에 정박해 있다고 하셨습니다. 그럼 보름 동안 한 번도 배에 나가보신 적은 없습니까?

답 : 네. 배까지 가 본 적은 없습니다. 딱 정해진 건 아니지만 여기 동네 사람들끼리 다 주차 자리가 있어요. 나는 자주 이용을 안 해서 끝짝에 있어서. 청록항에는 자주 갔습니다. 가게에서 나오면 코앞인데 뭐, 가게도 매일 열었으니깐.

문 : 자, 그럼 최근에 청록항에 수상한 점은 없었습니까? 어제 고대춘씨가 가게에서 나와서 변사체를 발견한 지점까지 이동하는 동안 특별한 것을 목격하지는 않았나요?

답 : 낚시 좀 한다는 사람들은 여기로 자주 와요. 그래서 타지에서 오는 사람들은 항상 있지. 어제도 딱히 없었던 거 같습니다.

문 : 아주 사소한 것이라도 좋습니다. 가게에 방문했던 손님들이나, 고대춘씨의 배

가 정박해있던 자리 근처 또는 배 안에서 누군가 분실한 것으로 추정되는 물건이나 혈흔으로 착각할 수 있을 정도의 흔적이어도 괜찮습니다.

답 : 아니요. 없습니다. 다들 여기 오래 산 사람들이고 한 다리 건너면 아는 사람입니다. 방문했던 손님들도 다 단골이고요. 그리고 동네에 이런 일 일어나면 바로 다 소문나요. 특히 여기서 장사하는 사람들이 모를 리가 없습니다. 그런데 내 배는 왜 물어보는 겁니까? 안에는 아무것도 없었어요. 어제도 배랑 가게도 다 보고 가셨잖아요. 나도 그 용의자입니까? 살다 보니 이런 일도 다 있습니다.

문 : 그런 의도로 고대춘씨에게 질문을 드린 것은 아닙니다. 그저 고대춘씨의 진술을 통해 최대한 수사에 참고할 만한 지점들을 파악하고 싶은 것입니다. 그렇다면 변사체를 발견 직후, 바로 신고 전화를 하신 건가요?

답 : 바로는 아니에요. 배만 확인하러 간 거라 담배만 챙겨서 나갔습니다. 핸드폰을 안 들고 나가서 담배도 마저 못 피고 바로 가게로 돌아와 신고 전화를 했습니다.

문 : 그렇다면 유동인구가 많은 청록항에서 고대춘씨가 목격하기 전까지 아무도 보지 못했을 거라는 말씀이신가요?

답 : 그거야 모르죠. 누가 보고도 지나쳤을 수도 있지 않겠습니까. 다른 곳에서부터 떠 내려온 걸 수도 있다고 생각합니다. 바다지 않습니까. 작년인가 재작년에는 사람 없는 배만 떠 내려왔다니깐요.

문 : 알겠습니다. 지금까지 진술하시느라 고생하셨습니다. 지금까지 청록항 진화림 변사체 발견 사건과 관련해 고대춘씨가 진술한 내용 모두 사실임이 확실한가요?

답 : 네. 그렇습니다.

문 : 그리고, 고대춘씨 주민등록번호, 주소, 연락처를 확인해야 하는데 어떻게 되십니까?

답 : 580128-11658134이고, 부산시 인주구 연부동 87-1번지 청록빌라 204호, 0
10-0140-7560입니다.

문 : 가게 주소와 번호도 말씀해 주시겠습니까.
답 : 부산시 인주구 연부로 432번길 8, 056-739-8197입니다.

문 : 지금까지 진술하시느라 고생하셨습니다. 이제 조사를 마치겠습니다. 더 할 말
이 있으신가요?
답 : 꼭 범인 잡았으면 좋겠습니다. 애 엄마도 그렇고 동네 사람들도 무서워합니
다.

문 : 네 알겠습니다. 고대춘씨의 진술내용을 바탕으로 면밀하게 수사를 진행한 후,
필요하다면 사건의 진행 상황에 따라 고대춘씨가 추가로 출석할 수도 있습니
다. 알겠습니까.
답 : 네. 더 까먹을지 모르지만 언제라도 오겠습니다.

문 : 이상으로 조사를 마치겠습니다. 지금 시간은 오전 12시 37분입니다. 조사받
느라 고생하셨습니다. 더 기억나는 사항 또는 수사상 참고할 만한 사항이 있
으면 언제든 경찰서로 연락 주시기 바랍니다. 저는 경장 백상현입니다. 안전
히 귀가하시길 바랍니다.

위의 조서를 진술자에게 열람하게 하였던바(읽어준바) 진술한 대로 오기나
증감·변경할 것이 없다고 말하므로 간인한 후 서명, 날인하게 하다.

진술자　　고 대 춘 (인)　⟦지장첨부
부탁드립니다.⟧

2018. 7. 30

사법경찰관　　경장 백상현 (인)　⟦도장첨부
부탁드립니다.⟧

왼쪽은 사법경찰 담당 도장 / 오른쪽은 진술자 지장
매 장마다 찍어주세요. (사진 참고)

수사 과정 확인서

분	내 용
1.　　　장소 도착시각	10시 55분
2. 조사 시작시각 및 종료시각	☐ 시작시각 : 11시 00분 ☐ 종료시각 : 12시 37분
3. 조서열람 시작시각 및 종료시각	☐ 시작시각 : 12시 40분 ☐ 종료시각 : 12시 51분 (경찰 자필입니다)
4. 기타 조사과정 진행경과 확인에 　필요한 사항	없음 (진술자 자필입니다)
5. 조사과정 기재사항에 대한 이의 　제기나 의견진술 여부 및 그 내용	없음 (진술자 자필입니다)

2018 년 7 월 30 일

사법경찰관　백상현 는(은)　고대춘 를(을) 조사한 후, 위와 같은 사항에 대해　부산인주경찰서장 로(으로)부터 확인받음

확 인 자 : 　고대춘　　　㊞

사법경찰관 : 　백상현　　　㊞

지장첨부
부탁드립니다.

도장첨부
부탁드립니다.

부 산 인 주 경 찰 서

제 2018-21357 호   2018 . 8 . 11 .

수 신 : 경찰서장

참 조 : 형사과장

제 목 : 수사보고

'청록항 진화림에 대한 변사 사건'에 관하여 다음과 같이 수사하였기에
보고합니다.

1. 수사 사항

가. 변사체에 대한 감정의뢰 (법의학 2018-M-63165호)

     -국과수에 변사체 사인에 대한 부검을 의뢰한 결과, 법의해부학적 측면에서 부검
소견과 더불어 주어진 사건개요, 현장사진 등을 근거하여 사망의 종류를 논하여 볼 때,
변사자는 '경부압박에 의한 질식' 즉 '타살(他殺)'하였을 것으로 우선 추정하는 것이 합리
적일 것이나 추가수사를 통하여 이를 반드시 확인하여야 한다는 회신.

나. 청록항 변사체에 대한 실종신고 여부확인과 DNA 대조(법의학 2018-C-8099호)

     -시신 감식 후 열 손가락 끝 한 마디가 각각 절단되어 지문과 일치하는 신원은
찾을 수 없고, 변사체에 머리카락, 치아 감식을 통한 DNA 검사를 조회한 결과 원래 중
국 국적으로 2010년에 귀화했으며 현재 한국 남성과 결혼하여 3년 전 남편에 의해 실종
신고 접수된 진화림(여자, 43세)로 확인.

     -거주지는 경기권이지만 현재 부산시에 거주하며 주점 접객원(일명 노래방 도우
미)으로 일하고 있었으며, 최근 '중국 동포 보이싱피싱' 조직 관련 사건과 연루.

다. 주변 차량, CCTV영상 분석 (디지털분석과, 2018-D-21967호)

     -변사체 발견 장소는 CCTV가 비추지 않는 청록항 사각지대로, 발견 장소 부
근에 설치된 CCTV는 오랜 시간 동안 작동하지 않고 있었으며,

     -최초 발견자의 차량이 주차되어있었으나, 해당 차량에 설치된 블랙박스에서는
변사체와 관련된 영상을 확보하지 못했으며,

     -청록항 풀숲에 약 1년 정도 방치된 차량을 발견하였으나, 해당 차량에 블랙박스
는 설치되지 않았다는 회신 결과입니다.

라. 청록항 인근 수색

     -연부동 청록항 반경 2km 이내의 풀숲, 고속도로 등을 수색하였으나, 피해자의
건으로 판단되는 혈흔이나 유류품, 범행에 사용하였을 만한 흉기, 범행흔적 등을 발견하

지 못하여, 피의자를 특정하는데 실패,

마. 거짓말탐지 조사 결과 (2018-E-19351호)
       -2018. 7. 29. 국립과학수사연구원 법심리과 심리생리검사실에서 유력한 용의자인 남편에 대한 거짓말탐지 조사 실시한 바, 1) 아내에게 우울증 약을 먹인 사실이 있는지에 대하여 판단불가, 2) 아내의 사망 추정 기간 내에 부산 청록항구를 방문한 적이 없다 라는 주장에 대하여 진실 반응, 3) 실종 신고 이후 아내를 만난 적이 없다 라는 주장에 대하여 진실 반응으로 판단된다는 회신이기에 보고합니다.

경 로	수사지휘 및 의견	구분	결 재	일시
경장 백상현				2018. 8. 16. 9:51
경감 이대준		결재	이대준	2018. 8. 16. 10:38

강원서원경찰서

수신 : 국립과학수사연구원장

(경유)

제목 : 감정의뢰

다음 사항을 감정의뢰 하오니 조속히 감정하여 주시기 바랍니다.

1.사건명	변사	
2.사건접수번호	2019-M-15034	Bar-Code (국과수에서 부착)
3.발생일시	2019-03-16 07:51	
4.발생장소	강원도 서원군 익월면 도봉포리 81-4 도봉산 산책로	

5.사건관련자 인적사항

관련자구분	성명	생년월일	성별	특이사항
외국인	위순희	791105	여	불법체류자

6.감정물 내역

종류	채취일시	채취장소	채취방법	채취자(소속)	보존여부
칫솔	2019-03-21	변사자 주거지	압수	이철민(강력1팀)	반납

7.감정의뢰사항

사체부검(변사자 위순희)

8.사건개요

변사자는 2019. 03. 16. 07:51경 강원도 서원구 익월면 도봉포리 81-1 도봉산 산책로 입구로부터 15m 부근에서
변사체로 발견, 변사자의 사망시간은 발견 당시로부터 약 5개월 전으로 추정한다.
사망 원인은 경부압박질식사(교사의 기전)으로 판단됨.

9.참고사항

혈액 검사상 혈중알콜농도는 0.017%이며, 진통제 성분인 레미펜타닐 성분이 검출되었다.

10. 담당자

소속	강력1팀		성명	이철민	계급	경장
전화	사무실	035-843-8915	휴대폰	010-0141-3506		

11. 첨부파일

없음

강원서원경찰서장
인
도장첨부
부탁드립니다.

강원서원경찰서장

경감   성현규   경장   이철민

협조자

시행   SCAS강력팀-190321 (2019-03-21)   접수   2019-C-15034

우   74544   강원도 서원구 영희로 184 서원경찰서 1층 통합수사당직실   / http://www.kwsw@police..kr

전화번호   035-481-7615   팩스번호   035-481-7615   /   /

부 검 감 정 서

의 뢰 관 서 : 강원서원경찰서

변 사 자 : 위순희

접수 2019-M-15034호

국 립 과 학 수 사 연 구 원

NFS 국립과학수사연구원

변사체 발견 당시 사진 (경찰 제공)

<제 1호 참조 사진 첨부 부탁드립니다>

부패 상태에서 시체경직은 모든 관절에서 시반이 형성된 상태

<제 2호 참조 사진 첨부 부탁드립니다>

부패 상태에서 대퇴부 전면 일부에서 선홍색 변색이 확인된 상태

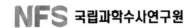 국립과학수사연구원

<제 3호 참조 사진 첨부 부탁드립니다>

경부에 끈자국이 선명하게 확인된 상태

<제 4호 참조 사진 첨부 부탁드립니다>

안면에 고도의 울혈과 눈꺼풀 결막에서 다수의 점출혈이 확인된 상태

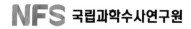

<제 5호 참조 사진 첨부 부탁드립니다>

부패 상태에서 설골 양쪽이 부러진 상태

<제 6호 참조 사진 첨부 부탁드립니다>

부패 상태로 특기할 소견을 보지 못한 상태

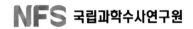 국립과학수사연구원

<제 7호 참조 사진 첨부 부탁드립니다>

열 손가락 끝 한 마디가 각각 절단된 상태

<제 8호 참조 사진 첨부 부탁드립니다>

두 발목이 매듭진 끈으로 함께 묶여있는 상태

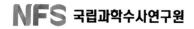

부 검 감 정 서

접수 2019-C-15034 호   (2019년 3월 21)

의 뢰 관 서   강원서원경찰서
입 회 자   경장 이철민
부 검 장 소   국립과학수사연구원

형사과-2814   (2019년 3월 16일)

변사자 성명 : 위 순 희 (여자, 41세)

감정의뢰사항 : 사 인 (死因)

사건개요 2019년 3월 16일 07:51경 강원도 서원군 익월면 도봉포리 81-4 도봉산 산책로 부근에서 사체 1구가 있다는 발생 신고를 접수. 112순찰차 및 서원소방서 119가 출동하여 현장을 확인한 바, 산책로 입구로부터 15m 부근에서 부패되어 사망한 여성 사체 1구를 발견하고, 주거지에서 수집한 칫솔에서 채취한 사료의 DNA 대조 결과 위순희(여자, 41세, 중국국적)으로 신원 확인된 사건임(2019. 3. 16. 서원경찰서장 발행 부검의뢰서 참조).

주요부검소견

1. 외표검사(外表檢査)

가. 신장은 157cm이며, 몸무게는 50kg 가량이며, 시체경직은 모든 관절에서 시반이 형성된 소견을 봄 (사진 제1호 참조)

나. 전신(全身)은 고도의 부패(腐敗) 상태로서, 대퇴부 전면 일부에서 선홍색 변색 소견을 보고, 발톱에서도 일부 선홍색 소견을 봄. 하지만 열 손가락 끝 한 마디가 각각 절단되어 손톱은 확인 불가. (사진 제2-3호 참조)

다. 안면(顔面) 및 경부(頸部) : 부패 상태에서 경부의 끈 자국과 안면에 고도의 울혈이 나타나고 눈꺼풀 결막에서 다수의 점출혈이 확인 및 설골 양쪽 부러짐이 확인. (사진 제4호 참조)

라. 흉복부(胸腹部) 및 배부(背部) : 부패 상태에서 특기할 소견을 보지 못함. (사진 제5호 참조)

마. 사지(四肢) : 부패 상태에서 열 손가락 끝 한 마디가 각각 절단, 사라진 손 끝 열 마디는 확인 불가한 상태이며, 절단면이 거친 것으로 보아 사전손상 유추 가능, 두 발목이 매듭진 끈으로 함께 묶여있는 것을 확인. (사진 제6-8호 참조)

2. 내부검사(內部檢査)

가. 심혈((心血)은 암적색 유동혈이고, 각 실질장기(實質臟器)에서 울혈(鬱血) 소견을 봄.

나. 우측 팔에서 근육간출혈을 동반한 상완골골절의 소견을 보이며, 우측 팔꿈치에서 골절의 소견을 봄.

다. 좌우측 무릎앞 부위, 좌우측 발목 부위 등에 산재되어 있는 출혈의 소견을 봄.

검사소견

1. 경부의 끈이 현수 점에서 수직으로 내려오지 않고 경사진 상태의 끈자국과 그 주위에서 방어흔이 식별됨.

2. 혈중 알코올 농도는 0.017%이며, 진통제 성분인 레미펜타닐 성분이 검출됨.

3. 변사자의 혈액형은 'B'형이며, 질내용물검사상 정액반응은 음성임.

설 명

본 변사자의 사인(死因)을 논함에 있어,

1. 검사소견상, 부패 상태이긴 하나 목부위의 끈자국과 주위에서는 손톱 자국 등 방어흔에 의한 손상들이 보이는 점,

2. 얼굴은 고도로 울혈 되고, 눈꺼풀 결막에서 다수의 점출혈이 확인되는 점,

3. 심혈((心血)은 암적색 유동혈이고, 각 실질장기(實質臟器)에서 울혈(鬱血) 소견을 보는 등 질식사(窒息死) 때 보는 일반적인 소견들이 인정되는 점,

4. 혈액 검사상 혈중알콜농도는 0.017%이며, 진통제 성분인 레미펜타닐 성분이 검출된 점,

등을 종합할 때, 본 변사자의 사인(死因)은 마약성분이 검출되었으나 삭상물에 의한 경부압박질식사로 생각되며, 현장소견 및 부검소견을 종합하면 교사(絞死)의 기전으로 사망하였을 것으로 판단됨.

사 인

경부압박질식사(교사의 기전)으로 판단됨.

참고사항

1. 범의해부학적 측면에서 볼 때, 부검소견과 더불어 주어진 사건개요, 현장사진 등을 근거하여 사망의 종류를 논하여 볼 때, 변사자는 타살(他殺)하였을 것으로 우선 추정하는 것이 합리적일 것이나 추가수사를 통하여 이를 반드시 확인하여야 할 것임.

2. 마약류로 취급되는 레미펜타닐을 취득한 경로 및 마약류 관리에 관한 법률 위반 혐의 조사가 필요함.

2019년   3월   21일

국 립 과 학 수 사 연 구 원

중앙법의학센터

법의관: 서현아 서명/인 도장첨부 부탁드립니다

NFS 국립과학수사연구원

영 상 녹 화 동 의 서

진술자	성 명	전명희	주민등록번호	690921-21326207
	주 거	강원도 서원군 익월면 도봉포리 78-11		

　상기인은 '도봉산 산책로 위순희 변사체 발견 사건' 피의사건에 관하여

참고인로서 진술함에 있어 진술내용이 영상녹화됨을 고지받고 강제적인

압력이나 권유를 받음이 없이 영상녹화하는 것에 동의합니다.

2019. 3. 17.

성 명 : 전명희 ㊞

지장첨부
부탁드립니다.

강원서원경찰서장 귀하

진 술 조 서

성 　　 명 : 전 명 희

　　　　　　: 690921-21326207

직 　　 업 : 전업주부

주 　　 거 : 강원도 서원군 익월면 도봉포리 78-11

등록기준지 : 강원도 서원군 익월면 도봉포리 78-11

직 장 주 소 : 없음

연 락 처 : (자택전화) 없음　　　　　　(휴대전화) 010-0135-4813

　　　　　　 (직장전화) 없음　　　　　　(전자우편) jmh69@jexon.com

위의 사람은 '도봉산 산책로 위순희 변사체 발견 사건'에 관하여 2019년

3월 17일 강원서원경찰서 2층 진술녹화실에 임의 출석하여 다음과

같이 진술하다.

---

1. 변사자와의 관계

　저는 변사자와 아무런 관계가 없습니다.

1. 변사사건 사실과의 관계

　저는 변사사건 사실과 관련하여 참고인(목격자)의 자격으로서 출석하였습니다.

이 때 사법경찰관 이철민은 진술인　전명희를 상대로 다음과 같이 문답을 하다.

문 : 안녕하세요, 이번 사건을 담당한 경장 이철민입니다. 도봉산 산책로에서 발견된 변사자 위순희를 최초 목격하신 전명희씨가 맞나요.

답 : 네, 제가 전명희에요.

문 : 그럼 호칭은 전명희씨 혹은 필요에 따라 최초 목격자라고 부르도록 하겠습니다. 괜찮으신가요?

답 : 네 괜찮아요. 세상에 이게 무슨 일이야 진짜.

문 : 오시느라 고생 많으셨어요. 오늘 여기까지는 어떻게 오셨어요.

답 : 남편이 태워다 줬어요. 지금 밖에서 애들이랑 기다리고 있어요.

문 : 자녀분도 같이 오셨나요.

답 : 걱정된다고 같이 간다고 해서요.

문 : 자녀 때문에 흐뭇하시겠어요. 그렇다면 바로 조사를 시작해도 괜찮을까요?

답 : 네, 알겠어요.

문 : 현재 시각은 10시 30분입니다. 이제부터 전명희씨가 진술한 내용에 대하여 조사를 시작하겠습니다. 오늘 조사는 영상녹화방식으로 진행하고자 합니다. 그 취지는 가급적 전명희 씨가 말씀하시는 내용을 그대로 기록하고 나중에 필요하면 법원에 증거로 사용하고자 하는 것입니다. 그렇게 조사하더라도 괜찮겠습니까.

답 : 녹화하는 건가요?

문 : 네. 영상녹화방식으로 진행합니다. 천장에 카메라 보이시지요. 조서를 작성하는 대신 전명희 씨가 진술하는 내용을 그대로 녹화하는 것입니다. 조사시간도 짧아지고 진술한 내용을 가감 없이 기록할 수 있습니다.

답 : 네. 자꾸 떨려 가지고.

문 : 긴장하지 마시고 편하게 말씀해 주시면 됩니다. 물론 어제 일이라도 기억을 하는 일이 아주 힘든 일이라는 것을 저도 잘 알고 있습니다. 그래서 저는 전명희씨의 기억을 도와 진술을 정확히 하실 수 있도록 도와드릴 겁니다. 사건을 직접 겪고 경험한 분은 제가 아니라 전명희씨이기 때문에 지금부터 최대한 기억에 집중을 해서 진술을 해주는 것이 중요합니다. 가능한 한 기억나는 사소한 것이라 할지라도 모든 것을 이야기해 주시면 됩니다. 설사 전명희씨가 이전에 말한 내용과 다르더라도 다시 진술해 주세요. 내용을 생략하시거나, 만약 기억이 나지 않더라도 관계가 없습니다. 그럴 경우에는 모른다고 솔직하게 진술하시면 됩니다. 도봉산 산책로에서 변사체를 발견하고 신고할 당시에 관해 전명희씨의 진술을 구체적으로 이야기해 보시겠어요.

답 : 그러니깐 주말마다 산책로로 남편이랑 운동을 가요. 어제도 토요일이니깐 갔는데 워낙 자주 가는 곳이라 항상 빠른 걸음으로 올라가요. 그런데 운동화 끈이 풀어져서 쪼그리고 앉아서 묶고 있는데, 동그란 검은 물체가 보이는 거예요. 자세히 보려고 안으로 들어갔는데 사람 머리더라고요. 처음엔 사람이 다쳐서 쓰러진 줄 알았지. 그런데 냄새며 부패가 많이 됐더라고요. 솔직히 저 같은 사람이 사체를 언제 봤겠어요. 놀라서 소리도 안 나오더라고요.

답 : 조금 전 진술하실 때, 주말마다 남편분과 함께 가신다고 하셨는데요. 그럼 어제 3월 16일 토요일에는 혼자 운동을 가신 이유를 말씀해 주시겠어요?

문 : 남편은 어제 오랜만에 고등학교 동창 모임에 가서요. 늦게까지 술을 마시고 새벽에 들어와서 아침에 못 일어나더라고요. 혼자서도 자주 가서요.

답 : 남편분께서는 몇 시에 귀가하셨나요? 그리고 전명희씨는 집에서는 언제 나오셨나요? 도봉산 산책로 입구까지는 도보로 몇 분 정도 걸리시나요?

문 : 새벽에 들어온 거 같은데 잘 모르겠어요. 저는 항상 6시면 눈이 떠져서요. 시계를 확인하지 않아서 정확히는 모르지만, 7시에 나왔을 거예요. 우리 집에서는 20분이면 도착해요. 여기가 주택가라 제일 끝에 있는 집도 1시간이면 와요. 제일 끝에 있는 집이 이장님 집이라서 알고 있어요.

문 : 그럼 전명희씨가 집에서부터 도봉산 산책로 입구, 그리고 변사체를 발견한 1
5m 지점까지 이동하는 동안 특별한 것을 목격하지는 않았나요?

답 : 산책로 입구에서부터 올라가는 동안에는 저 말고는 아무도 못 봤어요. 만약
에 조금이라도 이상했으면 안 갔을 거예요. 제가 겁이 많아서요. 그리고 집에
서 나와서도... 없던 거 같아요. (잠시 침묵) 생각이 잘 안 나네요.

문 : 눈을 감거나 또는 한쪽을 바라보면서 천천히 집중하고 시간을 가지셔도 됩니
다. 전명희씨께서 집에서부터 이동하는 경로에 관하여 아주 사소한 것이라도
상관없습니다. 또는 요 근래 수상한 외부인 또는 외부 차량은 없을까요.

답 : .. 음. 도봉산 산책로가 아주 좋은데 여기 사람들 말고는 많이 몰라요. 그래
서 주말에도 그렇게 사람이 많지 않고요. 세대수가 많은 것도 아니고 주말에
이른 아침이라 조용했어요.

문 : 그렇다면 변사체 발견 직후, 바로 신고 전화를 하신 건가요?

답 : 바로는 아니에요. 너무 놀라서 소리도 못 내고 바로 산책로 입구로 뛰어 내
려갔어요. 도착해서 다리에 힘이 풀려서 넘어졌는데, 그때 남편에게 전화가
왔어요. 남편에게 말했는데 먼저 신고하라고 해서 전화 끊고, 바로 신고 전화
를 했어요.

문 : 저희가 도착했을 때, 전명희씨는 남편분과 함께 계셨습니다. 남편분과의 관계
는 원만한 편이신가요? 최근에 남편분의 특이점은 없을까요?

답 : 남편은 제 전화받고 바로 왔어요. 그런데 소현 아빠는 왜 물어보시는 거예
요? 소현 아빠가 왜요?

문 : 그런 의도로 질문을 드린 것은 아닙니다. 그저 전명희씨의 진술을 통해 최대
한 수사에 참고할 만한 지점들을 파악하기 위해서입니다. 도봉마을 주민들의
탐문 또한 이루어질 것입니다. 남편분의 3월 15일 행방을 확인할 알리바이가
있을까요.

답 : 아, 어제 술을 마셨으니깐 대리운전을 타고 왔을 거예요. 매일 이용하는 곳이

있어요. 카드로 계산했을 테니깐 명세서랑 어제 만난 친구들도 확인해 보세요.

문 : 알겠습니다. 지금까지 도봉산 산책로 위순희 변사체 발견 사건과 관련해 전명희씨가 진술한 내용 모두 사실임이 확실한가요?

답 : 사실이에요.

문 : 그리고, 전명희씨 주민등록번호, 주소, 연락처를 확인해야 하는데 어떻게 되시나요?

답 : 주민등록번호는 690921-21326207이고, 집 주소는 강원도 서원군 익월면 도봉포리 78-11입니다.

문 : 지금까지 진술하시느라 고생하셨습니다. 이제 조사를 마치겠습니다. 더 할 말이 있으신가요?

답 : 아니요.

문 : 그리고 전명희씨의 진술 내용을 바탕으로 면밀하게 수사를 진행한 후, 필요하다면 사건의 진행 상황에 따라 전명희씨가 추가로 출석할 수 도 있습니다. 알겠습니까.

답 : 네. 괜찮아요.

문 : 이상으로 조사를 마치겠습니다. 지금 시간은 오전 11시 45분입니다. 조사받느라 고생하셨습니다. 더 기억나는 사항 또는 수사상 참고할 만한 사항이 있으면 언제든 경찰서로 연락 주시기 바랍니다. 저는 경장 이철민입니다. 안전히 귀가하시길 바랍니다.

위의 조서를 진술자에게 열람하게 하였던바(읽어준바) 진술한 대로 오기나 증감·변경할 것이 없다고 말하므로 간인한 후 서명, 날인하게 하다.

진술자　　전 명 희　(인)　┌──────────┐
　　　　　　　　　　　　　　　│ 지장첨부　│
　　　　　　　　　　　　　　　│ 부탁드립니다.│
　　　　　　　　　　　　　　　└──────────┘

2019. 11. 17

사법경찰관　　경장 이철민 (인)　┌──────────┐
　　　　　　　　　　　　　　　　　│ 도창첨부　│
　　　　　　　　　　　　　　　　　│ 부탁드립니다.│
　　　　　　　　　　　　　　　　　└──────────┘

왼쪽은 사법경찰 담당 도장 / 오른쪽은 진술자 지장
매 장마다 찍어주세요. (사진 참고)

수사 과정 확인서

분	내 용
1.　　　　장소 도착시각	10시 19분
2. 조사 시작시각 및 종료시각	☐ 시작시각 : 10시 30분 ☐ 종료시각 : 11시 45분
3. 조서열람 시작시각 및 종료시각	☐ 시작시각 : 11시 10분 ☐ 종료시각 : 11시 24분 (경찰 자필입니다)
4. 기타 조사과정 진행경과 확인에 　 필요한 사항	없음 (진술자 자필입니다)
5. 조사과정 기재사항에 대한 이의 　 제기나 의견진술 여부 및 그 내용	없음 (진술자 자필입니다)

2019 년 3 월 17 일

사법경찰관　　이철민　는(은)　　전명희　를(을) 조사한 후, 위와 같은 사항에
대해　　강원서원경찰서장　로(으로)부터 확인받음

확 인 자 :　　　전명희　　　　　　㊞　　지장첨부 부탁드립니다.

사법경찰관 :　　　이철민　　　　　　㊞　　도장첨부 부탁드립니다.

강 원 서 원 경 찰 서

제 2019-4511 호   2019 . 4 . 3 .

수 신 : 경찰서장

참 조 : 형사과장

제 목 : 수사보고

'도봉산 위순희에 대한 변사 사건'에 관하여 다음과 같이 수사하였기에
보고합니다.

1. 수사 사항

가. 변사체에 대한 감정의뢰 (법의학 2019-M-15034호)

　　　-국과수에 변사체 사인에 대한 부검을 의뢰한 결과, 법의해부학적 측면에서
부검소견과 더불어 주어진 사건개요, 현장사진 등을 근거하여 사망의 종류를 논하여 볼
때, 변사자는 '경부압박에 의한 질식' 즉 '타살(他殺)'하였을 것으로 우선 추정하는 것이
합리적일 것이나 추가수사를 통하여 이를 반드시 확인하여야 한다는 회신.

나. 도봉산 산책로 변사체에 대한 실종신고 여부확인과 DNA 대조
(법의학 2019-C-3152호)

　　　-시신 감식 후 열 손가락 끝 한 마디가 각각 절단되어 지문과 일치하는 신원은
찾을 수 없었고, 주거지에서 수집한 칫솔을 통해 신원을 조회한 결과 6년전, 2014년 8월
2일, 안마시술소에서 근무하여 불법 성매매 혐의로 구속된 적 있는 불법체류자로, 현재 강
원도에 거주하며 주점 접객원(일명 노래방 도우미)로 일하던 위순희(여, 41세)로 확인됐다.

다.　주변 차량, CCTV영상 분석 (디지털분석과, 2019-D-8371호)

　　　-도봉산 산책로에는 산불 감시용 폐쇄회로 CCTV 6대가 있었지만, 변사체 발견
장소는 CCTV가 비추지 않는 사각지대로, CCTV가 설치된 이외에 경로는 포착 불가하
며,

　　　-2019년 3월 16일 07:51경 최초 발견자가 신고한 CCTV에서 이틀 전에도 방문
자가 확인 됐으나, 변사체가 있었으나 발견하지 못한 것인지 없었던 것인지는 판단하기
는 곤란하다는 회신,

　　　-도봉산 산책로 반경 4km 이내의 도봉마을에 외지 차량을 발견하였으나, 해당
차량에 설치된 블랙박스 및 고속도로 CCTV에서는 변사체와 관련된 영상을 확보하지 못
했다는 회신 결과입니다.

라. 도봉산 산책로 인근 수색
      -도봉산 산책로 반경 4km 이내의 풀숲, 도봉마을, 고속도로 등을 수색하였으나, 피해자의 건으로 판단되는 혈흔이나 유류품, 범행에 사용하였을 만한 흉기(삭상물), 범행 흔적 등을 발견하지 못하여, 피의자를 특정하는데 실패,

마. 거짓말탐지 조사 결과 (2019-E-3948호)
      -2019. 3. 27. 국립과학수사연구원 법심리과 심리생리검사실에서 변사체 최초 발견자인 참고인과 발견일 일주일 이내 CCTV에 찍힌 방문자에 대한 거짓말탐지 조사 실시한 바, 1) 도봉마을 지역인만 아는 경로로 도봉산 산책로 부근 지점에 지리를 잘 안다고 판단되나, 2) 변사체에 대해 알지 못하는 점과 살인에 관련된 직접적인 동기가 없다라는 주장에 대하여 진실 반응으로 판단된다는 회신이기에 보고합니다.

경 로	수사지휘 및 의견	구분	결 재	일시
경장 이철민				2019.4.5. 10:21
경감 성현규		결재	성현규	2019.12.2 10:48

부 검 감 정 서

의 뢰 관 서 : 의천동부경찰서
변 사 자 : 신원미상
접수 2019-M-6372호

국 립 과 학 수 사 연 구 원

<제 1호 참조 사진 첨부 부탁드립니다>

변사체가 착용하고 있던 의류 대부분이 소실된 상태

<제 2호 참조 사진 첨부 부탁드립니다>

어류나 갑각류등에 의한 심각한 사체훼손과 백골화가 진행되기 시작한 상태

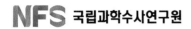 

<제 3호 참조 사진 첨부 부탁드립니다>

<제 4호 참조 사진 첨부 부탁드립니다>

부패 상태에서 설골 양쪽이 부러진 상태
('3,4호' 각각 다른 각도에서 찍은 사진으로 첨부 부탁드립니다)

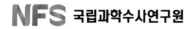 NFS 국립과학수사연구원

<제 5호 참조 사진 첨부 부탁드립니다>

부패 상태로 특기할 소견을 보지 못한 상태.

<제 6호 참조 사진 첨부 부탁드립니다>

열 손가락 끝 한 마디가 각각 절단된 상태

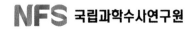

<제 7호 참조 사진 첨부 부탁드립니다>

손가락 마디의 절단면이 거친 상태

<제 8호 참조 사진 첨부 부탁드립니다>

두 발목이 매듭진 끈으로 함께 묶여있는 상태

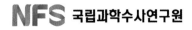 국립과학수사연구원

부 검 감 정 서

접수 2019-C-6372 호   (2019년 11월 20일)

의 뢰 관 서   의천동부경찰서   형사과-7403호   (2019년 11월 18일)

입 회 자   경장 정현우

부 검 장 소   국립과학수사연구원

성 명 : 신원 미상 (여자 / 나이 미상)

감정의뢰사항: 사 인(死因)

사건개요 2019년 11월 16일 경기 의천시 고현면 65-1번지 천담호 물가 풀숲에서 여성으로 추정되는 사체 1구가 있다는 변사 발생신고를 접수. 112순찰차 및 고현소방서 119가 출동하여 현장을 확인 한 바, 천담호 하류방향 풀숲에서 백골화가 진행 된 신원미상의 사체 1구를 발견한 사건임. (2019.11.16. 의천동부경찰서장 발행 부검의뢰서 참조)

주요부검소견

1. 외표검사(外表檢査)

    가. 신장은 164cm, 모발의 길이는 70cm, 변사자가 착용한 의류 대부분은 소실된 상태. (사진 제 1호 참조)

    나. 전신(全身)은 고도의 부패(腐敗)상태로서, 어류나 갑각류등에 의해 심각한 사체훼손이 이루어진 상태. 백골화가 진행되기 시작한 상태이며, 시체경직은 모든 관절에서 확인 됨. (사진 제2호 참조)

    다. 안면(顔面) 및 경부(頸部) : 부패 상태에서 설골 양쪽 부러짐이 확인. (사진 제3~4호 참조)

    라. 흉복부(胸腹部) 및 배부(背部) : 부패 상태로 특기할 소견을 보지 못함. (사진 제5호 참조)

    마. 사지(四肢) : 부패 상태에서 열 손가락 끝 한 마디가 각각 절단, 사라진 손 끝 열 마디는확인 불가한 상태이며, 절단면이 거친 것으로 보아 사전손상 유추 가능. 두 발목이 매듭진 끈으로 함께 묶여있는 것을 확인. (사진 6~9호 참조)

NFS 국립과학수사연구원

2. 내부검사(內部檢查)

    가. 머리 검사상 머리덮개 뼈 및 머리바닥뼈에서 특이할 손상을 보지 못함. 부패가 진
       행되어 연회된 상태로 뇌실질내 출혈 소견을 보지 못함.

    나. 심혈(心血)은 부패로 인하여 거의 공허상이며, 흉강에서 양측 폐가 팽대된 익사폐 소견
       보고, 양측 폐 단면에서 포말액이 유출되는 소견을 보는 등 생전(生前)에 익수(溺水)를
       흡입하여 나타나는 익사의 소견 확인.

검사소견

1. 뼈 조직에서 특기할 약물 및 독물 성분이 검출되지 않음.

2. 변사자의 머리카락에서는 항우울제인 플루옥세틴(fluoxetine), 신경안정제인 디아제팜
   (diazepam)이 검출되었으며, 검출 된 약물의 농도는 치료 농도 범위 이내로 검출됨.

3. 변사자의 근육 조직에서의 에틸알코올 농도는 0.135%로 검출되었고, 노르말-프로필알코올은
   0.0025%로 측정되었음.

설명

본 변사자의 사인(死因)을 논함에 있어,

1. 검사소견상, 백골이 진행 된 사체이긴 하나 사체의 열 손가락 끝 한 마디가 각각 절단된 것으
   로 보아 사전에 출혈 가능성이 있는 점.

2. 출혈 가능성이 있으나 사건 당시 손가락 끝 마디가 잘린 채 유기가 됐더라도 사망에 이르기까
   지 빠른 시간 내에 과다출혈이 이루어지지 않을 가능성이 있는 점.

3. 하악골과 흉골사이에 있는 U자형의 설골 양 끝이 부러진 것으로 보아 목졸림의 가능성이 있는
   점.

4. 내부검사(內部檢査)상 부패상태에서 특기할 질병(疾病)을 보지 못하는 점.

5. 기타 특기할 특별 성분이 검출되지 않는 점.

NFS 국립과학수사연구원

6. 상기 사건개요(2019년 11월 16일자 의천경찰서장 발행 부검의뢰서 참조) 등을 종합할 때, 본 변사자는 경부압박에 의한 질식(窒息)으로 사망하였을 것으로 판단됨.

사인

  경부압박에 의한 질식(窒息)으로 판단됨.

참고사항

 1. 법의해부학적 측면에서 부검소견과 더불어 주어진 사건개요, 현장사진 등을 근거하여 사망의 종류를 논하여 볼 때, 변사자는 타살(他殺)하였을 것으로 우선 추정하는 것이 합리적일 것이나 추가수사를 통하여 이를 반드시 확인하여야 할 것임.

 2. 모발감정 부분은 첨부된 감정서를 참조하기 바람.

2 0 1 9 년   1 1 월 2 0 일
국 립 과 학 수 사 연 구 원
중앙법의학센터

법의관: 양승갑 서명/인 도장첨부 부탁드립 니다

영 상 녹 화 동 의 서

진술자	성 명	심경채	주민등록번호	830208-16367102
	주 거	경기도 대산시 금교동 22-1번지 영원오피스텔 301호		

상기인은 '천담호 신원미상 변사체 발견' 사건에 관하여 참고인으로서 진술함에 있어 진술내용이 영상녹화됨을 고지받고 강제적인 압력이나 권유를 받음이 없이 영상녹화하는 것에 동의합니다.

2019. 11. 17

성 명 : 심경채 ㉑ 지장첨부 부탁드립니다.

의천동부경찰서장 귀하

진 술 조 서(참고인)

성   명 : 심 경 채

주민등록번호 : 830208-16367102

직   업 : 게임개발자

주   거 : 경기도 대산시 금교동 22-1번지 영원오피스텔 301호

등록기준지 : 경기도 대산시 금교동 22-1번지 영원오피스텔 301호

직 장 주 소 : 경기도 대산시 금교로256번길 7

연 락 처 : **(자택전화)** 034-856-7185   **(휴대전화)** 010-0569-7185

(직장전화) 034-715-7415   **(전자우편)** 83_chae@jexon.com

위의 사람은 '천담호 신원미상 변사체 발견 사건'에 관하여 2019년 11월 17일 의천동부경찰서 2층 진술녹화실에 출석하여 다음과 같이 진술하다.

1. 변사자와의 관계

저는 변사자와 아무런 관계가 없습니다.

1. 변사사건 사실과의 관계

저는 변사사건 사실과 관련하여 참고인(목격자)의 자격으로서 출석하였습니다.

이 때 사법경찰관 정현우는 진술인 심경채를 상대로 다음과 같이 문답을 하다.

문 : 안녕하세요, 이번 사건을 담당한 경장 정현우입니다. 천담호에서 발견 된 신원
　　미상의 변사체를 최초 목격하신 분이 맞나요?

답 : 제가 목격한 것은 맞지만 최초는 아닐 수도 있습니다. 제가 사체를 발견하기
　　전에 누군가 보고도 그냥 지나쳤을 수도 있다고 생각합니다.

문 : 그럼 호칭은 심경채씨 혹은 필요에 따라 최초 신고자라고 부르도록 하겠습니
　　다. 괜찮으신가요?

답: 네. 괜찮습니다.

문: 바쁘실 텐데 오시느라 고생 많으셨습니다. 오늘은 여기까지 어떻게 오셨나요?

답: 이 직업으로 살다보면 바쁜 게 하루 이틀이 아닙니다. 어제 그 변사체를 보고
　　도 꼬박 야근을 하느라 잠도 못 잤습니다. 혹시 운전했다가 사고라도 낼까 싶
　　어 버스를 타고 왔습니다.

문: 저도 늘 잠이 부족해서 숙직실에서 쪽잠을 자는 편입니다. 출퇴근 할 때 이
　　동하는 시간이 아깝게 느껴지기 때문입니다. 대산시에서 버스를 타고 오면 얼
　　마나 걸리나요?

답: 약 한 시간 반 정도 걸린 것 같습니다. 의천시에 진입하고 나서 중간에 운남동
　　을 경유하는 버스를 탔더니 더 오래 걸렸습니다. 그런데 조사가 어느 정도 걸
　　리나요? 돌아가서 또 일을 해야 합니다.

문: 그렇다면 바로 조사를 시작해도 괜찮으신가요?

답: 아주 괜찮습니다.

문: 현재 시각은 11시30분입니다. 이제부터 심경채씨가 신원미상 변사체를 발견
　　하고 최초 신고한 내용에 대하여 조사를 시작하겠습니다. 오늘 조사는 영상
　　녹화방식으로 진행을 하려고 합니다. 이유는 가급적 심경채씨가 말씀하시는
　　내용 그대로 기록하고 나중에 필요하면 법원에 증거로 사용하고자 하기 때
　　문입니다. 그렇게 조사하더라도 괜찮으신가요?

답: 영상녹화방식이 뭔가요? 드라마나 영화에서 봤던 것을 말씀하시는 건가요.

문: 천장을 보면 카메라가 있습니다. 조서를 작성하는 대신에 심경채씨가 진술하는 내용을 그대로 녹화하는 것입니다. 영상녹화를 하게 되면 조사시간도 짧아지고 진술한 내용들도 가감 없이 기록 할 수 있습니다.
답: 안 할 이유가 없는 것 같습니다. 영상녹화방식으로 조사받겠습니다.

문: 오늘 심경채씨가 경찰서에 오신 이유는 천담호에서 변사체를 발견하고 신고하셨기 때문입니다. 영상녹화로 이루어지는 조사를 통해서 변사체를 발견하고 신고할 당시에 관해 심경채씨의 진술을 구체적으로 들어보겠습니다.
답: 네. 그런데 별 다르게 드릴 말씀은 없습니다. 그냥 그 근처를 지나가다가 마네킹으로 보이는 물체가 눈에 들어왔고, 가까이에서 보려고 했던 것뿐입니다. 제가 게임개발자라 프로그램으로 이런저런 시체나 좀비 같은 것을 만들어 보긴 했지만, 사체를 실제로 본 건 처음이라서 꽤 놀랐습니다. 충격을 받아서 그런지, 생각해보면 사체 봤을 때의 기억이 가물가물합니다.

문: 혹시나 심경채씨의 기억이 흐릿할 수 있는 부분이 있기 때문에, 제가 그 부분을 도와서 최대한 뚜렷하고 구체적인 진술을 할 수 있도록 할 겁니다. 그것이 저희들이 할 일이기 때문에, 만약 희미한 기억이 있더라도 말씀을 해주시길 바랍니다. 제가 그 기억과 관련된 질문을 하지 않더라도, 무엇이든 기억이 나면 사소한 것이라도, 전혀 관련성이 없다고 느껴지는 부분이라도 진술을 해주셔야 합니다. 그럼에도 불구하고 기억이 나지 않는 것에 대해서는 모른다고 진술하셔도 됩니다만, 답변을 위하여 내용을 만들어서도 안 됩니다. 어제 일이라고 하더라도 기억을 되살리는 일이 힘든 일임을 알고 있습니다. '진술녹화실'이라는 장소가 생소하기 때문에 더 힘드실 수 있습니다만, 될 수 있는 한 이 상황에 집중을 해주시길 바랍니다. 제가 드린 설명은 이해 하셨나요?
답: 네. 워낙 순식간에 벌어진 상황이라, 무엇이 얼마나 더 기억이 날지 모르겠지만, 형사님 말대로 한 번 잘 해보겠습니다.

문: 먼저 심경채씨께서 천담호에 방문하신 이유에 대하여 자세하게 설명해보시길 바랍니다.

답: 이번에 낚시를 아이템으로 게임을 개발 중이었습니다. 평소에도 취미로 낚시를 즐겼기 때문에 색다른 디테일만 발견한다면 충분히 승산이 있을 거라고 생각했습니다. 평소에 가던 실외 낚시터나 실내 낚시터에는 별 다른 감흥을 느끼지 못해서 생소한 곳을 찾던 중이었습니다. 물고기를 낚는 것 자체에 목적이 있는 것이 아니었기 때문에 유명한 캐스팅 포인트도 성에 차지 않았습니다. 그러다 기사를 발견했습니다. 기상청이 예보한 강수량에 따르면 천담호 인근 댐의 수문을 열어야 한다는 기사였습니다. 별 생각 없이 본 기사였고, 그냥 별 의미 없이 천담호를 검색했는데, 천담호 풍경이 기가 막혔습니다. 게임 배경 이미지로 설정하면 좋겠다는 생각이 들었고, 직접 보고 기운을 느끼고 싶었습니다. 그래서 천담호로 가게 되었습니다.

문: 그런데 천담호가 출입통제구역인 것을 알고 계셨나요?

답: 아니요. 전혀 몰랐습니다. 오늘 직장동료한테 경찰서에 갈 일이 있어 잠시 자리를 비운다는 이야기를 하는 도중에 알았습니다. 동료가 사람이 못 들어간다고 하는 곳에 굳이 왜 갔냐고 했기 때문입니다. 저는 그저 사진에 꽂혀서 천담호를 직접 봐야 한다는 생각밖에 없었기 때문에 출입통제구역이라는 생각은 하지 못했습니다. 알았다면 정말 가지 않았을 것입니다. 형사님도 보셨다시피 천담호 근처에서 안내문 같은 것도 전혀 찾을 수가 없었습니다. 그래서 그냥 관리자가 잠시 자리를 비웠다고 생각했습니다.

문: 자, 그럼 심경채씨는 어떤 경로로 천담호에 도착하셨나요? 자차를 이용하셨나요?

답: 네. 아무래도 초행길이었고, 가다가 마음이 변하면 돌아올 생각이었습니다. 괜히 대중교통을 잘못 이용하면, 더 길을 헤매서 고생하기 때문입니다. 천담호 근처에 도착했는데, 천담호가 잘 보이지도 않는 곳에서부터 차 진입이 힘들었습니다. 그래서 그냥 돌아갈까 고민했지만, 제가 천담호에 꽂힌 데는 이유가 있을 거라는 생각에 차를 놔두고서 무리하게 출입을 했습니다. 어디 숨어 있었

는지는 모르겠지만, 주위를 둘러보니 눈에 띄는 CCTV도 없었습니다.

문: 심경채씨가 자차에서 내려 천담호 하류, 그러니까 변사체를 발견한 지점까지 도보로 이동하는 동안 특별한 것을 목격하지는 않았나요?

답: 특별한 것이라면 무엇을 말씀하는 건가요? 지금 제 기억 속에서 눈에 보였던 것이라고는 지저분하게 자란 풀들밖에 없습니다.

문: 아주 사소한 것이라도 좋습니다. 누군가 분실한 것으로 추정되는 물건이나 혈흔으로 착각할 수 있을 정도의 흔적, 심경채씨 이외의 작은 인기척도 괜찮습니다.

답: (침묵) 아니요. 아무리 생각해도 없습니다. 주위가 온통 풀이나 흙뿐이었기 때문에 무언가를 보거나 다른 인기척을 느꼈다면 당연히 기억이 날 텐데, 전혀 떠오르지 않습니다.

문: 그렇다면 심경채씨께서 굳이 천담호 하류방향으로 목적지를 택하신 이유가 있나요?

답: 최대한 사람들이 모를 것 같은 장소로 가고 싶었습니다. 낚싯대도 들었겠다, 누군가 나타나면 마구 휘두르고 도망이라도 가려고 했습니다. 그리고 혹시나 누군가, 그러니까 천담호 관리자 같은 사람이 나타나서 내쫓을 수도 있을 것 같다고 생각했습니다. 그래서 으슥한 곳을 찾아서 들어가다 보니 하류 방향으로 움직이게 됐던 것 같습니다. 그곳에 변사체가 있는 줄 알았다면, 게임 개발이고 뭐고 절대로 가지 않았을 것입니다. 변사체로 발견된 분께는 죄송하지만 정말 후회가 되는 건 사실입니다.

문: 조금 전 진술하실 때, 천담호로 오는 길이 초행길이라고 하셨습니다. 혹시 이전에 천담호 근처를 방문하셨을 가능성이 있나요?

답: 잘 모르겠습니다. 천담호가 그곳에 있다는 사실은 이번에 처음 알았지만, 의천시 자체를 처음 온 것은 아니기 때문입니다. 하지만 과거에 이 근처를 지나쳤을 때는 천담호가 있는 줄은, 변사체 있는 줄은 더욱더 몰랐을 것입니다. 제가

이곳에 왔었다고 하면 안 되는 건가요? 의심을 받게 되는 건가요?

문: 그런 의도로 심경채씨게 질문을 드린 것은 아닙니다. 그저 심경채씨의 진술을 통해 최대한 수사에 참고할 만한 지점들을 파악하고 싶은 것입니다. 그렇다면 변사체 발견 직후, 바로 신고 전화를 하신 건가요?

답: 변사체를 발견하고 너무 놀라 도망을 쳤습니다. 뒤도 돌아보지 않고 달린 거리가 어느 정도인지 기억은 나지 않지만, 하류지점을 크게 벗어나지 않았던 걸 보니 십분 이내로 신고전화를 한 것 같습니다.

문: 어제 천담호에서 심경채씨가 겪으신 상황에 대해 타인에게 얘기 한 적이 있습니까?

답: 아니요. 괜히 이상한 사람으로 오해를 받을까봐 입을 열지 않았습니다. 그리고 형사님께서는 이해하지 못할 수도 있겠지만, 이 분야에서 현실감을 무조건적으로 지향하는 사람들이 있어서, 제가 사체를 봤다고 하면 어떤 형태였는지 물어볼 사람이 정말 많을 거라고 생각합니다. 이런 저런 상황을 겪고 싶지 않아서 아무에게도 말을 하지 않았습니다. 오늘 경찰서에 오기 전에 직장동료에게는 천담호에 간 것 때문에 경찰서에 잠깐 갈일이 생겼다, 정도만 언급했습니다. 아마 출입통제구역에 접근한 것 때문에 경찰서에 간다고 생각했을 겁니다.

문: 알겠습니다. 지금까지 진술하시느라 고생하셨습니다. 지금까지 '천담호에서 발견된 변사체'와 관련해 심경채씨가 진술한 내용 모두 사실임이 확실한가요?

답: 네. 사실입니다.

문: 그리고 심경채씨 주민등록번호, 주소, 연락처를 확인해야 하는데 어떻게 되시나요?

답: 제 주민등록번호는 830208-16367102이고, 집 주소는 경기도 대산시 금교동 22-1번지 영원오피스텔 301호입니다. 이제 조사가 전부 끝난 것인가요?

문: 조사를 마치도록 하겠습니다. 더 할 말이 있으신가요?

답: 아니요. 없습니다.

문: 그리고 심경채씨의 진술내용을 바탕으로 수사를 진행한 후, 필요하다면 사건 진행상황에 따라 심경채씨가 추가로 출석을 하실 수도 있습니다. 알겠습니까?

답: 그럴 일이 없으면 좋겠지만, 필요하다면 오도록 하겠습니다.

문: 이상으로 조사를 마치겠습니다. 지금 시간은 오후 13시입니다. 조사받느라 고생하셨습니다. 더 기억나는 사항이나 수사에 참고할 만한 사항이 있으면 언제든 경찰서로 연락을 주시기 바랍니다. 저는 정현우 형사입니다.

위의 조서를 진술자에게 열람하게 하였던바(읽어준바) 진술한 대로 오기나
증감·변경할 것이 없다고 말하므로 간인한 후 서명, 날인하게 하다.

진술자   심 경 채 (인)   지장첨부
                           부탁드립니다.

2019. 11. 17

사법경찰관   경장 정현우 (인)   도장첨부
                                 부탁드립니다.

왼쪽은 사법경찰 담당 도장 / 오른쪽은 진술자 지장
매 장마다 찍어주세요. (사진 참고)

수사 과정 확인서

분	내 용
1. 장소 도착시각	오전 11시10분
2. 조사 시작시각 및 종료시각	☐ 시작시각 : 오전 11시 30분 ☐ 종료시각 : 오후 1시
3. 조서열람 시작시각 및 종료시각	☐ 시작시각 : 오후 1시 15분 ☐ 종료시각 : 오후 2시 (경찰 자필입니다)
4. 기타 조사과정 진행경과 확인에 필요한 사항	없습니다. (진술자 자필입니다)
5. 조사과정 기재사항에 대한 이의 제기나 의견진술 여부 및 그 내용	없습니다. (진술자 자필입니다)

2019년 11 월 17 일

사법경찰관 정현우는 심경채를 조사한 후, 위와 같은 사항에 대해 심경채로부터 확인받음.

확 인 자 :   심 경 채   ㉑   지장첨부 부탁드립니다.

사법경찰관 :   정 현 우   ㉑   도장첨부 부탁드립니다.

경 기 의 천 동 부 경 찰 서

제 2019-3162 호   2019 .12 . 2 .

수 신 : 경찰서장

참 조 : 형사과장

제 목 : 수사보고

'천담호 신원미상 변사체 발견 사건'에 관하여 다음과 같이 수사하였기에
보고합니다.

1. 수사 사항

가. 변사체에 대한 감정의뢰 (법의학 2019-M-6372호)

-국과수에 변사체 사인에 대한 부검을 의뢰한 결과, 법의해부학적 측면에서 부검
소견과 더불어 주어진 사건개요, 현장사진 등을 근거하여 사망의 종류를 논하여 볼 때, 변
사자는 '경부압박에 의한 질식' 즉 '타살(他殺)'하였을 것으로 우선 추정하는 것이 합리적일
것이나 추가수사를 통하여 이를 반드시 확인하여야 한다는 회신.

나. 변사체에 대한 실종신고 여부확인과 DNA 대조(법의학 2019-C-2981호)

-사체 발견지 주변에 사는 주민들 중 실종신고 된 여성들을 파악, 그 가족들의
DNA 시료를 채취해 국과수에 의뢰했지만 변사체 DNA와 일치하는 DNA를 찾아내는 데
실패,

다. 천담호 주변 차량, CCTV영상 분석 (디지털분석과, 2019-D-7987호)

-변사체 발견 장소는 CCTV가 비추지 않는 사각지대로, 천담호 하류 부근에 설치
된 CCTV는 발견하지 못했으며,

-2019. 11. 15일 기습 폭우로 인한 인근 댐 방류 시, 천담호 상류 부근에 설치 된
CCTV에서 저수지 수면 위로 떠오른 물체가 천담호 중·하류 쪽으로 떠내려가는 것이 확인
됐으나, 해당 물체가 천담호 하류에서 발견 된 변사체로 판단하기는 곤란하다는 회신,

-천담호 중간 지점 풀숲에 약 3개월 정도 방치된 차량을 발견하였으나, 해당 차량
에 설치된 블랙박스에서는 변사체와 관련된 영상을 확보하지 못했다는 회신 결과입니다.

라. 천담호 인근 수색

-천담호 반경 1km 이내의 풀숲, 고속도로 등을 수색하였으나, 피해자의 것으로
판단되는 혈흔이나 유류품, 범행에 사용하였을 만한 흉기, 범행흔적 등을 발견하지 못하여,
피의자를 특정하는데 실패,

마. 거짓말탐지 조사 결과 (2019-E-3948호)

　　　-2019. 11. 20. 국립과학수사연구원 법심리과 심리생리검사실에서 변사체 최초 발견자인 참고인에 대한 거짓말탐지 조사 실시한 바, 1) 낚시 금지구역인 천담호 하류 지점에 고의로 접근했는지에 대하여 판단불가, 2) 변사체 발견 장소에 처음 가본 것인지에 대하여 진실 반응으로 판단된다는 회신이기에 보고합니다.

경 로	수사지휘 및 의견	구분	결 재	일시
경장 정현우		기안	정현우	2019.12.2. 09:11
경감 조상철		결재	조상철	2019.12.2 09:30

서울중앙경찰청

제 2020-1032 호   2020. 1. 18 .

수 신 : 경찰청장

참 조 : 외사과장

제 목 : **수사보고**

'불법체류자 여춘옥 사체 발견 사건'에 관하여 다음과 같이 수사하였기에
보고합니다.

1. 수사 사항

가. '중국 동포 거주지구 용림동 보이스피싱 조직'에 대한 사건 파악과 수사 개시

　　　-2019. 9. 15. 15:00경, 중국 동포 거주지구인 용림동 인근 신조은행에서
보이스피싱 조직의 인출책으로 추정되는 남성이 ATM기계 고장으로 은행창구를 이용해
5천만 원이 넘는 돈을 현금으로 인출 시도 하는 과정 중, 이를 수상하게 여긴 은행원이
경찰에 신고. 현장에서 단기 인출책 진지위 체포.

　　　-해당 조직은 중국 동포 거주지구인 용림동을 근거지로 두고,
신용카드사·은행·채권추심단을 사칭하여 신용카드 이용대금이 연체되었다며, 대출상환금
명목을 구실로 불상자가 지정하는 대포통장으로 금액을 이체 하도록 유도하는 범행방식
이용.

나. 용림동 인근 진리은행 CCTV 영상 분석 (디지털분석과 2019-D-2041호)

　　　-조직원 간 익명성 보장으로 활동하는 조직 특성 상, 주요인출책의 신상을
파악하는 데는 실패하였으나, 단기인출책 진지위를 통해 주요 인출책 몽타주 확보,

　　　-용림동 진리은행 ATM기계 CCTV에 포착된, 주요 인출책으로 추정되는 여성이
몽타주 속 인물과 일치할 가능성이 높다는 회신,

　　　-진리은행 인근의 CCTV가 비추는 지점을 통해 여성의 이동 동선을 파악하고
주요인출책의 주거지를 확보,

　　　-동거남 이종두(남,40세)의 진술과 진리은행 내 CCTV 화면 분석을 통해 주요
인출책으로 추정되는 여성이 이종두의 동거녀 중국국적의 불법체류자 여춘옥(여,36세)임을
확인,

다. '불법체류자 성매매업소' 관련 여춘옥에 대한 소재파악

　　　-여춘옥이 행방불명 된 지 약 세달 째라는 동거남 이종두의 진술에 따라,

여춘옥의 핸드폰 통신 기록과 카드사용 내역, 현금서비스 이용 내역 등을 조회한 결과, 생활반응 발견하지 못함.

-평소 여춘옥이 일했던 '불법체류자 성매매업소'에서 여춘옥의 출·퇴근 기록을 확인한 결과, 7월 11일이 마지막 출근 기록이었음을 확인.

-평소 여춘옥이 성매매나 보이스피싱 활동 등의 이유로 수개월 동안 연락이 두절되는 상황이 잦았다는 동거남 이종두의 진술 확보,

라. 여춘옥에 대한 신원미상 변사자 DNA 대조 감정 의뢰 (법의학 2019-C-1923호)

-국과수에 여춘옥의 칫솔에 대한 감정을 의뢰한 결과, 국과수가 보관하고 있는 신원미상 변사자 DNA DB에서, 감정을 의뢰한 여춘옥 칫솔 시료에서 나온 DNA와 동일인으로 판단되는 DNA 발견했다는 회신,

-경기도 의천병원에서 보관 중이던 신원미상의 변사체와 여춘옥의 칫솔시료에서 검출된 DNA에 대한 재감정을 의뢰한 결과, 두 대조군이 일치한다는 회신,

마. '용림동 보이스피싱 조직'과 '불법체류자 알선 성매매 조직'에 대한 수사

-의천동부경찰서에서 의뢰한 변사체 사인에 대한 부검 결과, 법의해부학적 측면에서 부검소견과 더불어 주어진 사건개요, 현장사진 등을 근거하여 사망의 종류를 논하여 볼 때, 변사자는 '경부압박에 의한 질식' 즉 '타살(他殺)'하였을 것으로 우선 추정하는 것이 합리적일 것이나 추가수사를 통하여 이를 반드시 확인하여야 한다는 회신을 확보,

-여춘옥이 활동하던 '보이스피싱 조직'과 '성매매조직'에 유력 혐의점을 두고 수사를 벌였지만, 여춘옥 실종과 관련하여 뚜렷한 알리바이가 입증되거나, 조직의 핵심인물을 검거하지 못하여, 피의자를 특정하는 데 실패.

바. 여춘옥 동거남 '이종두'에 대한 알리바이 파악

-여춘옥이 실종된 것으로 추정되는 7월 11일 이전, 동거남 이종두가 강원도 강주 AA도박장에 머물던 중, 폭행사건에 휘말린 기록 확보,

-이종두가 폭행으로 인한 뇌진탕 증상을 호소하며, 인근 강주 희망병원에서 약 한 달간 입원한 병원기록 확인,

-최근 3달 동안의 이종두의 핸드폰 통신 내역, 카드 사용 내역 등을 통해 이동 동선을 확보하여 수사한 결과, 이종두가 여춘옥 변사체 발견 지역인 의천시에 접근한 적이 없었음을 확인, 여춘옥의 동거남 이종두를 피의자로 특정할 만한 혐의점을 찾는데 실패,

라. 거짓말탐지 조사 결과 (2020-E-3948호)

-2019. 11. 20. 국립과학수사연구원 법심리과 심리생리검사실에서 천담호에서 변사체로 발견된 여춘옥의 동거남인 참고인에 대한 거짓말탐지 조사 실시한 바, 1) 평소 여춘옥이 중국 보이스피싱 조직에 가담했는지에 대하여 진실 반응 2) 평소 여춘옥이 불법 성매매 활동을 했었는지에 대하여 진실 반응 3) 여춘옥이 활동하는 조직이 폭력조직인지에

대하여 판단불가 4) 여춘옥이 변사체로 발견된 '천담호'에 방문한 적이 있었는지에 대하여 진실반응 5) 여춘옥 실종추정 당일 외부 지역인 강원도 강주 희망병원에 있었는지에 대하여 진실반응으로 판단된다는 회신이기에 보고합니다.

경 로	수사지휘 및 의견	구분	결 재	일시
경장 한상길		기안	한상길	2020.1.18. 10.15
경감 최태호		결재	최태호	2019.1.18 10.40

NFS 국립과학수사연구원
National Forensic Service

수신   경기문주경찰서장(형사과장)

(경유)

제목   감정의뢰 회보(2020-C-19703) 경기문주경찰서 경사 강도수

───

　　　　1. 형사과-8296(2020. 10. 25.)호와 관련임.

　　　　2. 위 건에 대한 감정결과를 붙임과 같이 회보합니다.

붙임 : 1. 감정서 1부. 끝.

국립과학수사연구소장

> 국립과학수사
> 연구소장인
> 도장
> 첨부해주세요.

───

주무관   문미영   연구소장

협조자

시행   법의학과-10834 (2020. 10. 26.)　　　　　　접수   형사과- 8296   (2020. 10. 25.)

우   164-375 서울시 정오구 정오대로 173 국립과학수사연구소 / http://www.tnscil.go.kr

전화번호   01-534-6891　　　　팩스번호   01-534-6891

감　정　서

의 뢰 관 서　경 기 문 주 경 찰 서　　　접수 2020-C-19703호　　(2020년　10월　26일)
　　　　　　　　　　　　　　　　　　　형사과-8296　　　　(2020년　10월　25일)

1. 감 정 물　증1호: 2010년 10월 25일 문주시 만양읍 심주산에서 발견된 휴대폰.
　　　　　　　(별첨 2) 감정물 사진 참조

2. 감 정 사 항　상기 감정물의 디엔에이(DNA)형 분석.

3. 시 험 방 법　STR 유전자형 분석법(NFS-QI-DAM-012011)에 의함.

4. 감 정 결 과　위 감정물에 대한 디엔에이형 분석결과는 [별첨 1]과 같음.
　　　　　● 형사과-8296(국립과학수사연구원 접수번호 2020-M-18048호) 2020년
　　　　　　10월 19일 오후 7시 28분 문주시 만양읍 문주천 갈대밭에서 발견된
　　　　　　변사체의 DNA와 일치함.

5. 비　　고　증1호 감정의뢰에 대한 결과는 해당부서에서 회보하였음.

2020 년　10 월　27 일

국 립 과 학 수 사 연 구 원

국립과학수사연구소　　　　　　　　　법 의 학 과

감정인: 김동욱 [도장 첨부해 주세요.] , 박민우 [도장 첨부해 주세요.] , 김누리 [도장 첨부해 주세요.]

[별첨1]

경기문주경찰서 형사과-8296 (2020년 10월 25일)의 디엔에이 분석 결과.

유전자좌위 \ 감정됨	증1호 휴대폰에서 채취한 DNA 감식 키트
Amelogenin	XX (여성)
D3S1358	15-17
TH01	7-9
D21S11	30-31
D18S51	15-15
D5S818	11-11
D13S317	10-11
D7S820	10-10
D16S539	9-12
CSF1PO	12-12
vWA	16-17
D8S1179	15-15
TPOX	8-8
FGA	18-23

[별첨2]

경기문주경찰서 형사과-8296 (2020년 10월 25일)의 감정물 사진.

이금화가 소지했던 (주원이 건네준) 휴대폰 사진 첨부해 주세요.

증1호 : 문주시 만양읍 심주산에서 발견된 휴대폰.

〈2020년 11월 18일 수요일 36회차〉
기환이 들고 있는 경찰자료가 등장하는 3회 51씬 (+ 3회 60씬)
-11월 18일 스케줄, 3회#51의 기환이 들고 있는 '휴대폰 문자 사진 담긴 경찰
자료'입니다.
-차후 3회#60의 촬영에도 필요한 자료입니다. 참고 부탁드립니다.
-3회 60씬 촬영시에는 따로 첨부한 <u>수사보고서</u>와 <u>DNA 감식 감정 회보서</u>, <u>디
지털 증거분석 결과서</u> 세 점을 함께, 기환이 주원에게 던지면 됩니다.

*해당 문서의 표지 참고 자료
- 해당 이미지는 인터넷상에서 찾은 표지입니다.
- 표지에 기재된 'XX경찰청 디지털포렌식계'는
'경기서부경찰청 사이버안전국 디지털포렌식센터'
'디지털증거분석관 임동민'으로 작성 부탁드립니다.

디지털 증거분석 결과보고서

본 보고서의 분석 결과는 디지털 증거분석과정에 대한 무결성과
연계보관성을 보증하면서 경찰청 디지털 증거분석 표준절차를
준수하여 도출되었으며 디지털 증거 수집 및 처리 등에 관한 규칙에
근거하여 작성된 결과임을 증명함

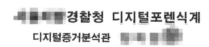

경찰청 디지털포렌식계
디지털증거분석관

디지털 증거분석 결과

---

1. 분석의뢰물의 접수일시 및 접수자 정보

접수일시	2020년 10월 25일
접수자	경기문주경찰서 강력1팀 강도수
분석의뢰물 발견장소	문주시 만양읍 심주산 중턱 (100m 지점)

2. 사건번호 및 증거분석관 정보

사건번호	2020-D-12524
분석관	임동민 분석관
분석 기관	경기서부경찰청 사이버안전국 디지털포렌식센터
분석 부서	디지털증거분석팀

3. 분석의뢰물 정보

모델사진		
	제품명	Ultra5
	플랫폼	Android
'이금화가 소지하고 있던 회색 휴대폰(주원이 건넨) 사진 첨부 부탁드립니다'	제조사	JTBS모바일

4. 의뢰 요청 사항

요청 사항	상기 분석의뢰물인 휴대전화기의 데이터 복구를 통한 문자메시지와 통화 내역 일체, 그림 및 사진 파일 내역.

5. 분석에 사용된 장비 · 도구 및 과정

감정 도구	휴대폰 포렌식 프로그램인 'Bitpim'
감정 과정	데이터 추출을 위한 준비, 사용할 포렌식 분석 툴 선택, 휴대폰 암호 확인, 분석할 휴대폰을 PC에 연결 및 데이터추출, 통화기록, 받은 메시지, 보낸 메시지, MMS 메시지 등 데이터를 분석하였음.

6. 증거분석으로 획득한 자료

1) 증거분석 결과

데이터 유형	정상	삭제	알 수 없음	전체
멀티미디어/문서	0	0	0	0
사진	0	0	0	0
일정	0	0	0	0
연락처	0	0	0	0
통화내역	0	0	0	0
이메일	0	0	0	0
구글지도	0	0	0	0
문자메시지	3	0	0	3
인터넷-북마크	0	0	0	0

2) 문자메시지 분석 보고서

순서	형태	타입	수/발신	읽음여부	전화번호	이름	날짜	내용
1	정상	SMS	발신	읽음	010-0421-1001	한주원	2020-03-20 17:21:41	ㄱ ㅕ ㅊ ㄴ ㅏ ㅇㅏ..
2	정상	SMS	발신	읽음	010-0421-1001	한주원	2020-03-20 17:21:58	ㅎ.. ㅁ..
3	정상	SMS	발신	읽음	010-0421-1001	한주원	2020-03-20 17:22:11	11111111111111111 111111111111

*위 〈문자메시지 분석 보고서〉의 실제 이미지입니다.

'형태, 타입, 수/발신, 읽음여부' 등등의 칸에 이미지상의 화살표 모양 디테일을 추가해주시면 좋을 것 같습니다

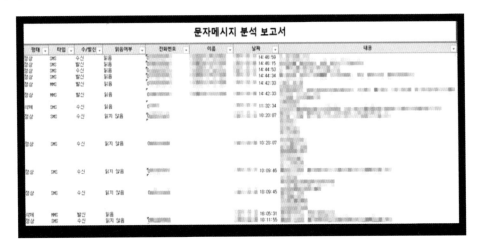

3) 분석 의뢰물 참고 사진

-주원이에게 송신한 문자가 담긴 휴대폰 액정을 찍은 사진에 해당하며,
  3#50 지화가 주원에게 보여주는 문자 사진과 같습니다.
-마지막 장에 '실제 문자 사진'과 '결과' 부분이 함께 기재될 수 있도록 부탁드
립니다.

```
┌─────────────────────────────────────┐
│                                     │
│   'ㄱㅕㅊㄹㅇ..'의 내용이 찍힌 휴대폰 액정  │
│              실제사진                  │
│           첨부 부탁드립니다.             │
│                                     │
└─────────────────────────────────────┘
```

```
┌─────────────────────────────────────┐
│                                     │
│   'ㅎ..  미..'의 내용이 찍힌 휴대폰 액정   │
│              실제사진                  │
│           첨부 부탁드립니다.             │
│                                     │
└─────────────────────────────────────┘
```

```
┌─────────────────────────────────────┐
│                                     │
│   '111111111111111111111111111111'의 내용이  │
│       찍힌 휴대폰 액정 실제사진           │
│           첨부 부탁드립니다.             │
│                                     │
└─────────────────────────────────────┘
```

4) 결과

· '010-0421-1001'에 송신한 세 통의 문자가 마지막 기록임

경기문주경찰서

제 2020-19828 호   2020. 10. 27 .

수 신 : 경찰청장

참 조 : 형사과장

제 목 : **수사보고**

'문주시 만양읍 강민정 실종 사건'에 관하여 다음과 같이 수사하였기에 보고합니다.

1. 수사 사항

가. 문주시 심주산에서 발견한 휴대폰 긴급 감정 의뢰 (법의학 2020-C-19703호)

  -2020. 10. 25. 20:00경, '강민정 실종 사건' 관련하여 문주시 만양읍 심주산 일대를 수색하던 중, 강민정의 체취를 쫓던 수색견이 'JTBS모바일'사의 회색 휴대폰을 발견,

  -해당 휴대폰을 '국립과학수사연구원'에 긴급 감정 의뢰,

  -국과수 감정 결과, 'JTBS모바일'사의 회색 휴대폰에서 검출된 DNA가 2020. 10. 19. 19:28 문주시 만양읍 문주천 갈대밭에서 발견 후 상황실 신고 접수된 변사체의 DNA와 일치한다는 회신.

나. 해당 휴대폰 디지털 포렌식 의뢰 (디지털포렌식센터 2020-D-12524호)

  -해당 휴대폰의 전원을 켜서 확인한 결과, 2020.03.20. 17:21에 발신된 2건, 2020.03.20. 17:22 발신된 1건 등 발신 문자 총 3건 이외에 기록을 확인할 수 없으므로,

  -'경기서부경찰청 사이버안전국 디지털포렌식센터'에 긴급 분석의뢰,

  -분석 결과 발신 문자 3건 외에 다른 기록 없으며,

  -해당 문자 3건 모두, 수신 번호는 '010-0421-1001'이며,

해당 휴대전화 번호 명의자는 '한주원(남, 27세)'의 것임을 확인했다는 회신.

다. 'JTBS모바일'사 회색 휴대폰의 명의자에 대한 추가 수사

  -'JTBS모바일'사에 협조 요청하여 휴대폰 명의자에 대한 추가 수사개시,

  -해당 휴대폰이 2020. 1. 10일경 이춘성의 명의로 개설된 것을 확인,

  -이춘성(남, 45세)은 중국 국적의 재중 교포로 출입국관리소를 통해 확인한바,

2020년 2월 3일 중국으로 출국한 기록 외에 한국으로 재입국한 기록은 찾지 못하였으며,

  - 이춘성 명의로 'JTBC 모바일'에서 세 건의 휴대전화 번호 개설 확인,

  - 세 대의 휴대전화 번호 모두 현재 실사용자를 파악할 수 없으므로,

-이에 문주시 만양읍 심주산에서 발견한 'JTBS모바일'사 휴대폰은 이춘성 명의의 대포폰인 것으로 최종 확인.

경 로	수사지휘 및 의견	구분	결 재	일시
경사 강도수		기안	강도수	2020.10.27 16:02
경감 곽오섭		결재	곽오섭	2020.10.27 16:36

진 술 서 (간이공통)

성 명	이동식 ( ) 이명 :		성 별	남
연 령	만 39 세 (1981. 5. 30. 생)	주민등록번호	810530-17849750	
등록기준지	경기도 문주시 만양읍 교평1길 12			
주 거	경기도 문주시 만양읍 교평1길 12			
자 택 전 화	034-232-4876	직 장 전 화	034-245-8117	
휴 대 전 화	010-0373-4876	전자우편(e-mail)	justice0530@police.kr	
직 업	공무원 (경찰)	직 장	경기도 문주시 만양로1345 만양파출소	

위의 사람은 경기도 문주시 문주천 신원미상 변사체 발견 사건의 (피의자, 피해자, 목격자, 참고인)으로서 다음과 같이 임의로 자필진술서를 작성 제출함.

위 본인은 2000년 10월 19일 오후 7시 28분경, 문주시 만양읍 문주천 갈대밭에서 사체를 발견한 상황에 대해 진술하고자 합니다.

앞서 10월 18일 오전 11시 12분경 파트너 한주원 경위(남, 27세)와 관할 순찰을 돌던 중, 개인 휴대폰을 통해 보호자 방미선으로부터 '아버지 방호철(남, 74세)이 집을 나갔다'는 신고 전화를 접수한 사실이 있습니다. 방미선과 방호철은 부녀관계로 관내의 단독주택에 거주 중입니다. 특이사항으로는 2000년 10월 15일 새벽, 방호철의 차녀인 방주선(여, 당시 22세)이 문주시 만양읍 문주천 갈대밭에서 변사체로 발견된 바 있습니다. 방호철은 10여 년째 치매 질환을 앓고 있으며, 사건이 발생한 10월 무렵이 되면 가출이 잦아지며, 차녀의 사체가 발견된 문주천 갈대밭을 헤매곤 합니다.

저는 보호자(방미선)로부터 부친의 가출에 대한 신고접수를 개인 휴대폰으로 받고 있습니다. 방호철의 연령, 치매 정도를 고려할 때 위급상황 발생 시 빠른 구조가 필수이기 때문입니다. 18일 역시 오전 11시 12분경 상기인의 가출 신고를 받고, 한주원 경위와 문주천 갈대밭으로 출동, 수색한 끝에 방호철을 귀가 조처한 후 파출소로 복귀한 사실이 있습니다.

18일 근무를 마친 후, 경기도 문주시 소재 만양 정육점에서 만양 파출소 1팀 직원들과 회식을 하였습니다. 회식이 끝난 23시경에 귀가한 직후 취침, 다음 날인 19일 07시 30분경에 기상했습니다. 기상 후 자택에 줄곧 머물렀으며 18시경 자택을 나섰습니다.

18시 25분경 여동생 이유연의 실종 현수막을 교체하기 위해 자차를 이용하여 문주 교차로로 이동했습니다. 당시 실종 현수막 교체작업을 돕기 위해 만양 파출소 순경 오지훈(남,26세)과 지인인 강진묵(남,45세)이 함께 있었습니다.

교체작업 중이었던 18시 36분경 또다시 방호철의 <u>보호자에게 가출 신고받았습니다</u>.
전일 18일, 보호자(방미선)로부터 방호철 가출 신고를 받았을 당시,
문주천 갈대밭에서 방호철을 찾은 사실이 있으므로 오지훈 순경과,
<u>치매 노인을 찾아 갈대밭으로 들어갔습니다. (밑줄 친 부분은 2#7에서 지화가 진술서를 보고 읽는 부분이므로 따로 표기 했습니다)</u>

일몰 무렵이었기 때문에 파출소로 이동해 근무복으로 환복하지 않고 바로 출동하여,
오지훈 순경과 구역을 나눈 후 즉시 수색에 들어갔으나 이미 어두워진 상황이라 가출인의 위치 파악이 쉽지 않았습니다. 19시 23분경 인기척을 느끼고 갈대밭 중앙으로 들어갔을 때 현장 지원을 나온 한주원 경위를 갈대밭에서 만났습니다. 그때 오지훈 순경의 비명이 들렸습니다.
오순경의 위치를 파악하기 위해 휴대폰 불빛을 하늘로 쏘라고 지시한 뒤,
불빛이 보이는 곳으로 향하였습니다.

오순경은 몹시 놀란 듯 보였으며 진흙밭에 측면으로 쓰러진 상태였습니다.
오순경의 좌측 어깨로부터 30cm 떨어진 곳에서 인간의 것으로 보이는 사체 일부를 발견할 수 있었습니다. 마네킹일 가능성을 염두하고 휴대폰 불빛을 비춰보았으나, 두개골 상단부와 손가락 끝마디 부분을 확인한 결과, 인간의 사체일 가능성이 크다고 판단하였습니다.

육안상 사체는 백골화가 매우 많이 진행된 상태로,
약간의 모발이 남은 두개골 상단부와 포개진 두 손의 끝마디 열 개가 절단된 부분이 지표면 위에 드러나 있었습니다. 또한 왼손 검지뼈에는 금으로 추정되는 반지가 끼워져 있었습니다.
이외의 신체는 진흙밭 속에 묻혀 있어 판단이 불가한 상태였습니다.

현장 보존을 위해, 저는 오지훈 순경을 일으켜 세웠고,
한주원 경위가 112 상황실에 사체 발견 보고하였습니다.
보고 시각은 19시 28분입니다.

19시 45분경 현장에 도착한 만양파출소 직원 황광영 경위, 조길구 경사와 함께,
문주 경찰서 강력팀이 도착할 때까지 현장 보존 업무를 수행하였습니다.

20시경 문주 경찰서 형사과 강력1팀, 과수계 직원들이 도착했으며,
한주원 경위와 함께 철수한 뒤 참고인 진술을 하기 위해 문주경찰서로 이동하였습니다.

위 진술은 모두 사실과 같습니다. (파란 부분 모두 자필로 부탁드립니다)

진 술 서 (간이공통)

성 명	한주원 ( ) 이명 :		성 별	남
연 령	만 26 세 (1994. 08 . 13.생)	주민등록번호	940813-15215462	
등록기준지	서울시 마포구 일암로3길 광화궁의아침 오피스텔 2701호			
주 거	서울시 마포구 일암로3길 광화궁의아침 오피스텔 2701호			
자택전화	없음	직 장 전 화	034-245-8117	
휴대전화	010-0421-1001	전자우편(e-mail)	won1@police.kr	
직 업	공무원 (경찰)	직 장	경기도 문주시 만양로 1345 만양파출소	

위의 사람은 경기도 문주시 문주천 신원미상 변사체 발견 사건의 (피의자, 피해자, 목격자, 참고인)으로서 다음과 같이 임의로 자필진술서를 작성 제출함.

위 본인은 2020년 10월 19일 19시 28분경 문주시 만양읍 문주천 갈대밭에서 신원미상의 변사체를 발견하여 진술합니다.

2020년 10월 19일 18시 10분경 출근하기 위해, 서울시 마포구 일암동의 자택에서 근무지까지 자차로 이동했습니다.

18시 45분경 근무지인 문주시 소재의 만양 파출소에 도착, 남상배 소장님(58세, 남)께서 근무복 환복 없이 즉각 출동하라고 지시하였습니다. 관내 거주 중인 중증 치매 환자가 가출, 만양 파출소 1팀 이동식 경사(40세, 남)와 오지훈 순경(26세, 남)이 출동하였기에 수색 지원 후 귀가 조처하라는 지시였습니다.

가출 신고 접수된 치매 환자는 방호철(74세, 남)으로, 전일 10월 18일 오전 11시 12분경에도 가출 신고가 접수된 사실이 있습니다. 당시 이동식 경사와 함께 문주천 갈대밭에서 발견하여 귀가 조처하였으므로, 이경사와 오순경은 갈대밭으로 출동한 상태였습니다. 저 또한 <u>지원하러 출동했습니다.</u>

19시 10분경 수색 장소에 도착, 갈대밭은 광활하고 이미 해가 지기 시작, 가출인 포함 이동식 경사와 오지훈 순경의 모습이 보이지 않았습니다. 갈대밭으로 진입해 홀로 수색을 진행하던 중 이동식 경사와 합류한 19시 23분경, <u>오지훈 순경이 다급하게 비명을 질렀습니다.</u>

오지훈 순경의 위치를 파악하기 위해,
이동식 경사가 휴대폰 불빛을 하늘로 쏘라고 지시, 해당 장소로 함께 달려갔습니다.
19시 28분경 갈대밭 바닥에 쓰러진 오지훈 순경을 발견하였습니다.

오지훈 순경의 어깨 좌측 대략 30cm 정도 떨어진 지표면에서,
인간의 것으로 추정되는 두개골을 발견하였습니다.
표면에 노출된 양손은 마주 잡은 모양으로 포개진 상태,
손가락 끝마디 하나씩 모두 절단된 것을 육안으로도 확인할 수 있었습니다.
백골화 진행 중인 왼손 검지뼈에서 금 재질로 보이는 반지를 발견하였습니다.
사체 발견 즉시 현장을 보존하고 112 상황실에 보고했습니다.

19시 45분경 만양파출소 1팀 근무자 조길구 경사와 황광영 경위가 현장에 도착했습니다.
20시경 문주서 형사과 강력 1팀과 과수계 직원에게 현장 인계 후,
참고인 조사를 위해 문주 경찰서 강력계로 이동했습니다.

위 진술은 사실과 같습니다.

(파란 부분 모두 자필로 부탁드립니다)

Part 5

대본에 나오는 자료들 - 소품

*1회 12씬(+1회 28씬) 동식의 집 거실 벽에 붙어있는 신문 기사

-지문에 표기된 신문기사 헤드라인 리스트
 :날짜순서대로 기사를 재배열했으니 참고 부탁드립니다.
 :요청하신 7개 이외에 추가기사도 작성하였으니 제작부탁드립니다.

'문주시 만양읍에서 여대생 실종!!'
'실종 3일째. 문주 여대생 흔적 없어!'
'실종된 여대생과 한날 문주천 갈대밭에서 여성 시체 발견!'
'사망한 여성, 라이브 카페 직원 방주선양으로 밝혀져!'
'엽기 살인, 엽기 행각! 실종된 여대생 살해된 것인가!'
'실종 20일. 문주 여대생 사건 여전히 오리무중!'
'문주 경찰서장, 여대생 실종사건 수사 중단 발표!'

*참고하실 신문기사

1)

문주시 만양읍에서 여대생 실종
절단된 손가락의 주인은 누구인가?

2000.10.16.

 지난 15일 오전 6시 43분경 경기도 문주시 만양읍 소재의 단독 주택 마당에서 절단된 손가락 끝마디 열 개가 발견되어 경찰이 수사를 벌이고 있다. 해당 자택에 주거하는 김 모씨(여·43세)가 마당에 위치한 돌 위에 절단된 손가락 끝마디 열 개가 놓여 있는 것을 발견하고 김씨의 배우자 이모씨(남·45세)가 경찰에 신고했다.
 또한 김씨와 이씨의 자녀인 여대생 이모양(여·20세)이 지난밤 귀가한 뒤, 소리 없이 사라져서 소식이 끊긴 것으로 파악됐다. 사건을 수사 중인 문주경찰서는 발견된 손가락이 이양의 것인지 확인하기 위해 현장에서 수거한 손가락을 국과수에 긴급 감정 의뢰했다.
 평소 이양이 모범적인 대학 생활을 했으며 손가락 절단 등의 강력범죄에 휘말릴 이유가 없었던 것으로 보아, 경찰은 절단된 손가락의 신원이 이양이 아닐 가능성 또한 염두에 두고 신원 파악을 우선한 후 수사에 집중하겠다고 밝혔다.

문주 ‖ 정진실 기자

2)

실종된 여대생과 한날 문주천 갈대밭에서 여성 시체 발견
사라진 손가락?! 발견된 손가락!?

2000.10.16

경기도 문주시 만양읍 문주천 갈대밭 인근에서 여성으로 추정되는 변사체가 발견됐다. 15일 오전 7시 34분경 마을 주민 김모씨(51·남·만양읍 교평리)가 문주천에 던져둔 통발을 건지러 갔다가 손가락 끝마디 열 개가 모두 절단된 채 기도하듯 웅크린 채 버려진 사체를 발견, 경찰에 신고했다. 사건을 수사 중인 문주경찰서는 출동 즉시 주변을 수색했으나 사라진 손가락 끝마디 열 개를 찾는 데 실패했다.

변사체 발견 당일인 15일 오전 6시 43분경 사체가 발견된 문주천에서 3km 떨어진 주택에서 거주 중인 여대생 이모양(20·여·만양읍 교평리)이 실종된 사건이 발생했다.

이양의 자택인 단독 주택 마당에서 손가락 끝마디 열 개가 발견되었고 문주천에서 발견된 변사체에서는 손가락 끝마디 모두가 사라진 사실에 대해 경찰은, 국과수에 주택 마당에서 발견된 손가락의 DNA 감정 및 문주천에서 발견된 변사체의 부검을 의뢰한 상태라고 밝혔다.

문주 ‖ 한상오 기자

3)

절단된 손가락은 여대생 이모양의 것으로 밝혀져
가족의 요청으로 공개수사 전환

2020.10.17.

지난 15일 경기 문주시 만양읍에서 발생한 손가락 유기 사건을 수사 중인 경찰은 단독 주택 마당에서 발견된 손가락 끝마디 열 개가 여대생 이모양(여·20세)의 것으로 밝혀냈다. 이양은 손가락이 발견된 자택에서 사라진 후 현재까지 행방불명 상태다.

평소 이양이 착실했고 교제하는 사람도 없었으며 손가락 끝마디가 절단된 후 사라진 것으로 보아, 문주 경찰서는 가출보다 강력범죄에 휘말렸을 가능성을 두고 납치 및 실종사건으로 수사를 전환하며 가족의 요청에 따라 공개수사를 결정했다고 밝혔다.

경찰은 이양이 손가락 끝마디 없이 사라졌으므로 실종 당시 목격자가 있을 것으로 보고 인근 가게와 주민들을 상대로 탐문 수사를 진행하고 있다.

문주 ‖ 정진실 기자

4)

사망한 여성, 라이브 카페 직원 방주선양으로 밝혀져

절단된 손가락 끝마디 열 개는 어디에…

2000.10.17

경기도 문주시 만양읍 문주천 갈대밭에서 발견된 변사체가 마을 주민 방주선(22·여·만양읍 교평리)양인 것으로 드러났다. 방양은 만양읍 만양리 소재의 라이브 카페에서 종사 중인 여성으로, 지난 15일 문주천 갈대밭에서 손가락 끝마디 열 개가 절단된 상태로 발견됐다.

경찰은 방양이 목 졸려 살해된 것으로 판단하고 사라진 손가락 끝마디 열 개를 수색하고 있으나 발견하지 못한 상황이다. 이에 문주 경찰서는 방양이 퇴근한 밤 23시 이후 변을 당했을 가능성을 두고 마지막 행적을 찾기 위해 인근 탐문 등 본격적인 수사 중인 것으로 알려졌다.

문주 ‖ 한상오 기자

5)

실종 3일째, 문주 여대생 흔적 없어

30여명의 전담요원 투입했으나 단서 없어

2000.10.18.

경기 문주 만양읍에서 실종된 여대생 이모양(여·20세)의 행방이 여전히 묘연한 가운데, 문주 경찰서는 30여 명의 전담 요원을 투입했으나 별다른 단서를 찾지 못했다. 이양은 지난 15일 자택 마당에 절단된 손가락 끝마디 열 개만 발견된 채 사라진 상태로 오늘로써 실종 3일째다.

문주 경찰서는 신체 유기의 상황으로 볼 때 납치에 휘말렸을 가능성이 있으나 가족에게 금품을 요구하는 연락이 오지 않아, 납치 사건으로 특정할 수는 없다고 밝혔다.

일각에서는 같은 날 문주시 만양읍 문주천 갈대밭에서 변사체로 발견된 방모양(여·22세)과 이양이 어울리다 변을 당했을 가능성도 제기됐다. 이에 경찰은 '문주시 만양읍 내에 거주하는 20대 여성'이라는 점 외에 공통점은 없어 동일범일 확률은 염두에 두지 않고 있으므로, 두 사건을 병합하지 않고 각각 수사를 진행하고 있다고 밝혔다.

문주 ‖ 정진실 기자

6)

실종된 여대생 본격 수색 7일째
문주시 곳곳으로 수색영역 확대

2000.10.22.

'문주 여대생 실종사건'의 이모양(여·20세)을 찾기 위한 수색작업이 7일째를 맞았다. 이양은 15일 경기 문주시 만양읍 소재의 자택 마당 돌 위에 절단된 손가락 끝마디 열 개만 두고 사라졌으며 이후 행방이 묘연한 상태다.

지난 17일 가족의 요청에 따라 사건을 공개수사로 전환하고 현재까지 경찰·소방인력 수십여 명을 동원하여 수색작업을 진행하고 있다. 사건을 수사 중인 문주 경찰서는 '수색 인력을 보충하고 각종 장비도 추가 투입한 만큼 실종자를 찾을 수 있도록 최선을 다하겠다'는 입장을 밝혔다.

문주 ‖ 정진실 기자

7)

'문주 라이브 카페 종업원 살인사건' 해결되나
방씨를 만난 남자, '문주시 여대생 실종사건'과도 관련 있나

2000.10.25

경기 문주 경찰서는 '문주 라이브 카페 종업원 살인사건'과 관련하여 강모씨(남·31·만양읍 중부리)를 소환해 강도 높은 조사를 진행한 것으로 드러났다. 피해자 방주선(22·여·만양읍 교평리)양은 지난 15일 문주시 만양읍 문주천 갈대밭에서 손가락 끝마디 열 개가 절단된 채 변사체로 발견된 바 있다.

소환 조사를 받은 강씨는 방양의 마지막 행적과 밀접한 관련이 있는 인물로, 같은 날 15일 사라진 '문주 여대생 실종사건'의 피해자 이모양(20·여·만양읍 교평리)과 관련이 있는지 경찰이 조사 중인 것으로 알려졌다.

문주 ‖ 한상오 기자

8)

엽기 살인, 엽기 행각! 실종된 여대생 살해된 것인가
연쇄살인의 가능성은?

2000.10.29.

경기 문주시에서 실종된 여대생 이모씨(여·20세·만양읍 교평리)를 찾기 위한 수색 작업이 2주째 이어지고 있지만 어떤 흔적도 찾지 못한 상태다. 이씨는 15일 오전 문주시 만양읍에 위치한 자택 마당에 절단된 손가락 끝마디 열 개만 남긴 뒤 실종됐다. 이씨 가족의 요청에 따라 경찰은 사건 발생 2일 만인 17일, 사건을 '공개수사'로 전환하였으며 현재까지 본격적인 수색작업을 벌이고 있다.

경찰 측 관계자에 따르면 여대생의 실종 직후 유력용의자를 긴급체포해 현장검증까지 마쳤으나 실종 전후 시각의 알리바이가 확인되어 수사를 원점에서 진행 중인 상태다.

사건 발생 2주가 흘렀으나 수사의 실마리가 보이지 않음에 따라, 같은 날 문주시 만양읍 문주천 갈대밭에서 발생한 '문주 라이브 카페 종업원 살인사건'의 피해자 방모씨(여·22·만양읍 교평리)와 유사성이 대두되고 있다. 피해자 방씨는 손가락 끝마디 열 개가 절단된 채 발견됐으며 현재까지도 절단된 손가락은 발견되지 않았다. '손가락 절단'이라는 공통점을 토대로 '엽기 살인, 엽기 행각'을 일삼는 연쇄살인범의 소행으로 봐야 한다는 전문가의 지적 또한 있었다.

문주 경찰서는 '여대생의 생사가 확인되지 않은 상태에서 연쇄살인 언급은 시기상조'라며 현재로서는 여대생을 찾는 데만 수사력을 집중하겠다는 입장을 밝혔다.

문주 ‖ 강해선 기자

9)

실종 20일. '문주 여대생 사건' 여전히 오리무중
실종 20일여 흔적도 없이 사라져

2000.11.04.

'문주 여대생 실종사건'이 발생한 지 20일째다. 피해자 이모양(여·20세)은 지난 15일 오전 문주시 만양읍에 위치한 자택 마당에서 절단된 손가락 끝마디 열 개만 발견된 채 사라졌으며 현재까지도 생활반응이 전무한 상황이다.

한때 경찰은 유력용의자를 체포해 현장검증을 거치기도 했으나 실종 전후 시각의 강력한 알리바이를 뒤늦게 확인해 석방했다. 같은 날 문주시 만양읍 문주천 갈대밭에서 발생한 '문주 라이브 카페 종업원 살인사건'의 참고인 강모씨(남·31세)와의 연관성을 파악하기 위해 수사를 진행했으나 강씨 역시 '여대생 실종사건'과도 무관한 것으로 밝혀졌다.

'문주 여대생 실종사건'의 피해자 이양의 부모는 신고 보상금 오백만 원을 내걸고 나섰다. 전단지 배포를 위해 매일 집을 나선다는 이양의 아버지는 "이 사건으로 인해 우리 가족은 망가졌고 뿔뿔이 흩어지게 됐다. 작은 제보라도 부탁드린다"고 호소했다.

문주 ‖ 한상오 기자

10)

실종된 여대생 수색 성과 없어 '잠정 중단' 가능성

2000.11.17

지난 15일 오전 문주시 만양읍 주택마당에 절단된 손가락만 발견된 채 실종된 '문주 여대생 실종사건'의 이모양(여·20세·만양읍 교평리)에 대한 수색작업이 잠정 중단될 위기를 맞았다.

문주경찰서는 경찰 및 소방 장비와 인력까지 동원하며 수색을 진행했으나 33일째 수사는 제자리를 벗어나지 못했다. 현재 소방 인력은 철수했으며 남은 경찰 인력을 총동원하여 수색작업에 임하고 있으나, 장기화됨에 따라 문주시에서 발생한 강력 사건의 인력 배치에도 문제가 발생하고 있다.

같은 날 발생한 '문주 라이브 카페 종업원 살인사건'도 조금의 실마리도 찾지 못하고 있는 가운데, 문주시에서 발생한 젊은 여성들의 연이은 비극으로 인해 문주시에서 적극 추진하던 재개발 사업 또한 난항을 겪고 있다. 관심을 보이던 타지역의 투자자들이 연쇄살인 발생지라는 근거 없는 소문에 결정을 망설이고 있기 때문이다.

문주시 공인중개사협회에 따르면 하루에 백여 건 가까이 쏟아지던 문의 전화가 사건 발생 후 십여 건에도 이르지 못하는 상황이다. 사건이 발생한 만양읍 교평리에 거주하는 주민 조모씨(남·32세)는 "아버지 때부터 얘기만 나오다가 이번엔 제대로 개발되는 줄 알았다"면서 "연쇄살인 운운하며 분위기를 가라앉히는 사람들이 문제다. 이러다가 또다시 동네가 개발이 안 되려고 그러나 하는 생각까지 든다"며 불안감을 토해냈다. 다른 주민들 또한 용의자조차 특정하지 못하고 있는 경찰에 대한 비난을 쏟아냈다.

이에 문주경찰서는 실종자 수색작업을 계속할 지 여부에 신중히 검토하고 있다는 입장을 밝혔다.

문주 ‖ 한상오 기자

11) 1회 #28에도 등장하는 기사

```
1#28 '기사 속 정복 입은 30대 후반의
남자 사진(한기환)' 첨부 부탁합니다.
```

문주 경찰서장,
여대생 실종사건 수사 중단 발표
경찰인력 부족으로 4개월 16일간의 수사
종지부

2001.03.03.

'문주 여대생 실종사건'이 잠정 종결될 것으로 보인다. 지난 2일 문주경찰서 한기환 서장(남·38세)은 기자 브리핑을 통해 '문주 여대생 실종사건' 수사 중단을 공식 발표했다. 2000년 10월 15일 오전 6시 43분, 여대생 이모씨(여·20세·만양읍 교평리)가 문주시 만양읍에 위치한 자택 마당에 손가락 끝마디 열 개만 발견된 채 실종된 후 경찰인력을 총동원하여 실종자 수색작업을 펼쳤으나 여대생의 행방에 대한 실마리조차 찾지 못했다.

같은 날 방모씨(여·22세·만양읍 교평리)가 문주시 문주천에서 살해된 채 발견된 '문주 라이브 카페 종업원 살인사건' 또한 수사 중단하는 것으로 발표됐다. 한서장은 최근 문주시의 개발 추진으로 외부인이 유입되어 강력범죄가 증가함에 따라 경찰의 인력난이 심각해 부득이하게 두 사건의 수사를 잠정 중단한다고 밝혔다.

한서장의 브리핑을 이어받은 문주 경찰서 강력반 정철문 경위(남·36세)는 연달아 발생한 두 사건을 병합하여 수사하지 않은 것에 대한 일각의 비난에 대해서도 해명했다. 정경위는 "신체 일부가 절단된 점 이외에 두 사건의 공통점이 없어 병합 수사를 진행할 만한 뚜렷한 혐의점이 없었기 때문에 조심스러운 부분이었다"며 "두 사건 모두 동일범의 연쇄살인으로 보기에는 실종된 여대생이 살아 있다는 가능성을 버릴 수 없었다"는 입장을 전했다.

"수사를 조기 종결하는 이유가 개발 때문이냐"는 기자의 질문에 "그런 이유는 결코 없다"고 잘라 답하기도 했다. 정경위는 "수사 장기화로 인해 두 사건을 우선 미제사건으로 처리할 수밖에 없으나 추가 단서가 발견될 경우 지체 없이 수사를 재개하겠다"고 천명한 후 브리핑을 마쳤다.

문주 ‖ 강해선 기자

*5#40, 주원 휴대폰 속 '정제 정신병원 입원 기록'

-두 서류에 기재된 박정제와 도해원의 주소는 당시 사슴농장의 주소

씬34   주원의 오피스텔 - 거실 (D, 새벽)

구석에 세워진 스피닝 자전거 위에서 땀을 흘리고 있는 주원.

화이트보드에 꽂힌 만양 정육점 회식 사진 속 사람들을 보고 있다.

지훈에게 시선을 줬다가 정제로 옮겨가는데.

거실 테이블 위에 놓인 노트북에서 메일 알림음 울리고.

주원, 자전거에서 내려와 수건으로 땀을 닦으며 노트북 메일함을 연다.

첨부파일을 여는 주원. 잠시 후.. 놀란 주원의 눈빛!

씬40   동식의 집 - 지하실 (D, 새벽)

동식, 빈 벽을 보고 서 있다. 조금은 초월한 것 같은 눈빛. 지친 것도 같다.

그때 삐이걱- 문이 열린다. 동식, 돌아본다. 주원이 서 있다.

동식	제 집 드나들 듯 하시니 월세라도 받아야 하나.
주원	왭니까.
동식	뭐가 또 왜.
주원	그런 인간을 왜, 감쌉니까.
동식	내가 누굴 감싸, (하는데)
주원	박정제.
동식	(본다)
주원	이유연씨 사건 이후, 그 인간 어디서 뭐 했습니까.
동식	미국으로 유학 갔는데. 그 전부터 그러기로 되어 있었거든.
주원	(피식- 휴대폰 꺼내서 읽는다) 충청북도 한송시 강을면 오분리 254-1. (동식을 똑바로 보며) 한송 정신병원.
동식	(멈칫-)
주원	4년 동안 강제 입원. 입원 내내 사슴을 죽였다며 난동을 부리고 발작을 했다던데. 정확히 말하면 사슴 모습을 한 사람을 죽였다. 그런 새낄 감싸는 이유.. (경멸) 당신 둘.. 공범 맞지?
동식	(허무하다는 듯 중얼) 그것밖에 안 되는 일로 벌벌 떨었나.
주원	뭐?

(이하 생략)

입퇴원 확인서

병록번호 : 00162491

연 번 호 : 2001-02412   주민등록번호: 811116-17097843

환자의 성명	박정제	성별	남성	생년월일	1981.11.16	연령	21
환자의 주소	경기도 문주시 만양읍 심주리 126-1					전화	011-0930-7777
병 명 ■ 임상적 □최종 진단	알콜성 정신장애				한 국 질 병 분 류 번 호		
					F10.5		
진 단 일	2001년 1월 15일						
향 후 치 료 의 견	입원 내내 '사슴을 죽였다' 난동, 발작 '사슴 모습을 한 사람을 죽였다', '사슴이 보인다'는 등의 착란 증세 상기 환자는 장기 입원 치료함						
입퇴원 기간	2001년 1월 15일 부터 2005년 1월 15일 까지 1460 일 (총 4 년)						
비 고				용 도			

같이 입퇴원 하였음을 확인함.

발 행 일 : 2020년 11월 01일

의료기관 : 한송 정신병원

　및 명칭: 충청북도 한송시 강을면 오분리 254-1 한송 정신병원

　　　　　(충청북도 한송시 강을면 오분길 254)

전화 및 FAX: (Tel) 045-223-1928   (Fax) 045-223-1928

면허번호 : 제　62484　호　　　　의사성명 :　　최장현

입 원 동 의 서

환 자	성 명	박 정 제	생년월일	1981. 11. 16. (남, 여)
	주 소	경기도 문주시 만양읍 심주리 126-1 (전화: 011-0930-7777)		
보 호 의무자	성 명	도 해 원	생년월일	1956. 11. 25
	주 소	경기도 문주시 만양읍 심주리 126-1 (전화: 011-0640-3324)	환자와의 관 계	母

대한 입원권고 의견 (정신과전문의 소견서 또는 진단서로 갈음할 수 있음)

알콜성 정신장애로 인한 공격성

2001 년   1 월   15 일

면허번호: 62484   입원권고 정신과전문의: 최장현   (서   인)

최장현 도장첨부 부탁합니다.

한송정신병원장 귀하

본인은 「정신보건법」 제24조 제1항 및 같은 법 시행규칙 제14조 제1항의
규정에 따라 위 환자가 귀 정신의료기관에 입원하는 것을 동의합니다.

2001 년   1 월   15 일

보호의무자: 도해원   (서명)

도해원 도장 부탁합니다.

한송정신병원장 귀하

*7#39, 혁이 주원에게 건네는 유재이 신상명세서

1. 기초자료

성명	유재이		
생년월일	1993년 06월 17일		
E-mail			
전화번호	034-942-8245	휴대폰	010-0324-8245
우편번호	41344	팩스번호	
주소	경기도 문주시 만양읍 교평2길 14		

2. 신상자료

최종학력	고졸	결혼여부	미혼	종교	무교
신장	배우 키 ㎝	체중	배우 몸무게kg	혈액형	B

3. 가족 사항

관계	성명	연령	최종학력	직업	동거여부
부	유상헌	1956년생	고졸	자영업	2010년 사망
모	한정임	1969년생	고졸	주부	2010년 실종

4. 학력 사항

년/월	학교명	비고
2006/02	경기도 문주시 만양초등학교	졸업
2009/02	경기도 문주시 만양중학교	"
2012/02	경기도 문주시 광효고등학교	"

5. 경력사항

기간	회사명	부서명	소속	계급
2011/06~현재	만양 정육점			대표

6. 특이사항

□ 가족관계

1) 유상헌 (父, 1956生)
① 프로필
-1969년 만양초등학교 졸업
-1972년 만양중학교 졸업
-1975년 광효고등학교 졸업
-1976년 부모님께 물려받은 만양정육점 운영 시작
-1990년 새누리금고 직원 한정임과 결혼
-1993년 유재이 득녀
-2007년 음주운전 사고로 식물인간
-2010년 사망

② '2007년 문주사거리 이중 추돌사고' 사건 가해자
-사건 날짜 및 시간 : 2007년 8월 20일 21시 30분경
-사건 개요
  :2007년 8월 20일, 문주읍내에 위치한 술집 '만석호프'에서 지인과 술을 마신 뒤, 시속 120km 속도로 주행하는 과정에서, 문주 사거리에서 신호대기 중이던 피해자 박동철(남, 38세)의 차량과 부딪히는 이중 추돌 발생.
  사고 직후, 피해자 박동철은 현장에서 즉사하였으며, 피의자 유상헌(남, 당시 52세)은 인근 만양병원으로 후송됐으나, 대뇌에 심각한 손상을 입고 모든 인지기능이 소실되어 식물인간 진단을 받음.

2) 한정임 (母, 1969生)
① 프로필
-1982년 만양초등학교 졸업
-1985년 만양중학교 졸업
-1988년 광효고등학교 졸업
-1988년 새누리금고 입사
-1990년 만양정육점 업주 유상헌과 결혼 후 새누리금고 퇴사
-1993년 유재이 득녀
-2007년 배우자 유상헌의 사고 후 만양정육점 운영 시작
-2010년 실종

② 2010년 11월 3일, '한정임 실종사건' 발생
-사건 날짜 및 추정 시간 : 2010년 11월 3일 밤 10시 이후
-사건 개요
 :2010년 11월 3일, 한정임(여, 당시 42세)은 '2007년 문주 사거리 이중 추돌사고'로 식물인간 판정을 받은 후 2010년 사망한 배우자 유상헌(남, 사망 당시 55세)의 49재 준비를 마친 후, 22시, 즉 밤 10시경, 문주시 소재 심주산 심주사에서 하산하는 모습이 마지막으로 목격됨. 하산하던 중 휴대폰이 꺼진 것이 마지막 생활 반응. 심주산 포함, 문주시 인근의 산과 저수지 등을 수색, 행방을 찾는 것에 실패함.
-특이사항
 :사건 이후, 만양읍 일대에 '한정임에게 내연남이 있었다.', '배우자 유상헌의 죽음이 한정임에 의한 것이다.' '한정임은 실종이 아니라 가출이다.' 등 소문이 돌았다고 함.
-한정임 실종 추정 장소
 :문주시 심주산 심주사 80m 표지판 인근 실종 추정. (휴대폰 GPS 마지막 지점)

□ 유재이 관련 추가 특이사항
 1) 주변 관계 탐문
-'만양정육점' 인근 거주자, 업주 등의 진술에 따르면, 유재이는 모친 한정임 실종(2010년 11월) 이후 10년간 '만양정육점' 운영을 지속해온 것으로 파악됨.
-2020년 11월 4일, 유재이의 동선을 살핀 결과, 만양정육점을 크게 벗어나지 않음.
-평소 '만양정육점'은 '만양파출소'의 회식 장소로 이용되고 있으며, 주로 '만양파출소' 직원(남상배, 이동식, 황광영, 조길구, 오지훈), '문주 경찰서' 직원(오지화, 박정제), '만양 슈퍼' 가족 (강진묵, 강민정)과 가깝게 지내는 사실을 확인.
-특히 실종된 한정임과 친분이 있던 '만양파출소' 소장 남상배와 만양 파출소 경사 이동식이 유재이를 각별하게 챙긴다는 후문. 참고로, 이동식은 2000년 발생한 이유연(이동식의 쌍둥이 여동생) 실종사건의 유력용의자로 체포된 기록, 2017년 11월 21일 발생한 서울청 광역수사대 재직 당시 파트너 '이상엽 사망 사건'과 관련, 경찰청 감사관실의 조사를 받은 기록이 있음.

 2) '한정임 실종사건' 관련 행적
-유재이의 최근 몇 년간 휴대폰 통화 기록 및 카드 사용 내역 조회 결과, 주 생활권은 문주시 만양읍이었으나, 일 년에 몇 차례, 주기적 혹은 산발적으로 타지역을 왕래하거나 고정된 연락처에 통화를 시도한 기록을 확인할 수 있었음.
-해당 행적에 대해 알아본 결과, 전국 각지에서 무연고 사체가 나타날 때마다 담당 검시관과 병원 장례식장을 찾아간 것을 확인할 수 있었음. 한 검시관의 진술에 따르면, '한정임 실종' 이후, 10년간 꾸준히 방문, 연락을 해왔다고 함.
-'한정임 실종사건'을 담당했던 형사와 검사의 진술에 따르면, 매해 두 차례 명절에 찾아와 사건에 대한 재조사를 요구하는 등, 모친을 찾으려고 노력.

3) 만양정육점 압수 수색 영장 발부, 실행
- 2010년 11월 12일 모친 한정임 실종 관련, 만양정육점 압수수색 기록.
- 2020년 10월 29일 '문주시 강민정 실종사건' 관련, 만양정육점 압수수색 기록.

□한정임 실종 전단지

실종자를 찾습니다.

한정임 사진 첨부
(7회 47씬에 등장하는 '2010.11.03.' 일자 사진)

성 명: 한 정 임 (여, 실종 당시 42세)
인상착의: 신장 160cm, 몸무게 60kg가량, 보통체격, 어깨에 닿는 정도의
　　　　　검은 단발머리를 하나로 묶었으며, 진주 머리핀을 꽂은 것이 특징.
　　(인상착의는 배우와 촬영한 사진에 맞게 수정하셔도 좋을 것 같습니다)

사건 개요
2010년 11월 3일 밤 10시 이후, 문주시 만양읍 소재 심주산 심주사에서 귀
가하던 중 사라짐.

실종 추정 장소
문주시 소재 심주산 심주사 80m 표지판 인근 실종 추정
(휴대폰 GPS 마지막 지점)

신고처
■ 034-942-8245, 010-0324-8245
■ 국번없이 112
■ 문주경찰서 여성청소년계/강력1팀 034-795-9851

* 8회 #56, #58

① 강민정 친자 감정서 / ② 윤미혜 기본증명서

씬56   문주 경찰서 - 강력계 진술 녹화실 (D, 다음 날 오후)

(생략)

/현재. 문주 경찰서 - 강력계 진술 녹화실

주원   너도 날 버린다고? 감히 날 니가 버려? 이번엔 안 돼. 놓칠 수 없어!
           목을 졸랐어. 20년간 윤미혜한테 쌓아둔 분노를 담아서 목을 졸랐지.

진묵   (눈가가 떨리지만 애써) 우리 한경위님이 영화를 많이 보셨네요. (올려
           다보며) 민정인 내 딸이에요. 내 딸 맞다니까?

동식   아닌데? (프린터 위의 서류 한 장 들어 읽는) ①99.9998퍼센트 친자 관
           계가 성립하지 않음. (테이블 위에 ①서류 내려놓는다)

진묵   !!! (다급히 서류 본다. 윤미혜에 대한 분노가 다시 치밀어 오르며!) 이
           미친년! 나쁜 년! 이런 미친년이 나를! 나를 속여!!!

주원   (자리에서 일어나며) 잡혔으면 100퍼센트 살해당했겠네요, 윤미혜씨.

동식   안 잡혀서 다행이지.

진묵   (본다) 안 잡혀서, 다행?

동식   윤미혜, 살아있거든.

진묵   !!

동식   네가 쫓는 거 알고서, 죽었다고 해달랬다네?

진묵   (딸꾹) 거.. 거짓말..!

주원   서류에도 사망기록은 없습니다. (프린터 위 다른 서류 한 장을 들어서
           올려놓는데 윤미혜의 ②기본 증명서다) 혼인신고 안 했으니까, 당신이

확   인할 수 없다는 걸 노린 거죠.

진묵   (들여다보면, 출생일만 적혀 있다) !!!

주원   (진묵을 쓱- 보고) 사람 잘못 죽였네요, 강진묵씨. (관찰실로 나가며
           중얼) 죽여야 할 사람이 살아있네.

씬58   문주 경찰서 - 강력계 진술 녹화실 (D, 동시각)

진묵   도.. 동식아. 유... 유연이 말야..

동식   (진묵이 들여다보고 있던 서류 두 장①②을 챙기다가, 멈칫)

진묵   유연인 내.. 내가 안 그랬어. 진짜 내가 아.. 안 그랬다니까?

(이하 생략)

NFS 국립과학수사연구원
National Forensic Service

수신   경기문주경찰서장(형사과장)

(경유)

제목   감정의뢰 회보(2020-C-94365) 경기문주경찰서 경위 오지화

───

    1. 형사과-75614(2020. 11. 06.)호와 관련임.

    2. 위 건에 대한 감정결과를 붙임과 같이 회보합니다.

붙임 : 1. 감정서 1부. 끝.

국립과학수사연구소장

> 국립과학수사
> 연구소장인
> 도장 첨부 부
> 탁드립니다.

───

주무관   이범권   연구소장

협조자

시행 법의학과 - 845092 (2020. 11. 06.)   접수   형사과-75614 (2020. 11. 06.)

우   524-0743 서울시 정오구 정오대로 173 국립과학수사연구소 / http://www.tnscil.go.kr

전화번호   01-534-6891   팩스번호   01-534-6891

감 정 서

의뢰관서 경기문주경찰서

접수 2020-C-94365   (2000년 11월 06일)

형사과-75614   (2000년 11월 06일)

1. 감 정 물 증1호: 강민정(여, 21세)의 머리카락

증2호: 강진묵(남, 45세)의 칫솔

(별첨 2) 감정물 사진 참조

(별첨 3) 감정물 사진 참조

2. 감정사항   상기 감정물의 디엔에이(DNA)형 분석.

3. 시험방법   STR 유전자형 분석법(NFS-QI-DAM-012011)에 의함.

4. 감정결과   위 감정물에 대한 디엔에이형 분석결과는 [별첨 1]과 같음.

• 형사과-75614(국립과학수사연구원 접수번호 2020-C-94365호)

증 1호 강민정의 머리카락 DNA와 강진묵의 칫솔 DNA 분석결과,

99.9998% 친자관계가 성립되지 않음.

5. 비   고   증1호, 증2호 감정의뢰에 대한 결과는 해당부서에서 회보하였음.

2020 년   11 월   08 일

국 립 과 학 수 사 연 구 원

국립과학수사연구소   법의학과

감정인: 한상운 [도장 첨부해 주세요.], 이소진 [도장 첨부해 주세요.], 장원경 [도장 첨부해 주세요.]

- 1 / 3 -

경기문주경찰서 형사과-75614 (2020년 11월 06일)의 디엔에이 분석 결과.

감정됨 유전자좌위	증1호 머리카락에서 채취한 DNA 감식 키트	증2호 칫솔에서 채취한 DNA 감식 키트
Amelogenin	XX (여성)	XY (남성)
D3S1358	15	19
TH01	4	7
D21S11	28	12
D18S51	10	18
D5S818	12	9
D13S317	13	11
D7S820	14	10
D16S539	10	14
CSF1PO	11	5
vWA	12	16
D8S1179	7	13
TPOX	9	17
FGA	21	15

[별첨2]

경기문주경찰서 형사과-75614 (2020년 11월 06일)의 감정물 사진.

강민정 머리카락 사진 첨부 부탁드립니다.

증1호 : 강민정 머리카락

[별첨3]

경기문주경찰서 형사과-75614 (2020년 11월 06일)의 감정물 사진.

강진묵 칫솔 사진 첨부 부탁드립니다.

증2호 : 강진묵 칫솔

기 본 증 명 서 (일 반)

등록기준지	부산광역시 면남구 관내동 427-16 소망 보육원				
구분	상 세 내 용				
작성	[가족관계등록부 작성일] 2008년 01월 01일 [작성사유] 가족관계의 등록 등에 관한 법률 부칙 제3조제1항				

구분	성 명	출생연월일	주민등록번호	성별	본
본인	윤미혜(尹美惠)	1978년 10월 22일	781022-24187390	여	坡平

일반등록사항

구분	상 세 내 용
법 제52조에 의한 작성	[성및본창설허가일] 1978년 12월 21일 [허가법원] 부산가정법원 [허가내용] 성을 윤으로, 본을 파평으로 창설. [신고서 제출일] 1978년 12월 17일 [작성자] 부산광역시 면남구청장

위 기본증명서는 가족관계등록부의 기록사항과 틀림없음을 증명합니다.

2020년   11월   9일

부산광역시 면서구청장   김 동 운

도장첨부
부탁드립
니다

※ 위 증명서는 「가족관계의 등록 등에 관한 법률」 제15조제2항에 따른 등록사항을 현출한 일반증명서입니다.

*고아일 경우 기본증명서

기 본 증 명 서

구 분	상 세 내 용
법계52조에의한 작성	[성및본창설허가일] 2005년 04월 26일 [허가법원] 서울가정법원 [허가내용] 성을 김으로, 본을 한양으로 창설 [신고서제출일] 2003년 04월 22일 [작성자] 서울특별시 강남구청장

윤미혜는 고아이므로 기본증명서의 일반 등록사항이 이렇게 되어있어야 합니다. 참고하시면 좋을 것 같아 같이 첨부해 보내드립니다.

*사망했을 경우 기본증명서

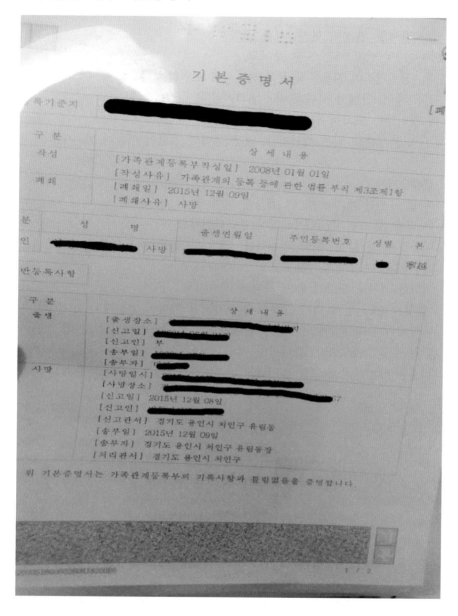

사망했을 경우, 작성 밑에 폐쇄 칸이 생기고, 이름 옆에 　사망　이 붙으며, 일반 등록사항에도 사망란이 생깁니다.

윤미혜는 사망했기 때문에 원래 윤미혜의 기본증명서는 이런 형태였겠지만, 8회 #56, #58에서는 동식, 주원이 미혜가 살아있다는 거짓말로 진묵을 도발하는 장면이기 때문에 가짜로 미혜가 살아있는 것처럼 해서 기본증명서를 만든 것입니다.

참고하시면 좋을 것 같아 같이 첨부해 보내드립니다.

*12회 #24 빌라 등기부등본

<u>씬33</u>　　　　만양 정육점 안 (N, 현재, 시간 경과)

창밖으로 선녀를 부축하듯 안고 가는 도수 보이고.

나 더 있고 싶은데.. 웅얼거리며 지훈에게 끌려가는 광영 보인다.

쯧쯧- 보고 선 지화. 재이, 안에서 셔터를 확- 내려버린다.

드럼통 위, 한쪽에 정리해둔 보고서 위의 유연 사체 사진.

벽면에서 백골이 드러난 상태로 찍은 사진이다. 앉은 동식의 시선이 머물러 있는데.

주원	괜찮습니까.
동식	(바로 주원을 바라보며) 안 괜찮을 일이 있나.
지화	(자리에 앉으며, 주원에게) 정제 만났다면서요.
주원	이동식씨 집 앞에 내려드렸습니다. (동식을 보며) 이동식씨가 지하실에서 지내라고 했다고 말해뒀고요.
지화	지하실? (저도 모르게 유연 사진에 시선)
동식	(설핏- 분노) 언제 내가 그렇게 말했지? 난 기억이 없는데.
주원	박정제씨가 이유연씨의 사망에 관계가 있다면, 기억을 되살리는데 그곳만큼 적절한 장소가 있습니까.
동식	적절한 장소? 지금 그걸 말이라고!

(이하 생략)

동식	(잠시, 천천히 시선을 내리깔았다가) 지화야, 알아낸 게 있다며.
지화	어. 잠깐만. (가방에서 등기부 등본을 꺼내며) 문주서 후문에 있던 빌라 말야, 도수가 떼어온 등기부 등본인데, JL건설 이전에 소유했던 사람, 이창진에게 그 빌라를 매매한 사람이 누굴 꺼 같아?
주원	(설마) ..도해원?
지화	맞아요. 1999년에 매수하고서 2000년 11월 말, 그러니까 사건 직후에 이창진에게 넘겼어요. 시세의 절반 정도의 헐값에.
재이	경찰서 후문 쪽은 시내 중심이잖아요. 문주에서도 노른자위 아니에요?
동식	(끄덕이며) 아마 그 일대가 이번 개발 사업에 포함되어 있을걸.
주원	그 빌라 한 채만 넘겼습니까?
모두	(보면)
주원	그 건물만 개발 사업 권역에 포함된 건 아닐 텐데요.

(이하 생략)

등기사항전부증명서(말소사항 포함) - 집합건물

[집합건물] 경기도 문주시 아동 192-5

고유번호 2742-2000-00341

[표   제   부]   (1동의 건물의 표시)

표시번호	접 수	소재지번, 건물명칭 및 번호	건물내역	등기원인 및 기타사항
1	1997년 2월 25일	경기도 문주시 아동 192-5	철근콘크리트구조 (철근) 콘크리트 지붕 3층 주거시설(빌라) 1층 101.78㎡ 2층 103.15㎡ 3층 107.36㎡	
2		경기도 문주시 아동 192-5 [도로명주소] 경기도 문주시 시청로 134	철근콘크리트구조 (철근) 콘크리트 지붕 3층 주거시설(빌라) 1층 101.78㎡ 2층 103.15㎡ 3층 107.36㎡	도로명주소 2011년 8월 10일 등기

(대지권의 목적인 토지의 표시)

표시번호	소 재 지 번	지 목	면 적	등기원인 및 기타사항
1	경기도 문주시 아동 192-5	대	264.23㎡	1997년 2월 25일
2	경기도 문주시 시청로 134	대	264.23㎡	도로명주소 2011년 8월 10일 등기

열람일시 : 2021년 2월 14일 14시 00분 41초

【 표　제　부 】 　（ 전유부분의 건물의 표시 ）

표시번호	접　수	건물번호	건 물 내 역	등기원인 및 기타사항
1 (전 1)	1997년 2월 25일	제3층 301호	철근콘크리트 벽식조 107.36㎡	

（대지권의 표시）

표시번호	대지권 종류	대지권비율	등기원인 및 기타사항
1 (전1)	소유권 대지권	750.8분의 17.235	1997년 2월 18일 대지권 1997년 2월 25일

【 갑　　구 】 　（ 소유권에 관한 사항 ）

순위번호	등 기 목 적	접　수	등 기 원 인	권 리 자 및 기 타 사 항
1	소유권 보존	1997년 2월 25일 제19754호		소유자 김광구 510718-17945649 경기도 문주시 아동 192-5
2	소유권 이전	1999년 6월 3일 제42112호	1999년 6월 3일 매매	소유자 도해원 561125-27454145 경기도 문주시 아동 192-5 거래가액 금 80,000,000원
3	소유권 이전	2000년 11월 29일 제89241호	2000년 11월 29일 매매	소유자 (주)진리건업 이창진 720401-13784951 경기도 문주시 아동 192-5 거래가액 금 35,000,000원
3-1	3번등기명의인표시변경	2006년 2월 10일 제23142호		소유자 (유)J건설 이창진 720401-13784951 경기도 문주시 아동 192-5

열람일시 : 2021년 2월 14일 14시 00분 41초

| 3-2 | 3번등기명의인표시변경 | 2011년 8월 5일
도로명주소 | (주)JL건설 이창진의 주소
경기도 문주시 시청로 134 |

【 을 구 】 (소유권 이외의 권리에 관한 사항)

기록사항 없음

-- 이 하 여 백 --

관할등기소 경기서부지방법원 문주등기소

* 본 등기사항증명서는 열람용이므로 출력하신 등기사항증명서는 법적인 효력이 없습니다.
* 실선으로 그어진 부분은 말소사항을 표시함. *기록사항 없는 갑구, 을구는 '기록사항 없음'으로 표시함. *증명서는 컬러 또는 흑백으로 출력 가능함.
열람일시 : 2021년 2월 14일 14시 00분 41초

*13회 #53 차용증

씬53   국회 행정안전위원회 회의실 (D, 오전)

국회의원들	(웅성웅성) 뭐?/그럼 돈 받은 거네!
기환	하지만 그건, 채무 관계에 비롯된 것입니다.
주원	!!!
한경수	(황당) 채무 관계요?
주원	(하.. 서늘하게 입꼬리가 올라간다. 결국 이렇게 나온단 말인가)
기환	토지 소유자가 급전이 필요해 정모 총경에게 일정 금액을 대여했고, (주원과 시선 마주친다)
주원	(경멸의 시선 그대로 드러내면)
혁	(주원 표정 놓지 않고 보는)
기환	(흔들림 없이) 그것을 토지로 갚은 것입니다. 그에 대한 증거는, (비서를 보면)
비서	(인쇄된 차용증 여러 장을 한경수에게 건넨다)
한경수	(재빨리 받아서 확인하는데)
기환	채권 채무 관계를 맺은 것 자체는 법적으로 문제되지 않지만, 공직자로서 얽히지 말아야 할 관계임은 분명합니다. 그에 따라 처분을 내려 이미 정모 총경을 지방 경찰서로 발령 조치한 바 있습니다.
주원	(하... 옅은 실소)
한경수	(낮은 한숨) ..20년 동안이나 돈 관계를 맺었다?
기환	차후 제가 경찰청장에 임명된다면, 대대적인 청문 감사와 감찰을 통해 경찰 조직의 청렴을 강조하고 도덕성을 재확립하겠습니다. 이 자리에서 분명히 약속드립니다.
한경수	(어쩔 수 없이) 약속.. 하시는 겁니다?

(이하 생략)

차 용 증

차용일자 : 2000년 11 월   25 일
차용금액 : <u>금   이천만원</u>   원정 (₩   20.000.000   )
차용목적 : 개인용도

1. 상기 금액을 채무자가 채권자로부터 2000년 11월 25일 차용하였으며, 아래와 같이 이행할 것을 확약한다.

원금변제기	2000년 12월 24일	이 자 율	2 %	이자지급일	매월 25 일

2. **채무변제방법**

   원금과 이자는 지정일자에 채권자의 주소지에 지참·지불하거나 아래의 예금계좌로 송금하여 변제한다.

은 행	한영은행	계좌번호	194-778821-795461	예 금 주	정철문

3. 원금 및 이자의 변제를 지체할 경우 채무자는 일 (2)%의 이자율에 의한 지연 손실금을 가산해서 지불해야 한다.

4. 채무자는 위 채무 보증을 위해 아래 담보물을 점유권을 채권자에게 제공하며 변제일을 초과할 경우 채권자가 임의 처분하여도 무방하며 일체 이의를 제기하지 않는다.

담보물의 명칭	토지	담보물의시가	일금 오천삼백만 원정(₩ 53.000.000)

   ① 담보물의 시가는 당사자간의 협의를 통하여 정하기로 한다.
   ② 담보물의 표시가 필요한 경우 담보물을 특정할 수 있도록 따로 별지 첨부토록 한다.

5. 위 채권을 담보하거나 추심에 필요한 비용은 채무자가 부담한다.
6. 위 채권에 관한 소는 채권자 주소지에서 한다.

2000 년   11 월   25 일

정철문
도장첨부
부탁합니다

채 권 자   성   명 :   정철문   (인)
           주   소 : 경기도 문주시 만양읍 교평리113
           주민번호 : 671003-17451248
           연 락 처 : 011-0965-7942

도해원
도장첨부
부탁합니다.

채 무 자   성   명 :   도해원   (인)
           주   소 : 경기도 문주시 경기도 삼은동 49-2
           주민번호 : 561125-27454145
           연 락 처 : 011-0856-7777

차 용 증

차용일자 : 2004년   6월   3일

차용금액 : <u>금   삼천만   원정 (₩ 30.000.000   )</u>

차용목적 : 개인용도

1. 상기 금액을 채무자가 채권자로부터 2004년 6월 3일 차용하였으며, 아래와 같이 이행할
   것을 확약한다.

원금변제기	2004년 7월 3일	이 자 율	1.5 %	이자지급일	매월 3 일

2. **채무변제방법**

   원금과 이자는 지정일자에 채권자의 주소지에 지참·지불하거나 아래의 예금계좌로 송금
하여 변제한다.

은 행	한영은행	계좌번호	194-778821-795461	예 금 주	정철문

3. 원금 및 이자의 변제를 지체할 경우 채무자는 일 (1.5)%의 이자율에 의한 지연 손실금
   을 가산해서 지불해야 한다.

4. 채무자는 위 채무 보증을 위해 아래 담보물을 점유권을 채권자에게 제공하며 변제일을
   초과할 경우 채권자가 임의 처분하여도 무방하며 일체 이의를 제기하지 않는다.

담보물의 명칭	토지	담보물의시가	일금 육천팔백만 원정(₩ 68.000.000)

   ① 담보물의 시가는 당사자간의 협의를 통하여 정하기로 한다.
   ② 담보물의 표시가 필요한 경우 담보물을 특정할 수 있도록 따로 별지 첨부토록 한다.

5. 위 채권을 담보하거나 추심에 필요한 비용은 채무자가 부담한다.

6. 위 채권에 관한 소는 채권자 주소지에서 한다.

2004 년 6 월 3 일

채 권 자   성   명 :   정철문   (인)

　　　　　주   소 : 경기도 문주시 만양읍 교평리113

　　　　　주민번호 : 671003-17451248

　　　　　연 락 처 : 011-0965-7942

채 무 자   성   명 :   도해원   (인)

　　　　　주   소 : 경기도 문주시 경기도 삼은동 49-2

　　　　　주민번호 : 561125-27454145

　　　　　연 락 처 : 011-0856-7777

정철문
도장첨부
부탁합니다

도해원
도장첨부
부탁합니다

차 용 증

차용일자 : 2007년   2월   18일
차용금액 : 금   일억원   원정 (₩   100.000.000   )
차용목적 : 개인용도

1. 상기 금액을 채무자가 채권자로부터 2007년 2월 18일 차용하였으며, 아래와 같이 이행할 것을 확약한다.

원금변제기	2007년 3월 20일	이 자 율	3%	이자지급일	매월 18 일

2. **채무변제방법**

   원금과 이자는 지정일자에 채권자의 주소지에 지참·지불하거나 아래의 예금계좌로 송금하여 변제한다.

은 행	한영은행	계좌번호	194-778821-795461	예 금 주	정철문

3. 원금 및 이자의 변제를 지체할 경우 채무자는 일 (3)%의 이자율에 의한 지연 손실금을 가산해서 지불해야 한다.

4. 채무자는 위 채무 보증을 위해 아래 담보물을 점유권을 채권자에게 제공하며 변제일을 초과할 경우 채권자가 임의 처분하여도 무방하며 일체 이의를 제기하지 않는다.

담보물의 명칭	토지	담보물의시가	일금 삼억원 원정(₩300.000.000)

   ① 담보물의 시가는 당사자간의 협의를 통하여 정하기로 한다.
   ② 담보물의 표시가 필요한 경우 담보물을 특정할 수 있도록 따로 별지 첨부토록 한다.

5. 위 채권을 담보하거나 추심에 필요한 비용은 채무자가 부담한다.

6. 위 채권에 관한 소는 채권자 주소지에서 한다.

2007   년   2월   18일

채 권 자   성   명 :   정철문   (인)
           주   소 : 서울시 종로구 중앙청동 10-2
           주민번호 : 671003-17451248
           연 락 처 : 010-0965-7942

[정철문 도장 첨부 부탁합니다]

채 무 자   성   명 :   도해원   (인)
           주   소 : 경기도 문주시 경기도 삼은동 49-2
           주민번호 : 561125-27454145
           연 락 처 : 010-0856-7777

[도해원 도장첨부 부탁합니다]

차 용 증

차용일자 : 2010년   9 월 20 일
차용금액 : 금   일억원   원정 (₩   100.000.000   )
차용목적 : 개인용도

1. 상기 금액을 채무자가 채권자로부터 2010년 9월 20일 차용하였으며, 아래와 같이 이행
   할 것을 확약한다.

원금변제기	2010년 11월 7일	이 자 율	3 %	이자지급일	매월 20 일

2. 채무변제방법

   원금과 이자는 지정일자에 채권자의 주소지에 지참·지불하거나 아래의 예금계좌로 송금
하여 변제한다.

은 행	한영은행	계좌번호	194-778821-795461	예 금 주	정철문

3. 원금 및 이자의 변제를 지체할 경우 채무자는 일 (2)%의 이자율에 의한 지연 손실금
   을 가산해서 지불해야 한다.

4. 채무자는 위 채무 보증을 위해 아래 담보물을 점유권을 채권자에게 제공하며 변제일을
   초과할 경우 채권자가 임의 처분하여도 무방하며 일체 이의를 제기하지 않는다.

담보물의 명칭	토지	담보물의시가	일금 이억구천만 원정(₩ 290.000.000)

   ① 담보물의 시가는 당사자간의 협의를 통하여 정하기로 한다.
   ② 담보물의 표시가 필요한 경우 담보물을 특정할 수 있도록 따로 별지 첨부토록 한다.

5. 위 채권을 담보하거나 추심에 필요한 비용은 채무자가 부담한다.
6. 위 채권에 관한 소는 채권자 주소지에서 한다.

2010 년 9 월 20 일

정철문
도장첨부
부탁합니다

채 권 자   성   명 :   정철문   (인)
            주   소 : 서울시 종로구 중앙청동 10-2
            주민번호 : 671003-17451248
            연 락 처 : 010-0965-7942

도해원
도장첨부
부탁합니다

채 무 자   성   명 :   도해원   (인)
            주   소 : 경기도 문주시 경기도 삼은동 49-2
            주민번호 : 561125-27454145
            연 락 처 : 010-0856-7777

차 용 증

차용일자 : 2013년   10 월 5 일

차용금액 : 금   구천만   원정 (₩   90.000.000   )

차용목적 : 개인용도

1. 상기 금액을 채무자가 채권자로부터 2013년 10월 5일 차용하였으며, 아래와 같이 이행
   할 것을 확약한다.

원금변제기	2013년 11월 5일	이 자 율	2 %	이자지급일	매월 5 일

2. 채무변제방법

   원금과 이자는 지정일자에 채권자의 주소지에 지참·지불하거나 아래의 예금계좌로 송금
하여 변제한다.

은 행	한영은행	계좌번호	194-778821-795461	예 금 주	정철문

3. 원금 및 이자의 변제를 지체할 경우 채무자는 일 (2)%의 이자율에 의한 지연 손실금
   을 가산해서 지불해야 한다.

4. 채무자는 위 채무 보증을 위해 아래 담보물을 점유권을 채권자에게 제공하며 변제일을
   초과할 경우 채권자가 임의 처분하여도 무방하며 일체 이의를 제기하지 않는다.

담보물의 명칭	토지	담보물의시가	일금 이억팔천만 원정(₩ 280.000.000)

   ① 담보물의 시가는 당사자간의 협의를 통하여 정하기로 한다.

   ② 담보물의 표시가 필요한 경우 담보물을 특정할 수 있도록 따로 별지 첨부토록 한다.

5. 위 채권을 담보하거나 추심에 필요한 비용은 채무자가 부담한다.

6. 위 채권에 관한 소는 채권자 주소지에서 한다.

2013 년 10 월 5 일

채 권 자   성   명 :   정철문   (인)

주   소 : 서울시 종로구 본청동 115-4

주민번호 : 671003-17451248

연 락 처 : 010-0965-7942

정철문
도장첨부
부탁합니다

채 무 자   성   명 :   도해원   (인)

주   소 : 경기도 문주시 변뜨기길 90
           판타지아 테라스 7호

주민번호 : 561125-27454145

연 락 처 : 010-0856-7777

도해원
도장첨부
부탁합니다

차 용 증

차용일자 : 2019년   1 월 28 일

차용금액 : 금　　　　　일억이천만　원정 (₩　120.000.000　　　)

차용목적 : 개인용도

1. 상기 금액을 채무자가 채권자로부터 2019년 1월 28일 차용하였으며, 아래와 같이 이행할 것을 확약한다.

원금변제기	2019년 2월 29일	이 자 율	3 %	이자지급일	매월　28 일

2. **채무변제방법**

　　원금과 이자는 지정일자에 채권자의 주소지에 지참·지불하거나 아래의 예금계좌로 송금하여 변제한다.

은 　 행	한영은행	계좌번호	194-778821-795461	예 금 주	정철문

3. 원금 및 이자의 변제를 지체할 경우 채무자는 일 (2)%의 이자율에 의한 지연 손실금을 가산해서 지불해야 한다.

4. 채무자는 위 채무 보증을 위해 아래 담보물을 점유권을 채권자에게 제공하며 변제일을 초과할 경우 채권자가 임의 처분하여도 무방하며 일체 이의를 제기하지 않는다.

담보물의 명칭	토지	담보물의시가	일금 삼억구천만 원정(₩　390.000.000)

　① 담보물의 시가는 당사자간의 협의를 통하여 정하기로 한다.

　② 담보물의 표시가 필요한 경우 담보물을 특정할 수 있도록 따로 별지 첨부토록 한다.

5. 위 채권을 담보하거나 추심에 필요한 비용은 채무자가 부담한다.

6. 위 채권에 관한 소는 채권자 주소지에서 한다.

2019 년 1 월 28 일

채 권 자　성 　 명 :　　　　　정철문　　　　(인)　　｜정철문
도장첨부
부탁합니다｜
　　　　　　주 　 소 :　경기도 문주시 시청로 330-8
　　　　　　주민번호 :　671003-17451248
　　　　　　연 락 처 :　010-0965-7942

채 무 자　성 　 명 :　　　　　도해원　　　　(인)　　｜도해원
도장첨부
부탁합니다｜
　　　　　　주 　 소 :　경기도 문주시 변뜨기길 90
　　　　　　　　　　　판타지아 테라스 7호
　　　　　　주민번호 :　561125-27454145
　　　　　　연 락 처 :　010-0856-7777

*14회 #34,#35,#36,#38,#39 속 '2000년 10월 1일자 신문기사'

씬34   문주 경찰서 - 강력계 진술 녹화실 (N, 동시각)

창진   안다고 아까 말씀드렸는데.
도수   어떻게 압니까.
창진   (하아..) 아까 건설하는 사람들은 그냥 다 안다고, (말을 멈춘다)
지화   (보면)
창진   하하- 이거 참. 갑자기 한기환 차장 이름이 왜 나오나 했더니. (도수에게 빙그레) 한기환 경찰청 차장님 처가가 오일 건설이고, 그러니까 내가 한기환 차장을 쪼끔 알게 된 것도 오일 건설과 관계된 일이냐.. 이걸 묻고 싶으신 건가?
도수   넵.
창진   (이걸 어떻게 대답해야 하지 복잡해지는데)
도수   기억력이 별로 좋지 않으신가 보네. 그럼 자..
지화   (예전 기사 인쇄본을 책상에 올려 밀어준다)
창진   (응? 받아서 내려다보면, 2000년 10월 1일자 신문 기사다) !
도수   2000년 문주시 개발 계획 추진할 당시 시행사는 이창진씨가 대표였던 진리건업이었고 함께 추진하던 사람이 광효 재단 도해원 이사장. 그때 마침 시공사 입찰을 추진 중이었죠. 여기 기사 내용을 보면 입찰에 참여하겠다고 공시한 건설사 중에 오일 건설이 보이네요?
창진   (차분히 기사를 내려다보는 척하지만 동공이 옅게 흔들리며!)

(이하 생략)

씬35   문주 경찰서 - 강력계 진술 녹화 관찰실 (N, 동시각)
당황한 심경을 감추려 노력하며 기사를 그저 내려다보는 창진의 모습이 보이고.
그 모습을 동식이 바라보는데.

곽계장   오일 건설.. 도해원 의원.. 한기환 차장님.. 이게 다 무슨 소리야?
동식   세 사람이 21년 전부터 알고 지냈단 소리죠.

그때 창너머 진술 녹화실의 창진이 천천히 입을 연다.

(이하생략)

문주시 개발, '일암동 게 섰거라!'
오일 건설 시공사 입찰 참여 발표!

2000.10.1

문주시 개발 계획 사업이 성공적인 첫 삽을 떴다. 개발사업 추진과 관련한 문주시 일대가 문주시 도시계획위원회 심의를 통과하는데 성공한 것이다. 심의 통과가 최종 고시되면 개발구역 지정, 계획수립 등 본격적인 개발 절차에 착수할 수 있다.

진리건업이 개발 계획을 밀어붙일 수 있었던 데는 광효재단의 역할이 컸다. 문주시 일대의 땅과 막대한 자금을 소유하고 있는 광효재단 도해원 이사장이 개발을 적극 지지하고 나섰기 때문이다. 도이사장은 맹목적이고 무분별한 개발을 향한 시의회의 경계심을 잠재우기 위해 발 벗고 나서기도 했다. 속칭 '알박기' 수법으로 매각을 버티던 일부 땅주인들과의 문제도 해결되면서, 수포로 돌아갈 뻔한 문주시 숙원사업이 반전을 맞이했다. 문주시와 맞닿은 일암동이 'ITcity' 개발을 성공하는 것을 지켜보며 불균형한 개발로 인한 빨대효과를 우려했던 문주시 주민들도 한숨을 돌렸다. 일암동과 초접경 지역인 문주시 만양읍 주민들은 'ITcity'와의 연계성을 내세워 '문주 드림타운'을 향한 기대를 내비쳤다.

호재가 이어지자 진리건업은 문주시 개발을 자신하며 시공사 입찰을 공시했다. 이에 소위 '1군 건설사'에 속하는 오일 건설이 제일 먼저 입찰 참여를 공시했고 국내 굴지의 건설사들도 입찰 참여에 대해 긍정적 검토 중인 것으로 알려졌다.

가장 먼저 입찰 참여를 공시한 오일 건설은 최근 사우디아라비아의 오딧세이 메트로 프로젝트 진행 중에 사고가 발생해 계약이 취소되는 불운을 겪은 바 있다. 이에 국외에서 진행 중이던 사업 모두 전면 재검토에 들어갔고 앞으로 국내 재개발 지구에 아파트를 공급하는데 집중한다는 계획을 세웠으며, 그 첫 번째 프로젝트로 문주시 재개발 사업의 입찰을 따내겠다는 의지를 천명한 상태다. 진리건업은 시공사 입찰이 마감되는 대로 최종 선정된 시공사와 세부공사 조건 협상을 진행한다는 계획이다.

문주 ‖ 정진실 기자

*15회 #33 청문회 관련 자료

씬33   한기환의 집 - 거실 (N)
청문회 관련 자료가 펼쳐진 거실 테이블.
소파에 앉은 기환, 여유로운 표정으로 들어오는 주원이 황당하다.

주원	(흘끔 내려다보고) 청문회 가시게요?
기환	가지 못할 이유가 있나.
주원	(소파에 앉으며) 글쎄.. (빙긋)
기환	일주일 동안 사라져서 나타나지도 않더니, 글쎄?
주원	눈앞에서 사라지라면서요.
기환	한주원. (훅- 얼굴 가까이 대며) 무슨 생각을 하고 있는진 모르겠지만 그냥 아무것도 하지 말고 가만히, (하는데)
주원	나도, 아무것도 하지 말고 가만히 있고 싶은데, (본다) 아버지가 다 망쳐버릴까 봐 그러질 못하겠습니다.
기환	뭐?

주원, 휴대폰을 꺼내더니 음성 녹음 파일 하나를 플레이를 누르고 테이블 위의 청문회 관련 자료 위에 탁 놓는다.

창진(E)	하.. 하하하하. 아 진짜 씨X! 날 거기로 보낸 거, 강진묵 죽이라고 한 건 너잖아, 이 새끼야! 그래놓고 니가 내 뒷통수를 까?
기환	!!!!!!
기환(E)	그 새끼.. 어떻게든 처리해야겠지.
기환(E)	알아서 잘, 하던 대로.
기환(E)	날.... 봤나.

기환, 완전히 굳어 주원을 본다. 주원은 그저 차분한 얼굴로 아버지를 보고 있는데.

기환(E)	그날 그 인간이 날 봤던 거야?
기환(E)	강진묵 그 인간이.. 내가 사고 내는걸, 내가 이유연을 치는 걸 봤다고?
기환(E)	..하나 같이.. 없애버려야 할 새끼들.

기환의 강철가면 같던 얼굴이 부들부들 떨려온다.
순간 일그러지며 추한 속내가 드러난다. 주원의 휴대폰을 주먹으로 쾅- 내려치는데.

(이하 생략)

경찰청장 인사청문회

서면질의답변서

 경 찰 청
Korean National Police Agency

● ● ● 목 차 ● ● ●

반 도 당

○ 경찰조직 운영과 관련하여 개선이 필요하다고 판단되는 부분에 대한 후보자의 의견

○ 경찰이 연루된 범죄에 대한 후보자의 견해와 대책방안

○ 지난 인사청문회에서 드러난 '정모 총경 금품수수 묵인 의혹'과 관련하여 정모 총경에 대한 처분 계획

○ 2019년 정모 총경에 대해 좌천성 인사를 지시한 것에 대한 의견

○ 2000년 문주시 개발 계획 사업 당시, 처가였던 오일건설이 시행사로 최종 선정되는 과정에서의 개입여부

○ 2000년 발생한 문주 여대생 사건에 대한 수사를 조기종결 한 것에 대한 의견

○ 아들 한모경위 정직처분 과정에서의 개입여부

강 민 당 측 의원님께서

┌───┐
│ 경찰청 운영에 대해 개선이 필요하다고 판단되는 부분과 이유에 대하여 │
│ 물으셨습니다. │
└───┘

○ 경찰청 운영에 있어 문제점은

- 인력 부족에 의한 과중한 근무시간

- 수행하는 업무에 비해 적은 보상

- 근무 환경을 제대로 반영하지 못하는 법과 제도적 기반 등이라고 생각
  합니다.

○ 앞으로 이를 해결하기 위해

- 업무에 즉각 투입 가능한 인력을 적극적으로 물색하여 인력충원을 지속
  적으로 추진하고,

- 경찰 직무특성에 걸맞은 각종 수당 및 활동비를 현실화 하고,

- 현장에서 활동하는 경찰이 보다 떳떳한 법집행을 할 수 있는 기반을 다
  지겠습니다.

┌───┐
│ 후보자가 생각하는 경찰청장의 덕목이나 자질을 물으셨습니다. │
└───┘

○ 국가와 국민을 위한 자리에 있는 공직자인 만큼 항상 정도의 길을 걸
  어야 한다고 생각합니다. 그 길을 이탈하지 않기 위해 끊임없이 스스
  로를 경계하는 태도를 갖춰야 할 것입니다.

○ 모든 판단에는 아집과 편견을 개입하지 않아야 할 것이며, 융통성을

필요로 해야 하는 상황이 발생할 경우에도, 기본과 원칙에 대한 신념은 흔들리지 않도록 주의해야 할 것입니다. 그것이 건강한 방식으로 소통하는 리더십과 연결될 수 있다고 생각합니다.

○ 성역 없는 공정하고 청렴한 수사방식을 솔선수범하여, 전 경찰관들이 한 뜻 으로 힘을 모아 더 나은 목표를 향해 나아가는 열정, 성실함도 필요할 것입니다.

○ 끝으로, 어떤 상황에서도 거짓을 탐하지 않는 높은 도덕성, 진실을 규명하려는 정의감이 필수요소라고 생각하고 있습니다.

경찰청을 이끌어 나갈 후보자의 계획을 물으셨습니다.

○ 제가 경찰청장으로 취임하게 된다면
- 국민의, 국민에 의한, 국민을 위한 경찰.
- 국민의 앞에 한 걸음 더 나아가, 신뢰와 존중을 주고받는 경찰을 만들 것입니다.
- 민생의 사각지대에 있는 사회적 약자를 배려하는 활동을 적극 추진할 것이며,
- 경찰이 본인 책무에 최선을 다할 수 있는 환경과 제도를 마련하는데 힘을 기울이겠습니다.
- 또한, 수직적으로 닫힌 조직문화 대신 열린 창구를 마련함으로써 경찰 조직이 현재에 안주하지 않고, 계속해서 함께 앞으로 나아갈 수 있도록

할 것입니다.

> 성범죄 재발생 예방에 대한 견해를 물으셨습니다.

○ 성범죄가 범죄의 피해자를 포함한 민생 전체에 막대한 영향을 끼친다
는 것을 저 또한 심각하게 생각하고 있습니다.

○ 성범죄자의 재범을 막기 위해 전자발찌 착용, 범죄자 주거 인근 관할
에 대한 순찰 강화 등의 계획을 적극 추진하여, 민생의 안전을 최우선
으로 살피겠습니다.

> 후보자가 지니고 있는 인생의 가치관에 대해 물으셨습니다.

○ 저는 제 자신이 토끼와 경주중인 한 마리의 거북이라고 생각합니다.
상대가 달리기가 빠른 토끼임을 알고도 출발선상에 섰을 거북이의 용기,
자신의 속도대로 뚜벅뚜벅 목표를 향해 나아가는 뚝심.

○ 인생이라는 경주에서, 토끼의 타고난 능력과 그 능력에 대한 지나친
믿음을 탐하기보다는 결승선을 향한 거북이의 진심과 성실함을 무기로 삼
고자 합니다.

> 수사권 독립에 대한 후보자의 의견에 대해 물으셨습니다.

○ 현재 경찰은 각 분야의 역량을 확충하기 위해 각자의 자리에서 최선의 노력을 하고 있습니다.

○ 전문분야를 두고 있는 수사영역에 대한 인재 발굴, 과학수사 인력충원 등을 적극 추진할 계획입니다. 이로써 수사전문가로서 한 걸음 더 나아갈 수 있는 환경이 조성될 것입니다.

○ 수사 과정에서 인권침해 발생, 혹은 무분별하고 강압적인 수사 발생 가능성을 불식하기 위해, 해당 사항에 대한 교육 또한 진행하겠습니다. 일선에 있는 경찰이 '수사권 독립'으로 인해 국민에게 보다 나은 수사 서비스를 내보일 수 있도록 최선을 다하겠습니다.

> 자치경찰제를 놓고 국가경찰과 자치경찰 간의 업무 중복 가능성에 대한 견해를 물으셨습니다.

○ 지역·주민생활과 밀접한 업무는 자치경찰이 우선 수행한 뒤, 국가경찰이 해당 업무를 보완할 수 있도록 협의가 이루어진다면, 보다 역할분담이 명확하게 이루어질 것으로 생각합니다.

○ 국가경찰과 자치경찰의 협력이 이루어진다면 국가 전반적으로 치안역량이 전에 비해 월등히 강화될 것이라고 생각합니다.

> 후보자가 생각하는 법치주의에 대한 견해에 대해 물으셨습니다.

○ 제가 인지하고 있는 법치주의의 사전적 의미는 '국민의 의사를 대표하는 국회에서 만든 법률에 따르지 아니하고는 나라나 권력자가 국민의 자유나 권리를 제한하거나 의무를 지울 수 없다는, 근대 입헌 국가의 정치 원리.'입니다.

○ 이는 국민과 관련된 모든 행정은 법에 근거하여 집행되어야 한다는 것이며, 법률을 제외하고서는 국민의 자유나 권리를 규정하려는 움직임은 절대적으로 기피해야 한다고 생각합니다.

○ 제가 경찰청 청장이 된다면, '법치주의 정신'을 충실하게 행사하며, 동시에 자유와 권리를 앞세워 사회의 질서를 깨뜨리는 모든 불법에 대해서는 엄격한 법을 집행하겠습니다.

> 과학수사 인력과 장비 부족에 대한 대책에 대해 물으셨습니다.

○ 범죄가 점점 지능화되면서 과학수사의 필요성 또한 높아지고 있습니다. 추세에 적극적으로 대비하기 위하여, 범죄분석요원 등의 인력을 확충하고, 과학수사에 필요한 장비를 보급하는 등의 노력을 기울이고 있습니다.

○ 이에 그치지 않고 과학수사 인력과 장비 확충을 위해 최선을 다할 것

을 약속드립니다.

반 도 당 측 의원님께서

> 경찰이 연루된 범죄에 대한 후보자의 견해와 대책방안에 대해 물으셨습니다.

○ 지금껏 지속적인 사정 활동을 펼쳐왔음에도 불구하고 뿌리 뽑히지 않은 경찰관 범죄와, 일부 경찰의 비리로 인해 전체 경찰이 비난의 화살을 맞는 것에 대해 무한한 책임을 느낍니다.

○ 제가 경찰청장에 임명 된다면, 고질적인 문제로 여겨지고 있는 유착비리, 금품수수, 뇌물공여 등의 문제를 지속적으로 감찰할 수 있는 방안을 마련할 것이며,

○ 전 경찰들을 대상으로 윤리교육을 보다 강화하고, 특히 범죄에 연루될 가능성이 높은 환경에 있는 분야에 대한 심도 있는 예방계획을 수립하겠습니다.

> 경찰조직 운영과 관련하여 개선이 필요하다고 판단되는 부분에 대해 물으셨습니다.

○ 일부 경찰들의 부정부패와 비리, 국민이 느끼신 바 있는 일부 경찰들의 불친절한 업무방식, 다소 강압적인 경찰력 행사 등을 꼽을 수 있겠습니다.

○ 경찰조직 운영에 대한 이런 부정적인 모습을 상쇄하기 위해, 조직 내 잔존하는 케케묵은 관행과 관습 등을 걷어내고, 국가와 국민의 만족을 채울 수 있는 치안행정을 펼치도록 하겠습니다.

> 지난 인사청문회에서 드러난 '정모 총경 금품수수 묵인 의혹'과 관련하여 정모 총경에 대한 처분 계획에 대해 물으셨습니다.

○ 지난 인사청문회를 통해 정총경에 대한 금품 수수 혐의를 접하고 저 또한 충격을 금치 못하였습니다. 청문회장에서 말씀드렸듯이 정모 총경이 시세의 절반가로 땅을 매수한 것은 명백한 사실입니다. 그것이 명백한 채무관계에서 비롯된 것 또한 마찬가지입니다.

○ 차후 제가 경찰청장에 임명된다면 대대적인 청문 감사와 감찰을 실시할 계획입니다. 정총경에 대한 강도 높은 감사와 감찰 또한 재실시 할 계획이며, 이를 통해 정총경에 대한 또 다른 혐의가 입증된다면 지체 없이 일벌백계 할 것을 약속드립니다.

> 2000년 문주시 개발 계획 사업 당시, 처가였던 오일건설이 시행사로 최종 선정되는 과정에서의 개입여부에 대해 물으셨습니다.

○ 2000년 당시, 오일건설사의 대표가 저의 장인어른이었던 것은 사실입니다. 하지만 이것은 저와 제 아내의 결혼에 의해 맺어진 관계입니다.

○ 저는 오일건설의 어떠한 사업과정에도 일말의 개입을 한 적이 없습니다. 저의 직위에 대한 무게감 때문이라도 행동을 특히 더 조심했을 뿐,

처가로부터 사업에 관련된 청탁을 받거나, 저 또한 누군가에게 청탁을 한 적도 없다는 것을 명백히 말씀드리는 바입니다.

> 2000년 발생한 문주 여대생 사건에 대한 수사를 조기종결 한 것에 대한 의견을 물으셨습니다.

○ 문주 여대생 사건은 2000년 10월 15일에 발생하였으며, 제가 해당 사건에 대한 수사 중단을 발표한 것은 2001년 3월 3일입니다. 보통의 수사 기간에 비해 이른 수사 종결이라고 생각하실 수 있으나, 당시 수사 진행 상황을 충분히 고려하여 내린 결정이라는 말씀을 드립니다.

○ 당시 문주경찰서는 피해 여대생의 행방을 찾기 위해 이전에 동원한 적 없는 이례적인 수사 인력을 투입하였습니다. 하지만 여대생의 행방과 관련 있거나 사건을 해결할 만한 조금의 단서도 발견하지 못했습니다. 해당 사건에 막대한 경찰인력이 동원되는 동안 다른 수사상황에는 구멍이 발생하였고, 당시 문주시 개발 추진으로 인해 외부인이 유입되며 강력범죄가 증가하기 시작했습니다.

○ 종합적인 상황을 고려할 때, 저는 해당 사건을 우선 미제사건으로 처리 한 뒤 결정적인 단서를 발견할 경우 재수사를 재개하겠다는 결정을 내린 것입니다. 수사 중단 발표는 저의 독단이나 강압, 사적인 이유로 인해 내린 결정이 아님을 말씀 드립니다.

아들 한모경위 정직처분 과정에서의 개입여부에 대해 물으셨습니다.

○ 지난 2020년 10월 31일 제 아들 한주원 경위는 최근 문주시에 일어난 강력사건이 20년 간 이어온 연쇄 살인이라는 기자회견을 강행한 바 있습니다. 저는 한경위가 외사과 재직 중, 연쇄 살인의 가능성을 제기하며 언급했던 피해자들 중 한명과 모종의 접촉이 있었음을 알게 됐습니다.

○ 하지만 실종 여성의 행방을 알 수 없어 한경위에 대한 직접적인 책임을 물을 수 없다고 판단했습니다. 하지만 외사과 업무를 유지하는 것은 옳지 않다는 결정을 내리고, 한 경위를 지방파출소로 전출을 명한 것입니다.

○ 이후 피해자의 인적사항은 인사청문회에서 진행된 긴급체포 사유를 통해 알게 됐으며, 직후의 처분과정에 혈연관계인 제가 개입하는 듯한 움직임을 보이는 것은 옳지 않다고 판단했습니다.

○ 저는 긴급체포와 감찰조사를 진행한 이 경위가 한 경위의 혐의에 대한 합당한 처분을 내릴 것이라고 믿었을 뿐입니다. 그리고 저는 서울청 감찰조사계 소속 이동식 경위가 한경위에게 내리는 어떠한 처분이라도 겸허히 받아들일 자세가 된 상태였음을 말씀드립니다. 결단코, 저는 한 경위 처분과정에 추호도 관여하지 않았습니다.

Part 6

드라마 설정 파일 - 엑셀 모음

날짜	시간	등장 씬넘버	사건내용
10월 14일	16:00		정제 사슴농장 오두막 도착
"	16:25		동식 만양카페 도착
"	17:00		방주선 만양카페 출근
"	17:30	1회 4씬	이동식 방주선 다툼/동식 만양카페 떠남
"	19:00	9회 26씬	동식 사슴농장 오두막 도착
"	22:10	13회 1,2씬	기환&창진&해원 술자리
"	23:15	12회 38씬	동식 만취 취침
"	23:33	1회 5씬	동식 유연 문자 "오빠, 어디야? 안 들어오면 큰일 날듯"
"	23:34	1회 5씬	정제 유연 문자 "들어가기 싫다, 나올 수 있어?'
10월 15일	00:15	1회 7씬	유연, 갈대밭 지나 심주산 사슴농장행
"	01:05	12회 37씬(=10#32)	유연 농장 도착/정제 유연 다투고 헤어짐
"	01:45	8회 23, 25, 32씬	진묵, 주선 마주침/진묵, 주선 살해
"	01:48	8회 26씬	유연, 진묵 주선 차에 싣는 것 목격
"	02:15	8회 33씬	유연 손가락 잘림
"	02:45	1회 8씬	진묵, 주선 사체 유기 위해 승합차 떠남
"	02:50	16회 30씬 이전	유연 도망
"	03:04	12회 46씬, 11회 63씬 12회 23씬, 12회 47씬 14회 81씬	기환 유연 1차 사고
"	03:27	16회 30씬	진묵, 유연 도망친 것 알게 됨
"	03:28	14회 37씬	창진 인근에 멀리 주차한 후 걸어서 현장 도착
"	03:32		기환 현장 떠남
"	03:35		창진, 멀리 주차된 차로 돌아가서 사체 유기 준비
"	03:38	12회 18,38,39,40,42씬 16회 31씬, 16회 32씬	정제 유연 2차사고/창진, 사고 소리 들음 /진묵 유연 찾던 중 사고 소리 들음+사고현장 정제&기타피크 목격
"	03:40	13회 26씬	정제, 도해원에게 전화
"	03:56	13회 28씬	해원, 현장 도착
"	03:58	13회 28씬	도해원, 창진에게 전화
"	04:17	11회 64씬,14회 10씬 14회 12씬 인서트	창진, 이제 도착한 척 현장에 다시 나타남
"	04:20	13회 30씬	해원, 정제와 현장 떠남
"	04:22	14회 13씬	창진, 정제 차를 몰고 현장 1차 떠남
"	04:24	14회 14,16씬 대사	진묵, 유연 사체 가져감 이후 방주선 사체 곁에 기타피크 투척(16#33 대사)
"	04:45	14회 15씬	창진, 시체 수습 위해 현장 도착, 유연 사체 사라진 것 발견하고 떠남
"	05:30		오두막의 동식 기상 후 집으로 출발
"	06:10		동식, 마당 지나쳐 집으로 들어감 (진묵 보고 있다가 손가락 놓고 사라짐)

	06:38	1회 9씬	동식모 유연 손가락 발견
"	06:43		유연손가락 신고 접수
"	07:34		방주선 변사체 신고 접수
"	08:15	2회 3, 26씬	남상배 방주선 변사체 현장 도착
"	오전	11회 40씬	길구, 기타피크 건네 받음.
10월 16일	오전	11회 31씬	길구, 도해원과 기타피크 감정서 교환.
"	오전	11회 43씬	상배, 길구에게 기타피크 감정서(가짜) 건네 받음
"	14:00	2회 4, 11씬	이동식 체포

시간 직접 등장한 씬 & 내용　　빨간색 : 대본에 없는 동선

날짜	시간대	회차/씬넘버	민정	진묵	동식	정제	지훈
10월 23일	02:30	2회/38씬	클럽에 널브러짐	집	민정 발견	집	집
	07:30	2회/39씬	파출소 의자에 묶여 난장		담요 던져줌		민정 구박
		2회/53씬	난장 모습 주원 플컷				
	08:30	2회/40씬		만양 슈퍼		출근	주원과 순찰
		3회/8씬					순찰 주원 플컷
		8회/54씬					순찰 주원 플컷
		2회/41씬	숙직실 취침		민정에게 담요 덮어줌		
		2회/53씬			민정 손가락 동식 플컷		
	18:30	2회/42씬	숙직실에서 나옴		부산 사건 TV시청 (2회 42씬과 동일)	퇴근	부산 뉴스 시청 (2회 42씬 동일)
		6회/6씬	휴대폰 꼭 쥔 손 플컷				
		6회/55씬					
		6회/7씬			동식 회상		
		7회/24씬					
		6회/8씬	정제 문자에 답		2회 42씬과 동일	민정에게 문자	
		6회/9씬	파출소 빠져나감			개천 옆 도로 go	
	19:00	6회/10씬			환복 후 민정 탈출 발견		민정 탈출 발견
		6회/11씬	정제 문자 받음		민정에게 문자		민정 뒤쫓음
		6회/12씬			퇴근		
	19:07	6회/13씬	동식 통화	민정 마중 나옴	다리 통증 /민정 통화	민정 기다림	민정 기다림
		2회/43씬	통화중 안개속 남자 발견			민정 마주침	
		6회/14씬					
		4회/17씬			동식 진술에 따른 상상 민정 통화 종료		
		6회/15씬	동식 통화 종료				
		4회/55씬	(2회 43씬 + 이후) 정제와 집으로		(2회 43씬 + 이후) /귀가	민정 데려다줌	민정 정제 목격
		5회/37씬					
		5회/43씬		민정 정제 목격			귀가
		6회/16씬					
	19:46	6회/29씬	귀가 /진묵 무시하고 들어감	민정 맞이함 지훈과 통화	취침	정육점 행	진묵과 통화
		7회/6씬					
	19:55	8회/22씬	진묵과 다툼	민정과 다툼			정육점
		8회/36씬		민정 다툼 진묵 플컷			
		8회/41씬	진묵 칫솔 챙기다 목졸림				
		8회/56씬		친자 검사, 진묵 플컷			
	20:00	7회/7씬	목졸려 버둥거림	민정 목 조름	기상 /민정에게 전화	정육점	만양슈퍼 출발
		7회/8씬					
		7회/9씬	축 늘어짐		옷 갈아입고 나옴		
	20:05	7회/10씬		손가락 꼬라지 하고는	집 앞, 지화 전화 받음		
		7회/11씬	지하실, 정신 돌아옴				만양 슈퍼 가는 중
		7회/12씬			지화 통화 종료/ 만양슈퍼 지남		
		7회/13씬			통화 종료, 지나가는 동식 플컷		
		7회/53씬					
		2회/44씬	손가락 절단됨	민정 손가락 절단	조깅 동식의 상상 동식의 예상 플컷		
		4회/18씬					
		7회/23씬					
		6회/17씬					
	20:20	8회/11씬		장독에 유기			만양슈퍼 보임
	20:25	7회/14씬	화단 옆 장독에 유기됨		조깅		
		7회/15씬		화장실 정리			
	20:30	7회/16씬					만양슈퍼 도착
		7회/17씬		지훈 만남/열쇠 떨굼			진묵 만남

날짜	시간	씬					
10월 23일	20:33	7회/18씬		상배 통화 (7회18씬과 모두 동일)	조깅		막걸리 챙김
		6회/32씬					
		6회/33씬					
	20:45	7회/19씬	화단 옆 장독에 유기됨	정육점	만양 슈퍼 앞 도착	정육점	정육점
		7회/48씬			문 열고 들어가는 동식 플컷		
		7회/20씬			지하실 열쇠 발견		
		7회/21씬			민정 손가락, 휴대폰, 때타올 발견		
		3회/9씬			민정 손가락 바라봄 플컷		
		3회/27씬					
		7회/22씬			민정 찾아 집안 뒤짐		민정에게 문자
		7회/23씬		동식에게 전화	진묵 통화		
		7회/25씬			마당 간장독		
					이금화 대포폰 발견		
		8회/12씬			민정 사인 알고난 후 동식 회상		정육점
		7회/26씬		정육점	민정 손가락, 때타올, 휴대폰 (민정&이금화) 챙겨서 나감		
		7회/48씬			들고 나와 사라지는 동식 모습		
	21:40	2회/45씬		정육점/갈비 초벌	정육점		
10월 24일	23:00	3회/19씬		정육점 앞, 동식과 귀가	정육점 앞, 진묵과 귀가	혼자 가버림	상배 배웅
	0:00	2회/46씬	사망 (다발성 장기부전에 의한 심폐정지)	민정 손가락, 휴대폰, 때타올 사라짐 발견	귀가	동식의 집	집
		2회/47씬			정제와 대화		
		2회/48씬			정제 가는 것 창 너머로 바라봄	귀가	
		2회/49씬			지하실, 눈물이 흐르지 않는다		
	4:15:32	2회/54씬		집	민정 손가락 가져다놓음	집	
		3회/9씬			손가락 내려놓는 플컷		
		7회/44씬			손가락 내려놓는 CCTV 화면		
	5:00	2회/50씬			해가 뜬다		
	5:05	2회/51씬	사망 (다발성 장기부전에 의한 심폐정지)	집	집 마당 지나 대문으로	집	집
		2회/52씬			집 대문 앞 골목, 주원 차 발견		
		4회/50씬			주원과 동식 마주침 (주원 회상)		
	5:13:22	2회/53씬			평상 위, 주원과 손가락 발견		
		4회/51씬			손가락 발견 (주원 회상)		
		7회/44씬			손가락 발견한 CCTV 화면		

날짜	시간	회차/씬넘버	사건내용
11월 9일	밤	11회 대사처리	상배, 철문에게 유치장 출입 및 진묵 만남 요청
	밤	13회 38씬	기환, 철문에게 진묵만남 요청. 철문, 기환에게 남상배를 말로 세우자고 제안.
"	밤	14회 63씬 대사	기환, 창진에게 진묵 살해 지시.
"	밤	촬영 없음	철문, 상배에게 새벽에 유치장 들어갈 수 있게 해주겠다고 전화
11월 10일	05:00	미정	창진, 문주경찰서 도착
"	05:05	9회 36, 37씬 13회 39씬 대사	철문, CCTV 전원 끄고 유치장 당직 직원 철수. (13#39->철문, 사실은 CCTV 끄지 않았음)
"	05:15	9회 38씬 11,13회 (CCTV영상) 14회17,77씬 15회 19씬 16회 55씬	창진, 진묵에게 윤미혜 시체검안서+낚싯줄 전달 (진묵과 대화)
	05:20	9회 38씬	강진묵 자살
"	05:23	미정	창진, 문주경찰서 후문으로 나와 사라짐
"	05:28	촬영 없음	상배, 문주경찰서 도착
"	05:30	11회 34씬	블랙박스(주원이 획득한)달린 차량 문주 경찰서 후문에 주차
"	05:35	11회 53씬	상배&철문, 진묵 죽음 목격
"	05:46	9회 17,20씬	재이, 문주경찰서 후문 등장
"	05:47	9회 44씬 10회 10씬	상배, 문주경찰서 후문 통해 빠져나감
"	06:00	8회 62씬	주원, 백골사체 신원 확인위해 혁 만남
"	06:30	8회65씬	주원&동식, 진묵 사망 소식 전해들음

날짜	시간	회차/씬넘버	사건내용
2월 5일	04:00	11회 36,39,42 44,46씬	상배, 유치장에 갇혔을 당시, 21년 전 사건과 관련하여 길구압박
"	04:11	11회 48, 50씬	길구, 상배의 압박에 충격 받고 경찰서를 떠나던 중 정서장 만남. (한기환이 시킨 일처럼 협박)
	04:15	11회 52,55,57씬	상배, 유치장에 갇혔을 당시, 21년 전 사건과 관련하여 철문압박. CCTV향해 메시지 남김
"	04:20	11회 통화내역서	길구, 정서장과 통화. (입다물라는 내용)
"	17:30	10회 35씬	동식, 재이 만남
"	19:30	10회 39씬	주원, 상배 유치장 풀려나는 시간 맞춰서 유치장 방문. 위치추적기 부착
"	19:45	10회 36씬	상배, 동식의 전화 받지 않고 길구 쫓기 시작
"	19:45	10회 38씬	주원, 상배 쫓기 시작
"	20:00	10회 42씬	동식, 상배 집 찾아가지만 상배 부재중
"	20:06	10회 43씬	상배, 집 앞 골목에서 길구에게 문자
"	20:15	11회 통화내역서 (11#47 인서트)	길구, 상배의 압박문자를 받고 정서장에게 연락하지만 연락되지 않음. 한기환을 찾아가기로 결심.
"	20:27	10회 45씬	상배, 집 인근 골목에서 '택시를 잡는 누군가(길구)'를 발견하고 쫓음
	20:29	10회 46씬	주원, 급격하게 멀어지는 위치추적기 신호를 쫓음
"	20:48	등장 X	광영, 경찰청 입성위해 대변인실 면접가던 중 엘베에서 9층(차장실)누르는 길구 목격.
"	21:00	11회 20씬 대사	광영, 경찰청에 입성하기 위해 경찰청 대변인실 면접.
"	21:05	11회 27씬	길구, 차장실에서 기환을 만나 21년 전 증거 조작 고백(감정서 언급), 차장실 떠남.
"	21:09	11회 29씬	상배, 길구 없는 차장실에서 기환과 대화. 기환을 압박한 뒤 차장실 떠남.
"	21:10	10회 48씬 앞	광영과 길구, 각각 볼일을 마친 뒤 경찰청 로비에서 우연히 만남
"	21:10	10회 47씬	주원, 위치추적 신호를 따라 경찰청 도착
"	21:14	10회 48씬	주원, 로비에서 '광영-길구-기환'을 만남
"	21:20	10회 49씬&50씬	주원, '광영-길구'와 헤어진 뒤, 멀어지는 위치신호 확인 후 기환과 차 안에서 대화
"	21:20	12회 10~14씬	길구, '광영-주원'과 헤어진 뒤 해원에게 연락,상배가 자신에게 보낸 문자 내용 전달
"	21:26	10회 51씬 연결 (12회10,12,14씬)	해원, 함께 있던 창진에게 21년 전 기타피크 증거 조작을 정서장에게 의뢰했던 것을 고백 창진, 상배 살해 결심.
"	21:30	14회 69씬 대사처리	창진, 상배에게 길구인척 가장해서 문자발송 (시간 장소, 폐차장)
"	22:00	촬영 없음	상배, 문자를 받고 약속장소인 폐차장으로 향함 (위험 요소가 있음을 알고 총 준비)
"	22:30	10회 67씬	헤드 마스크 쓴 창진, 상배 가격. 상배, 녹음기 떨어뜨림.
"	22:30	10회 52~59씬	동식, 유연 부검결과서 듣고 충격 -> 상배와 통화연결 도중 낯선 남자 웃음(창진 웃음) 듣고 통화 재시도
"	22:31	10회 60씬	창진, '우리 동식이'로 부터 전화 계속 오자 상배 휴대폰 전원 꺼버림.
"	22:31	10회 62씬	동식, 상배 휴대폰이 꺼진 것 확인하고 이상함을 느낌.
"	22:45	10회 64씬	주원, 상배 위치추적 신호 따라서 폐차장 도착. SUV 목격+상배의 녹음기 +주변 승합차에 묻은 핏자국 보고 상배 위험에 빠진 것 직감.
"	22:48	10회 65씬	동식, 지화에게 남상배 상황 알리며 위치추적 부탁

"	23:00	10회 66씬~68씬 14회 70씬 대사	주원, 상배 녹음기에 녹음된 음성을 듣고 가격 당시 상황 인지. 동식에게 상황 알림.
"	23:20	10회 70~80씬	주원, 위치추적 신호 따라 77번 지방도로를 지나 삼미항으로 향하며 동식과 통화
"	23:21	10회 81씬	동식, 주원의 상황 설명 듣고, 112에 지원요청
"	23:35	10회 82~86씬	주원, 77번 지방도로 지나 삼미항 도착 후 동식과 통화하며 상황 전달.
"	23:36	10회 87씬	주원, 헤드 마스크 낀 남자(창진)가 비닐에 싸인 상배를 짊어지고 가는 것 목격
"	23:36	10회 88씬	동식, 주원의 전화 끊기자 불안함 크게 느끼며 삼미항으로 전속질주
"	23:40	10회 87씬 이후 (등장X)	헤드마스크 낀 남자(창진), 상배를 바다에 던진 뒤 현장 떠남.
"	23:44	11회 6씬	주원, 바다에 빠진 상배를 끌어내 가슴압박 시도하지만 상배 사망
"	23:50	10회 89~91씬	동식, 삼미항 도착했을 때 이미 상배 사망

날짜	내용	VHS 제목 (자필 기재 요망)
1999년 1월	진묵, 윤미혜와 첫만남	
1999년 11월 15일 경	윤미혜 임신 사실 확인	
1999년 11월	윤미혜 강진묵 동침	
1999년 12월 중순 경	윤미혜, 강진묵에게 임신 통보	
2000년 1월	강진묵, 윤미혜와 만양 동거 시작	2000.1.28 가족과 첫 날
2000년 3월	강민정 성별 확인	2000.3.21 공주님이라니!!!
2000년 07월 10일	강민정 탄생	2000.7.10 공주님 탄생!
2000년 7월	윤미혜, 강민정 퇴원	2000.7.18 공주님 집으로!
2000년 8월	강민정 출생 한 달	2000.8.10 공주님 탄생 한 달!
2000년 8월	윤미혜 가출	
2000년 9월	진묵, 가출한 미혜를 찾아 부산 안마방에 감 (8회 #24)	
2000년 10월 14~15일	방주선, 이유연 살해	
2000년 10월 17일	강민정 백일이었으나 상황상 백일잔치 못함	2000.10.17 민정아 백일 축하해
2000년 11월 02일	이유연 실종 관련 호소 이한오, 이영희 촬영	2000.11.2 유연이 찾아주세요
2000년 11월 09일	진묵, 동식모 (이영희) 촬영 (9#4)	2000.11.9 만양가든
2001년 07월 10일	강민정 돌	2001.7.10 민정이 돌잔치
2003년 04월 14일	만양슈퍼 개업	2003.4.14 만양 슈퍼 개업
2007년 03월 02일	강민정 초등학교 입학	2007.3.2 민정 초등학교 입학식
2007년 09월 14일	강민정 첫 운동회	2007.9.14 민정이 첫 운동회
2013년 2월	강민정 초등학교 졸업	2013.2.13 민정 초등학교 졸업
2013년 3월	강민정 중학교 입학	2013.3.4 민정이 중학교 입학
2016년 2월	강민정 중학교 졸업	2016.2.8 민정이 중학교 졸업
2016년 3월	강민정 고등학교 입학 (민정의 거부로 촬영 못함)	
2019년 2월	강민정 고등학교 졸업 (민정의 거부로 촬영 못함)	
2020년 3월	강민정 대학교 입학	2020.2.20 민정이 대학교 입학
2020년 10월 23일	강민정 사망	
2020년 11월 10일	강진묵 사망	

주체	대상	호칭		휴대폰 저장명
		상대	타자	
이동식	한주원	한경위(님)/한주원/ 한주원 경위(님)/당신/경위님/ 우리 한경위/너/한경위/새끼야/ 우리 경위님/도련님/우리 한경위/ 이 새끼야/니가/당신/한주원/주원아	도련님/ 내 파트너 /한주원 경위/한경위/한주원/ 만양파출소 소속 경위/지가/ 저 바보같은 놈	한주원
	남상배	소장님/ 아저씨/남상배씨/당신/ 바보같은 냥반	소장님/남상배 형사/남상배/남상배.. 그 사람/우리 남상배 소장(님)/우리 소장님/ 남상배/(우리) 남소장님/당시 담당형사 남상배	남상배 소장님
	박정제	박정제/서무반장/경위님/너/정제야/ 이 개새끼야/이 새끼야	(박)정제/정제/어머니 귀한 아들 박정제/ 경감님/아드님/도해원 아들/ 문주시장 후보 아드님/그 새끼/ 박정제 그 개새끼/ 아줌마 아들/ 그 미친 새끼/아들래미	박정제
	오지훈	오순경(님)/지훈아/오지훈/너	지훈이/내 파트너/녀석	오지훈
	오지화	강력 1팀 팀장님/ 너/ 오지화 경위/주무팀 형사/오지화/지화야	지화/ 오지화	오지화
	조길구	조경사님/조길구씨/당신	조길구 경사/조길구/조길구씨	조길구
	황광영			황광영
	유재이	재이야/너/유재이/야/ 이 자식아/재이 니가/	유재이씨/이 눔	유재이
	강진묵	형/강진묵씨/너/이새끼야	형/강진묵	강진묵
	강민정	강민정/민정아/너/이자식/임마	강민정/민정이/기집애	동식의 영원한 사랑 민정
	방호철	아부지/할배	할배/아버지	
	방호철 딸	누나		방호철
	강도수	도수야/강도수/너/도수		강도수
	방주선	방주선	그 집 막내딸	
	이유연	유연아	유연이/이유연/내 동생/우리 유연이	우리 유연이
	한기환	차장님/한기환 경찰청장 후보자님	한기환/(니) 아버지/ 한기환 차장 차기 경찰청장/(우리) 아버님/(우리) 한경 위 아버님/차장님/한기환/당신 아버지/한 기환, 당시 문주 경찰서장/한주원 경위 아 버님/차장님/이 개새끼/니 아비/그 냥반/ 한기환 그 새끼/지 아버지	
	도해원	아줌마/정제 어머니/당신/도해원 의원님/ 도해원씨/우리 (도해원) 의원님	어머니/도해원/네 어머니/지 엄마/ 니네 어머니/니네 엄마	
	이창진	이창진씨/ 그 개새끼/너/ 이창진 대표님/ 이대표님	이 자식/(JL) 이창진/ 이창진 저 새끼	
	이상엽	짐짝 이상엽 선생님/너/ 새끼야/이상엽/상엽아		짐짝
	김형사 (김찬경)	친애하는 김형사님		서울 광수대 김찬경
	김영희	엄마		엄마
	이한오		(우리) 아버지	아버지
	임선녀	선녀씨/임경사		과수계 임선녀
	이금화		이금화/이금화씨	
	길구 처	형수님	조길구 경사님 사모님/이강자씨	조길구 형수님
	치킨집	훼리가나 사모님/사모님		훼리가나
	싸롱주인	싸롱 사장님/사장님		싸롱 드 만양
	곽오섭	곽오섭		곽오섭

이동식	정철문	정철문/(정철문) 서장님	정서장/ 정철문/ 정철문 서장	
	임규석		임규석 기레기	
	설렁탕집	할매		
한주원	이동식	이동식 경사/경사님/이동식씨/당신/ 이경사(님)/ 너 이 새끼/이동식/야/ 미친 새끼/우리 이동식씨/이경위님/당신/ 서울청 감찰조사계 이동식 경위님/ 이동식 경위님/ 이동식	이동식 경사/이동식/이동식 경위 이경사/또라이/20년전 용의자/그 사람/ 그 또라이/이동식씨/미친놈/이경위님	이동식
	한기환	아버지/당신	아버지/차장님/저희 아버지/우리 아버지/ 한기환 차장님 내 아버지/한기환 차장/ 한기환/한기환씨/아버지/그 인간	아버지
	권혁	권 검사님/형	권혁 검사/문주지청 검사	권혁
	남상배	소장님	남상배 소장님/소장님/남상배소장/ 남상배/그 사람/남소장님	남상배
	유재이	유재이씨/당신/이봐요	유재이씨/유재이	만양 정육점
	박정제	박정제 경위님/박경위님/ 서무반장/박정제/박정제씨/당신/ 박정제 경감님	박정제 경위/박정제/ 문주경찰서 수사지원팀 박정제 경위/ 그런 인간/박정제 경감/박정제씨/ 그 사람/박경감님	문주서 수사지원팀
	조길구	조길구 경사	조길구/조경사님/조길구 경사/조길구씨	조길구
	황광영	황광영 경위님	황광영/황경위님	황광영
	오지훈	오순경/오지훈 순경/당신/ 오지훈씨/오경사님	오지훈 순경	오지훈
	오지화	오경위님/담당 수사관	오지화 경위/오지화	오지화 경위/ 오지화
	이창진	이창진씨	이창진/거머리 그분/이창진씨	
	방호철	방호철씨/어르신	방호철씨	
	방호철 딸	선생님		
	길구처		이강자/이강자씨	
	설렁탕집		주인 할머니	
	강민정		따님/ 강민정씨/ 강민정	
	강진묵	당신	강진묵씨/강진묵	강진묵
	도해원	도해원씨/의원님	도해원 의원/도해원/도해원씨/ 도해원 현 문주의원/도의원	
	방주선		방주선/방주선씨	
	이유연		이유연씨/이유연/동생분 이동식 경사 동생	
	이금화	이금화씨	이 여자/ 이금화	
	임선녀		임경장님	
	정철문	정서장님/서장님	정서장/정철문 서장/ 정철문 문주 경찰서장/정철문 총경님/ 정철문/머리 검은 짐승/ 정철문 그 인간/서장님	
	곽오섭	곽오섭계장님	곽계장님	
	임기자	임규석 기자님		
	이수연 (주원 모)	엄마	어머니	
	한상욱 (한경감)		서울청 감찰조사계 한상욱 경감님	서울청 감찰조사 계 경감 한상욱
	이철민			서원 여청1팀 경장 이철민
	한정임		한정임/유재이씨 어머니	

오지훈	이동식	동식이 형/이경사님/형	동식이 형/이경사님/이동식/이경위님/동식형	동식이 형
	오지화	누나	누나/우리 누나	누나
	남상배		소장님	남소장님
	한주원	한경위님/ 경위님/당신/한주원 경위님	차기 경찰 청장님 아들/한경위님	한주원 경위님
	박정제		박정제/ 정제형	정제 형
	조길구		조경사님	조길구 경사님
	황광영	황경위님	황경위님	황광영 경위님
	유재이	누나/유재이님/유재이씨	재이 누나/누나/우리 누나	재이 누나
	강진묵	형	진묵이 형/진묵형	진묵 형
	강민정	강민정/야/민정이/	강민정/이눔의 기집애/민정이/동네 슈퍼집 딸/기집애	민정이
	길구처		조경사님 사모님	조경사님 사모님
오지화	이동식	이동식/이동식 경사/동식아/또라이/너/동식이/야	이 자식/동식이/걔/내 친구 이동식/이동식/이동식 경사/또라이(자식)/귀신 같은 놈	똥식
	남상배	소장님/아저씨	소장님/ 남소장님/아저씨	상배 아저씨
	한주원	한주원 경위/ 또라이/한경위/한주원!	그분/ 한주원 경위/ 한기환 아들	한주원 경위
	오지훈	오지훈/오지훈 순경	어린놈/이놈/오지훈 순경/동생/ 지훈이/ 내 동생/저 녀석	내 동생
	박정제	문주서 서무반장님/ 박정제/너/야/박정제 경감님	정제/ 박정제/우리 경감님/그 녀석/박정제.. 이눔	정제
	조길구	조길구씨	조경사님	조길구 경사님
	황광영		황광영 경위	황광위 경위님
	강진묵	형/진묵이 형	진묵형/강진묵씨/형/강진묵이/강진묵/저 인간/이 새끼	진묵 형
	유재이	재이야/너/유재이씨	재이/재이 저 기집애/유재이	재이
	이창진	이창진씨/당신/이 새끼/이창진	이창진/개 자식/거머리 같은 인간/전화하면 3초가 지나기 전에 받던 인간/우리 거머리 전남편/우리 이창진씨/저 인간/그 인간	거머리
	도해원	의원님	너희 어머니/도해원 의원/도의원/정제 어머니/어머니	정제 어머니
	한기환	한기환차장님	한경위 아버지/한기환 차장님/차장님/경찰청 차장/한기환, 자기 아버지/아버님	
	정철문	서장님	정철문/정철문 서장(님)/정서장(님)/우리 서장님	정철문 서장님
	임선녀		임경장	선녀씨
	강도수	강도수/너/도수야	도수	파트너
	강민정		민정이 기집애/민정이/강민정	민정이
	곽계장	계장님	계장님	곽오섭 계장님
	방주선		방주선/주선 언니	
	이유연		유연이	
	길구처		이강자/이강자씨/사모님	조경사님 싸모님
	한정임		한정임	

남상배	이동식	이동식/동식아/이경사/이 새끼/이똥식/너/ 임마	동식이/그 자식/개/이경사 이동식/그 놈의 자식/이눔 시끼/저 또라이/걔	우리 동식이
	한주원	한경위/한주원 경위/우리 한경위/한주원	한경위	한주원
	오지훈	오순경/지훈이	지훈이/내 새끼	오지훈이
	조길구	조경사/길구/자네/조길구/니가/길구야	길구 저놈의 자식/조길구 경사/조길구	조길구
	박정제	정제/박정제/이 새끼가(과거)	박정제/정제/문주시 시의원 아드님	정제
	황광영	황경위		황광영
	오지화	지화야/너/오경위	지화	지화
	강진묵	진묵아/ 강사장님	만양 슈퍼 사장님/진묵이/강진묵	만양 슈퍼 사장님
	유재이	너/ 재이		재이
	이유연		따님	
	방호철	방씨 형님		
	정철문	철문아/우리 철문이/너/우리 문주 경찰서 서장님/니가/우리 서장님/정철문 서장님/서장님		정철문
	임선녀	임경장		임선녀
	한기환	경찰청 차장님/당신	한서장님/본청 차장님/	
	곽오섭	강력계장님/임마/곽오섭이		곽오섭이
	강민정		따님/민정이/우리 민정이	민정이
	이상엽		상엽이/우리 팀 막내/내 새끼/야	우리 팀 막내
박정제	도해원	어머니/ 우리 의원님/도해원 여사님/엄마/올 어머니/	(우리) 어머니/엄마	어머니
	이동식	우리 똥식이/ 동식아/너/이동식/야/ 미친놈/친구/니가/마이 프렌/임마	동식이/저 자식/이동식 경사/이경사/걔/니네 오빠	마이 프렌 동식
	한주원	한경위(님)/한주원 경위/한주원 경위님/한..주원	한주원 경위/한주원	한주원 경위
	남상배		남상배 소장님/ 소장님	상배 소장님
	오지훈	우리 오순경	지훈이	지훈쓰
	오지화	오경위/오지화/너/지화야		오지화
	황광영			황광영 경위
	조길구			조길구 경사님
	강진묵	진묵형	진묵형/형/강진묵	강진묵
	유재이	재이야		유재이
	이창진	당신	이창진/그 인간/그 자식	
	정철문	서장님	정철문 서장	정철문 서장님
	한기환		한기환/ 한기환 차장	
	곽오섭		계장님	곽오섭 강력계
	이유연	너/여친/유연아	유연이	
	장비서		장비서	장오복
	강민정	민정이/민정/ 너	걔/ 민정이/ 강민정	민정쓰
	한윤원	너		JTBS 모바일 한윤원
유재이	이동식	아저씨	아저씨/동식 아저씨/이 사람	동식 아저씨
	한주원	당신/한주원씨/한주원	한주원/ 아들/ 도련님/그 사람	한주원
	남상배		소장님/아저씨/상배 아저씨	아저씨
	박정제	정제 아저씨/아저씨	정제 아저씨	정제 아저씨
	오지훈	오지훈이/야/니가/너	지훈이	지훈
	오지화	언니	언니	지화 언니
	조길구	아저씨		길구 아저씨
	황광영		저쪽	황광영

유재이	한기환	한주원 경위 아버님	한기환/저 사람/아버지	
	도해원		어머니	
	강진묵	진묵이 아저씨/ 아저씨	진묵 아저씨/강진묵/그 인간/그 사람	진묵 아저씨
	한정임		엄마/니가/우리 엄마	엄마
	이수연 (주원 모)		어머니	
	싸롱주인		싸롱 사장님	싸롱 드 만양
조길구	이동식	동식아/야/동식이/니/너	또라이/이경사/동식이 갸/우리 이경위	이동식
	남상배	소장님	소장님/남상배 소장님/남소장님	남상배 소장님
	한주원	한경위님	경위님/한주원 경위	한주원 경위
	박정제		정제	박정제 경위
	황광영	황경위님		황광영
	오지훈	오순경/너 임마/너/지훈아	지훈이/이 자식	오지훈
	오지화			오지화
	유재이	재이야	재이	재이
	강진묵	진묵이/진묵아/강사장님	강씨 갸	진묵이
	길구 처	자네/이눔의 여편네	우리 집사람/우리와이프/집사람	집사람
	길구딸		우리 딸/걔	보물
	한기환	차장님	한경위님 아버님/차장님	
	도해원	도의원님	도해원/도해원 의원/도의원님	도
	방호철		방씨 그 형님	
	정철문		정서장님	정철문 서장
	강민정	민정이	민정이	만양 슈퍼 딸
황광영	이동식	이동식 경사/이경사(님)/이경위	이경사/이경위	이동식 경사
	남상배	소장님	소장님/우리 소장님	남상배 경감님
	한주원	한경위(님)/한주원 경위(님)	한주원	한주원 경위님
	오지훈	오순경		오지훈 순경
	조길구	경사님/조경사님		조길구 경사
	박정제		박정제 경감/박경감님	박정제 경위
	오지화			오지화 경위
	임선녀	임경장님		임선녀 경장
	강진묵		강진묵이/그 사람	만양 슈퍼
	정철문		정모 총경/정철문 서장님	정철문 서장님
	강민정	그 난장	민정이	
	한기환	차장님/	차기 경찰청장/ 한기환 차장/ 차장님/아버님	
	유재이	재이씨/정육점 사장님/유사장님		만양 정육점
강진묵	강민정	민정아/딸/기집년	민정이/우리 민정이/걔/지가	딸
	이동식	동식아/ 동식이/너/니가	동식이/ 우리 동식이	동식이 형
	남상배	형	남소장님	남상배
	도해원	이사장님/ 아줌마		도해원 의원님
	오지훈	지훈이/지훈아	지훈이	지훈이
	오지화	지화야	지화	오지화
	유재이	재이야	유재이/재이	재이
	박정제		정제/아드님	정제
	한주원	한주원 경위님	한주원 /새로 온 경위	한주원
	이창진	당신/진리건업.. 사슴농장 주인/이창진씨		
	김영희		사모님/어머니	만양가든 사모님
	이유연		유연이	
	방주선		방주선/주선	

강진묵	윤미혜		지 엄마/미혜	미혜
	이한오		사장님	만양가든 사장님
	장비서			도해원 의원실 장비서님
강민정	이동식	동식씨		동식씨
	오지훈	오꼬봉/오지훈		오꼬봉 오지훈
	황광영	떠벌이		
	조길구	구리구리~아즈씨		
	강진묵		아빠/아부지	아빠
	박정제	오빠/정제 오빠		정제 오빠
	한주원		쟤	
도해원	박정제	박정제/니가/너/정제야/박정제/아들/내 새끼/정제야/정제 이 눔의 시키/이 새끼/야 박정제	제 아들놈/정제/(내) 아들/우리아들/우리 정제/내 새끼/걔/우리 애/애/그 미친 새낄	아들
	이동식	이동식/또라이/동식아/살인자 새끼/거지 같은 새끼/썩을 새끼/동식이/너/야	이동식/ 또라이/ 그 자식/미친놈/이동식 저 자식/이동식 그 자식/이동식 그새끼/동식이/네 친구	만양가든 이동식
	강진묵	진묵이 너/진묵아/너	슈퍼 살인마/그 자식/강진묵 (그 새끼)	강씨
	이창진	이대표/이창진/미친 새끼야/너/이 새끼야/자기	이창진/이대표/이 새끼/그 인간들	JL건설 이창진 대표
	한기환	우리 차기 경찰청장님/서장님	그 인간/그 인간들/한기환	경찰청 한기환 차장
	한주원	한주원 경위/한경위	차장 아들/한주원	
	오지화	오지화	만양 태권도집 딸 오지화/걔/오지화	만양 태권도 딸
	남상배		남상배/남소장	
	곽오섭	강력계장님		곽오섭 경감
	장비서	장비서/우리 유협 장오복/야-! 장비서!		장비서
	정철문	정철문 서장님	정서장	문주서 정철문
	강민정		딸	
	길구딸		유학간 따님	
	이유연		이유연 걔/이유연	
	방주선		방주선	
	강도수	지화 밑에 너		
	동식부	너/야		만양 가든
한기환	한주원	아들/한주원/너/이 새끼/오만한 새끼/주원아/뻣뻣한 놈/머리 검은 짐승/어리석은 놈/너/(내)아들/아둔한 놈/년/	미친 새끼/오만한 새끼/제정신 아닌 새끼/한주원 경위/한주원/그 자식/주원이/그 녀석/(내) 아들/우리 주원이/썩을 놈의 새끼/하나밖에 없는 아들놈/한주원 그 새끼/ 그 새끼	한주원
	이동식	이경위/이동식 경위	또라이/ 그 자식/이동식/이동식 경위/저희 직원	이동식
	권혁	권검사/혁아/너/우리 검사님/ 니가	담당 검사/똥개새끼	권혁
	도해원	의원님	도해원	도해원
	정철문	이 새끼야/너/정철문 문주 경찰서장	정모 총경/정서장/그 새끼	정철문
	이유연		이유연	
	박정제		아드님	
	곽오섭			문주서 곽오섭
	이창진	이대표님/이대표/야- 이개새끼야!/이 새끼	썩을 새끼	JL 이창진
	조길구	조길구 경사/당신/조경사	조길구 경사/네 근무지 동료	
	강진묵		강진묵/그 사람/그 놈/(강진묵)그 인간	

한기환	오완구	오경위		수행비서 오완구 경위
	배호연			정보과 배호연 경감
	김해수			김해수 경무관 제주청
	한상욱 (한경감)			서울청 감찰조사 계 한상욱 경감
	이수연 (주원 모)	당신/ 너		
	남상배	야/남상배/이 새끼/너/너 임마/만양 파출 소 남상배 소장님/이 새끼야/남상배 경감	남상배 소장/소장님/남상배/남소장	
이창진	오지화	지화야/오지화/우리 지화/ 전 와이프/너/오지화 형사님	우리 지화/지화/오지화	우리 지화
	도해원	의원님/우리 의원님/우리 도해원 의원님/ 이 아줌마(러시아어)/차기 문주 시장/ 도의원님/우리 도의원님/ 이 여자(러시아어)/아줌마/ 우리 광효재단 도해원 이사장님/ 도해원 의원(님)/당신	(우리)도해원 의원(님)/도해원/ 그 집 어머님/어머님/(그)아줌마/ 이사장(님)/도의원/도의원님	도해원
	한기환	(우리)차장님/차기 경찰청장님/문주 경찰 서장님/한서장님/서장님/한기환 차장님/ 너/이 새끼야/니가/당신/우리 경찰청장 님/우리 아버님/너님/오만한 아버님	차기 경찰청장님/우리 경찰청장님 (우리) 한차장님/기환이 형/한기환 차장/ 이 새끼/한기환 차장님/한기환 경찰청 (우리)차장님/아버님/(우리) 청장님/우리 한경위님 아버님 한기환/아버지/한기환	HKH
	한주원	한주원/한주원 경위/한경위/ 이 애새끼(러시아)	아드님/아들(내미)/한기환 아들/한주원/ 한주원 경위/한경위/한주원인가 경찰	
	이동식	이동식씨/그쪽/이동식 니가/이 새끼야/ 이경위님/우리 이동식 경위님/몰카범	이동식/지가/경찰 아즈씨/(그/저) 또라이/ 똘아이/이동식이/이동식 경위/ 이동식 그 새끼/이동식 그 자식/ 우리 지화 친구/이동식이가	
	박정제	의원님 아드님/이 새끼(러시아어)/ 우리 아드님/아드님	아드님/소중한 아드님/귀한 외동아드님/ 문주서 박정제 경위/우리 도의원 아드님/ 우리 박정제 경감/아들놈/도해원 아들/ 아줌마 새끼/남의 아들/그 아들놈의 새 끼/지 아들/박정제 그 친구	
	장비서	씹다 버린 십장생 같은 새끼		
	강민정		실종된 기집애/강민정	
	방주선		다방 레지 하나	
	이유연		어떤 기집애 하나/그 기집애/우리 이동식 경위님 동생분/저 또라이 동생	
	유재이		정육점 아가씨	
	조길구		정보원인지 뭔지 그 새끼	
	남상배		남상배/그 인간	
	정철문	서장님/ 니가	그 새끼/정서장 (그 새끼)/정철문/ 이 새끼/ JCM	
	강도수		쟤/얘/거머리같은 새끼들/그 따까리	
	강진묵		피해자 아버지/슈퍼 주인/싸이코패스/ 강진묵/그 인간/그 새끼	
	똘마니 (김돌석)	니/똘빡이/이새끼/김돌석 이사님/임마		김돌석 이사

권혁	한기환	차장님/ 아버님/청장님	니 아버지/아버님/차장님/아버지	한기환 경찰청장님/한기환 경찰청장
	한주원	한주원/주원아/우리 꼬맹이/너/우리 한주원/임마/부자집 도련님/도련님/이 자식/야/형사님	주원이/주원이 걔	한주원
	이동식	이동식/걔	이동식/이동식 경위/이경위/이 사람	
	유재이		이 아가씨/정육점 썸녀/언니	
	강진묵		강진묵/그 새끼	
	남상배		남경감/남상배 경감/남상배 소장	
	도해원		도해원/도해원씨	
	이창진		이.. 창진/이 미친놈이	
	정철문		정철문 서장/정서장	
	박정제		박정제 경위/문주시 시의원 도해원 외동아들/박정제	
강도수	이동식	형/이선배/또라이/당신	이선배/동식 선배	동식 선배
	오지화	오형사님/팀장님	지화 누나/오경위님/오팀장님/오지화씨	팀장님
	임선녀	자기야	선녀/우리 선녀/쟤가	내 사랑
	남상배		남소장님/상배 형님	남상배 소장님
	한주원	한경위님	한경위님/한주원 경위/경위님	
	한기환		한주원 경위 아버님/차장님/한기환 차장님	
	이창진	이 인간이/이창진씨/이창진	인상이 안 좋은 40대 남성	
	박정제		박정제/ 박경감님/박정제 경감님	박정제 경위님/박정제 경감님
	형사1/형사2	형님들		
	정철문	서장님	서장님	정철문 서장님
	강진묵		강진묵씨/강민정 아버지	강민정 아버지
임선녀	하홍철	하경위님	하경위님	하홍철 경위님
	오지화	오경위님/팀장님		오지화 팀장님
	강도수	강도수씨/자기야		허니 베어
	이동식	선배님		이동식 선배님
	이유연		이유연씨/이유연/이동식 경사 동생	
	남상배		남소장님	남상배 소장님
	한정임		한정임	
하홍철	오지화	오팀장		강력 오지화
	이동식		동식이	만양 이동식
	임선녀	너		과수 임선녀
정철문 (정서장)	곽오섭	곽계장		강력 곽계장
	오지화	오팀장/오지화	걔	강력 오지화
	박정제	박정제 경위/박경위	도해원 의원 아들/박정제 경감/도해원 아들	서무 박정제
	이동식	이경위/너/이동식 경위/너 이놈의 새끼/이동식	이동식/놈/또라이/이동식 경사/걔/저 친구	
	강진묵		강진묵/강진묵 그 새끼	
	강도수	강도수		강력 강도수
	남상배	남상배 경감님/우리 소장님	저 형/남소장님/노친네/남소장/남상배	만양 남소장
	조길구		조길구 경사/조길구	만양 조경사
	이창진	이대표님	JL건설 이창진/이창진이 이 인간	J (이창진 대포폰)
	도해원	도해원 의원님/	도해원 의원	D
	한기환	차장님	차장님/아버님	한기환 차장님
	한주원	한경위/한주원 경위	한주원 경위	

곽오섭 (곽계장)	남상배	형/형님/남상배 당신을/저 철없는 냥반/그 냥반	상배 형/형님/상배형님	상배 형님
	한주원	한주원 경위/한경위	한경위	한주원
	정철문	서장님	서장님/정서장	정철문 서장님
	한기환		차장님/한기환 차장님	한기환 차장님
	도해원	도의원님/의원님	어머님/도의원님/도해원 의원	도해원
	이동식	이동식/야/동식아	이동식/미친놈/또라이/저 자식	만양 또라이
	박정제	박경위	서무반 박정제 경위/도해원 의원 아들	서무반 박정제
	강진묵		강진묵	
	오지화	오지화/오팀장/야	오지화 경위	오지화 1팀장
	오지훈		네 동생/오지훈/오지훈 순경	
	황광영	황경위		
	이창진		지화 전남편/저 사람/저 새끼	
	조길구	파출소 직원	길구	
	강민정		민정이	
장비서	도해원	의원님	의원님	도해원 의원님
	박정제		아드님/박정제 경감	아드님
	이동식		이동식 경사/이경사	
	이창진	이대표님		JL
김형사 (김찬경)	이동식	니/이동식 이 또라이/너/		받지 마
	한주원		놈/한주원 경위	
강력계 팀원	정철문		서장님	
	오지화	팀장님		
이금화	한주원	형사님		
방호철	이동식	아들		
	방주선		우리 막내 딸/이쁜이	
방주선	이동식	이똥식		
방호철 딸	방호철		노친네	
	이동식	너		만양 파출소
김영희	이동식	우리 동식이/동식아		아들
	이유연		내 딸/내 새끼	딸
	강진묵	진묵아		진묵이
	강민정		민정이	
	도해원	이사장님		광효재단 이사장
이한오	이동식	우리 동식이		아들
	도해원	야/도해원		광효재단 도해원
싸롱 주인	남상배	소장님		
치킨집	이동식	이경사		만양가든 이동식
	조길구		경사 나부랭이	강자 신랑
	유재이	재이		만양정육점
	남상배	소장님		남소장님
	길구 처	너	지가	강자
길구처	이동식	동식아/이경사/우리 이경위님/넌		만양 가든 이동식
	치킨집	너		훼리가나 미영
설렁탕집	이동식	동식이/너/미친놈/악마같은 놈/니 놈		
	남상배	남대장님		

임기자 (임규석)	한주원	한주원 경위님/한경위님		
	이동식	이동식 경사/이경사님		
	한기환		아버님/한기환 차장님	
	남상배	소장님	소장님	
이상엽	이동식	이동식 경위님/선배님/형		파트너
이유연	이동식	오빠		오빠
아줌마 들	이동식	동식이 저눔의 시키		
한상욱 (한경감)	한기환	청장님	아버님/한기환 차장님/차장님	한기환 차장님
	한주원	한주원 경위/ 한경위		한주원
	이동식	야 이새끼야/ 이동식		이동식
똘마니 (김돌석)	이창진	창진 행님/ 행님/ 대표님/형님		대표님
조폭1	이창진	우리 이사님/이사님		
경제 팀장	오지화	우리 요 귀여운 오지화/년		강력1팀 오지화
	길구처		이강자 저 아줌마/이강자씨	
비서	이동식	만양 파출소 이동식 경위님/이경위님		
	한기환		차장님	
형사1	오지화	팀장님		오팀장님
	한기환		청장님	
	정철문		정모 총경	정철문 서장
형사2	정철문		우리 서장님	정철문 서장님
	한기환		우리 문주서 서장님	
형사들	한기환		한차장님	
의원1/ 의원3	한기환	후보자님		
한경수	한기환	후보자님		
	정철문		정모 총경	
위원장	한경수	한경수 의원님		
경찰들	한기환	차장님		
이수연 (주원 모)	한주원	주원아	주원이	
	한기환	당신/여보		H
수행 비서 (오완구)	한기환	차장님		한기환 차장님
	이동식		우리 직원/ 서울청 감찰조사계 소속 이동식 경위	

공간	하위장소	
	외부 (S/L)	내부 (S/L)
동식의 집	동식의 집 앞	유연 방
	동식의 집 대문 앞	화장실
	마당	안방
	동식의 집 전경	거실
		지하실
		동식의 집 앞 골목 - 주원 차 안
주원의 오피스텔	지하 주차장	거실
	주원의 오피스텔 앞 도로	주방
		화장실
		주원 차 안
만양 파출소	만양 파출소 앞	만양 파출소 안
	만양 파출소 전경	소장실
	앞 주차장	숙직실
		만양 파출소 인근 도로 - 순찰차 안
		숙직실 앞 복도
문주 경찰서	문주 경찰서 앞	강력계 진술 녹화실
	앞 주차장	강력계 진술 녹화 관찰실
	후문 앞 주차장	강력계 진술 녹화실 앞 복도
	정문 앞	강력계장실
	후문 앞 도로	경찰서장실
	후문 주차장 앞 도로	경찰서장실 앞 복도
	문주 경찰서 앞 도로	서장실 복도
	후문 주차장	과학 수사계
		서고
		서고 일각
		서고 초입
		서고 앞 복도
		생활안전계 사무실
		생활안전계 사무실 복도
		생활안전계 남자 화장실
		복도
		강력계 앞 복도
		강력계 복도
		강력계 복도 일각
		강력계 사무실
		강력 1팀 사무실
		수사과 회의실
		수사과 사무실
		수사과 앞 복도
		후문 근처 복도
		후문 복도 일각
		유치장
		형사팀
		계단 일각
		종합 민원실
		조사실
		문주 경찰서 앞 주차장 - 동식 차 안
		정문 앞 도로 - 택시 안
		문주 경찰서 후문 앞 주차장 - 강력계 승합차 안
		경찰 승합차 안

문주 경찰서		CCTV상황실
		문주 경찰서 후문 주차장 - 창진 차 안
만양 정육점	만양 정육점 앞	만양 정육점 안
	뒷 마당	만양 정육점 일각
	만양 정육점 - 뒤 공터	만양 정육점 앞 - 주원 차 안
	만양 정육점 앞 도로	만양정육점 인근 도로 - 주원 차 안
	만양 정육점 인근 건널목 앞	만양 정육점 앞 도로 일각 - 순찰차 안
	만양 정육점 앞 도로 - 순찰차 일각	만양 정육점 인근 건널목 앞 - 주원 차 안
만양슈퍼	만양 슈퍼 앞	만양 슈퍼 안
	만양 슈퍼 앞 전경	지하실
	만양 슈퍼 앞 도로	만양 슈퍼 인근 도로-순찰차 안
	만양 슈퍼 인근 골목(일각)	만양 슈퍼 인근 골목-순찰차 안
	만양 슈퍼 앞 골목	만양 슈퍼 안채 - 안방
만양 슈퍼 안채	마당	거실
	일각	안방
		지하실
		화장실
경찰청	경찰청 앞	차장실
	경찰청 - 앞 주차장	차장실 앞 복도
	경찰청 - 주차장	브리핑실
		청장실
		경찰청 - 로비
		경찰청 - 로비 커피숍
		경찰청 앞 주차장 - 기환 차 안
		경찰청 주차장 - 도수 차 안
문주천	문주천 갈대밭	문주천 갈대밭 일각 - 탑차 안
	문주천 갈대밭 전경	문주천 갈대밭 인근 도로 - 정제 차 안
	문주천 전경	문주천 갈대밭 인근 도로 - 해원 차 안
	문주천 갈대밭 옆길	문주천 갈대밭 인근 도로 - 창진 차 안
	문주천 갈대밭 일각	문주천 갈대밭 인근 도로 일각 – 주원 차 안
	문주천 갈대밭 인근 도로	문주천 갈대밭 인근 도로 - 동식 차 안
	문주천 갈대밭 인근 도로 일각	문주천 갈대밭 인근 도로 – 기환 차 안
	문주천 갈대밭 앞 도로	
	문주천 갈대밭 인근 도로 일각	
도로	도로	도로 - 동식 차 안
	차 안	도로 - 주원 차 안
	외곽 국도변 일각	도로 - 창진 차 안
	고급 빌라 골목길 일각	문주 경찰서 인근 도로 - 동식 차 안
	문주시 만양읍 도로	만양 읍내 도로 - 순찰차 안
	언덕길	순찰차 안
	건널목 앞	경찰 승합차 안
	상배의 집 인근 도로	만양 읍내 도로 - 순찰차 안
	77번 지방도로 초입	상배의 집 인근 도로 - 주원 차 안
	77번 지방도로	지방도 일각 - 동식 차 안
	77번 지방도로 나들목	77번 지방도로 - 주원 차 안
	만양 읍내 도로	77번 지방도로 일각 - 주원 차 안
문주 인근 도로	문주 인근 도로	문주 인근 도로 - 똘마니 차 안
		문주 인근 도로 - 도수 차 안
문주 도로 일각	문주 도로 일각	문주 도로 일각 - 도수 차 안
		문주 도로 일각 - 똘마니 차 안
서울 도로 일각	서울 도로 일각	서울 도로 일각 - 기환 차 안
		서울 도로 일각 - 동식 차 안
서울 외곽 도로 일각		서울 외곽 도로 일각 - 동식 차 안

심주산	문주 심주산 일각	심주산 초입 슈퍼 안
	심주산 등산로 주차장	심주산 사슴 농장 - 오두막 안
	심주산 초입 도로 일각	
	심주산 초입 슈퍼 앞 도로	
	심주산 등산로 주차장 인근	
	심주산 사슴 농장 - 오두막 앞	
	심주산 사슴 농장 일각	
	심주산 심주사 인근 산길	
싸롱 드 만양	싸롱 드 만양 앞 도로	싸롱 드 만양
할매네 설렁탕	할매네 설렁탕 앞	할매네 설렁탕 안
	할매네 설렁탕 일각	
요양원	주차장	1인실
	요양원 앞	1인실 앞 복도
클럽		클럽
		VIP룸
카페		만양 카페 안
		카페
문주 교차로	문주 교차로	차 안
		주원 차 안
도해원 의원 선거 사무소	도해원 의원 선거 사무소 전경	도해원 의원 선거 사무소
한식당		룸
일식당	주차장	룸
	건물 입구	1번 룸
		2번 룸
		일식당 주차장 앞 - 창진 차 안
서울청	앞	광역수사대 사무실
		외사과 사무실
		감찰조사실
		광수대 앞 복도
프라이빗 바		프라이빗 바
보리밥 집		보리밥 집
오남매의 집		지훈의 방
만양 성당		만양 성당 안
만양읍	만양읍 전경	
	(문주시) 만양 읍내 골목 일각	
	만양읍 뒷골목	
부산	부산역 근처 모텔촌	방석집 '마리아' 안
	부산 면서항 일각	부산 복집
	부산 유흥가 뒷골목	부산 호텔 - 로비
	부산 해안 산책로 일각	
	부산 호텔 - 레스토랑 발코니	
	부산 어촌 마을 - 어촌계 앞	
	부산 어촌 마을 - 어촌계 뒷마당	
	부산 아파트 건설 현장 인근 도로	
한기환의 집	한기환 집 앞	거실
	한기환의 집 앞 골목	서재
	한기환의 집 전경	주원의 방
	마당	한기환의 집 앞 골목 - 기환 차 안
	차고	
문주 시내 교차로 광장	문주 시내 교차로 광장 일각	문주 시내 교차로 광장 인근 도로-차 안
	문주 시내 교차로 광장	문주 시내 교차로 광장 - 차 안
개천가 인근	건널목 앞	

문주시 드림타운 개발 대책위원회 사무실	문주시 드림타운 개발 대책위원회 사무실 전경	대표실
		문주시 개발 대책 위원회 사무실 앞 - 창진 차 안
		문주시 드림타운 개발 대책위원회 사무실
병원	병원 주차장	영안실 안
	병원 주차장 앞 골목	영안실 앞 복도
		병원 - VIP 병실
		병원 주차장 - 동식 차 안
		장례식장 5호실
문주 승화원		관망실
정제의 집	정제의 집 앞	거실
		해원의 방
해원, 정제 옛 집	해원, 정제 옛 집 - 마당	거실
경기서부지검 문주지청		로비
문주 외곽	문주 외곽 폐차장 안	문주 외곽 한정식집 - 룸
	문주 외곽 폐차장 일각	
	문주 외곽 도로	
	문주 외곽 한정식집 앞	
	문주 외곽 한정식집 - 마당	
서해 삼미항	서해 삼미항 부둣가	서해 삼미항 부둣가 - 주원 차 안
	서해 삼미항 부둣가 방파제	
	서해 삼미항 방파제 초입	
상배의 집	상배의 집 앞	현관
	상배의 집 앞 골목	방
	상배의 집 인근 골목	상배의 집 앞 인근 골목 - 주원 차 안
옥천	옥천 국도	옥천 생선국수집
	옥천 시골집 앞	
	옥천 시골집 - 마당	
	옥천 장계 관광지 전경	
	옥천 장계 관광지 - 호숫가	
	옥천 장계 관광지 - 호숫가	
국회 행정안전위원회 회의실		국회 행정안전위원회 회의실
금야 전원주택단지	금야 전원주택단지 안 도로	금야 전원주택단지 앞 도로 - 동식 차 안
	금야 전원주택단지 앞 도로	
	금야 전원주택단지 앞 도로 일각	
정서장의 집	정서장의 집 앞	거실
	마당	욕실
소원 요양병원		복도
		폐쇄병동 병실
		소원 요양병원 주차장 - 구급차 안
문주지검		권혁 검사실
추모 공원	추모공원 일각	
장령산 휴양림	장령산 휴양림	

날짜	회별	동식	주인	정제	재이	진목	상배	지환	기환
1일 (10월 11일)	1	쎄룬드 만양사건소/ 정육점 저녁	만양파출소 인사	정육점 저녁	정육점 저녁			정육점 저녁	주원 한식당 식사
2~7일	1		기환 한식당 식사						
8일 (10월 18일)	1	치매할배 찾으러 감/	만양 부임 첫날/ 회식/권혁 만나	회식	회식	회식	회식	회식	
9일 (10월 19일)	1	강대발 백골사체 발견	강대발 백골사체 발견				문주서 방문/ 동식,주원 설렁탕		주원집 주원 만남 (백골사체+함정수 사 대화)
9일 (10월 19일)	2	진술녹화실/상배 설렁탕	진술녹화실/상배 설렁탕						주원 통화 (광수대가 주원 뒤 캐서 분노)
10일 (10월 20일)	2	요양원 방문 민정 협박	요양원 방문	도해원 사무실 방문		요양원 방문		과학수사계 방문 (백골사체 확인)	
11일 (10월 21일)	2	지적장애 석구/ 정육점 저녁	지적장애 석구/ 주원 집에서 기환 만남	정육점 저녁	정육점 저녁			정육점 저녁	
12일 (10월 22일)	2	광수대 김형사/ 요양원에서 어머니&진목/ 클럽 민정 구출	서고 방문/상배만남/ 기환 통화	주원 서고 방문	지훈과 저녁	미혜 찾아서 부산행/ 요양원에서 동식 만남	주원 만남	민정 위치 추적	
	8	민정 구출+민정 술주정(내부 근무)/ 민정에게 열쇠 갖다주려고 전화통화하러다가 장에 음/ 하박지 통증때문에 장에 눕/ 있다가 민정에게 전화/ 와 통화, 몰리기 한 뒤 몰카/ 진 만양 슈피 안체 출임/ 지 하철에서 민정 손가락+장독에서 대표로 받고/ 만양회식 뒤/ 귀가 후 취침							
13일 (10월 23일)	6 + 7 + 8 / 2		지훈과 순찰	민정이 집에 데려다 줌-만양회식/ 동식 집 방문	만양회식	정제와 함께 오는 민정이 목격/ 민정과 전자·관련 문제로 다툼/ 장애 온 민정이 실예/ 상배와 통화후 막걸리 가지러 은 지훈과 만양정육점 행/ 만양회식/ 회식 중 동식과 통화/ 동식과 함께 귀가	만양회식/ 슈퍼에 있는 진목과 통화	만양회식+회식 중 동식과 통화	주원 장어구이
14일 (10월 24일)	2	만양슈퍼 평상에 민정 손가락 너돔/ 민정 손가락 발견	민정 손가락 발견						
14일 (10월 24일)	3	서고 방문/ (진술녹화실 참고인 진술/ 기환과 장어구이)	서고 엿들음/ 진술녹화실 참고인 진술/ 기환과 장어구이	해원 전화 무시/ 동식 서고 방문	민정 소식에 고통			동식&주원 조사	
15일 (10월 25일)	3	섬주산 동산/지하실 청소/ 정제&지하동식 집 방문	서고 앞 CCTV 삭제 발견	동식 집 방문			cctv 삭제 (25일 새벽 삭제)	동식 집 방문/ 금화 문 열다	

날짜	회별	동식	주원	정제	재이	진묵	상배	지환	기환
16일 (10월 26일)	3	소장실 상배 방문	서고에 돌아온 자료 발견	주원 서고 방문 (돌아온 서고 자료 변명)			동식 소장실 방문		차장실 권력(이금화가 보낸 문자 사진에 보낸 문자 노, 백골사체 DNA 관련 대화)/ 주원 만남
17일 (10월 27일)	3	주원이와 순찰 중 진묵 목격	동식이와 순찰 중 진묵 목격/ 지환 호출 진술녹화실/ 혁에게 감정서 받음/ 기환 만남	해원 경찰서 방문/ 창진 목격		슈퍼 앞 눈물		주원 호출/ 주원 진술녹화실/ 창진 만남	
18일 (10월 28일)	3	주원 휴직 선언/ 긴급체포	때풀소 방문 휴직 선언/ 성주산 볼레박스 발견/ 동식 지하실 참입/ 동식 집 수색 지켜봄				주원 휴직 선언/ 동식 긴급체포	동식 긴급체포	
18일 (10월 28일)	4	동식 집 압수수색 혈흔 체취/ 경찰서 후문 보도로 들뜨어서 다 기자들에게 신원 노출+인 진술녹화실	계장상배와 진술녹화관찰실/ 만양정육점 예상				주원, 계장과 진술 녹화관찰실	동식 조사	
19일 (10월 29일)	4	유치장에서 주원과 만남	재이에게 달린 맞음+써늘한 지훈의 태도에 당황/ 만양정육점에서 동식이 발견한 DNA 주인 공 한정임과 있었던 실종자, 유제이의 연관성 눈치챔(혁 만남)/ 만양 정육점 바리봄/ 동식 만나러 유치장 방문		만양정육점 수색/ 주원에게 달긴 단검/ 압수수색 끝난 정육점 청소		재이-주원 목격/ 주원의 휴직 선언 무시	과학수사계 (한정임DNA확인)	
20일 (10월 30일)	4	유치장에서 진묵과 만남/ 긴급체포 풀러남/ 정제와 함께나에 설명함/ 만양정육점+민정 인론보도 목격/ 지하실에서 나온 흙을 흩음/주원과 대치	긴급체포 풀러난 동식 미행/ 동식의 집 장점, 어느 동식 목격 후 대치	경찰서장실 방문 +동식 앞리바이 증언/ 긴급체포 풀러난 동식과 함께나에 설명함/ 만양정육점+민정 인론보도 목격	민정 인론보도 목격	유치장 동식 만남		경찰서장실 (진묵 탄원서)	해원, 창진과 지녁식사(창진이 부부터 대표로 관련 일로 은근 협박 받음)
21일 (10월 31일)	4	뉴스 속 주원 모습 목격/ 지하실 찾아온 주원과 만남	연쇄살인 발표/ 동식의 지하실 찾아감					긴급체포 출린 당사자 지목/ 단톡방 알림음	

날짜	회별	동식	주원	정제	재이	진목	상배	지화	기환
21일 (10월 31일)	5 / 16	주원과 기환 브리핑 장면 목격/ 만양정육점에서 재이와 정제 만남	기환이 기자회견 보고 기환을 찾아감+기환이 의면	만양정육점에서 재이, 동식과 만남	정육점에서 동식과 정제 만남 /10년 전 과거 회상	슈퍼 안방에서 주원&기환&민정에 관한 뉴스 시청/ 해원에게 연락+개발행사에 불러 달라고 협박			긴급 기자회견/ 해원, 창진과 지녁식사+찾아온 주원을 의면
22일 (11월 1일)	5 / 6	파출소 출근과 대치 중, 진목에게 전화 와 함께 만양슈퍼/ 민정이 때타올이 사라진 것을 봄	진목에 갔다가 들어가지도 못함/ 파출소 출근+기자 못아냄 (창진 첫만남)/ 문주시 개발행사+경호원들 조사 받음/ 지화와 대화(지훈 관련)			만주시 개발행사 참여+동식과 동행& 만주 경찰서 김장 후 음/ 지화, 상배, 광영에게 검지 찾 갓다줌	파출소에서 임기자 못아냄/ 파출소에서 검지 갓 다른 진욱과 만남	창진 목격+동식과 주원 조사/ 동식과 대화(지훈 관련)/ 경찰서에서 진목에게 검지 발음	차장실 권력(창진이 정성종 사건 수사 기록+경찰서 내부 cctv 관리하는 상황실 출입기록을 주원이 부탁한 내용 전달)
23일 (11월 2일)	5	집 앞에서 임기자+ 긴급체포 제보자 만남/ 지하실에서 지훈과 만남/ 지하실에 찾아온 주원과 만남	오파스텔+정제에 대한 자료/ 동식의 지하실로 찾아감	지하실에 정제에 대한 자료/		23일 밤 강진목이, 정제와 민정을 지켜보고 있었다			
23일 (11월 2일)	6	지하실에서 주원과 대치 중, 진목에게 전화 와 함께 만양슈퍼/ 민정이 때타올이 사라진 것을 봄	진목에게 전화 와 만양슈퍼/진목이 수사 의뢰를 받음/ 민정이 때타올이 사라진 것을 만양정육점/역에게 민정이 수사 부탁		주원에게 얽어진 때타올을 줌	주원에게 민정이 수사 부탁			
24일 (11월 3일)	6	상배 찾아가 사고 CCTV 지운 이유 물음 강력팀에 끌려가는 지훈 뒤따라감	상황실 방문 후 기록 상배 혹적 발견/ 상배 찾아가 CCTV 지운 이유 물음/ 강력팀에 끌려가는 지훈 목격	도해원 사무실 방문/ 휴가/ 동식 연락 받지 않음			문주경찰서(지훈)	민정이 실종 당시 지문이 적힌 블랙 박스 제보 영상/ 박스 제보 받는 지훈을 조사 받으 나감	창진에게 전화 (해원이 블랙박스 작업 완료한 후 전화)
24일 (11월 3일)	6	**지화와 함께 정육점/ 진목에게 민정이 휴대폰으로 문자 보냄**	**광영과 순찰 도중 만양정육점 근처 민정이 휴대폰 거김/ 진목에게 온 민정이 문자 확인**		**정육점에서 동식, 지화, 진목과 함께 온 민정이 문자**	**정육점 찾아온 동식 위로/ 민정에게 문자받음**		**동식, 재이, 진목과 함께 만양정육점**	

날짜	회별	동식	주원	정재	재이	진목	상배	지화	기환
25일 (11월 4일)	7	요양원 주원 만남/주원과 진목 찾아 요양원 감/주원과 함께 진 옥상/ 정재 고백(유치장) 찾아가 문자 고백/ 상배 연락 받고 만양 슈퍼/ 섬주사에서 재이 만남	동식 찾아 요양원 감/ 동식과 만양정육점/ 목 만나러 감/ 동식과 만양정육점/ 민정 문자 연락 받고 만남(유재이)+주가문자 연락 받음		정육점에서 동식&주원에게 다락방에서 찾았다고 전술/ 섬주사에서 동식 만남(진목에게 주가문자 전송 후)	동식&주원 호출, 재이 관련 전술/민정 문자 받음, 발신위치 섬주사라는 지원 연락	동식에게 민정 문자 소식 전함/ 민양 슈퍼에서 동식 위로	민정 문자 연락 받고 민양 슈퍼에서 진목 위로, 전체 수색 지시	과계장 연락 받음 (주원이 상황실 CCTV 열람해달라고 했다가)/ 청진 만남(교리로 내용 전달) 청진 만남(교리로 밤 때나까 밤인 잠자)
26일 (11월 5일)	7 8	마당에서 신문기사 붙태움	만양정육점 압수수색/ 강력계장실/ 상황실에서 사라진 CCTV 위치 파악/ 연락됨 CCTV 각도 확인		만양정육점 압수수색/수색 후 진목 찾아옴+진목이 남긴 메시지 발견	수색 관련 주민 항의+지화에게 '내일 오전' 압수 소식 들음/ 민양정육점 찾아가 메시지 남김		주민 항의 받는 진목 위로+내일로 압수색한다고 예기	
26일 (11월 5일)	7 8	주원으로부터 '상배로 자극'받던 중, 재이 연락/재이로 낚으려는 진목 의도 파악/ 정재에게 제이 급체포	동식집 찾아가 '상배로 자극/ 진목 긴급체포	재이한테 가보라는 동식 전화/ 재이 구하러 출동	강매발 가며 동식 통화/ 강매발에서 정재 만남	장독에서 민정 개나리 체포			
26일 (11월 5일)	8	민정 사체 앞에서 눈물	진목 체포 현장에서 함께발 만남		민정 장례식	지화 순찰 경력팀 승 합차 탑승	진목 집	진목 호송	뉴스 보도 확인+ 혁 만남(한주원 인 금 강조, 이동식에 대한 연금 금지, 주 무림은 문자 지시)
27일 (11월 6일)	8	민정 사인 문자 받음/민정 장례식/ 진목 진술조사(민정이로 진목 자극)	기환+혁 연락 무시/ 이금화 영안실+혁 음성녹음/ 상배 만나고 민정 장례식/ 진목 진술조사/ '윤미혜' 얘기 듣고 충격+흥가계 애내고 진술녹화실 따라감			진술녹화실 짜장면+민정 사체 포기/ 동식&주원 지목하여 진술조사(민정 전말 아닌 것으로 자극 받음)	민정 사체 받으러 영안실+주원 만남/ 민정 장례식/진목 진술조사 지켜봄/ 주원 흥가계 허락	선녀 만남(민정이 인)/민정 장례식/ 진목 진술조사 지켜봄	
28일 (11월 7일)	8	강진목 위치추적 기록 확인후 부산행(지화 연락 두절)	윤미혜 찾아 부산행	정재 해원에게 분노(특진)+지화와의 통화		도수와 함께 진술녹화실		정재와의 통화	
29일 (11월 8일)	8	부산에서 주원과 함께 탐문 수사	윤미혜 찾아 부산행/ 부산에서 동식과 함께 탐문 수사	동식에게 진목이 찾고 다닌 사진 전송					
30일 (11월 9일)	8	진목 진술조사(윤미혜로 진목 자극)/ 마당 전체 수색, 야연 못 찾음	진목 진술조사(윤미혜 생사 여부로 자극)		정임 사체 확인	동식&주원과 진술조사/ 동식에게 '유언'으로 거래 제안	진목 진술녹화 관찰/ 정임 사체 발굴	진목 진술녹화 관찰/ 정임 사체 발굴	

날짜	회별	동식	주원	정제	제이	진목	상배	지환	기환
31일 (11월 10일)	9 + 7 4 + 7 7 8				주머니에 칼(#24 정임의 혈흔이 나온 칼)을 넣고 문주서 후문으로 향함/ 후문에서 상배가 나오는 걸 봄	창진이 두고 간 낚시줄과 미혜의 시체 검안서+미혜가 죽은 걸 알게 됨 검안서를 찾아서 우범음 창진에게 21년 전 현장에서 보고 있었다고 함+동식이가 앞면 너 죽일 거야	정서장과 함께 진목에게 가지만 진목은 이미 죽어 있음		
31일 (11월10일)	8	마당으로 주원 찾아나옴/ 진목 사망 소식 들음	혁 만남/ 마당으로 동식 찾아감/ 진목 사망 소식 들음			유치장에서 자살		동식에게 진목소식 전달	
8회 이후 (3개월 공백)		(3개월 공백)	(3개월 공백)	(3개월 공백)	(3개월 공백)	(3개월 공백)	(3개월 공백)	(3개월 공백)	(3개월 공백)
32일~51일 (11월 11일 ~11월 30일)	9	온 집안을 깨부숨	감찰조사실에서 감찰 받음. 자신의 함정수사 때문에 금화가 죽었다고 특진이 아닌 처벌을 해달라고 함						
52일~82일 (12월 1일 ~12월 31일)	10	진목과 영희가 나오는 VHS를 봄 VHS 속 영희의 말을 통해 진목이 집공사를 했다는 걸 알게 됨	부산 호텔에 머무는 주원에게 찾아온 혁. 진목 사망 관해 이야기를 해주며 동식은 특진을 했고 너는 이는 부산으로 내려가 적적 상태라고 알려줌	진목이 일용직으로 일했음을 만한 공사 현장을 찾아다님	부산으로 내려감 부산으로 상배가 찾아오지만 군은 얼굴로 도망가는 제이		제이를 찾아 부산에 가지만 만나지 못하고 제이에게 전화를 해보지만 받지 않음		
83일~113일 (1월 1일 ~1월 31일)	10	주원, 홍신소를 통해 CCTV 영상 확보. CCTV 영상 속 제이가 누군 가를 보고 중 역에 빠진 모습을 보며 부산에서 상배를 보고 군은 표정을 지었던 것을 떠올림.		생활안전계장이 됨/ 제이가 군주식 강력 팀에 자진출두 했다고 알림/ 만양정육점에 모임 + VHS를 봄 + 사슴농장 오두막을 해원이 창진에게 팔았다고 함	자진출석해 블랙박스/ 영상 조사받음 + 진목을 죽이지 않았다고 함/ 만양정육점에 모임			제이 조사/ 만양정육점에서 동식, 정제에게 감 + 함께 토로 운함	
114일 (2월 1일)	9	만양정육점에서 아둠마을 점 거기/ 만양정육점에 모임/ 지환, 정제에게 진목이 남긴 VHS를 보여줌 + 유연은 자기가 안 죽었고 돌려졌다는 진목의 말을 돌려줌음	만양파출소 복귀 신고/ 기환과 식사에 해문 부름 + 기환에게 경찰청장이고 좀 옮아서 하라고 함				만양 정육점에서 점여온 아둠마을 타박/ 군은 표정으로 만양 이가 찍힌 블랙박스 봄/ 만양정육점이에 모임		주원과 식사+변한 주원에 놀람+주원에게 서울청으로 복귀하라고 함

날짜	회별	동식	주원	정제	재이	진목	상배	지화	기환
115일 (2월 2일)	9		소장실 금고 안에 낚시줄과 미혜의 시체 검안서를 넣는 주원						
116일 (2월 3일)	9	사슴농장 오두막 앞에서 맞을 팜/ 손을 한마디가 없는 백골 사체 발견/ 신녀가 죽은 지 오른 20살이 없다 함/ 만양슈퍼에서 주원과 만남/ 요양원에서 영희가 진목에게 하는 말 들음/ 지하실 보일러가 있는 백골 부속 + 유연이 사체 발견/ 지화의 전화로 상배가 긴급 체포된 것을 알게 됨	사슴농장에 붙은 창진의 경고문을 봄/ 땅을 팜 + 동식은 절대로 저수 안 할 것 같다고 함 + 손을 한마디가 없는 백골 사체를 발견함/ 만양슈퍼에서 VHS를 보는 주원 + 진목이 자신만의 날 강원에 CCTV가 나가버렸다고 함/ 동시 의심/ 만양정육점 근처에서 상배를 지켜봄		상배에게 진목을 죽었나고 물어봄		사슴농장 오두막 앞에서 맞을 팜/ 땅을 팜/ 손을 한마디가 없는 백골 사체를 발견함/ 선녀과를 알려온 리 결과를 제이에게 찾아가 전목 차 상달 자신을 찾았나고 물음/ 긴급체포됨	창진 조사 + 창진에게 사후하기가 자료 작성 요구	
116일 (2월 3일)	10	상배에게 유연이 사체를 찾았음을 알려줌, 상배를 조사하는 동식/ 21년 전 유연이 사건 담당 형사였던 정석장/ 과제장에게 할 말 없다 함/ 만양정육점에 모여 파출소 내부 CCTV를 보며 증거를 조작한 사람으로 주원을 의심	체포된 상배를 차 안에서 보는 주원	동식의 지하실에서 벽에 파묻힌 유연이 사체를 봄/ 만양정육점에 모여 파출소 내부 CCTV 영상을 봄	만양정육점에 모여 파출소 내부 CCTV 영상을 봄		동식에게 조사받음/ 동식에게 사과하며 전부 다 끝내고 문주를 떠날 것이라고 함	유연의 사체를 보며 정신을 못 차리는 정제에게 왜 그러냐고 함/ 만양정육점 옥점에 모여 파출소 내부 CCTV 영상을 봄	
117일 (2월 4일)	10	주원 찾아가서 상배 금고에 검안서와 낚시줄을 넣어놨았나고 물음/ 광수대 검찰에게 온 형사에게 제이에게 포렌식을 부탁/ 박 매일 iP주소와 포렌식을	찾아온 동식에게 만양 사람들이 감추는 게 같나며 믿을 수 있냐고 도발						

날짜	회별	동식	주원	정제	재이	진목	상배	지환	기환
118일 (2월 5일)	10	재이에게 협박 메일을 보낸 게 주원인 것 같다고 함+진목 사망날 누구를 본 거냐고 재이를 추궁/유연이 부검 결과와 진목이 상해하던 방식이 아닌 교통사고로 주정되는 다발성 골절임을 알게 됨/유채 냉장고 속 유연의 배출 사체 발견 봄+상배에게 전화 거는데 낯선 남자가 받음/상배 휴대폰 위치추적에 상배 휴대폰 위치가 남자치되었다는 것을 보며 상엽을 떠올림/112 종합 상황실로 지원 요청	유치장 안 상배를 찾아간 주원. 상배의 지갑에 위치추적스티커를 붙임/상배에게 붙인 위치추적기 신호를 핸드폰으로 확인, 차로 미행 시작/상배를 거절한 고 골목에서 내려 옴/누군가의 광경, 입구, 기환과 만남/기환과 대화/폐차장 안 피웅덩이 와 펜타입 녹음기를 발견+상배 위치추적 신호가 점점 열적임/녹음기에 상배의 목소리 녹음됨/동식에게 전화로 상배가 납치되었음을 알림.	21년 전 유연에 대한 한 사건 기사를 따라 한 현자에 시달리는 정제/ 해원이 생활안전 제까지 찾아옴	동식에게서 협박메일을 보낸게 주원인 것 같다고 얘기 들음		유치장에서 나옴/동식에게 온 전화를 받지 않음/택시를 타고 집앞에 감/누군가에게 문자 보냄/집 앞에 있는 동식을 발견. 동시에 집에서 나오고 골목에서 누군가의 전화를 거절한 호를 끊음/신녀, 총 전화에서 이 정도는 알게 됨 네/상배가 골몰이 움 다발성 골절로 숨 점에게서 골몰이 움 이라고 아주 여러 택시를 타는 상배/ 그때 누군가 방향을 점검하는 상배, 아기를 들음/동식으로 전화를 걸음+상배 휴대폰 위치추적이로 상배 머리가 격/폐차장에서 피투성이가 된 채 누군가에게 납치 됨	유연의 부검 결과 진목이 상해하던 방식이 아닌 교통사고로 주정되는 다발성 골절임을 알게 됨/신녀, 총 경찰에서 이 정도는 다발성 골절이 움 으라고 아주 여러 번 전 것이라는 이로 상배 휴대폰 위치추적을 부탁받음	경찰청에서 우연히 만난 주원과 차 안 대화
118일 (2월 5일)	**10**	죽은 상배를 심폐소생술하며 오열부짖음	눈물을 흘리며 상배가 죽었다고 동식에게 말함				사망		
121일 (2월 8일)	11	상배의 장례식 상주 역할을 함	눈물을 꾹 참으며 상배 장례식 참석	상배 장례식에 참석	상배 장례식에 참석		유치장으로 입구 찾아옴/입구에게 21년 전 기억이 떠올랐다며 입박/길구에게 감정서를 어떻게 했냐고 물음/정서장 찾아옴/진목 사망날 정서장이 몸준 CCTV도 협박하며 돌려달라고 함	상배 장례식에 참석	입구, 상배가 찾아옴
123일 (2월 10일)	11	만양정육점에 집에서 상배가 매수인이로 사둔은 종합도 시골집 매매 계약서를 발견	만양정육점에 모임/재이에게 상박메일에 대해 사과/재이에게서 동식의 생방에 대해 듣게 됨		만양정육점에 모임/상배와의 추억 떠올리며 진배/주원에게 협박메일건을 사과받음+주원에게 동식과 정제가 어디있는지 알려줌			만양정육점에 머임/상배와의 추억 떠올리며 진배	

날짜	회별	동식	주원	정재	재이	진묵	상배	지환	기환
124일 (2월 11일)	11	주원에게 함께 수사를 하자 고 제안함/각자 조사할 일 을 말음	동식 찾아서 충정도행/ 정재가 악마는 걸 봄/ 동식에게 함께 수사를 하자고 제안+상배 사망날 본정에서 감구, 광영 봤다고 말해줌/각자 조사할 일을 맡음	주원에게 자책은 살 아있는 게 억물이자 지옥이라고 말함/ 각자 조사할 일을 말할음 (김구 휴대폰 사용 내 역서)	각자 조사할 일을 말 음(지문과 광영 조사)			각자 조사할 일을 말음(전목 사망 조 사)	
126일 (2월 13일)	11	지환에게 주원은 기환과 다 른 인간이라고 함/ 기환을 만 나고 온 주원과 통화/ 빌라 CCTV와 주차금지 표지판이 있어 주차된 차량도 없다는 것에 이상함을 느낌+도수에 게 조사 넘김+도수에게 유자 정에 김구가 찾아왔 었다고 들음/ 김구 주소/ 감 정서를 중 기타피프 감정서 받 음/ 정서문이 두 개나고 확인하 고 전화 받으러고 있는 지옥이 뭐 냐고 물음	기환이 김구, 상배와 만났다고 밝 히는 것에 황당해하나 기분을 말 음/ 동식과 전화/ 감구 주소/ 기타 피크 감정서 본 적 없음을 알아 냄/ 정서장과 만난 주원, 상배와 한 대화를 물음/ 상배가 CCTV에 남긴 메시지를 밝힘/ 정서장 핸드폰 뺏 어서 해원 대표본에 전화 걸음/창 지문을 열 /해원을 막음	김구 휴대폰 내여서 를 인해 이용해 웠음 +김구가 차장실과 해 현 대표본과 통화한 걸 알게 됨/ 해원과 통화하 김+해현에게 솔직히 말해달라고 함/ 해원에게 메시지를 받힘/ 정서장 핸드폰 이 들어옴+동식에게 압박받음	지훈과 광영을 미행/ 김구에게 말해달라고 부탁			빌라 CCTV와 주차 금지 표지판이 있 어 주차된 차량도 어 주차된 차량도 없다는 것에 이상 함을 느낌+김+도수 에게 조사 넘김+도수 에게 유지에 김구가 찾아왔었다고 들음	주원, 혁을 부름/ 상배 사망날 김구, 상배가 자신을 찾 아왔음을 밝힘+자 신은 것도 모르는 일이라고 함/ 혁에게 상배의 죽음과 연 관있을 수 있다며 감정서 찾아보라 고 함
2000년 10월 15일	**11**			**술과 약에 취해 승용 차 옆에 주그려 앉아 있음**					
126일 (2월 13일)	12	해원에게 전화받으러 왔나, 정재에게 감춘 지옥이 뭐냐 고 물음, 정재에게 김구 휴대 폰 내여서 속 해원 번호를 알아 봤냐며 추궁/정재를 만나고 싶다며 주원에게 의뢰함 앞에 주차된 차 번호를 비롯처럼 봄	정치문 열음, 정재의 입원 동의서 속 밝힘/ 동식에게 해원의 진심이 믿고 들어오면 언제든 까지는 거 니 정재를 믿고 싶음 믿으라고 함	기억이 안 난다며 해 원에게 그 날 무슨 일 이 있었냐고 묻는다가 흐점				창진의 전화를 마 시, 혁이 조사해온 기타피크 + 기타피 크 감정서에 관한 이야기를 들음	창진의 전화를 마 시, 혁이 조사해은 기타피크 + 기타피 크 감정서에 관한 이야기를 들음

날짜	회별	동식	주원	정제	제이	진묵	상배	지환	기환	유연을 자료 첨
127일 (2월 14일)	12	진묵 사망날 밤라 CCTV가 걸린다고 함, 지환에게 빌라 주인의 창진이라는 걸 들음. 빌라 안 창진 차를 보며 어제 본 차임을 기억/ 유연이 사인이 교통사고이며, 유연은 정연으로 멈춘 상태로 치었을 거라는 선녀의 말 들음/ 맛대로 정제를 지하실로 보낸 수원에게 창진, 해원이 뭐묘 넘긴 걸 알게 됨	진묵이 기타피크에 대해 알고 있던게 아닐까 함, 사건조서를 떠올리며 정제를 의심, 지하에게 가면터 주인이 창진이라는 걸 들음/ 병원을 빠져나오던 정제, 주원의 차를 뺑함/ 정제에게 차 일 뺑함/ 주원이 앞에서 정제를 칠 변함/ 정제에서 지 얘 동아가자 하는데 안 내라고 함/ 주원의 집 차를 타고 동식이 집 앞으로 감/ 주원에게 지래 동식이 기다리고 있으니 머 차를 내려놓으라고 함/ 유연이 사인 교통사고라며, 유연은 정면으로 멈춘 상태로 치었을 거라는 선녀의 말 들음/ 정제를 지하실로 가라고 함/ 해원이 창진, 철문, 너의 말 들음/ 정제를 지하실로 가다 했다고 함/ 해원이 뭐을 넘긴 걸 앙게 됨/ 20년간 꼭 뭐을 받안은 게 아니나고 함	병원을 빠져나오던 정제, 주원의 차임 빨함/ 주원이 앞에서 정제를 칠 변함/ 정제에서 지 얘 동이가자 하는데 안된다고 함: 정제에게 자신 안 의심되지만 아무것도 안 할 거래며 동식이 기다리고 있으니 머리 말 들음/ 정제를 집 앞으로 감/ 주원의 사심을 본 정제 부라고 함/ 교통사고이며, 유연이 전으로 멈춘 상태로 치었을 거라는 선녀의 말 들음/ 정제를 지하실로 함께 들어감	유연의 사인이 교통사고이며, 유연은 정면으로 멈춘 상태로 치었다는 선녀의 말 들음/ 정제를 지하실로 보낸 수원의 유도 감/ 해원이 창진, 철문, 강자에게 뭐을 넘긴 걸 알게 됨			주원, 동식에게 빌라 주인이 창진임을 알려줌 창진이 연락두절이라고 함/ 유연이 사인이 교통사고이며, 유연은 정면으로 멈춘 상태로 치었을 거라는 선녀의 말 들음/ 조사해보니 해원이 창진, 철문, 강자에게 뭐을 넘겼다고 알려줌		
128일 (2월 15일)	12	경창을 그만두겠다는 김구에게 상배 잊지 말라고 함. 김구에게 21년 전 해원에게 감정서를 찾나고 물음/ 해원이 한 말을 녹추해 20년간 돈을 받았다는 김구 말 들음/ 해미를 들고 정제에게 가 유연이를 죽었나 물음/ 모르다는 정제에게 그럼 왜 해원이 돈을 뜨기고 산 거나 함/ 21년 전 정제의 조서 속 질문을 하며 정제 얀박/ 해미를 치켜들음/ 주원에게 가족이 그런다면 손을 잡을 거냐고 물음, 지환가 기환이 경찰청장 내정되었다고 문자함. TV 켜서 기환 뉴스를 봄. 주원에게 죽하한다고 함	정제의 자백 소식을 듣고 나타난 주원, 동식이 정제를 집으로 보냈음에 분노/ 기환이 경찰청장에 내정됨	해미 든 동식이 앙박에 정제, 사슴을 친 것 같다, 기억이 안 난다고 함/ 21년 전 자신이 한 참고인 진술조서 속 질문을 읊는 동식을 보며 그날 유연이 만났고 자신이 유연을 쳤다는 걸 기억해냄/ 동식에게 유연을 쳤다고 고백, 동식에게 죽여달라고 함				경제팀장에게 마작 정보를 넘겨주고 김구저의 계좌 내역을 얻음/ 정제팀장에게 김구저를 부탁/ 김구에게 감정서를 조작한 거냐, 원본에서 뭐가 나왔나 물음/ 동식에게 기환이 경창청장 내정되 있다고 문자함	경찰청장 내정	
2000년 10월 15일	12									12

날짜	회별	동식	주원	정제	재이	진목	상배	지화	기환
128일 (2월 15일)	13	정제의 말로 정제가 유연이를 죽인 범인이 아닌 것 같다고 생각/ 지화·기환 전화를 통해 창진·기환이 뭔가 있음을 알게됨/ 정제에게 유연이 죽인 놈 찾고 죽으라고 함/ 주원에게 정제가 유연이 죽인 범인이 아닌 것 같다고 하며 기환·정제가 유연이를 죽였다고/ 창진에게 해원이 죽인 물음을 넘겼다고 함/ 사고현장에 창진이 왔던 걸 알게됨/ 정제에게 비밀 물음/ 사고현장에 가서 주원에게 가서 창진이 해원에게 밀이 있다고 말하라고 함	동식의 지하실로 감/ 동식이 정제가 유연이 아닌 것 같고 창진·해원에게 물음을 넘겼다고 함/ 동식이 원이 뭔가가 있음을 듬, 동식이 창진을 의심하고 있음을 알게됨/ 화이트보드에 붙어있는 사진을 보며 정제, 기환, 동식, 창진, 정서장, 창진, 해원 사진을 붙임.	기억이 돌아와 동식에게 유연이를 죽였다 며 오열/ 집 앞에 선 정제 결심하고 집으로 감/ 동식, 정제에게 기억이 있음을 알게됨/ 해원에게 기억 음/ 해원이 창진을 아 돌아왔다고 함/ 창진에게 해 땅을 넘겼다/ 창진이 처리하지 않았다며 진목이 유연을 묻었다고 함/ 해원이 창 진·기환이 따로 만나고 있음을 말함				도수와 잠복근무/ 창진이 11월 5일에도 기환을 찾아갔단 걸 알게됨/도 수에게 안괜찮다 고 솔직하게 말함/ 기환이 창진을 다가오 는 걸 봄/ 창진·통화 목록을 조회/ 동식에게 전화해 서 창진이 기환과 뭔가 있어보인다 고 알려줌	경찰청 앞 찾아온 창진에게 다가오 창진에게 다가가 지밀다는 고개짓 을 한 후 가버림
129일 (2월 16일)	13		기환을 찾아가 해원이 감정서를 바꿔치기 했다는 것과 정문이 해 원에게 돈을 받아왔다는 걸 알려 줌						해원이 감정서를 바꿔치기 했다는 것과 정문이 해원 에게 돈을 받아왔 다는 걸 주원이 알 려줌/ 절문을 부름, 기타피크에서 정체 지문이 나왔다 는 걸 알게됨, 기 환에게 CCTV를 가 지고 협박하는 절 문
132일 (2월 19일)	13	동식, 주원에게 유연 사망과 기환이 관련있으인 걸 괜찮다고 물음/ 주원에게 다가온 임기자를 막음, 경찰청 차장실에 서 온 전화를 받음/ 서울청 감찰조사계로 발령이 남	동식과 대화, 임기자 만나서 인사 정문의 직전에 기사 내보내는 조 건으로 경찰 금품수수 의혹 제보 를 하겠다고 함						동식을 서울청 감 찰조사계로 발령

날짜	회별	동식	주원	정제	재이	진목	상배	지화	기환
139일 (2월 26일)	13	동식, 주원을 긴급체포	혁이 도와줘 정문회에 참석/동식에게 긴급체포	재이에게 이제 도망치지 않으려고 왔다고 함/질문이 누구에게 돌을 받았나고 기억하는 지른, 광영에게 받았다고 말해줌/TV로 동식이 주원을 긴급체포하는 걸 봄	저들에게 지른, 광영에게 가리고 하는데 정제 발전/정제에게 기 핏값받으라고 함/왜 놀라지 않는 걸 이상하게 봄/TV로 동식이 주원을 긴급체포하는 걸 봄			형사들과 인사정문회 시청/TV로 동식이 주원을 긴급체포하는 걸 봄	국회의원들과 인사나누며 혁과 있는 주원을 발견/정문회 종결문 금 봉수수 건으로 공격받자 제무관계라며 증거 차용 증을 보여주다고 이미 자본을 냈으였다고 함/동식을 낮달라고 함/동식에게 긴급체포되는 주원을 봄
138일 (2월 25일)	14	주원에게 긴급체포할 테니 묵비권 행사하라고 함	동식에게 자신을 긴급체포하라고 함						
139일 (2월 26일)	14	주원을 긴급체포/주원을 조사하고 정식 차를 내림/정제와 통화하면서 창진과의 대화 읽 듣고 있음/주원과 만나기로 문자 주고 받음/창진의 차를 주원에게 집문에 후 도수식, 주원의 집문에 다시 돌아가 혼는 사차라며 다시 손가락을 지 도 민정의 손가락을 유기함 거라고 함/국제창에게 창진을 조사하는 이유가 이유은 방부 선 사건과 관련해서이며 상 배에게도 연관된 것 같다고 함/정서암이메장, 정서장에게 창 진이 아니라고 함/기환 차를 도청 주원에게 얘기를 들고 있음을 알림/정서 장이 군을 거라고 함/창진이 도수의 차를 타고 지화상과 창 진을 죽임/창진의 차를 도 아 한다고 함/견인차상 앞에 서서 주원의 연락을 기다림	동식에게 긴급체포하라고 함/정 후 정식 차를 받아들임/기환에게 긴급체포 받은 이들임/죄를 인 정하고 조사받음/죄다, 최송하 게 말해주다면 들을 거다, 위치 다고 함/기환 차에 도청기, 문 자, 재이라며 부탁이 있다고 하며 운전 잘하냐고 물음/동식에게 리를 못했기 때문에 정이 손가락 유기한 경 후회하나 고 믿고 그때로 돌아간대도 칠 거 나고 물음/국제창, 정서장에게 창 진이 조사받고 있음을 알림/창진이 단 것을 깨닫고 들어가 있다는 걸 알게 됨/해원에게 비밀이 되 나고 물음	해원과 함께 창진에게 기환과 들이 와 게 기환과 함께 죽인 사체를 21년 전 유언 사체를 진목이 가져가서 차 리를 못했기 때문에 진목에게 차 리를 맡겼기 때문에 진목에게 차를 타고 기환과 뒤 따라나고 함/창진에 지 않나고 함/창진이 중이 단 것을 집힘/창진이 해원에게 비밀로 하나고 말음 있다는 걸 알게 됨/해원에게 비밀이 되 나고 물음	주원에게 개인사에 대해 말하지 말라고 함. 주원이 동식과 운전 잘 하냐는 질문과 함께 부탁을 받음/동식이 차를 타고 기환의 뒤를 쫓음/음주운전 단속중과 운전면허증 을 보여줌라는 요구 들을 받음			강대밭에서 창진과 함께 문주서로 이동/창진을 조사하는 도수 옆에 참여인으로 참석/21년 전 오일껍질과 문주 개발이 관련 다고 함, 자신도 협박받았다고 함/창진에게 정서장 차리하라고 함/창진, 조사때 오일건을 조사장한테 애 기했나고 함/해 수의 차를 타고 종을/음주운전 단속종과 운전면허증 을 보여줌/창진 차를 돈 타고 진목 죽인 걸 의심한다고 함	혁, 주원에게 분노/창진에게 발신자 표시 제한으로 문 자&전화/뒤따라 오는 게 동식의 차 임을 알게 됨/창 진에게 영상을보 내 준 정서장, 자신 도 협박받았다고 함/창진에게 정서장 차리하라고 함/창진, 조사때 오일건을 조사장한테 애 기했나고 그 닐 봤다 나고 함/진목이 그닐 봤다 했다 함/진목 죽인 자신일거나 물음

418 드라마 설정 파일 - 엑셀 모음

날짜	회별	동식	주원	정재	재이	진목	상배	지화	기환
139일 (2월 26일)	14		**트렁크에서 골프채를 꺼내 기환의 차로 다가감**						
139일 (2월 26일)	15	주원에게 같은 팀이 아니었으 나보다고 함/ 주원의 팔을 낚 아채 옆방으로 들어감/ 주원 에게 이제 뭘 해야 하냐고 물 고, 주원에게 지화와 함께 청 진을 찾으라는 지시를 듦/ 지 화에게 주원을 기다려라 한다고 함/ 상염을 떠올리고 불안해하며 주원에게 전화/ 주원이 들려 준 녹음 파일을 통해 유은 사 건 진행의 기환임을 알게 되 고 분노, 뛰쳐나가려 함, 주 원이 진심으로 말리자 진정 하고 주원을 바라봄	동식에게 같은 팀이 아니었다고 함/ 가려는데 동식에게 잡혀 옆방 으로 들어감/ 동식에게 앞에 재이 를 끌어들였다고 하며 동식에게 지화와 함께 청진을 찾으라고 함. 기환을 만난 후 연락하겠다고 함/ 기환-청진 대화 도청/ 유은을 죽인 진범이 기환임을 알게 되며 동식 을 의심하던 자신을 떠올림/ 골프 채를 들고 기환이 차로 감/ 사건을 아주 작은 실수라 하는 기환에 허 탈함 느낌/ 골프채를 내려놓다/ 동식 찾아간다/ 동식에게 녹음 파일 들려줌, 이성 잃은 동식 제어, 자신 이 괴물이 되겠다고 하며 그렇지 않으면 녹음 파일을 뿌리라고 주 어줌					주원에게 청서장 한테 얘기했냐고 물음/ 놀라서 동식 을 막으려는 도수 를 말림/ 동식에게 우린 어떡하냐고 물음	청진에게 진목 얘 기를 듦음/ 사고를 아주 작은 실수였 다고 함/ 주원이 나약하고 미련한 인간이라고 하며 자신은 다시는 실 수하지 않는다고 함/ 자신은 청장이 될 것이므로 자신 을 잡을 사람은 없 다고 함/ 해쳤이 될 수도 있다는 주 원의 말을 들음
146일 (3월 5일)	15	동식에게 주원이 자신 처럼 망가지면 안 되지 않나 며 미안한데 조금만 더 기다 려달라고 함/ 주원에게 밥 먹 자고 문자/ 주원을 보고 밥 먹으러 가자고 함/ 주원에게 생선구이 권함/ 주원에게 지 옥도 배를 채워야지 않겠냐 며 생선구이 권함	동식에게 떠금없이 밥을 먹자 하 냐며 녹음 파일 공개할 거냐고 물 음/ 동식이 권해서 생선구이를 먹 음/ 내일이 청문회라 오늘 돌아강 거라고 함/ 기환에게 녹음 파일 들 려준다 함, 청장이 되길 바란다며 자신 이 손을 잡으라고 함, 서울로 감찰 조사게 복직을 부탁	계단을 내려옴/ 식사 를 차림, 일하러 간다 는 혜원에게 자수가 아닌 시장선거를 나 가겠다는 거냐며 버 럭, 장비서&정호원들 에게 폭려 쏠러나감	지화, 지훈과 식사 준 비하며 동식, 주원, 정재 근황 얘기				청문회를 준비하 며 종 주원에게일 도청된 녹음파일 들음, 주원 핸드폰 부음, 주원의 손을 잡음
147일 (3월 6일)	15 16								인사청문회에서 주원이 복직으로 공격받지만, 이미 동식이 수사 후 차 분 받았다고 함/ 상인자에게 서사 를 부여해선 안된 다 함/ 청진과 만 나서 대화

날짜	회별	동식	주원	정체	재이	진목	상배	지화	기환
148일 (3월 7일)	15 16	창진에게 정서장을 내리치려던 걸 영상촬영 후, 막아섬. 창진에게 서울청으로 오라고 함. 창진에게 창진이 죽이려고 했다고 알려줌 / 창진이 다리통증을 묻자 유은율 찾고서 안아있었다고 함 / 창진에게 상배, 진목 사망날 알리바이를 물음. 물음 / 창진에게 정서가 정신병원에 있다고 들음 / 서정실로 향함. 기환이 정서장을 보고받아 발령냈다는 걸 정체를 느끼고, 휴대폰을 들러 상황을지 않음, 휴대폰을 들러 관련환지 않음을 알게됨 / 주원이 대려온 이련환지 않음을 알게됨 / 주원이 정서장 집에 들어감을 알게되고 따라들어감	창진에게 자신이 서울청에 따라가 갯다고 함 / 해원을 버리라고 하는 창진을 이상하게 생각 / 혁에게 정체를 찾아달라고 부탁 / 서장실 문을 부수려고 함. 기환이 정서장을 본 정 정보보과에 발령냈다는 걸 들음 / 도수보고 정서장 모셔다주라함, 자신이 정서장을 못 갯다고 함 / 정체가 어디로 들어가 있음 배터리가 없어서 동식의 휴대폰으로 혁에게 전화 검 / 정체가 있는 요양병원 주소를 알게됨, 기환이 경찰청장이 된 것을 알게됨 / 동식에게 정서장이 보낸 문자를 보여주며 정체 요양병원 주소으로 향함 / 지금, 도수에게 정서장 집으로 찾아가겠다고 하고 들어감 / 정서장 죽음 목격					도수와 정서장을 주시 중이었음, 기환이 정서장을 본 정 정보보과에 발령냈다는 걸 들음 / 도수보고 정서장 모셔다주라함, 자신이 정서장을 못 갯다고 함 / 주원이 정체는 동식이 찾으라고 간다고 하고 정서장 집에 들어가보갯다고 함 / 동식에게 이를 여겼음을 알려줌 / 동식과 함께 정서장 집으로 들어감	혁이 주원과 통화하는 걸 보고 주원에게 당장 서울 집으로 오라고 문자 / 경찰청장 임명 전 화를 받음 / 경찰들에게 죽하 인사를 받음
148일 (3월 7일)	**15**	**피철강되어 주원에게 무슨 일이냐고 물음**	**정서장이 사망함을 알리며 "내가.. 죽인 거 같네."**					**피철강되어 나온 주원을 보고 놀람**	
148일 (3월 7일)	16	주원과 진술녹화실 / 자신 대 신 정서장 집에 간 것 알고 분노 / 지화와 기환+주원에 대한 사실 고백	동식과 진술녹화실						진술녹화관찰실에 서 동식+주원이 대 화 등음. 동식 고백 듣고 충격	
149일 (3월 8일)	16	주원 집에 데려다 줌. 토끼를 이 연급 / 해원에게 삼미함 외 상 보여주며 창진과의 관계 이간질 + 유은사고에 대한 진실 미가 누탁 / 주원과 함께 정체 조사받는 것 지켜봄	동식과 함께 귀가. 기환 전화 외 면 / 정체 강제입원 된 병원행 / 정체에게 자수 제안 / 동식과 함께 정체 조사받는 거 지켜봄	주원,재이와 함께 요 양병원 탈출 / 주원의 자수제안 거절, 체포 요청 / 피의자 신문조 서 받으며 해원이 숨 겨왔던 진실을 알고 충격	구급차 운전담당에서 주원과 함께 정체 탈 출도움			이창진 체포 후 진 술 녹화실(삼미장) / cctv 보녀여줌 / 박정 경찰서 잠혀가는 것 들고 입다물라 협박	혁과 만남. 정서장 자살 종결 지시 / 창진과 통화, 창진 경찰서 잠혀가는 것 들고 입다물라 협박

날짜	회별	동식	주원	정재	재이	진욱	상배	지화	기환
150일 (3월 9일)	16	유치장에 있는 창진 찾아가 협박/주원에게 건네받은 도해림 체포영장 받고 자리 뜸/도해림 감청조사 하며 압박. 강진묵 살인에 한기환과 이창진이 관련있다는 진술 확보/구속영장 발부 후 유치장 갇힌 창진 찾아가 압박. '한기환'에 대한 진술 확보/기환 집 찾아가 기환의 손에 수갑 채움/주원에 의해 체포 후 자백	혁에게 해림+정재 체포영장 신청/서 건넴/도해림 체포영장 가지고 유치장 찾아감/창진에게 도해림 체포사유 설명/이창진 참고인진 술 시작/동식 연락 받고 지화에게 무언의 영장 신청 요청/한경감 집 찾아감. 동식에게 기환 체포 요청/동식 체포					이창진 참고인진 술 당시 참여인으로 참관/도수에게 이창진 영장 신청/이창진 구속 영장 신청 지시/주원에게 이창진 영장발 부 소식 전함/한기환 현장체포 현장출 동 등	기환, 해림+창진 영장 발부소식 접함+혁에게 손절당 하며 코너로 몰림/주원 대신 감찰실 한경감에게 연락/한경감과 연락 중 이창진 녹취파일 적/서제에서 동식 으로부터 체포/
16#64 이후 (2개월 공백)		(2개월 공백)	(2개월 공백)	(2개월 공백)	(2개월 공백)	(2개월 공백)	(2개월 공백)	(2개월 공백)	(2개월 공백)
211일 (5월 9일)	16	1심 징역1년 집행유예 2년 선고	이금화 관련 무혐의 처분	1심에서 항소 포기					항소 진행
16#65 이후 (9개월 공백)	16	(9개월 공백)	(9개월 공백)	(9개월 공백)	(9개월 공백)	(9개월 공백)	(9개월 공백)	(9개월 공백)	(9개월 공백)
493일 (2022년 2월 5일)	16	상배가 사둔 시골집 뒷산 신책/시골집 앞에서 주원과 재회/주원, 재이, 지화, 광영, 도수·선녀,오석과 함께 부대 찌개 먹음/주원과 대화 도중 도동 자리 뜨는 주원에게 편하게 인사 건네며 미소	여청계 소속+수연 찾아 주머공원 행/지화로부터 상배 기일 관련 문 자 받음/상배 시골집 향/시골집 앞에서 재이+동식 지화, 재이, 광영, 도수,선 녀,오석과 함께 부대찌개 먹음/동 식과 대화 중 먼저 일어나 연락받고 가 리 비며 미소	수감 상태	시골집 앞에서 주원 재회/사람들과 함께 부대찌개 먹음			주원에게 문자/시골집 찾아온 주 원 만남/사람들과 함께 부대찌개 먹음	항소 진행상태
끝		실종신고 나레이션 + 페이드 아웃	실종신고 나레이션 + 페이드 아웃						

분류	이름	주민등록번호	공무원증 번호	전화번호(자택)	휴대폰번호(20년전)	휴대폰 번호(현재)	자택 주소(20년전-지번)	자택주소(현재-도로명)
등장인물	이동식	810530-17849750	1213134 - 018034	034-232-4876	011-0373-4876	010-0373-4876	경기도 문주시 만양읍 교평리 14-4	경기도 문주시 만양읍 교평1길 12
	한주원	940813-15215462		01-648-0526 (본가 - 한기환)	없음	010-0421-1001	서울시 강남구 청암동 421-3	서울시 마포구 일암로3길 광화공의아인 오피스텔 2701호
	박정제	811116-17097843		034-984-7777	011-0930-7777 / 011-0780-1234 (대표폰)	010-0930-7777	경기도 문주시 삼은동 49-2	경기도 문주시 변드기길90 판타지아 테라스 7호
	유재이	930617-21621186		034-942-8245 (만양정육점)	011-0324-8245	010-0324-8245	경기도 문주시 만양읍 교평리 147-14	경기도 문주시 만양읍 교평2길 14
	남상배	621208-17692462	1006581 - 105721	034-945-7444	011-0454-7444	010-0454-7444	경기도 문주시 만양읍 교평리 122-4	경기도 문주시 만양읍 교평2길 2 삼주주택 103호
	강민정	000710-41974465				010-0214-0712		경기도 문주시 만양읍 교평 210번길 25-28
	방주선	790402-29102842		034-942-0402	016-0124-0402	없음	경기도 문주시 만양읍 교평리 389-1	경기도 문주시 만양읍 교평145길 135
	이금화					010-0927-9356		
	이유연	810530-27405618		034-232-4876	011-0351-4027	없음	경기도 문주시 만양읍 교평리 14-4	경기도 문주시 만양읍 교평1길 12
	오지화	810405-27404782		034-944-4145	011-0832-4145	010-0832-4145	경기도 문주시 만양읍 교평리 248-3	경기도 문주시 만양읍 교평 36길 5
	오지훈	950714-17361479		034-944-4145	없음	010-0398-0221	경기도 문주시 만양읍 교평리 248-3	경기도 문주시 만양읍 교평 36길 5
	한기환	630526-15225764		01-648-0526	011-0342-0526	010-0342-0526	서울시 강남구 청암동 421-3	서울시 강남구 성창 2로길 100
	강진묵	760220-17546324		034-756-5934 (만양슈퍼)	016-0641-0712	010-0641-0712	경기도 문주시 만양읍 교평리 135-24	경기도 문주시 만양읍 교평 210번길 25-28
	도해원	561125-27454145		034-984-7777 / 056-774-0401	011-0856-7777 / 011-0640-3324 (대표폰)	010-0856-7777 / 010-0640-3324 (대표폰)	경기도 문주시 삼은동 49-2 / 경기도 문주시 아동 10-9 광호재단	경기도 문주시 변드기길90 판타지아 테라스 7호 / 경기도 문주시 시청로 23 2층 도해원 의원 선거 사무소
	이창진	720401-13784951		034-932-4245 (문주시 드림타운 개발대책위원회 사무실)	011-0712-0401	010-0298-4245	부산시 동신구 개오동 23-4 / 부산시 동신구 개오동 187-2 진리건업 / 경기도 문주시 아동 86-1 문주 개발 대책 위원회 (개발대책위원회로 통일)	서울특별시 강남구 반현로 36 반현빌딩 J건설 / 서울특별시 강남구 대치동 대치타워힐스 2101호 / 경기도 문주시 시청로 109 2층 문주 드림타운 개발 대책 위원회 (개발대책위원회로 통일)

구분	이름	주민번호	전화번호	전화번호	전화번호	등록기준지	주소
등장인물	정철문	671003-17451248		011-0965-7942	010-0965-7942		경기도 문주시 시청로 330-8
등장인물	곽오성	690626-17894256		011-0547-3013	010-0547-3013	경기도 문주시 만앙읍 교평리 113	
도박팀	조길구				010-0423-3438		경기도 문주시 만앙읍 동편길 350-1
도박팀	이강자 (김구 처)	710915 – 21357402			010-0712-2580		경기도 문주시 만앙읍 동편길 350-1
도박팀	김구 딸				0051103492 3417 (해외번호)		
도박팀	오미숙 (헤리가나)	710405 – 21998412					경기도 문주시 만앙읍 빛고재길 79-3 2층
도박팀	이순희 (쌔롱드 만앙)	751205 – 21380159					경기도 문주시 만앙읍 교화로 174 현제빌라 204호
도박팀	도미영 (아줌마1)	740528 – 21539847					경기도 문주시 만앙읍 삼오길 69-1 미래빌라 407호
문주	문주경찰서 실종전담팀		034-795-9651			경기도 문주시 아동 184-4 문주경찰서 1층	경기도 문주시 시청로 121 문주경찰서 1층
문주	문주경찰서 강력1팀 (과거 : 반)		034-988-2231			경기도 문주시 아동 184-4 문주경찰서 1층	경기도 문주시 시청로 121 문주경찰서 1층
문주	문주경찰서 통합수사 당직실		034-925-1245 (팩스번호 동일)	034-988-2231 (20년 전 문주서 강력반 동일)		경기도 문주시 아동 184-4 문주경찰서 1층 강력반 당직실	경기도 문주시 시청로 121 문주경찰서 1층 통합수사당직실
문주	만앙 파출소		034-245-8118				경기도 문주시 만앙로 1345
문주	문주 심주산						경기도 문주시 심주로 n번길
문주	심주산 사슴 농장						경기도 문주시 만앙읍 심주리 126-1
서울	경찰청		(대표번호) 01182				서울시 서대문구 본청로 97
서울	경찰청 차장실		01-3150-2914 (한기훈 연결)				서울시 서대문구 본청로 97 9층
서울	서울중앙경찰청		(대표번호) 01182				서울시 종로구 중앙청로 31
서울	서울중앙경찰청 광역수사대		보이스피싱 비공개				서울시 종로구 중앙청로 31 3층
서울	서울중앙경찰청 강력계		01-0700-5960				서울시 종로구 중앙청로 31 3층

지역	부서/이름	전화번호		주소
서울	서울중앙경찰청 외사과	01-0700-6200		서울시 종로구 중앙청로 31 13층
	서울중앙경찰청 감찰조사실	01-0700-2343		서울시 종로구 중앙청로 31 13층
	국과수	01-534-6891 (팩스번호 동일)	서울시 정오구 정오동 173-1 국립과학수사연구소	서울시 정오구 정오대로 173 국립과학수사연구소
	고급빌라 골목길 일각 (7#1, 7#3)			서울시 서초구 서래로
강원	강원서원경찰서 강력1팀/이철민 (위순희)	035-843-8915	010-0141-3506	강원도 서원구 영희로 184 서원경찰서 1층
	서원경찰서 (통합수사당직실)	035-481-7615 (팩스번호 동일)		강원도 서원구 영희로 184 서원경찰서 1층 통합수사당직실
부산	부산인주경찰서 강력2팀/백상현 (진화림)	056-533-4719	010-0420-8692	부산시 인주구 경희로 74-3 인주경찰서 1층
	인주경찰서 (통합수사당직실)	056-548-5167 (팩스번호 동일)		부산시 인주구 경희로 74-3 인주경찰서 1층 통합수사당직실
옥천	옥천 시골집 (상배 -> 동식)			충청북도 옥산군 중대면 오시리 12-4